陈平原著作系列

（增订版）

读书的风景

大学生活之春花秋月

陈平原 著

图书在版编目(CIP)数据

读书的风景：大学生活之春花秋月 / 陈平原著. —2版（增订版）. —北京：北京大学出版社，2019.1
（陈平原著作系列）
ISBN 978-7-301-30097-8

Ⅰ.①读… Ⅱ.①陈… Ⅲ.①大学生—学生生活 Ⅳ.① G645.5

中国版本图书馆CIP数据核字（2018）第274529号

书　　名	读书的风景：大学生活之春花秋月（增订版） DUSHU DE FENGJING
著作责任者	陈平原　著
责任编辑	张文礼
标准书号	ISBN 978-7-301-30097-8
出版发行	北京大学出版社
地　　址	北京市海淀区成府路205号　100871
网　　址	http://www.pup.cn　　新浪微博：@北京大学出版社
电子信箱	pkuwsz@126.com
电　　话	邮购部 010-62752015　发行部 010-62750672　编辑部 010-62767315
印刷者	北京中科印刷有限公司
经销者	新华书店
	650毫米×980毫米　16开本　19.25印张　277千字 2012年6月第1版 2019年1月第2版　2019年1月第1次印刷
定　　价	68.00元

未经许可，不得以任何方式复制或抄袭本书之部分或全部内容。
版权所有，侵权必究
举报电话：010-62752024　电子信箱：fd@pup.pku.edu.cn
图书如有印装质量问题，请与出版部联系，电话：010-62756370

目　次

新版序 001
小　引 003

作为一种生活方式的"读书" 007
漫卷诗书喜欲狂
　　　——《读书读书》序 018
读书的"风景"与"爱美的"学问 026

阅读大学的六种方式 049
大师的意义以及弟子的位置
　　　——解读作为神话的"清华国学院" 073
解读"当代中国大学" 102

人文学的困境、魅力及出路 129
国际视野与本土情怀
　　　——如何与汉学家对话 159
训练、才情与舞台 186
人文学之"三十年河东" 199

"现代中国研究"的四重视野
　　——大学·都市·图像·声音......213
"三四十年代中国现代文学"导言......229
中国现代文学研究的方向......240

青年的舞台、责任与命运
　　——答北大博士生李浴洋问......264
大学的制度之困与精神之惑
　　——答《凤凰周刊》记者马途、徐伟问......277
语文课程与有趣的小书
　　——答《东方早报》记者朱苗问......288
下一代会比我们做得更好
　　——答《财新周刊》记者萧辉问......293

讲合纵连横，每轮调换三分之一。尽管用心讲学，还是担心浪费同学们的宝贵时间。八个二级学科，诸多专业方向，将近一百名学术趣味迥异的研究生，这课可真是不好上。去年4月11日，我做了个课堂调查(不记名)，想看看同学们的反应，再决定此课程的去留。没想到，反响颇为热烈，在回答"您认为本课程是否有必要为研究生持续开设"时，答"非常必要"的67人，答"可设为选修"的25人，无人选择"没必要"。仔细分析，同学们评价高的是谈"学者生涯与学术道德"、论"西南联大的历史、追忆及其阐释"、说"国际视野与本土情怀"，不太看好的则是"从工具书到数据库"之类。换句话说，大家关注的是学术史、学术理想以及学术热情，而非具体的治学方法或学科知识。这给我很大的启示——具体而微的技术问题，因学校、因专业、因个人才情而异，且坊间不缺此类书刊；反而是表面上"不着边际"的"高谈阔论"，若能讲出自家体会，更容易收获掌声。事后，我选择其中二题，给大学生及公众演讲，效果也很好。看来，谈"读书"、论"治学"，不一定非循序渐进不可，因为，这里的关键不在"学识"，而在"趣味"。

对我来说，既希望尽教师的职责，又不愿耳提面命，于是，换一个法子"劝学"。书中展示的，不是包治百病的"良方"，也不是经济实用的"指南"，只不过是一片郁郁葱葱、期待有心人徜徉其间并评头品足的"读书的风景"。至于诸君瞥过一眼之后，是否愿意深入堂奥，那得看各人的机缘。选择"读书""大学""人文学"三个话题，有自家兴趣及能力的限制，但更主要的是，我以为此乃当下中国大学的"关键问题"。

故意不选"正襟危坐"的专业论文，更多的是公开演讲(甚至保留演讲后的答问)，乃取其"平易近人"。这些演说稿，基本上是面向大学生及研究生，演说的场所包括北京大学、清华大学、中国人民大学、中国科学院自动化研究所、国家图书馆、华东师范大学、上海大学、浙江大学、"浙江人文大讲堂"、东南大学、武汉大学、河南大学、华南师范大学、"广州讲坛"、海南大学、台北的政治大学，以及美国的纽约大学、英国的爱丁堡大学、澳大利亚的悉尼大学、韩国的仁川大学、新加坡的旧国会大厅等。

小　引

很早就有一个企图,为大学生写本书,谈谈如何"读书";或者为研究生写本书,谈谈怎样"做学问"。迟迟不愿动笔的原因是,以我多年教学经验,深知今日中国的大学生与研究生,自主性远比当年的我们强多了。学问不见得很好,但视野一定开阔;机遇确实很多,诱惑及陷阱也比比皆是。对于长辈的"谆谆教诲",不当面顶撞你,就算是客气的了,你还希望他/她言听计从?不管你高屋建瓴,义正词严,还是放低身段,循循善诱,同学们大都"我自岿然不动"。设身处地想想,也不是没有道理——值此社会转型、思想转型、知识转型的大时代,"老经验"不见得能解决"新问题",同学们为什么非听你教训不可?

老师有老师的经验,老师也有老师的毛病;最明显的,莫过于"好为人师"——总觉得自己有责任指导年轻一辈,让其少走弯路。其实,一代人有一代人的长处,一代人有一代人的困境,不身临其境,很难深切体会什么叫"艰难的选择"。既然"绝知此事要躬行",你那些陈年往事以及纸上文章,确实是可听可不听。再说,对于人生来说,有些弯路是非走不可的,怎么打预防针也没用;某种意义上,这是成长必须付出的代价。

有感于整个中国学界浮躁之风盛行,从2006年初开始,我奉北大中文系学术委员会令,为研究生开设"学术规范与研究方法"专题课。总题不变,各

（上海：华东师范大学出版社，2016）中的《理直气壮且恰如其分地说出人文学的好处》。

略感遗憾的是，第五辑乃答问，与前四辑文体有别。好在都取"平易近人"而非"正襟危坐"的姿态，至少阅读趣味上还是比较接近的。

2018年6月25日于京西圆明园花园

新版序

为大学生"读书"及研究生"治学"提供某种指引，本书的这一初衷没有改变。只是初版"小引"所说的"书中文字，一半以上从未入集"，等于坦承将近一半是从我的其他著作里选用的。当初设想，此书是给从没读过我其他书的人编写的，可实际上，买此书的读者往往也关心我的其他著述。这让我心中很不安，多次重印后，还是希望重新修订。

此次修订，删去已入他书的七文，另增六则，篇幅略有减少。不过，第一辑读书，第二辑大学，第三辑人文学，第四辑文学教育，感觉还挺整齐的。

若有兴致，谈读书的，还可参看我的《读书是件好玩的事》（北京：中华书局，2015）及《书里书外》增订版（北京：三联书店，2018）；论大学的，则有两三年前北大社推出的"大学五书"（《老北大的故事》《大学何为》《大学有精神》《抗战烽火中的中国大学》《大学新语》）可供对照；关于文学教育，《作为学科的文学史》（北京大学出版社，2016）和《六说文学教育》（北京：东方出版社，2016）一大一小相互生发。倘若关心人文学的危机与进路，请参看《当代中国人文观察》（北京大学出版社，2010）中的《网络时代的传统文化》，以及《讲台上的"学问"》

书中文字，一半以上从未入集；其余的，选自北京大学出版社的《老北大的故事》(增订本)、《大学何为》《大学有精神》《当代中国人文观察》(增订本)、《二十世纪中国文学三人谈·漫说文化》，以及三联书店的《学者的人间情怀——跨世纪的文化选择》。

正题好说，副题颇费斟酌——什么叫"大学生活之春花秋月"？当然，冬天夏天也能读书，但在我看来，春秋更要紧。不管是教师还是学生，假期归来，重新走进教室，都有一种莫名的紧张与激动(有人欣喜，有人厌烦，有人无奈)。当初拟书名，为了对应"风景"一说，脑海里马上蹦出三个词：春风秋月、春花秋实、春花秋月。"风月"本指清风明月，极言风景佳胜(如朱熹《六先生画像·濂溪先生》之"风月无边，庭草交翠")，可如今多被用于男女间情爱之事，容易引起误会；至于以播种／收获说"春秋"，很切合学校的工作目标，可也正因此，显得过分拘泥，不够洒脱。想来想去，还是"花月"好，不太虚，也不太实，可意会，也能言传。

转眼间，冬去春来，又到了踏青时节。江南莺飞草长，连塞北也即将桃红柳绿，不由得记起晋人陶潜的"遗训"——"春秋多佳日，登高赋新诗"。既然写不出什么好诗，那就奉献给读者一册小书。毕竟，书中自有"风景"在。

陈平原
2012 年 3 月 3 日于京西圆明园花园

作为一种生活方式的"读书"[1]

一 读书的定义

什么叫"读书",动词还是名词,广义还是狭义,是"万般皆下品,唯有读书高"的读书,还是"学得好不如长得好,长得好不如嫁得好"的读书?看来,谈论"读书",还真的得先下个定义。

"读书"是人生中的某一阶段。朋友见面打招呼:"你还在读书?"那意思是说,你还在学校里经受那没完没了的听课、复习、考试等煎熬。可如果终身教育的思路流行,那就可以坦然回答:活到老学到老,这么大年纪,还背着那书包上学堂,一点也不奇怪。

"读书"是社会上的某一职业。什么叫以读书为职业,就是说,不擅长使枪弄棒,也不是"商人重利轻别离,前月浮梁买茶去"。过去称读书郎、书生,现在则是教授、作家、研究员,还有许多以阅读、写作、思考、表达为生的。

"读书"是生活中的某一时刻。"都什么时候了,还手不释卷?"春节放假,你还沉湎书海,不出外游览,也不到歌厅舞厅逛逛。

---

[1] 此乃作者 2005 年 12 月 6 日在华东师范大学闵行新校区的讲演稿。

"读书"是精神上的某一状态。在漫长的中外历史上，有许多文化人固执地认为，读不读书，不仅关涉动作，还影响精神。商务印书馆出版加拿大学者曼古埃尔所撰《阅读史》(2002)，开篇引的是法国作家福楼拜1857年的一句话："阅读是为了活着。"这么说，不曾阅读或已经告别阅读的人，不就成了行尸走肉？这也太可怕了。还是中国人温和些，说你不读书，最多也只是讥笑你俗气、懒惰、不上进。宋人黄庭坚《与子飞子均子予书》称："人胸中久不用古今浇灌之，则俗尘生其间，照镜觉面目可憎，对人亦语言无味也。"问题是，很多人自我感觉很好，照镜从不觉得面目可憎，这可就麻烦大了。

这四个定义都有道理，得看语境，也看趣味。前一阵子观赏北方昆曲剧院演的《烂柯山》，朱买臣最后得以扬眉吐气，甚至马前泼水，羞辱那没有长远眼光、耐不住寂寞、非逼他写休书不可的崔氏，靠的是中国古代社会读书可以做官这一精英选拔机制。可这一套，现在不灵了。不是"学而优则仕"，而是"仕而优则学"——这后一个"学"，当然是装模作样的了，"官大学问大"嘛。中国特有的学历高消费，让人哭笑不得。如果有一天，连学校里看大门的，也都有了博士学位，那绝不是中国人的骄傲。眼看着很多人年轻人盲目"考博"，我心里凉了半截，我当然晓得，都是找工作给逼的。这你就很容易明白，很多皓首穷经的博士生，一踏出校门，就再也不亲近书本了，还美其名曰"实践出真知"。

想到这些，我才格外欣赏那些不为文凭，凭自家兴趣读书的人。在北大教书，自然是看好自己的学生；可对那些来路不明的"旁听生"，我也不敢轻视，总是睁一只眼闭一只眼，只要不影响正常的教学秩序，教室里有位子，你尽管坐下来听。这种不太符合校规的通融，其实更适合孔夫子"有教无类"的设想。

拿学位必须读书，但读书不等于拿学位。这其中的距离，何止十万八千里。1917年，蔡元培到北大当校长，开学演讲时，专门谈这问题，希望学生们以学问为重，不要将大学看作文凭贩卖所（《就任北京大学校长之演说》）。

第二年开学,再次强调:"大学为纯粹研究学问之机关,不可视为养成资格之所,亦不可视为贩卖知识之所。"(《北大一九一八年开学式演说词》)日后回想北大十年,蔡先生很得意,以为他改变了中国人对于大学的想象。[1] 现在看来,蔡先生还是过于乐观,成为"贩卖知识之所"的大学,以及视大学为"养成资格之所"的学生,当今中国,比比皆是。

大致感觉是,今日中国,"博士"吃香,但"读书人"落寞。所谓手不释卷,变得很不合时宜了。至于你说读书能"脱俗",人家不稀罕;不只不忌讳"俗气",还以俗为雅,甚至"我是流氓我怕谁"。

二 读书的成本

现在流行一个说法,叫"经济学帝国主义",说的是经济学家对自家学问过于自信,不只谈经济,还谈政治、文化、道德、审美等,

蔡元培

[1] 参见《我在教育界的经验》以及《自写年谱》。

似乎经济学理论能解决一切问题。于是,讲机会,讲效率,讲成本核算,成了最大的时尚。你说"读书",好吧,先算算投入与产出之比,看是否值得。学生选择专业,除个人兴趣外,还有成本方面的考量,这我理解。我不谈这些,谈的是作为一种生活方式以及精神状态的"读书"。

作为一种物质形态的"书籍",与作为一种社会行为的"读书"之间,有某种微妙的关系,值得仔细钩稽。这里所谈论的"读书成本",带有戏拟的成分,可博诸位一笑。

那是一则现代文学史上的公案。这么多劝学诗文，最有趣的，莫过于《礼拜六》的说法："买笑耗金钱，觅醉碍健康，顾曲苦喧嚣，不若读小说之省俭而安乐也。"也就是说，读书好，好在既便宜，又卫生。"一编在手，万虑都忘，劳瘁一周，安闲此日，不亦快哉！"[1]《礼拜六》诸君越说越邪，甚至在报纸上登广告："宁可不娶小老嬷，不可不看《礼拜六》。"这下子可激怒了新文学家，叶圣陶撰《侮辱人们的人》[2]，称："这实在一种侮辱，普遍的侮辱，他们侮辱自己，侮辱文学，更侮辱他人！"宁肯不娶小老婆云云，当然是噱头，不可取，可也说出实情——随着出版及印刷业的发展，书价下降，普通人可以买得起书刊，阅读成为并不昂贵的消费。起码比起大都市里其他更时髦的文化娱乐，是这样。我说的不是赌博、吸毒或游走青楼等不良行为，比起看电影，听歌剧，欣赏芭蕾舞、交响乐来，读书还是最便宜的——尽管书价越来越贵。

现在好了，大学生在校园里，可以免费上网；网上又有那么多文学、史学、哲学名著，可以自由阅读乃至下载。好歹受过高等教育，工作之余，你干什么？总不能老逛街吧？听大歌剧、看芭蕾舞，很高雅，可太贵了，只能偶尔为之。于是，逛书店，进图书馆，网上阅读等，成了日常功课。可问题又来了，阅读需要时间。

十几年前，在香港访学，跟那里的教授聊天，说你们拿那么多钱，做出来的学问也不怎么样，实在让人不服气。人家说，这你就外行了，正因为钱多，必须消费，没时间读书。想想也有道理。大家都说七七、七八级大学生读书很刻苦，他们之所以心无旁骛，一心向学，除了希望追回被耽误的时光，还有一点，那时的诱惑少。不像今天的孩子们，目迷五色，要抵抗，很难。我的经验是，穷

[1] 王钝根《〈礼拜六〉出版赘言》，1914年6月。

[2]《文学旬刊》5号，1921年6月。

人的孩子好读书,一半是天性,以及改变命运的强烈愿望;一半则是无奈,因太时尚太高雅的娱乐玩不起。不过,没关系,这种选择的限制,有时因祸得福。作为生活方式的读书,对财力要求不太高,反而对心境和志趣要求更高些。

三 读书的姿态

在学界享有盛名的《读书》杂志,创刊号上有一名文《读书无禁区》,直接针对那时的诸多清规戒律。人为地划定禁区,说这些书能读,那些书不能读,效果不好。历朝历代,那么多禁书令,全都行不通。越是朝廷查禁的书,读书人越感兴趣。不是说"雪夜闭门读禁书"吗?那可是很高雅的。就说《金瓶梅》吧,经常被禁,可士大夫家置一编,不放在桌子上而已。雍正年间,大臣朗坤不懂规矩,居然"将《三国志》小说之言,援引陈奏",被皇上识破,当即龙颜大怒,下令革职,"枷号三个月,鞭一百发落"。可没人追问,皇上你怎样知道我引的是《三国演义》?是不是你背地里也阅读这些不登大雅之堂的东西?这则材料,我在《中国小说叙事模式的转变》中引用过,很多人感兴趣。

读书没禁区,可阅读有路径。也就是说,有人会读书,有人不会,或不太会读书。只说"开卷有益",还不够。读书,读什么书,怎么读?有两个说法,值得推荐,一是清末文人孙宝瑄的,他在《忘山庐日记》中说,书无新旧,无雅俗,就看你的眼光。以新眼读旧书,旧书皆新;反过来,以旧眼读新书,新书皆旧。

林语堂说的更有趣:只读极上流的,以

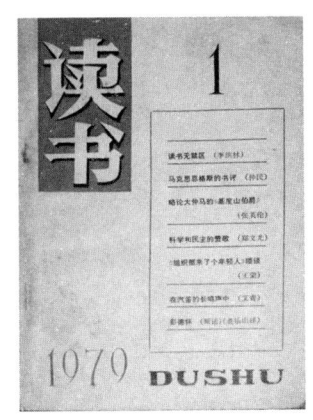

《读书》创刊号

及极下流的书。中流的书不读,因为那些书没有自家面目,人云亦云。最上流的书必须读,这不用说,谁都会这么认为。可为什么要读极下流的书呢?极下流的书里,泥沙混杂,你可以沙里淘金——因为社会偏见,很多先知先觉者的著述,最初都曾被查禁。还有一点,读这种书的人少,你偶尔引述,可以炫耀自己的博学。很多写文章的人,都有这习惯,即避开大路,专寻小径,显得特有眼光。这策略,有好有坏。

金克木有篇文章,题目叫《书读完了》,收在《燕啄春泥》(人民日报出版社,1987)中,说的是历史学家陈寅恪曾对人言,少时见夏曾佑,夏感慨"你能读外国书,很好;我只能读中国书,都读完了,没得读了"。他当时很惊讶,以为老糊涂了;等到自己也老了时,才觉得有道理:中国古书不过是那么几十种,是读得完的。这是教人家读原典,不要读那些二手发挥、三手文献,要截断众流,从头说起。

其实,所谓的"经典",并不是凝固不变的;不同时代、不同民族、不同阶层甚至不同性别,经典的定义在移动。谈"经典",不见得非从三皇五帝说起不可。善读书的,不在选择孔孟老庄那些不言自明的经典,而在判定某些尚在路上、未被认可的潜在的经典。补充一句,我主张"读经典",但不主张"读经"——后者有特定含义,只指向儒家的四书五经,未免太狭隘了。

《书读完了》

谈到读书,不能不提及阅读时的姿态。你的书,是搁在厕所里,还是堆在书桌上,是放在膝盖还是拿在手中,是正襟危坐还是随便翻翻,阅读的姿态不同,效果也不一样。为什么?这涉及阅读时的心态,再往深里说,关涉阅读的志趣与方法等。举个大家都熟悉的人物,看鲁迅是怎样读书的。

鲁迅在《且介亭杂文·随便翻翻》中说,自己有个"随便翻翻"的阅读习惯:"书在手头,不管它是什么,总要拿来翻一下,或者看一遍序目,或者读几叶内容";不用心,不费力,拿这玩意来作消遣,明知道和自己意见相反的书要翻,已经过时的书也要翻,翻来翻去,眼界自然开阔,不太容易受骗。

这"随便翻翻"的意思,接近陶渊明《五柳先生传》所说的"好读书,不求甚解"。可必须记得,鲁迅说了,这不是读书的全部,是"当作消闲的读书","如果弄得不好,会受害也说不定的"。这就是鲁迅杂文的特点,怕你胶柱鼓瑟,说完了,自我调侃,甚至自我消解,让你培养独立意志与怀疑精神。确实如此,鲁迅还有另一种读书姿态。

就拿治小说史来说,鲁迅称:"我都有我独立的准备"(《不是信》)。将《古小说钩沉》《唐宋传奇集》《小说旧闻钞》三书,与《中国小说史略》相对照,不难发现鲁迅著述态度之严谨。比起同时代诸多下笔千言离题万里的才子来,鲁迅的学术著述实在太少;许多研究计划之所以没能完成,与其认真得有点拘谨的治学态度有关。可几十年过去了,尘埃落定,不少当初轰动一时的"名著"烟消云散,而《中国小说史略》却依然屹立,可见认真也有认真的好处。

回到读书,该"随便翻翻"时,你尽可洒脱;可到了需要"扎死寨,打硬仗"的时候,你可千万马虎不得。所有谈论大学校园或读书生活的,都拣好玩的说,弄得不知底细的,以为读书很轻松,一点都不费力气。你要这么想,那你就大错特错了。挂在口头的轻松与压在纸背的沉重,二者合而观之,才是真正的读书生活。

四 读书的乐趣

在重视学历的现代社会,读书与职业之间,存在着某种联系。大学里,只讲修心养性固然不行,可都变成纯粹的职业训练,也未免太可惜了。理想的状态是，不只习得精湛的"专业技能"，更养成高远的"学术志向"与醇厚的"读书趣味"。

读书必须求解，但如何求解，有三种可能性：好读书，不求甚解——那是名士读书；好读书且求甚解——那是学者读书；不读书，好求甚解——这叫豪杰读书。后面这句，是对于晚清"豪杰译作"的戏拟。自由发挥，随意曲解，虽说别具一格，却不是"读书"的正路。

陶渊明的"好读书，不求甚解"，必须跟下面一句连起来，才有意义："每有会意，便欣然忘食"。这里关注的是心境。所谓"古之学者为己，今之学者为人"，如何解说？为自家功名读书，为父母期待读书，或者为祖国富强而读书，都有点令人担忧。为读书而读书——据叶圣陶称，郑振铎谈及书籍，有句口头禅"喜欢得弗得了"（《〈西谛书话〉序》）——那才叫真爱书，真爱读书。读书这一行为自身，就有意义，不待"黄金屋"或"颜如玉"来当药引。将读书作为获取生活资料的手段，或者像龚自珍自嘲的那样"著书都为稻粱谋"，那都是不得已而为之。

古之学者，读书有得，憋不住了，只好著述；今之学者，则是为著述而读书。今日中国，学术评价制度日渐刻板，学美国，"不出版，就死亡"。于是，大家见面，不问读了什么好书，只问出了什么新书，还有申请到什么课题。真不知道如果不报课题，还读不读书。我的感觉是，这种为著述而读书的习惯，很容易使阅读失去乐趣。

作为学者，你整天手不释卷，如果只是为了找资料写论文，也会走向另一极端，忘记了读书是一件很愉快的事情。我自己也有这样的教训。十几年前，为了撰写《千古文人侠客梦》，我猛读了很多好的、坏的武侠小说。读伤了，以致很长时间里，一见到武侠小说就头疼。真希望有一天，能完全卸下学者的盔甲，自由自在地读书。我写过两本闲书《阅读日本》和《大英博物馆日记》，那不是逞能，而是希望自己能恢复对于未知世界的好奇心以及阅读乐趣。阅读这一行为，在我看来，本身就具备某种特殊的韵味，值得再三玩赏。在这个意义上，阅读既是手段，也是目的。只是这种兼具手段与目的的阅读,并非随时随地都能获得。在《大英博物馆日记》的后记中,我引了刘义庆《世说新语》"任诞篇"里王子猷夜访戴安道的故事。真希望"读书"也能到达这个境界:"吾本乘兴而行,兴尽而返",何必考试?何必拿学位?何必非有著述不可?当然,如此无牵无挂、自由自在的"读书",是一种理想境界,现实生活中很难实现,但虽不能至,心向往之。

陶令所说的"每有会意,便欣然忘食",是很多读书人的共同体会;不仅"忘食",还可能忘了生死。刚才提到的《阅读史》中,有一幅摄于1940年伦敦大轰炸期间的照片,很感人。坍塌的图书馆,靠墙的书架并没倒下,瓦砾堆中,三个男子还在怡然自得地阅读。这固然是对抗厄运,坚信未来,但也不妨解读为:"阅读"已经成为必要的日常生活,成为生命存在的标志。这本书中,穿插了大量关于书籍以及阅读的历史图像,很好看;遗憾的是,关于中国的,只有一幅16世纪的版刻,描述秦始皇焚书情景。

1940年10月22日伦敦遭空袭后,西伦敦荷兰屋图书馆

五　读书的策略

读书，读什么书？读经典还是读时尚，读硬的还是读软的，读雅的还是读俗的，专家各有说法。除此之外，还牵涉到不同的学科。我的建议是，读文学书。为什么？因为没用。没听说谁靠读诗发了大财，或者因为读小说当了大官。今人读书过于势利，事事讲求实用，这不好。经济、法律等专业书籍很重要，这不用说，世人都晓得。我想说的是，审美趣味的培养以及精神探索的意义，同样不能忽略。当然，对于志向远大者来说，文学太软弱了，无法拯世济民；可那也不对，你想想鲁迅存在的意义。

两年前，香港学者饶宗颐先生在北大演讲，提到法国汉学家戴密微跟他说的两句话：中国文学世界第一；研究中国，从文学入手是最佳途径。公开发表时，这两句话都被删去了，大概是怕引起不必要的误解，以为是挟洋人以自重。可后面这句，其实很在理。从文学入手研究中国，照样可广大，可深邃。而且，我特别看重一点：从文学研究入手，容易做到体贴入微，有较好的想象力与表达能力。所有这些，都并非可有可无，不是装饰品，而是直接影响你的学问境界与生活趣味。你看外国著名的哲学家、思想家，他们的著作中对于文学经典的引述与发挥，你就明白，中国学者对于文学的阅读，普遍不是太多，而是太少、太浅。

中国传统文化博大精深，确实应该发扬光大，因此，建国学院，修清史，编儒藏，我都没意见。我想提醒的是，今天谈"传统"，有两个不同的含义，晚清以降与西学对话、抗争、融合，并因此而形成的新文化，已经是一个不容忽视的新的传统。比如，谈文学，你只讲屈原、李白、杜甫、关汉卿、曹雪芹，不讲鲁迅，行吗？说到现代文学，因为是我的老本行，不免多说两句。不是招生广告，而是有感而发。尽管我也批评五四新文化人的某些举措，但反对将"文化大革命"的疯狂归咎于五四的反传统。随着中国经济实力以及国际地位的迅速提升，很多人开始头脑发热，大谈"民族自信心",听不得任何批评的声音。回过头来,指责五四新文化人的反叛与抗争,嘲笑鲁迅的偏激与孤独。我理解这一思潮的变化,但警惕可能的"沉渣泛起"。

说到读书的策略,我的意见很简单:第一,读读没有实际功用的诗歌小说散文戏剧等;第二,关注跟今人的生活血肉相连的现当代文学;第三,所有的阅读,都必须有自家的生活体验做底色,这样,才不至于读死书,读书死。

古今中外,"劝学文"汗牛充栋,你我都听了,效果如何?那么多人真心诚意地"取经",但真管用的很少。这里推荐章太炎的思路,作为演讲的结语。章先生再三强调,平生学问,得之于师长的,远不及得之于社会阅历以及人生忧患的多。《太炎先生自定年谱》"1910年"则有曰:"余学虽有师友讲习,然得于忧患者多。"而在1912年的《章太炎先生答问》中,又有这么两段:"学问只在自修,事事要先生讲,讲不了许多。""曲园先生,吾师也,然非作八股,读书有不明白处,则问之。"合起来,就三句话:学问以自修为主;不明白处则问之;将人生忧患与书本知识相勾连。借花献佛,这就是我所理解的"读书的诀窍"。

(初刊《文汇报》2005年12月25日,
《新华文摘》2006年第5期转载)

漫卷诗书喜欲狂
——《读书读书》序

读书、买书、藏书，这无疑是古今中外读书人共有的雅事，非独20世纪中国知识分子为然。只是在常常放不下一张平静的书桌的年代里，还有那么一些不改积习的读书人，自己读书还不够，还舞文弄墨谈读书，此也足证"江山易改，本性难移"。大概也正因为这近百年的风风雨雨，使得谈读书的文章多少沾染一点人间烟火味，远不止于考版本训字义。于是，清雅

《读书读书》

之外，又增了一层苦涩，更为耐人品味。可是，时势的过于紧逼，又诱使好多作家热心于撇开书本直接表达政治见解，用意不可谓不佳，文章则难免逊色。当然，这里谈的是关于读书的文章；政论自有其另外的价值。不想标举什么"雅驯"或"韵味"，只是要求入选的文章起码谈出了一点读书的情趣。

一

既然识得几个字，就不免翻弄翻弄书本，这也是人之常情，说不上雅不雅。可自从读书成为一种职业准备，成为一种仕进的手段，读书人的"韵事"一转而为十足的"俗务"。千百年来，"头悬梁，锥刺股"的苦读，居然成了读书人的正道；至于凭兴趣读书这一天经地义的读书方式反倒成了歪门邪道——起码是误人子弟。于是造出一代代拿书本当敲门砖而全然不懂"读书"的凡夫俗子，读书人的形象自然也就只能是一脸苦相、呆相、穷酸相。

殊不知"读书"乃人生一大乐趣，用林语堂的话来说，就是"天下读书成名的人皆以读书为乐"（《论读书》）。能不能品味到读书之乐，是读书是否入门的标志。不少人枉读了一辈子书仍不入其门，就因为他是"苦读"，只读出书本的"苦味"——"书中自有黄金屋，书中自有颜如玉"的读书理想就是典型的例证。必须靠"黄金屋""颜如玉"来证明读书的价值，就好像小孩子喝完药后父母必须赏几颗糖一样，只能证明喝药（读书）本身的确是苦差事。所谓"读书的艺术"，首先得把"苦差"变成"美差"。

据说，"真正的读书"是"兴味到时，拿起书本来就读"（《读书的艺术》）。林语堂教人怎么读书，老舍则教人读什么书："不懂的放下，使我糊涂的放下，没趣味的放下，不客气。"（《读书》）其实，说是一点不读"没兴味"的书，那是骗人的；起码那样你就无法知道什么书是"有兴味"的。况且，每个人总还有些书确实是非读不可的。鲁迅就曾区分两种读书方法：一种是"看非看不可的书籍"，那必须费神费力；另一种是"消闲的读书——随便翻翻"（《随便翻翻》）。前者目的在求知，不免正襟危坐；后者意在消遣，自然更可体味到读书的乐趣。至于获益，则实在难分轩轾。对于过分严肃的中国读书界来说，提倡一点凭兴趣读书或者意在消闲的"随便翻翻"，或许不无裨益。

这种读书方法当然应付不了考试；可读书难道就为了应付那无穷无尽的考试？人生在世，不免考场上抖抖威风，先是被考后是考人，"考而不死是为神"；可那与读书虽不能说了无关系，却也实在关系不大。善读书者与善考试者很难画等号。老舍称"考试制度是一切制度里最好的，它能把人支使得不像人了，而把脑子严格的分成若干小块块。一块装历史，一块装化学，一块……"（《考而不死是为神》）。如果说中小学教育借助考试为动力与指挥棒还略有点道理的话，那么大学教育则应根本拒绝这种读书的指挥棒。林语堂除主张"找到思想相近之作家，找到文学上之情人"作为读书向导外（《论读书》），还对现代中国流行的以考试为轴心的大学教育制度表示极大的愤慨，以为理想的大学教育应是"熏陶"，借用牛津教授的话："如果他有超凡的才调，他的导师对他特别注意，就向他一直冒烟，冒到他的天才出火。"（《吸烟与教育》）如今戒烟成风，不知牛津教授还向门生喷烟否？不过，"与君一夕话，胜读十年书"与"头悬梁，锥刺股"，的确是两种截然不同的读书境界。前者虽也讲"求知"，却仍不忘兴致，这才是"读书"之精髓。

俗云："两耳不闻窗外事，一心只读圣贤书。"其实，要想读懂读通"圣贤书"，恰恰必须关心"窗外事"。不是放下书本只问"窗外事"，而是从书里读到书外，或者借书外解读书里。"翻开故纸，与活人对照，死书就变成活书。"（周作人《闭户读书论》）识得了字，不一定就读得好书。读死书，读书死，不是现代读书人应有的胸襟。"风声雨声读书声，声声入耳；家事国事天下事，事事关心"——这也算是中国读书人的真实写照。并非都如东林党人那样直接介入政治斗争，但关心时世洞察人心，却是将死书变成活书、将苦读变成人生一大乐趣的关键。

其实，即使你无心于时世，时代风尚照样会影响你读书的口味。这里选择的几篇不同时代谈线装书（古书）之是否可读、如何读的文章，即是明证。五四时代之谈论如何不读或少读古书，与80年代之主张从小诵读主要的古代经典,都是面对自己时代的课题。

二

读书是一件乐事,正因为其乐无穷,才引得一代代读书人如痴如醉。此等如痴如醉的读书人,古时谓之"书痴",是个雅称;如今则改为"书呆子",不无鄙夷的意思。书呆子"喜欢读书做文章,而不肯牺牲了自己的兴趣,和自己认为有意义的事业,去博取安富尊荣"(王了一《书呆子》),这在商品经济日益发达的现代社会里,实在是不合时宜。可"书呆子自有其乐趣,也许还可以说是其乐无穷"(同上)。镇日价哭丧着脸的"书呆子"必是冒牌货。在那"大学教授的收入不如一个理发匠"的抗日战争中,王了一称"这年头儿的书呆子加倍难做";这话移赠今天各式真真假假的书呆子们,是再合适不过的了。但愿尽管时势艰难,那维系中国文化的书呆子们不会绝种。

书呆子之手不释卷,并非为了装门面,尤其是在知识贬值的年头,更无门面可装。"他是将书当作了友人,将读书当作了和朋友谈话一样的一

叶灵凤《读书随笔》

件乐事"（叶灵凤《书痴》）。在《书斋趣味》中，叶灵凤描绘了颇为令读书人神往的一幕：

> 在这冬季的深夜，放下了窗帘，封了炉火，在沉静的灯光下，靠在椅上翻着白天买来的新书的心情，我是在寂寞的人生旅途上为自己搜寻着新的伴侣。

大概每个真正的读书人都有与此大致相近的心境和感悟。宋代诗人尤袤流传千古的藏书名言："饥读之以当肉，寒读之以当裘，孤寂而读之以当友朋，幽忧而读之以当金石琴瑟也"，说的也是这个意思。这才能解释为什么古今中外有那么多绝顶聪明的脑袋瓜放着大把的钱不去赚，反而"虽九死其犹未悔"地买书、藏书、读书。

几乎每个喜欢读书的书呆子都连带喜欢"书本"这种"东西"，这大概是爱屋及乌吧？反正不只出于求知欲望，更多的带有一种审美的眼光。这就难怪读书人在字迹清楚、正确无误之外，还要讲求版本、版式设计乃至装帧和插图。至于在藏书上盖上藏书印或贴上藏书票，更是主要出于赏心悦目这一审美的需要。正是这无关紧要的小小点缀，明白无误地说明读书确实应该是一种高级的精神享受，而不是苦不堪言的"劳作"。

更能说明读书的娱乐性质的是读书人买书、藏书这一"癖好"。真正的读书人没有幻想靠藏书发财的，换句话说，读书人逛书店是一种百分之百的赔本生意。花钱买罪受，谁愿意？要不是在书店的巡礼中，在书籍的摩挲中能得到一种特殊的精神愉悦，单是求知欲还不能促使藏书家如此花大血本收书藏书——特别是在有图书馆可供利用的现代社会。就好像集邮一样，硬要说从中得到多大的教益实在有点勉强，只不过使得乐于此道者感觉生活充实精神愉悦就是了。而这难道还不够？让一个读书人做梦中都"无视一切，直奔那卖书的地方"（孙犁《书的梦》），可见逛书店的魅力。郑振铎的感觉是真实的："喜欢得弗得了"（叶圣陶《〈西谛书话〉序》）。正因为这种"喜欢"没有掺杂多少功利打算，纯粹出于兴趣，方见真性情，也才真正当得起一个"雅"字。

平日里这不过是一种文人的闲情逸致，可在炮火连天的战争年代，为保存古今典籍而置个人生死于度外，此时此地的收书藏书可就颇有壮烈的味道。郑振铎称："夫保存国家征献，民族文化，其苦辛固未足埒攻坚陷阵，舍生卫国之男儿，然以余之孤军与诸贾竞，得此千百种书，诚亦艰苦备尝矣。"(《〈劫中得书记〉序》)藏书极难而散书极易，所谓"书籍之厄"，兵火居其首。千百年来，幸有一代代爱书如命的"书呆子"为保存、流传中华文化典籍而呕心沥血。此中的辛酸苦辣，读郑氏的《劫中得书记》前后两篇序言可略见一斑。至于《访笺杂记》和《姑苏访书记》二文，虽为平常访书记，并无惊心动魄之举，却因文字清丽，叙述颇有情趣，正好与前两文的文气急促与带有火药味相映成趣。甚至，因其更多涉及版刻的知识以及书籍的流变而更有可读性。

当然，不能忽略读书还有接受教益的一面，像黄永玉那样"在颠沛的生活中一直靠书本支持信念"的(《书和回忆》)，实在不可胜教。可从这个角度切入的文章本书选得很少，原因是一涉及"书和人"这样的题目，重心很自然就滑向"人"，而"书"则成了起兴的"关关雎鸠"。再说，此类文章不大好写，大概因为这种经验太普遍了，谁都能说上几句，反而难见出奇制胜者。

三

最后一辑六篇文情并茂的散文，分别介绍了国内外四个大城市的书店：日本的东京、英国的伦敦、中国的北京和上海。各篇文章叙述的角度不大一样，可主要的着眼点却出奇地一致，那就是突出书店与文化人的精神联系。书店当然是商业活动的场所，老板当然也以赢利为主要目的；可经营书籍毕竟不同于经营其他商品，它同时也是一种传播文化的准精神活动。这就难怪好的书店老板，于"生意经"外，还加上一点"文化味"。正是这一点，使得读书人与书店的关系，并非一般的买卖关系，更有休戚相关，一损俱损一荣俱荣的味道。书业的景气与不景气，不只关涉到书店的生意，更从一个特定的角度折射出当代读书人的心态与价值追求。书业的凋零，"不胜感伤之至"的不只是书店的掌柜，更包括常跑书店的读书人，因其同时显示出文化衰落的迹象（阿英《城隍庙的书市》）。

以书商而兼学者的固然有，但不是很多；书店的文化味道主要来源于对读书人的尊重，以及由此而千方百计为读书人的读书活动提供便利。周作人称赞东京丸善株式会社"这种不大监视客人的态度是一种愉快的事"，而对那些"把客人一半当作小偷一半当作肥猪看"的书店则颇多讥讽之辞（《东京的书店》）。相比之下，黄裳笔下旧日琉璃厂的书铺更令人神往：

> 过去人们到琉璃厂的书铺里来，可以自由地坐下来与掌柜的谈天，一坐半日，一本书不买也不要紧。掌柜的是商人也是朋友，有些还是知识渊博的版本目录学家。他们是出色的知识信息传播者与咨询人，能提供有价值的线索、踪迹和学术研究动向，自然终极目的还是做生意，但这并非唯一的内容。至少应该说他们做生意的手段灵活多样，又是富于文化气息的。(《琉璃厂》)

而朱自清介绍的伦敦的书店，不单有不时举办艺术展览以扩大影响者，甚至有组织读诗会，影响一时的文学风气的诗人办的"诗籍铺"（《三家书店》）。书店而成为文学活动或人文科学研究的组织者，这谈何容易！不过，办得好的书店，确实可以在整个社会的文化建设中发挥积极作用。

而对于读书人来说，有机会常逛此等格调高雅而气氛轻松融洽的书店，自是一大乐事，其收益甚至不下于钻图书馆。这就难怪周作人怀念东京的"丸善"、阿英怀念上海城隍庙的旧书摊、黄裳怀念北京琉璃厂众多的书铺。可是，读书人哪个没有几个值得深深怀念的书铺、书店？只是不见得如琉璃厂之知名，因而也就较少形诸笔墨罢了。

1989 年 1 月 15 日于北大畅春园

（此序言见拙编《读书读书》[北京：人民文学出版社，1989；上海：复旦大学出版社，2005]，刊《文学自由谈》1990 年第 4 期时，题为《漫卷诗书喜欲狂》）

读书的"风景"与"爱美的"学问[1]

今天的演讲,就从一首小诗说起。现代诗人卞之琳在上世纪30年代写了一首长诗,改来改去不满意,最后长诗不要了,截取其中一段,就成了中国现代文学史上很有名的意蕴丰富而又朦胧的短诗《断章》,只有这么四句:"你在桥上看风景,/看风景人在楼上看你。/明月装饰了你的窗子,/你装饰了别人的梦。"毫无疑问,在这首诗里,"风景"是个关键词。只是该如何解读,当时的文坛众说纷纭。批评家李健吾站出来,说这首诗"寓有无限的悲哀,着重在'装饰'两个字"。卞之琳听了,说不对呀,"装饰"不是着重点,我想强调的是"相对"。主客之间互相对立、互相借景、互相装饰,这才是我要表达的。

请记得,这是一个北大英文系出身、对哲学很有兴趣的现代诗人,有对社会人生、万事万物普遍存在着关联性的哲学思考。这很容易让人联想到辛弃疾的"我见青山多妩媚,料青山、见我应如是"。"我"和"青山"之间,互相对峙,互相观赏,"青山"是我的风景,反过来,"我"也是青山的风景。马上,你又会

[1] 此乃2009年7月11日在国家图书馆的演讲稿,7月29日修订于香港中文大学客舍。

想到一篇名文《西湖七月半》。那是明末张岱《陶庵梦忆》中的一则，是中国文学史上的名篇，早就进入中学语文教材。西湖七月半，一无可看，只可看看七月半之人。看七月半的人，可分为五类：有人看风景，有人看人，有人希望人家注意到他在看风景……也就是说，不管你有心招摇，还是无意表演，你都成为人家的风景。

我想强调的是，在一个注重知识、欣赏休闲、标榜品味的年代，"读书"会成为风景，"行旅"会成为风景，"踏青"也会成为风景。这一道道靓丽风景的背后，蕴涵着我们对于知识、对于社会、对于人生的新理解。当然，"风景"有大小、高低、雅俗之分。就让我们沿着这个思路，讨论这一道道"风景"是如何酝酿、怎样浮现、可否转化，以及是不是"即将消逝"的。

一　"读书"为何成为"风景"

先说"读书"是如何成为"风景"的。北大百年校庆时，我曾写过一篇小文，题目叫《即将消逝的风景》，据说流传颇广。说的是，那些学养丰厚、有精神、有趣味的老学者，是大学校园里最为靓丽的风景。当年我念中大、念北大，都看到过很多这样的风景。老教授们在校园里闲谈、漫步，望着他们的身影，你会特感动，觉得这校园很有文化。对于大学生和研究生来说，在大学念书，不仅阅读书本，也阅读教师。某种意义上，教师也是学生眼中的"文本"，要经得起他们的鉴赏或挑剔，还真不容易。我们这代教授，是否还能成为学生们茶余饭后的审美对象？不知道，反正我有点担心。当然，这里有技术原因，中年以下的教师，大都住在校外。再过若干年，大学校园里，再也没有老教授的身影。因此，明知"江山代有才人出"，我还是感叹，这道风景即将消逝。现在看来，这话得略为修正：只要有心且努力，老教授是风景，青年学生也可以成为风景；大学校园里有风景，郊野乡下的读书场景，同样可以成为风景。但有一点，这些风格迥异的"风景"，需要有心人去发掘、去鉴赏、去追怀。

当然，我说的"读书"，不是为了应付考试或谋取功名而"头悬梁锥刺股"，而是没有任何功利目的、全凭个人兴趣的"漫卷诗书喜欲狂"。这样的"读书"，方才称得上"风景"；这样的"风景"，方才难以为继，值得你我好好追怀。

为什么强调这一点？因为，在我看来，一部人类文明史，就是一部"阅读史"，一部人类借助书籍的生产与阅读来获取知识、创造知识、传播知识的历史。加拿大学者阿尔维托·曼古埃尔写过一本书，叫《阅读史》，商务印书馆 2002 年刊行中译本。这书讲的是人类——从东方到西方、从古代到当代——是怎样读书的，以及读书又是如何成为整个知识生产的中心的。从"书籍史"到"阅读史"，再到我今天着重讨论的，将"读书"这一社会行为作为审美对象。换句话说，我关注的不是图书的生产过程或阅读效果，而是"读书"是怎样成为"风景"的，这道"风景"又是如何被文人所描述、被画家所描摹、被大众所记忆的。

先从庞贝古城的一幅壁画说起。我们都知道，庞贝城始建于公元前 6 世纪，公元 79 年毁于维苏威火山大爆发。经由考古发掘，公元 1 世纪古罗马人的生活场景，赫然呈现在我们面前。你看，这位女性手持莎草纸制作的"书籍"，正在认真地阅读。可见，古罗马人已将"读书"视为十分重要的日常生活。只有当人们觉得"读书"这姿态很优雅时，才会将其作为壁画题材。

下面这几幅图，同样值得品味：16 世纪曾出版过一本叫《各种人工机械装置》的书，其中提到这么一个发明，可同时阅读多本书的转轮。这发明人肯定是书痴，读一本还不够，希望同时读

庞贝城壁画

16世纪可同时阅读多本书的转轮

好多本书！不仅广搜博览，还希望一目十书，这是多么疯狂的阅读梦想。下面这一幅，是18世纪法国版画"当众朗读"，不只看书，还要讲书。之所以当众朗读，可能是为了传播知识，但也可能是炫耀自家的阅读能力。总之，"读书"是一个很美好的场景，你看，这是18世纪法国洛可可风格画家弗拉戈纳（1732—1806）的绘画：阅读中的少女，场面静谧，光线柔和，举止优雅，引诱你再三凝视。跟这构图很接近的，是20世纪法国女作家科莱特（1873—1954）在花园里读书的照片。搬一把椅子，在花园里坐下来，手捧一本书，请照相师给拍照，为什么？就因为这场面感人。

不管是壁画、版画、油画、照片，将"读书"这一瞬间凝固下来，作为风景，悬挂在书房或卧室中，时刻提醒你，"读书"，这是一件值得夸耀的好事。在《作为一种生活方式的"读书"》中，我曾提及一幅让我震撼的照片：1940年10月22日伦敦遭德军轰炸，很多房子倒塌了，这间西伦敦

18世纪法国版画"当众朗读"

阅读中的少女

在花园阅读

读书的"风景"与"爱美的"学问　　　029

《阅读史》

荷兰屋图书馆,墙壁也已倾颓,地下满是砖石,竟然有人不顾敌机刚刚离去,又在书架前翻检自己喜爱的图书。或许,越是这种艰难时刻,越需要书籍作为精神支撑。这照片录自我刚才提及的《阅读史》。可惜这位加拿大学者对中国历史很不熟悉,整本书中,只用了一幅中国插图,那就是16世纪的木刻"秦始皇焚书"。作为一个文明古国,中国人更多的时候是写书、刻书、读书,而不会只是"焚书"。就好像今天,只要你愿意,随时可以发现身边无所不在的让人感动不已的"阅读"场面。

二 "行旅"同样可以入画

与"读书"相似,"行旅"也可以入画。为什么?因为旅行是一种重要的社会行为,对于风景的发现、知识的收获,以及阅历、美感等的形成,都是很重要的途径。若从文化史角度考察,你会发现,旅行需要凭借各种工具,乘车船,骑毛驴,坐飞机,不同时代旅行工具的变化,带来一系列感知及审美方式的差异,这同样值得关注。陆游的"此身合是诗人未?细雨骑驴入剑门",不同于李白的"朝辞白帝彩云间,千里江陵一日还",更不同于你我的今日北京明日纽约。黄遵宪之所以写《今别离》,也是意识到交通工具的进步,影响了旅行者的心态,改变了旅行这一行为的社会意义。

古人旅行很危险,路上可能遭遇各种妖怪,必须配带辟邪的灵药——这跟我们今天出门上路,需要带点常用药品大致相近。这很有意思,看得出一个时代的知识水准。江绍原写《中国古代旅行之研究》,专门讲古人旅行时的迷信，比如碰到鬼、妖的可能性，以及各种回避的办法，包括如何借佩带各种灵药来辟邪。有关旅行的文化史著述，还可以举出地图研究。今天资讯很发达，我们出远门时，照样习惯带上地图。古代更是如此，千山万水，乡野驿站，你怎么上京赶考，或外出经商？出门第一站，该走到哪里，有多少路程，中间长亭短亭，晚上歇什么地方，住宿的店铺以及酒菜的价格等，这些信息都很重要。这种实用性很强的图书，不入高人眼，但出门时必带。唐宋我不清楚，翻看明代类书如《一统路程图记》《士商类要》等，有各种简要地图及详细的资讯。古人远行确实不易，难怪有悲悲切切的"长亭送别"。

到了晚清，社会发生巨大变迁，很多人自愿或被迫远游海外。可能是留学，也可能是出使，还可能通商、劳工输出等，这种海外游历，大大拓展了中国人对世界地理及人类文明的理解与想象。所谓"开眼看世界"，很大程度是借助旅行来实现的。随着交通工具的发达，"上路"不再是一件特别可怕的事情了。很有仪式感的"长亭送别"，也随之逐渐消失了。不知不觉中，"旅行"变得没有风险，很舒服，也很优雅，甚至让人心旷神怡。这样一来，"旅行"竟成了重要的"象征资本"。每当有人向你喋喋不休地讲述其远游见闻时，千万别打断。不说人家在炫耀，起码也是自我表彰——它代表着闲暇、金钱、眼界、趣味等。对有的人来说，"旅行"是工作；而对另外的人来说，"旅行"则是休闲。不管哪一类，旅行都是一种重要的社会经验，也是一种象征资本。

那么，文人学者是如何看待"旅行"这一社会行为的？就以三个现代中国作家为例，看"旅行"是如何成为热门话题的。北大英文系高才生梁遇春，英年早逝，著作不多。1935年开明书店版散文集《泪与笑》中，有一则《途中》，大意是说，我们平时都在做事，不管正

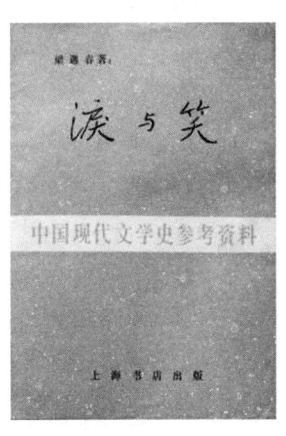

《泪与笑》

事还是歪事,反正很忙碌,注意力只能集中在这一点。只有在路上,在没有到达目的地之前,我们的步伐是悠然的。匆匆忙忙的一生里,只有在途中,才能真切体会人生的实况。在这个意义上,车中、船上、人行道,这是人生博览会的三张入场券。可惜很多人没有很好地利用它,把它当废纸扔掉,空走了一生的路。旅行不仅让我们了解人生、亲近自然,而且,旅行本身很有诗意,像雨雪霏霏,杨柳依依,都很浪漫。这种境界,只有有福的人才能享受。作者开列了一大堆中外书名,说明很多杰作都是以"旅行"为骨架的。跟爱情一样,旅行也是一个永恒的主题。

另一个著名散文家,也写《旅行》,可他把话倒过来,称"我们中国人是最怕旅行的一个民族"。我说的是梁实秋。梁早年跟鲁迅论战,很多中学生是从鲁迅的《丧家的资本家的乏走狗》中了解他的,这当然很不准确。

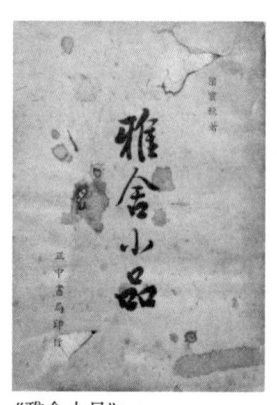

《雅舍小品》

《山水》

其实,梁实秋是很有成就的翻译家、文学史家和散文家。这篇《旅行》就出自他40年代末刊行的《雅舍小品》。中国人之所以怕旅行,那是因为"真正理想的伴侣是不易得的"。朋友见面聊天,很容易相谈甚欢;可长途旅行就不一样了。太脏了不行,洁癖也不行;睡觉打呼噜不行,整天沉默也不行;油头滑脑不行,呆头呆脑也不行。"要有说有笑,有动有静,静时能一声不响的陪着你看行云,听夜雨,动时能在草地上打滚像一条活鱼!这样的伴侣那里去找?"换句话说,作者不是低估旅行的价值,而是希望旅行者调整心态——包括对旅伴的要求。

说到旅行者的心态,我推荐冯至的《山村的墓碣》。这位北大德语系毕业、后曾留学海德堡大学的"中国最优秀的抒情诗人",40年代出版散文集《山水》,中间就收了这篇《山村的墓碣》。文章很短，说的是德国和瑞士交界处，到处是山谷和密林，林径中有一墓碣："一个过路人，不知为什么，走到这里就死了，一切过路人，从这里经过，请给他作个祈祷。"蜿蜒的林间小路，静静地躺着一块墓碑，记录着一个生命的消逝，一段旅程的终止。那人是谁？因何死去？不知道，也没必要知道。这就是人生，或万里无云，或波涛汹涌，最终都将消失在旅途中。这既是写实，也是象征，乃诗人对于"在路上"这一人生境况的体会与思索。

读书人足不出户，单靠冥思苦想，是很难成就大学问的。这一点，古人很清楚，所谓"读万卷书，行万里路"是也。古今中外的读书人，都曾借助"上路"来求学问，交朋友，并传播自己的名声。可是，"行路"不一定非跟"读书"结盟不可。某种意义上，"旅行"作为一种生活方式，一种审美过程，一种生命境界，本身就有独立价值。不说诗文，就说绘画吧。在中国，山水之所以入画，很大程度是因为旅人。先有"旅人"，后才有"景观"。不妨欣赏宋人范宽《溪山行旅图》、五代关仝《关山行旅图》，以及明人戴进的《关山行旅图》，表现的对象是山水，题名却都是"行旅"，就因为旅人的眼光赋予了山水审美的意义。旅人不是一般的动物，景观也并非简单的地貌，二者相逢，互相对峙与对视，方才有所谓的"风景"。重峦叠嶂，山路蜿蜒，中间有一赶路人。别看这小人在画面上很不起眼，却是点睛之笔。好山好水，好树好屋，可观可赏，可居可游，这是中国山水画的特点。

2004年春天，作为"中国文化年"的

《溪山行旅图》

重要组成部分，中国政府在巴黎大宫博物馆举办了《神圣的山峰——中国博物馆馆藏精品展》。众多精彩展品中，就包含清人黄向坚的组画。黄向坚（1609—1673）字端木，苏州人，比他的善画山水更有名的，是他的万里寻亲。黄向坚的父亲在昆明当小官，明清易代，其处境之艰难可想而知。于是，黄孝子从苏州出发，于干戈载道之中，跋涉山川，历经无数艰难险阻，把父母接回老家奉养。清人顾公燮《消夏闲记》中，记载此万里寻亲故事；诗人归庄据此撰有《黄孝子传》，戏剧家李玉则编有《万里圆》传奇，后者还进入各种文学史。至于黄向坚本人，其所撰《寻亲纪程》《滇还纪程》，兼及图文。作为山水册页的特例，这组兼及叙事功能的《寻亲纪程图》，引起我极大的兴趣。这位万里寻亲的孝子，一路诗文，一路画画，而每幅山水里，都有一个挟着雨伞步履匆匆的行人，那就是他本人。跟他的同乡徐霞客借"游记"摹写大好河山好有一比，同时代画家中，难得有黄向坚那么"见多识广"的——万里寻亲的另一面，便是饱览了西南大好河山。若"丽江花甸"的入画，若"莲峰旭日"的绚丽，都让人刮目相看。

撇开"孝子寻亲"的道德意义，单是作为纪录旅程的山水册页看待，黄君的《寻亲纪程图》也值得珍惜。而我关注的是，"旅人"之所以"入画"，就因为旅行这一社会行为，对于"风景"的发现来说，意义十分重大。

《寻亲纪程图》

三　暮春者，春服既成

最近两年，因先后在云南大学、安徽师大、东南大学、南京大学和华东师大等处演讲"文学课堂的追怀与重构"，屡次提及汪曾祺（1920—1997）所撰关于西南联大的文章，如《泡茶馆》《跑警报》《沈从文先生在西南联大》《西南联大中文系》等，蓦然间想起，汪先生去世已经十多年了。我喜欢汪先生的小说、散文及评论文字，当然，更喜欢他那作为"最后一个士大夫"的生活姿态。还记得80年代初，汪先生写过一篇小文，题为《我是一个中国人——散步随想》，收入北京师范大学出版社1998年版《汪曾祺全集》第三卷。文章谈小说主题、谈现代派、谈爱护祖国语言等，其中有一节，讲的是中国人的"生活趣味"："我不是从道理上，而是从感情上接受儒家思想的。我认为儒家是讲人情的，是一种富于人情味的思想。《论语》中的孔夫子是一个活人。他可以骂人，可以生气着急，赌咒发誓。"汪先生的自我概括很有趣："我大概是一个中国式的抒情的人道主义者。"

"中国式的抒情的人道主义者"，这说法不是很准确，但有味道；而且只可意会，难以言传。记得90年代初，有一回在北京郊区给文学青年上课，他讲小说创作，我讲文学评论。晚上，汪先生喝了点酒，随意捡起一根破毛笔，给我写了幅中堂，是抄他的旧作。诗好，字好，更好的是那种洒脱的精神状态。不端架子，不讲纸笔，不避重复，不假思索，写完了，还自己欣赏了好一阵子，问我：怎么样，还不错吧？此情此景，如在眼前；可那个欣赏孔夫子生活态度的汪先生，早已不在人间。一直想写点怀念文字，只是苦于不得其门而入。忽然想起刚才提及的汪先生那篇自述，其中提及："我很喜欢《论语·子路曾晳冉有公西华侍坐章》。'暮春者，春服既成，冠者五六人，童子六七人，浴乎沂，风乎舞雩，咏而归。'我以为这是一种很美的生活态度。"文章还引述孟子的"大人者，不失其赤子之心"、陶渊明的"暧暧远人村，依依墟里烟"、宋儒的"万物静观皆自得,四时佳兴与人同"等,都是一些充满生气与诗趣的"人境"。

比起孟子、陶潜以及宋儒的诗文来,孔子"吾与点也"的"言志",无疑更为世人所熟知,也更为古往今来无数读书人所赞叹。这段话到底该如何诠释,历代众说纷纭。不说远的,就举两个近的例子。杨树达《论语疏证》先引《后汉书·仲长统传》渲染文人趣味,如何"欲卜居清旷以乐其志",然后发挥:"孔子所以与曾点者,以点之所言为太平社会之缩影也。"钱穆的《论语新解》则称:"本章吾与点也之叹,甚为宋明儒所乐道,甚有谓曾点便是尧舜气象者。此实深染禅味。朱注《论语》亦采其说,然此后《语类》所载,为说已不同。后世传闻有朱子晚年深悔未能改注此节留为后学病根之说,读朱注者不可不知。"

钱穆所说的宋儒意见,可以朱熹的解说为代表。朱熹的注,表扬曾子"即其所居之位,乐其日用之常,而胸次悠然,上下与天地同流,有万物各得其所之妙,故夫子叹息而深许之"。暮春三月好天气,新缝单衣上了身,约上弟子若干,结队前往沂水边游玩歌咏,乘兴而去,兴尽而归,确是极高的乐处,也是最大的风流。在大学教书,我原本也喜欢带学生踏青,因北京的春天来去匆匆,格外值得珍惜。可如今不敢贸然,因学校再三提醒:带学生出游,不管远近,安全第一,最好预先买保险。确有大学生外出游览时不幸遇难,家长兴师问罪的,难怪学校胆战心惊。

说到这里,岔开去,讲点文人逸事。据说诗人陈梦家当年在西南联大教书,每回讲《论语》,朗读到"暮春者,春服既成"时,便挥动双臂,长袍宽袖,飘飘欲仙,很有魅力。有调皮的学生故意请教:孔门弟子七十二贤人,有几人结了婚?几人没结婚?这问题本来无解,没想到陈梦家信口回复:"冠者五六人,五六得三十,故三十个贤人结了婚;童子六七人,六七得四十二,四十二个没结婚,三十加四十二,正好七十二贤人。"此番对答,虽是歪解,一时传为佳话。这与陆侃如的故事很相似:据说当初在法国博士考试时,导师问:为何"孔雀东南飞"?才思敏捷的陆侃如随声应曰:因为"西北有高楼"。二者都是《古诗十九首》中的名句,谁都知道,这只是起兴而已;如此巧对,更多的是表现学者的才情。"逞才使气"中,也可见那一代读书人的自信、潇洒与从容。

又到了"暮春三月",想起了丰子恺的一幅彩色漫画《春日游,杏花吹满头》。画题借用韦庄的《思帝乡》,画面上桃红柳绿,扶老携幼,踏青去也。为什么要踏青?硬要说是为了"多识鸟兽草木之名",实在多余;不为什么,就是喜欢。正是在其乐融融的春游中,我们对外发现了自然的美,对内发现了自己的深情。

《春日游,杏花吹满头》

四　专深很好,博雅更佳

读书、行旅、踏青,有何意义?硬要辩解,都可说是为了获取知识。但在我看来,比"知识"更重要的,是"趣味"与"心情"。这就回到教育的主要目标:到底是培养专家,还是养成人格。

当下中国,高等教育日益大众化,无论校长、教师还是学生,都应调整思路及立场。我的立场很明确:大学应该与职业学校拉开距离,上岗前培训一下就行的专业技能,大学不该教。所谓"专业对口",社会需要什么我们教什么,不是好趋势。关键在于,培养出来的学生,脑袋是否灵活,肯不肯学习,有无接受或创造知识的能力。因此,我反对人文学科往实用方面转。至于为了"生产自救",在校园里打"国学"旗号办各种"董事长训练班",更不是长远之计。目前的状态是:专业化成为潮流,反而是另一句话，即读书的目的是成为"博雅君子"，基本上落空了。

目前中外大学授予的最高学位是博士。所谓"博士"，在我看来，最名不符实，不是指博大精深、博古通今、博闻强记、博物君子，而是指"术业有专攻"。按我的语感，在学士、硕士、博士三级学位中，最好听的是"学士"。因为，汉语的"硕士"二字，除了是第二级学位，还有就是品节高尚、学问渊博之士。至于"博士"和"学士"，在古代都曾经是官名。不掉书袋了，只说一句，明清两代，讲官衔，"学士"比"博士"大多了。

还有一点，在古代中国，"博士"有时是指具有某种技艺或从事某种职业的人，有点像我们今天称"师傅"。比如，明清小说中常见的"酒博士""茶博士"，就不是官。说"学士"，不会有这样的误解。另外，在古代，"学士"有时泛指读书人。这多好，管你是不是博通古今，只要肯读书，就可以叫你"学士"。所以，我很喜欢"学士"这个称呼，因其不势利，指向的是"作为一种生活方式的读书"。

刚才说了，"学士"最好，指向读书的心境，不讲功名，故多有趣味。可大部分情况下，"读书"这一行为，还是跟某种特殊利益，比如升官发财，紧密联系在一起的。因此，学问渊深的专家，很可能并非博雅君子。现在大家推崇的，都是专业成就，看重各种虚虚实实的头衔，比如博士生导师呀，科学院院士呀，诺贝尔奖获得者呀，等等。只要有了这些耀眼的光环，从政府到企业，到处有人请你"莅临指导"。正因此，请大家关注鲁迅的忠告："博识家的话多浅，专门家的话多悖的"；"专门家除了他的专长之外，许多见识往往不及博识家或常识者的"。这是鲁迅1935年在《名人和名言》中的说法。此外，鲁迅不止一次对"专家"表示不以为然。

周氏兄弟，可以说是近现代中国最为博学深思的"读书人"。我把"读书人"看得比"专门家"还高，除了学问，还有趣味。周作人《我的杂学》分20节，总结自己一生所学，从《诗经》、陶诗到中国旧小说，从希腊神话到文化人类学，从生物学到性心理学，从医学、宗教学到妇女学，从日本俗曲到佛经文本，几乎每个领域周作人都有论述。周作人说自己

"国文粗通，常识略具"，这样的"常识"，可不容易具备呀。至于鲁迅的读书趣味及知识结构，可参看许寿裳的《亡友鲁迅印象记》以及周启明的《鲁迅的青年时代》。不仅周氏兄弟，清末民初很多读书人，在古今中西之间挣扎、奋斗、求索，大都眼界开阔，趣味广泛，志向高远，很值得今人追怀。

这个时候谈"博览"，当然是别有幽怀，主要针对正变得日益机械化的学术生产机制。为自己，也为别人；为学问，也为文章；为研究业绩，也为生活趣味，请大家关注那些有专业能力而又趣味广泛的真正意义上的"读书人"。

五　为什么说"晋人不可学"

不知是哪位同学，在网上披露我在北大课堂上的说法："记得好像是陈平原老师讲过，宋人可学而晋人不可学。魏晋风度，是从性情里出来的，是自然的，所以一学必歪，放到现在就跟有神经病一样，而宋人讲究理性礼制，也就是规矩、规范和法度，就是现在所说的按套路出牌，所以宋人是可以学的。"这话确实是我说的，大概意思没错。学生们或许心存疑虑，我不是写过《现代中国的魏晋风度与六朝散文》吗，为什么会说"晋人不可学"？

其实，可学与不可学，有时是价值评判，有时是工作策略。所谓"不可学"，可能那东西不好，怕你学坏了；还有另外一种可能，那东西太好，你学不来。说白点，有的东西事关天赋，强求不得。谈诗词，讲书法，常有"可学"与"不可学"之分；大体说来，法度技艺可学，才情韵致难以承传，故不可学。

清人钱泳《履园丛话》中的《书学》，力贬宋人书法，其"宋四家书"条云："总之，宋四家皆不可学，学之辄有病，苏、黄、米三家尤不可学，学之不可医也。"苏东坡天分绝高，随手写去，修短合度，是其不可及处。可那东西不可学，一学就"毛疵百出"。至于米书过于纵，蔡书过于拘，都不可学。当然，这只是一家之言，可不予置评。我只是说，钱泳所理解的"不可学"，属于价值判断。

可还有另外一种"不可学"，不是不好，而是境界太高，浑然天成，常人达不到，故只好退而求其次，选择"有格""规矩""正道"作为模仿对象。比如王国维《人间词话》就说："近人祖南宋而祧北宋，以南宋之词可学，北宋不可学也。学南宋者，不祖白石，则祖梦窗，以白石、梦窗可学，幼安不可学也。"辛弃疾（1104—1207）的词为什么不可学，就因其佳处在有性情，有境界，而模仿者往往只得其粗犷滑稽。

诗词书画，为什么有的可学，有的不可学，明人董其昌《画眼》说得很明确："画家六法，一曰气韵生动。气韵不可学，此生而知之，自然天授。"这是从宋人郭若虚的《图画见闻志》那边套过来的。换句话说，有些东西，跟天赋、才情、境界有关，不能靠"巧密"和"岁月"而习得。就像中国画的最高境界"气韵生动"，只可意会，难以言传，靠的是天资神悟，而不是学习与积累。

记得十几年前读明人笔记《假庵杂著》，对其中一句话印象很深，那就是"宁为宋人毋为晋人"。由此，我才推导出宋人可学，晋人不可学——后者之旷远、放达、率真、天成，很好，永远值得追怀，但常人学不到，一学就歪。也就是说，在我看来，文人学者中，有积累型的，也有天才型的，二者所走的路大不一样。

明清史专家谢国桢在上海古籍出版社编印《瓜蒂庵藏明清掌故丛刊》，已刊明黄宗会《缩斋文集》和明归昌世《假庵杂著》等22种。谢先生为后者作跋："读归文休先生之《假庵杂著》，如读张山来《幽梦影》；而其谓为人当有偏至，而不可为中庸，尤有见地。"归昌世（1573—1644）字文休，号假庵，江苏昆山人，乃著名古文家归有光的孙子。据说十岁能诗，弃举业，发奋为古文，主要以书法印篆著称于世，至今各博物馆里仍藏有其《风竹图》《竹石图》《墨竹图》等。《假庵杂著》中《纪季父遗事遗言》有云："张元长尝贻书于余,有'宁为宋人毋为晋人'之语,季父颇然之,谓'趣味'二字宜辨。"这里所说的张元长,即号寒山子的散文家张大复（1554—1630）,也是昆山人,著有《梅花草堂笔谈》等。记得钱锺书与周作人就张大复文章,有过小小的争议,参见前者的《〈中国新文学的源流〉》及后者的《〈梅花草堂笔谈〉等》。我倾向于周作人的意见,就文章而言,张大复不及傅山、金圣叹、李渔,只能跟张潮并列,属于典型的晚明山人小品。谈世态人情、修身养性、风花雪月、山水园林等,有价值,但不宜过分推崇。在我看来,晚明山人所撰小品,是一种抽掉了筋骨、充满娱乐精神的"清谈"——没有了背后的幽愤与抗争,只留下优雅的举措和言辞。这个意思,我在《从文人之文到学者之文——明清散文研究》中谈了。

魏晋文人不一样,他们的清谈以玄学为根基,有生命体验及幽愤做底,并不轻松。有兴趣的朋友,不妨读读章太炎、刘师培、鲁迅、陈寅恪、宗白华、王瑶等关于魏晋文人及文章的论述。我特别推荐鲁迅的《魏晋风度及文章与药及酒之关系》,那是根据演说改写的,很好读,对后世的研究者影响也很大。还有就是宗白华的《论〈世说新语〉与晋人的美》,这文章1940年初刊《星期评论》,日后收入宗先生各种集子。宗先生称："汉末魏晋六朝是中国政治上最混乱、社会上最苦痛的时代,然而却是精神史上极自由、极解放,最富于智慧、最浓于热情的一个时代。因此也就是最富有艺术精神的一个时代。"从王羲之的字、顾恺之的画、戴逵的雕塑、嵇康的琴曲,到曹植、阮籍、陶潜、谢灵运、鲍照等的诗文,还有云冈、龙门壮伟的造像,洛阳和南朝闳丽的寺院,无不光芒万丈。就这么个"强烈、矛盾、热情、浓于生命彩色"的时代,最能代表晋人的风神潇洒的,是书法中的行草。在宗先生看来,"魏晋的玄学使晋人得到空前绝后的精神解放,晋人的书法是这自由的精神人格最具体最适当的艺术表现"。到目前为止,关于晋人的精神世界、艺术造诣以及人格魅力的阐发,没有比宗文更简明扼要且切中肯綮的。我谈春游之"向外发现了自然,向内发现了自己的深情",也是从此文中偷来的。说到书法,宗先生认为:苏、黄、米、蔡等人的书法力追晋人萧散的风致,但总嫌做作夸张,不及晋人的自然。这里说的是"书法",其实,也包括"做人"——我相信很多人是这么理解晋人与宋人的差别的。

六　宋人之文采风流

与宗白华明显偏袒晋人不同,冯友兰则是兼容并包。在1944年刊《哲学评论》九卷三期的《论风流》中,冯先生论证真风流者必须有玄心、洞见、妙赏、深情。具体展开时,所举的例子,大都取自《世说新语》,就因为,这书是中国人的"风流宝鉴"。差别在于,冯先生由晋人而及宋儒,称颂其"于名教中求乐地"。比如,引述《论语》中"暮春者,春服既成"这一段,再就是朱熹的注;接下来再引理学家程明道的诗,作为"风流人豪"的例证。宋儒不仅有常被误解的"天理人欲"之辨,还有冯友兰所说的"风流人豪"——包括传统士大夫的"富贵不能淫""威武不能屈",也包括程朱理学家的"云淡风轻"与"四时佳兴"。其实,归休文的文章,表达的也正是这个意思。

我欣赏的是,宋代文人的魅力基本上靠积累,但又不显得匠气。无论诗文书画、为学为人,都是如此。期望好收获,没有好种子不行;可再好的种子,撒在青石板上,不管用。必须有沃土、阳光和水分,然后再谈辛勤劳作。说实话,所谓"传道授业解惑",是在这个层次上展开的。其他条件不具备,根本学不好;至于"天才",教不教都无所谓。

这里以宋代文人欧阳修(1007—1072)为例,略加辨析,最后引入其《读书》诗。此公文章乃"唐宋八大家"之一,诗词方面也有很好的业绩;至于《六一诗话》,在中国文学批评史上有开创之功;而《新五代史》和《集古录》在史学、金石学方面的贡献,更是广为学界赞誉。除此之外,他还有一部笔记《归田录》，著于致仕后居颍州时。此书记朝廷旧闻和士大夫琐事，大多亲见亲闻，翔实可靠，且文字清新，我很喜欢。那种"录之以备闲居之览"的写作策略，对后世著述影响甚大。这里引一则有关西昆体诗人杨亿的记载，看此书特点。

杨亿 (974—1020) 字大年，任翰林学士兼史馆修撰，博闻强记，尤长典章制度。下面是《归田录》中一则：杨亿以文章名天下，但脾气很倔，很少跟人合得来。有人背后使坏，到同样好文的宋真宗那里告御状。终于，有一天深夜，皇上召杨亿进宫："既见赐茶，从容顾问，久之，出文稿数箧，以示大年，云：'卿识朕书迹乎？皆朕自起草，未尝命臣下代作也。'大年惶恐不知所对，顿首再拜而出。"不过，也没什么，只是皇上"初待大年眷顾无比，晚年恩礼渐衰，亦由此也"。这君臣二人，都很可爱，有点小心眼，但比古往今来政界文坛上无数血腥厮杀好多了。

我的直觉是，同是风流，宋人显得从容不迫，晋人则包含悲情与愤懑。这当然是各自生活环境大不相同造成的。说白了，晋人的风流是有很大代价的。乱世中人，其生命感觉一如曹植的诗句——"惊风飘白日"。读建安七子或竹林七贤的诗文及人生轨迹，很容易明白其"雅好慷慨"、不拘礼法、生性放达，以及追求酣畅淋漓的生活及表达方式，共同的背景是"世积乱离，风衰俗怨"。

宋代文人的生存处境完全不同。从公元960年赵匡胤开国，到1279年陆文夫背着宋帝赵昺跳海，这三百年历史，读小说戏曲，感觉特窝囊。幼时看小人书，最不喜欢的就是宋代，因为整天打败仗，好不容易出了个岳飞，直捣朱仙镇，眼看着就要收复大宋失地，却遭奸相秦桧以十二道金牌召回，还以莫须有的罪名给杀了。我是潮州人，对这些故事更是感触良多，因为南澳宋井、潮阳莲花峰等，都与这段凄风苦雨的历史有关。长大了多读点书，方才明白，宋代并不那么简单。跟开疆辟土的大唐确实不同，宋朝（尤其是北宋）军事上老打败仗，这是事实；可另外同样真实的是，有宋一代文化昌明，特别值得夸耀。1943年，战火纷飞中，陈寅恪撰《邓广铭〈宋史职官志考证〉序》:"华夏民族之文化,历数千载之演进,造极于赵宋之世。后渐衰微,终必复振。"至于李约瑟说宋代是中国"自然科学的黄金时代",诸如此类的好话,还能找出一大堆。

尤其值得关注的是,皇帝对待文人学者的态度。有个流传久远的公案,说宋代皇帝"不杀大臣及言事官"。最为大家熟悉的是顾炎武的《日知录》,在阐释礼制时,专门提及《宋朝家法》中的这句话。这个问题很复杂,学界多有论辩。其实,关于宋太祖有"不杀士大夫"的誓约,自南宋起,史著中就有详略不等的记载。到了民国年间,张荫麟通过对誓碑、誓约的考辨,颠覆了这个传说。即便太祖誓约不存在,但有宋一代确实不轻杀士大夫,而且明显地重文轻武,这点与此前此后的王朝相比,很突出。

总的来说,在宋代,读书人不管入相还是居乡,都比较受尊重,得礼遇。而这跟宋代文化昌明,有直接的关系。宋人的文学兼修,气定神闲,很令人羡慕。钱锺书《宋诗选注》谈及欧阳修:"他是当时公认的文坛领袖,有宋以来第一个在散文、诗、词各方面都成就卓著的作家。"这里就举欧阳修的《读书》诗为例,以见其性情,同时说明宋人的修养是靠持之以恒的读书慢慢积累起来的。我说的是作为整体的宋代文人,而不是作为个体的诗人或理学家。此乃长诗,诸位有空慢慢品读,这里仅引其开篇:"吾生本寒儒,老尚把书卷。眼力虽已疲,心志殊未倦。"学问与诗情不同,需要时间,需要心境,需要阅历,急切中弄不来;但另一方面,学问又是有规矩,可模仿,慢慢积累,便有可能逐渐达到那个境界。我想说的是,宋人靠修养,晋人凭天赋;修养可学,天赋不可学——无此才情而硬要假冒"风流"的,很容易出洋相。

七 有闲、趣味以及"爱美的"

两年前,我写过一篇小文,题为《马儿啊,你慢些走》,感慨最近一些年,中国的大学校园里,没人悠闲地散步,全都一路小跑,像赶地铁一样。希望教育当局给教授和学生留点读书的时间,给大学留点成长的空间,这比拼命拔苗、催肥要好。这么主张"悠闲",马上会引来诘难:这是鼓励偷懒!你们大学教授,拿的可是人民的血汗钱!这样的帽子压下来,不太好平心静气地讨论问题。不过,我还是想为"闲暇"说几句话。

1932年,上海北新书局刊行《三闲集》,在序言中,鲁迅反击成仿吾对他"有闲"的指责,并特别说明"编成而名之曰《三闲集》,尚以射仿吾也"。此前五年,成仿吾发表《完成我们的文学革命》,称"鲁迅先生坐在华盖之下正在抄他的小说旧闻",是一种"以趣味为中心的文艺","后面必有一种以趣味为中心的生活基调";"这种以趣味为中心的生活基调,它所暗示着的是一种在小天地中自己骗自己的自足,它所矜持着的是闲暇,闲暇,第三个闲暇。"编印旧书就是有闲,有闲就是有钱,有钱就是资产阶级,就是"政治不正确",这一系列推论,近乎深文周纳,难怪鲁迅很不满。在《三闲书屋校印书籍》《〈小说旧闻钞〉再版序言》《三闲书屋印行文艺书籍》单页广告中,鲁迅再三予以反驳。鲁迅甚至建立自费印书的三闲书屋,出版法捷耶夫的《毁灭》、绥拉菲摩维支的《铁流》、德国艺术家梅斐尔德为苏联作家革拉特珂夫小说制作的版画《士敏土之图》,还有苏联版画《引玉集》《凯绥·珂勒惠支版画选集》《尼古拉·果戈理的诗篇死魂灵一百图》等。三闲书屋刊行的书籍,大都跟苏联文化艺术相关,一看就是别有幽怀。鲁迅去世后的1937年,许广平还用三闲书屋名义印行《鲁迅书简》《且介亭杂文》《且介亭杂文二集》和《且介亭杂文末编》等。借用明人张潮的话来说,"能闲世人之所忙者,方能忙世人之所闲"。鲁迅不是没有休闲时刻,但"休闲"并不妨碍其提倡"革命"。以"三闲"名"书屋",对于那些以无产阶级名义"垄断革命"的人来说,绝对是个很大的讽刺。

跟"有闲"并列的,还有"趣味",这两者都是成仿吾极力攻击的。恰好梁启超就最讲趣味,在1922年所作演讲《学问之趣味》中,梁称:"我是个主张趣味主义的人,倘若用化学化分'梁启超'这件东西,把里头所含一种原素名为'趣味'的抽出来,只怕所剩下的仅有个零了。我以为凡人必须常常生活于趣味之中,生活才有价值;若哭丧着脸挨过几十年,那么,生活便成沙漠,要他何用?"所谓以趣味始,以趣味终,最典型的,莫过于游戏、艺术或学问。为人为学,讲究"趣味",可以是颓废,也可能极为进取。至于"趣味主义"这个词,言人人殊,褒贬各有道理,就看语境。记得上世纪50年代开展《红楼梦》研究批判时,陈友琴撰《俞平伯先生的趣味主义及其他》,称俞先生在文学研究中讲究"趣味",这就确定了"他在学术思想上和胡适、周作人的资产阶级唯心论一脉相承"。

梁启超谈"趣味主义",还可以勉强接受;到了周作人、林语堂、俞平伯等,可就备受责难了。文学创作如此,学术研究也不例外。百年中国,始终瞧不上"为学术而学术",更不要说研究中的"趣味"倾向了。其实,谈学术研究中的个人"趣味",没什么不妥;只是别标榜"主义",一加上"主义",就有刻意拔高、积极提倡之嫌。

反过来,今天的中国大学,过于忙碌,不敢正视"闲暇"的意义,因此,也就没有谁再想那些"遥远的、不着边际的、玄妙的问题"了。没有"余裕",必定著作仓促,文章也不够丰腴。所谓"有闲",并不是无所事事,浪费国家钱财;别的不敢说,人文研究确实需要"从容不迫"的心态。越来越强势的教育主管部门,越来越希望有所作为的政府官员,以及越来越缺乏自信心和自主性的人文学者,面对"学术工程化"趋势以及"立竿见影"的巨大压力,哪来休养生息的时间和空间?这让我想起抗战中梅贻琦、潘光旦的《大学一解》,其中特别指出,"今日大学教育之学程太多,上课太忙,为众所公认之一事"。为什么大学非要有"闲暇"不可,就因为"仰观宇宙之大,俯察品物之盛,而自审其一人之生应有之地位,非有闲暇不为也"。读书人需要观察、欣赏、沉思,方能体会"读书的乐趣"。听"成功人士"介绍经验:与论文写作无关的书籍,一概"非礼勿视"。可这么一来,不就成了"学术机器"?人文学者本该感情更丰富,感觉更细腻,身段更柔软,趣味更广泛，视野更开阔，如今多被训练成能写论文的"学术机器"，实在可惜。

对于人文学者来说，除了悠闲与自由，还得有个人品味。说"把玩学术"不太合适，显得有点轻佻，但如果是"沉潜把玩"呢？其实，读书做学问，目的性太强，很难达到痛快淋漓、出神入化的地步。这一点，学问与游戏之道相通——整天想着一举一动如何有益于国计民生，缺乏足够的好奇心、求知欲、距离感，反而做不好。按照今日"学者"的标准来衡量，传统中国读书人，全都是业余性质——可这种"爱美的"读书人，自有可爱之处。

这里所说的"爱美的"，乃英文 Amateur 的音译，意为"业余的"。1921年4月，戏剧家陈大悲在北京的《晨报》上连载论文《爱美的戏剧》，参考美国小剧场的经验，提倡与职业化、商业化演出相对立的"爱美剧"。我关注"爱美的"这个词，就因为它与传统中国的博雅传统不无相通处。比如，喜欢艺术，但不将其作为职业，更不想拿它混饭吃。有文化，有境界，有灵气，即便技巧上不够娴熟，也可取——起码避免了专业院校学生容易养成的"匠气"。

过度的专业化，导致许多伪学者"身在曹营心在汉"，整天"为赋新词强说愁"，制造无数只在填表时才有用的文化垃圾。如此"生产强迫症"，以及"创新迫害狂"，对人对己，都是一种戕害。某种意义上，我欣赏"爱美的"人文学者，就因其完全沉湎其中，更有可能兼及思想性、趣味性与批判性。

（初刊《光明日报》2009年8月20日，《新华文摘》2009年21期转载）

附记：读王国维《二牖轩随录》之"冠者五六人童子六七人"则（见赵利栋辑校《王国维学术随笔》114—115页，北京：社会科学文献出版社，2000），方知此类"雅趣"古已有之："《论语》：'冠者五六人，童子六七人。'以五六为三十人，六七为四十二人，合之得七十二人。此齐俳优石动筒戏语，见《太平广记》所引隋侯白《启颜录》。然皇侃《义疏》所载一说，已作是解，其言曰：'冠者五六，五六三十人也。童子六七，六七四十二人也。四十二人就三十，合为七十二人也。孔门升堂七十二人也。'乃知优人诙谐，亦有所本。又按《太平御览·礼仪部》引《汉旧仪》曰：'礼后稷于东南，常以八月祭，舞者七十二人，冠者五六三十人，童子六七四十二人，为民祈农报功。'则汉人已为此解，当为皇侃所引或说所自出。"就像黄宗羲说的："然流传既久，即其不足信者，亦为古迹矣。"（《匡庐游录》）以此眼光，看待此类文人逸事，方觉有趣。

阅读大学的六种方式[1]

十年前的金秋十月,我应邀到上海讲学,归来时转道南京,拜访程千帆先生。此前虽也有缘面谒以及书札往来,但难得深入交谈。这回专程前往拜见,没有确定的话题,也不谈具体的学问,只希望听程先生随意发挥。这是我向老一辈学者请教时屡试不爽的"不二法门"——与其规定题目,像新闻发布会那样有问有答,不如任其天马行空,更能展现饱学之士的风神潇洒。学者并非都如生姜越老越辣,就具体的专业知识而言,甚至已开始退化,远不及早年著述精彩;真正难得的,是其精神状态与文化趣味——后者除读书外,更多得益于岁月沧桑。套用王国维的名言,学人如诗词,也是"有境界自成高格"。当我品评当世学人时,除专业成就外,还另有一杆秤,那就是其为人是否"有诗意"。当今之世,"有诗意"且"有境界"的学者越来越少,这也是我愿意千里走访程先生的缘故。记得那天先生情绪特佳,取出精心写就的条幅,边听我和作陪的及门弟子品评,边仔细题款并用章,一脸怡然自得。此后,我家客厅里,便长期悬挂先生书赠的"掬水月在手,弄花香满衣"。

---

[1] 我曾就此话题,在东南大学(2007年5月15日)、浙江大学(2007年12月16日)和海南大学(2009年1月5日)做专题演讲;这回发表的整理稿,以东南大学所讲为主。

"掬水月在手,弄花香满衣"

南京拜谒归来不久,我开始为《文汇读书周报》撰写系列短文,题曰"掬水集",算是私下里向程先生致意。2000年7月,我应百花文艺出版社之邀,编就随笔集,又取名《掬水集》,写序时特意说明,这是为了纪念刚刚去世的程先生。这次来南京讲学,斟酌演讲正题,犹豫再三,猛抬头,见程先生墨宝,当即神闲气定、月白风清。

程千帆先生的赠联,出自唐人于良史的《春山夜月》,全诗如下:"春山多胜事,赏玩夜忘归。掬水月在手,弄花香满衣。兴来无远近,欲去惜芳菲。南望鸣钟处,楼台深翠微。"春山月色好,捧一捧清澈的泉水,就好像捧着一轮明月;弄花归来,香气浸润着衣衫,久久不散。这诗十年前知道的人不多,进我客厅者,多有打听出处的。现在不一样了,似乎很普及,因"掬水""弄花"这样优雅的举措,颇得年轻人的喜爱。

可如此"小资"的诗句,怎么跟"大学"话题挂得上钩?别急,听我慢慢道来。

先做一个测验:诸位回家乡,邻居问你,这四年、七年、十年,你到底在做什么?你怎么回答,是"上大学"呢,还是"读大学"?这两者,别人或许混同,我却认定其中细微的差异,大有讲究。

外国留学生来中国,往往对一些约定俗成的表达方式大惑不解。比如"吃食堂",这在语法上是讲不过去的。食堂既不是红薯,也不是猪肉,怎么吃?不管是水泥建的,还是木头盖的,都是又大又硬,除非你是《西游记》里的妖精,无论如何吞不下去。可凭语感,你明明知道,"食堂"是可以"吃"的。因为,这仅仅表示,你我在食堂吃饭,而不是把整个食堂吃下去。可接下来就麻烦了，留学生跟着造句："我吃北京""你吃中国"。老师告诉他们不行，可为什么"吃食堂"可以，"吃北京"就不行？"吃北京"确实不行，你只能说"吃在北京"，或"在北京吃饭"。

这就牵涉到正题："上大学"与"读大学"，二者到底有没有差异？我认为是有的。"上大学"很简单，那就是借贵校一方风水宝地，学我的专业知识，拿我的毕业证书，以便日后游走江湖，大显身手。"读大学"不一样，比这复杂得多了——不仅在大学里念书，还将"大学"作为一种教育形式、一种社会组织、一种文化精神，仔细地阅读、欣赏、品味、质疑。前者假定"大学"是个固定的实体，我在其中读书、考试、嬉戏、游乐。后者则认定大学并非一尘不染，本身也在发展变化，是个有呼吸、有血肉、有生命的组织形式。这样一来，你在校园里生活，不仅要"读书"，还要"读大学"。换句话说，不仅接受学校里传授的各种专门知识，还把学校传播知识的宗旨、目标、手段、途径，作为一种特殊的"文化"来加以反省，而不是盲目地接受或拒斥。我们都知道，各种各样的专业知识，既是人类探索真理的结晶，也是在类似大学这样的组织形式中，一步步被酝酿、构造出来的；当它成为一门特定科目时，尤其如此。在这个过程中，"大学"本身参与到知识生产及传播的全过程，其间的是非曲直，它都必须承担责任。同样念的是文学、艺术、物理、化学，我在北大、你在南大、他在东南大学，所学课程或许相同，但效果就是不一样。因为，我们都被所在的大学氛围所浸润。这些各具特色的"校园空气"，无法在互联网上传递，这也是大学永远存在，不可能被"虚拟课堂"或"标准教授"一统天下的原因。

进入正题之前，我讲一个小故事：普法战争结束的时候，普鲁士首相俾斯麦指着面前走过的学生告诉大家，我们能打赢这场战争，不是因为我们的士兵，而是因为我们的学生。一个国家之所以强盛，关键在学校而不是军队，这话，110年前被康有为拿来呈给光绪皇帝，借以呼吁朝廷广开学堂，以养人才。假如你承认，中国的现代化事业是从教育改革起步的，那么，这个意义上的教育，应该是"大教育"，而不是管理学或方法论等"雕虫小技"。在我看来，所有关注现代中国命运、理解其过往的山重水复与柳暗花明、期待未来能更上一层楼的读书人，都应该关注中国大学的命运。今天晚上，就想从六个不同的角度，同大家聊聊大学问题。

一 作为"话题"的大学

我所理解的"读大学"，不仅要学具体的专业知识，还要研究生产这种专业知识的机构和机制。这样，你在大学期间所学的知识，才是鲜活的，具有批判性以及再生能力。在这个意义上，我希望大家把"大学"作为业余的研究对象。可这样一来，会不会变成了"教育学博士"或"教育史专家"了呢？我要说的正是这个问题。在我看来，有两种"大学论"：一是专家著述，发表在各教育学院的学报上的；一是大众发言，刊登于报纸专栏或文化期刊。我本人因专业及趣味，更倾向于所有知识者都必须面对的、也都有权利插嘴的"大教育"。

从"大教育"的角度来思考并谈论中国的大学问题，可以是激情澎湃，全身心投入；也可以是半心半意，将信将疑；还可以是偶尔瞄一眼，知道此话题的最新动态。我想，对于大学生、研究生来说，保持"偶尔瞄一眼"的状态就够了。但这并非可有可无，有这一眼和没这一眼，还是不一样。你起码知道自己到底学习、生活在什么样的"校园"，知道所谓的"知识"是如何被生产出来并广泛传播的，也了解"理想的大学"应该是什么样子。

当然，别小看"大学"二字，好"写"，但不好"读"。要真想了解"大学"及其相关问题，比如教育理念、运作程序、经费管理、课程设置、教材编写、考试形式、社会责任等等，那是一门专门学问。要想说出个子丑寅卯来，而且说到点子上，还真不容易。正因为考虑到中国大学问题之错综复杂，我从不敢唱高调，而且，重在"把脉"，而不是"开药方"。

这就牵涉到一个问题：理想性与可行性。不当家不知柴米贵，你去问问，每个大学校长，都有吐不完的苦水，整天被人说三道四，挺委屈的。没错，很多批评大学的人，包括我自己，其实并不真正了解大学的具体运作，只是空谈玄理，说得很痛快，但不能解决任何问题。可另一方面，大学校长等管理层，常常陷入日常事务以及人事纷争，忙于应付各种考查评比，见木不见林，大学因而越办越"没精神"。

正是这种参与感与忧患意识，这种兼及理想性与可行性的大思路，使得我在谈论大学时，不同于一般教育学专家，也不同于充满道德诉求的"愤青"。或许不够专业，但很可能元气淋漓；就好像今天的演讲题目，一看就知道此人是别有幽怀的人文学者。

今日中国，关于大学的历史、现状、功用、精神等玄而又玄的话题，竟成为中国人茶余酒后的"谈资"，这在古今中外教育史上，是绝无仅有的奇观。对此，我曾做出自己的解释：第一，中国大学的体制有问题；第二，中国大学正面临着痛苦的转型；第三，正因为不稳定，有发展空间，公众发言有时还能起点作用。其实，还有一点同样不能忽略——今天的中国大学，不再是自我封闭的象牙塔，而是用某种夸张的形式，折射着转型期中国的所有"疑难杂症"。在这个意义上，谈"中国大学"，就是谈"中国社会"，不可能不牵涉盘根错节的政治、经济、法律等问题。

举个例子，最近大家都很关心"大学扩招"的后遗症，这事从一开始就不是纯粹的教育问题。政治家说是为了提高劳动者素质，可最初是经济学家提的建议，主要目的是拉动内需，让老百姓把钱从口袋里拿出来，以应对亚洲金融危机。1999年开始的大学扩招，今天终于开始放缓了脚步。据教育部今年3月7日发布的统计报告，2006年全国普通、成人本专科教育共招生724万余人，增长幅度有所回落，由2005年的17.1%降至2006年的11.3%，下降近6个百分点。而另一个数字，则看得你喜忧参半——2006年全国各类高等教育在校生总规模达到2500万人，高等教育毛入学率达到22%。虽说教育部表态：此后将控制"招生增长"，但猛虎下山的惯势已经形成，中国大学生规模天下第一，乃不可逆转的事实。

高等教育毛入学率大大提升，这是个好消息；可这好消息并非水到渠成，而是"抢"来的。高教"大跃进"的背后，蕴藏着巨大的风险——好多大学面临着破产的威胁。今年3月两会期间,好多委员和代表谈及此问题。贷款扩招，扩招再贷款，高校在贷款泥潭中越陷越深。如果财务危机没能得到很好解决，中国高等教育将面临"灭顶之灾"。最后的结局，必定是中央财政及地方政府合力买单，因为，我们不可能让一大批"国立大学"破产。可这教训是深刻的，政府及媒体都不应对中国大学的现状盲目乐观。还有看不见的隐患，连年扩招的结果，大学生就业必定越来越难；而高等教育产业化的发展思路，又使得大学的性格迅速蜕变，校园里熙熙攘攘一如百货市场，再也不是原先那清高孤傲的象牙塔了。如此严峻的局面，需要校长、教授们关心，也希望同学们留意，正所谓"教育兴亡，匹夫有责"也。

　　基于这一认识，我对目前公众谈论大学的趣味及立场不以为然。大概一个月前，我在中山大学演讲，顺便接受《南方都市报》采访，提到我对大学被娱乐化的担忧。还是以报纸为例。以前关于大学的新闻，主要出现在教育版、科技版、文化版上，偶尔也会在时政版露面，比如说国务院总理视察东南大学呀什么的。现在不一样，不少大学教授或有关大学的新闻，竟然在娱乐版出现，其风头一点不让影视明星。曝光率是大大提高了，可我觉得，这对大学形象是一种损害。记得十年前，北京大学国际合作部的走廊里，每星期都贴新剪报，有各大媒体关于北大的报道。现在不贴了，因为太多，而且负面的为主。大学成为街头巷尾谈笑的对象，再也没有神秘感，公众巴不得你出丑，好看热闹。现在传媒热炒的，有些是大学的失误，但有的不是。举个例子，中国人民大学在餐厅墙角装了部电梯，被媒体劈头盖脸地批了一通，成了"奢侈浪费"的典型。可实际上，餐厅里装电梯，方便行动困难的老教授，没什么不对——除非是施工中出现贪污受贿或工程质量问题，那应该追究——就这点小事，人大校长纪宝成不断给各路媒体做解释，可人家就是不听。没有人去调查这部电梯是否有必要装、花了多少钱、决策过程是否合理。在我看来，公众并不关心事件本身的是非曲直,而是借题发挥,表达对于日益腐败的社会风气的愤怒。这就有点冤枉了,真的。一所名牌大学,因为这么点小事,被炒成这个样子,难怪校长很气愤。可气愤也没用,"惟恐天下不乱",这本来就是大众传媒的特点。

在我看来,大学与媒体,二者在趣味及立场上有很大的差异。前者需要长远的眼光,后者讲究时效性。大学校长必须考虑十年后、百年后的事情,而总编辑则是"只争朝夕",再好的新闻,过了一个星期,谁还要?以前,很多大学校长希望登报纸、上电视,现在回过味来,不太敢随便接受采访了。因为,媒体对你大学教授发表什么伟大论文,或者得了什么学术奖励,不太感兴趣;但如果有老师抄袭或学生跳楼,那就非爆炒一番不可。这种状况,导致大学和媒体之间,互相猜忌,隔阂越来越深。其实,在欧美国家,报纸不会整天关心你大学里的事。除非你校长说错话,被赶下台;或者教授性骚扰,正在打官司。否则,大学校园里的日常工作,不会成为传媒关注的对象。

一句话,我希望同学们关注"大学",了解其前世今生,以及未来的发展方向;但又对今天中国"大学"被传媒过分关注,甚至被娱乐化,表示深深的担忧。在我看来,"大学"是个很严肃的话题,需要平心静气地认真面对。诸位,请不要说"人微言轻",中国的大学该往哪儿走、能往哪儿走,跟你我的关注与介入不无关系。

二 作为"文本"的大学

既然大学是个热门话题,每个人介入这一话题,都有自己的"前视野"。我也不例外,是以一个"文学教授"的身份,闯进大学研究领域的。你看我的大学研究,不谈资源配置,不谈人事管理,也不谈教学法,关注的是有关大学的"传说""神话"与"叙事"等。换句话说,我是把"文学"和

"教育"两个专业嫁接起来，在思想史的背景下谈"大学"。为什么这么说？因为，每个大学都有自己的校史教育，我相信东大也不例外。北大校史馆很宏伟，百年校庆时建的，还配备了专门的研究人员。每年新生入学，都会要求他们先看校史馆。但真正对大学传统起延续乃至拓展作用的，不是校长院长的训话，也不是校史馆里陈列的图片，或者校训校歌什么的，而是校园里广泛流传的大学故事。假如一所大学没有"故事"可以流传，光靠那些硬邦邦的规章制度，那是很可怜的。在这个意义上，关于大学的书籍、图像和文字材料、口头传说等，乃校史教育的关键。

十年前，我误打误撞，闯进了"大学研究"这个陌生领域。几乎从一开始，我就确定了自己的论述策略，那就是：不避雅俗，兼及文史，在叙事和论述之间，保持必要的张力。这样谈大学，确实和教育学专家不太一样。从讲述"老北大的故事"起步，到关注清华大学、中央大学、南开大学、中山大学、无锡国专、西南联大、新亚书院、南洋大学等，再到叩问"大学何为"，我谈大学，始终以问题为中心。不是教育史专家，很少涉及办学规模及经费预算等，关注的是这些大学故事背后所隐含的大学精神。为什么这么做，那是基于我对当代中国大学的理解。我曾说过："今天谈论大学改革者，缺的不是'国际视野'，而是对'传统中国'以及'现代中国'的理解与尊重。"在我看来，大学需要国际视野，同样需要本土情怀——作为整体的大学如此，作为个体的学者也不例外。起码人文及社会科学是这样。可以这么说，"中国经验"，尤其是百年中国大学史，是我理解"大学之道"的关键。

为什么热衷于谈"大学史"，那是因为，我相信中国的大学不可能靠单纯的横向移植，是否理解并尊重百年来中国大学的风雨历程，将是成败关键；为什么倾向于从"传说""叙事""神话"入手，那是因为，我将百年中国大学的"历史"，作为文本来解读，相信其中蕴涵着中国人的智慧。所谓文本，可以是正儿八经的校史，可以是丰富但芜杂的文献，也可以是五彩缤纷的故事传说、人物传记等。别有幽怀的论者，大都喜欢用人物或故事来陈述自家见解，那样更可爱，更有亲和力，更能"动之以情，晓之以理"。

就拿五四新文化运动的主将、曾任北大校长的胡适来说吧，他也喜欢讲大学故事。查《胡适留学日记》，1911年2月，胡适开始关注"本校发达史"；4月，阅读康奈尔大学创办人的传记资料；4月10日，开始撰写《康南耳君传》，8月25日文稿完成，9月3日修订，9月22日在中国学生组织的中国语演说会上演讲。此文1915年3月刊《留美学生季报》春季第一号。上世纪60年代初，胡适在台重刊此文，还加了个"自记"，说明当初的写作状态。此传就写"康南耳君"平生两件大事：创办北美洲电报事业和康奈尔大学。文中称："当其初建学校时，常语白博士曰：吾欲令人人皆可于此中随所欲而求学焉（此语今刊于大学印章之上）。及其病笃，犹语白博士曰：天不能假我二十年，再赢一百万金，以供大学之用耶。嗟夫，此语滋可念也。"文后摹仿太史公："胡适曰：若康南耳君者，可谓豪杰之士矣。"这种志向与趣味，与其日后问学从政时，均取"建设者的姿态"，大有关联。在我看来，凡有志于教育事业的，都是理想主义者。因为，做教育事业，需要长远的眼光，而且坚信只要耕耘必有收获。

当然，所有的"文本"，因其开放性，容易导致阐释的歧义。还是以胡适为例。1930年1月，新月书店推出胡适与罗隆基、梁实秋合著的《人权论集》，在序言中，胡适借用周亮工《书影》中鹦鹉救火的故事，略作表白：今天正是大火的时候，我们骨头烧成灰终究是中国人，实在不忍袖手旁观。我们明知小小的翅膀上滴下的水点未必能救火，我们不过尽我们的一点微弱的力量，减少良心上的一点谴责而已。可惜，这种"救火"的心情，右派左派都不领情，或判其"扰乱治安"，或讥其"小骂大帮忙"。

胡适所说的鹦鹉救火故事，实自佛经改编而成，最早见于南朝宋刘敬叔的《异苑》，其卷三称："有鹦鹉飞集他山，山中禽兽辄相贵重，鹦鹉自念：'虽乐，不可久也。'便去。后数月，山中大火，鹦鹉遥见，便入水濡羽，飞而洒之。天神言：'汝虽有志，意何足云也？'对曰：'虽知不能救，然尝侨居是山，禽兽行善皆为兄弟，不忍见耳！'天神嘉感，即为灭火。"这故事又收入《幽明录》,此后历朝历代,有各种形式的转述与阐释。胡适不过借此表达一种"无力补天"但"有心救火"的情怀。而立志造反的共产党人瞿秋白,对此十分不满,撰《王道诗话》,批评胡适"文化班头博士衔,人权抛却说王权",正是着眼于《人权论集序》中的那一羽"鹦鹉"。为配合文章,瞿秋白甚至专门写了四首诗,末一首云:"能言鹦鹉毒于蛇,滴水微功漫自夸。好向侯门卖廉耻,五千一掷未为奢。"

由此可见,立场迥异的文化人或政治家,对同一个故事,有截然不同的解读方式。不像逻辑严密的理论文章,关于大学的"故事"或"传说",因其如落英缤纷,大有自由驰骋的想象空间。这个时候,何为"正解",何为"误读",何为"借题发挥",需要研究者认真辨析。

三 作为"象征"的大学

谈论作为"象征"的大学,最理想的例子,是西南联大。在烽火连天的抗战期间,竟然有那么多年轻的学生和饱学的教授,聚集在大后方昆明,潜心读书著述,探索真理,追求民主与正义,确实了不起。但除此之外,西南联大还有一个好处,它已经永远消失在历史深处。你捧北大、清华,或者刻意表彰东南大学,都不保险,别的学校的学生都会撇嘴的。别看人家恭维你,说你是"精神圣地",你就高兴;我告诉你,高高地供在神龛上,下不来,很难受的。世人都像九斤老太,喜欢抱怨"一代不如一代"。那些隐身于历史深处的,我们容易记得她的好处。相反,近在眼前的大学,不如意事常八九。北大近年老被开涮,清华好些,不过你读1994年《读书》上的《清华园里可读书?》,照样有很严厉的批评。对比今日中国大学之日渐世俗化,充满理想色彩的西南联大,更是让人感慨万端。从1946年刊行《联大八年》,到1986年出版《笳吹弦诵在春城——回忆西南联大》,这中间的四十年,西南联大其实不太被人牵挂。最近二十年,西南联大的故事方才逐渐发酵,成为一个热门话题。关于这所神奇大学的基本状况及理论阐释,我在别的文章谈过,这里就不赘了。

今年春天到昆明讲学,在云南大学那一次,我专门讲了西南联大。一方面自信颇有研究,另一方面则是"还愿"。为什么这么说呢?我在中山大学的硕士导师吴宏聪先生是西南联大的本科生及助教,我在北京大学的博士导师王瑶先生,还有我妻子的硕士导师季镇淮先生,都是西南联大的研究生。常听他们提起,当年闻先生怎么怎么、朱先生又如何如何,对联大时期师生的日常生活及精神状态,颇为心驰神往。从事人文研究的,和自然科学家不一样,除了基本史料及学术训练,很大程度上,得益于研究者的心境和情怀。在那么艰难困苦的环境下,支撑着他们不屈不挠,一直往前走的,必定是某种"浩然正气"。半个多世纪过去了,今天我们读他们的文章,怀想联大往事,还能感受到那种"历史的余温"。

抗战中西南联大的"笳吹弦诵",确实是中外教育史上的一个奇迹。二十年来,出版了不少校史资料以及研究著作,还有很多回忆录、日记、散文、随笔、小说等,这些读物,给普通读者很大的震撼,让我们日渐进入西南联大的历史情境,包括其日常生活、政治激情、文学课堂以及学术环境等。这其中,一对师生,沈从文和汪曾祺,给我们提供了联大文学教育的精彩场景。

汪先生追忆西南联大的三篇文章,第一篇《泡茶馆》,第二篇《西南联大中文系》,第三篇《沈从文先生在西南联大》,都是妙文。"泡茶馆"是当时自由自在的大学生活的象征,在那个特定状态下,泡茶馆给了学生们阅读、思考、讨论、创作的自由,文章最后一段说,泡茶馆对西南联大的学生来说,第一,养其浩然之气;第二,茶馆出人才,不是穷泡,不是瞎聊,茶馆里照样读书;第

汪曾祺

沈从文

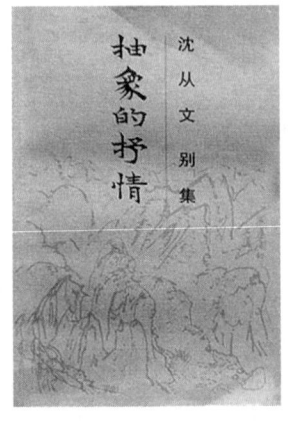
《抽象的抒情》

三、在茶馆里可以接触社会，让你对各种各样的人，各种各样的生活发生兴趣。《沈从文先生在西南联大》是为北大80周年校庆而作。老北大和西南联大是一脉相承，汪曾祺写文章时，特别强调联大老师讲课从来没人干涉，想讲什么就讲什么，想怎么讲就怎么讲。在所有关于联大的回忆文章里面，讲到人的，以文学院的教授为主，这一点与老北大一样。老北大的教授中，经常被追忆的，也基本上是文学院的教授。为什么？因为文学院的教授有个性，学问大小是一回事，但起码这"名士派头"比较容易入笔端。

沈从文是汪曾祺的老师，在当年的西南联大，属于不太被重视的"年轻教师"。我特别感慨的是，沈从文先生把他对小说的感觉，对文学的想象，带到当时中国的最高学府中来。从"边城"走出来的大作家，日后进了西南联大，开始讲"中国文学"，讲"中国小说"，教"文学习作"等。1940年8月3日，沈从文在西南联大师范学院作了一个演讲，题目叫《小说作者和读者》，我关注的是下面这段话："好作家固然稀少，好读者也极为难得！这因为同样都要生命有个深度，与平常动物不同一点。这个生命深度，跟通常所谓'学问'的积累无关，与通常所谓'事业'成就也无关。"文学博士或文学教授，不仅不见得就一定能写出好文章，且未必能够欣赏好的文学作品。大学里设有中文系、外文系，很多人专攻"文学"，但这不表示好作品的读者增加，也不见得就有助于对作品理解的深入。这是一个文学教授的话，当然，他是一个另类，是一个有丰富生活体验的作家。

这个作家，除了讲自己最拿手的小说，在西南联大时期，他还教散文。那是一门叫"文学习作"的课程，第一次讲徐志摩的散文，第二次讲如何从鲁迅、周作人的作品学习"抒情"。讲鲁迅没问题，讲周作人就有点"冒天下之大不韪"了。因为，1940年，周作人早已在北平投敌，当了汉奸，重庆的抗战文艺界也已经严厉声讨过了；但在昆明，沈从文居然在西南联大的课堂上大讲周作人的散文如何如何好。记得十多年前，北京大学开设"大学语文"课，刚讲了一个学期，就被人狠狠地告了一状，罪名是"褒扬汉奸"，因教材里选了周作人的文章。遥想半个多世纪前，抗日战争还在进行中，事态还不知往哪个方向发展，西南联大居然允许教授在课堂上讲授"汉奸的文章"，这点特别让我震惊。这我才可以理解，为什么那么多人谈起西南联大，都说那时教授们讲课非常自由。

我关注的，还包括讲授者如何从周氏兄弟的作品里读出"抒情"来。在此之前，人们普遍觉得，周氏兄弟的"议论"非常精彩，他们有思想家的风度，有叛逆精神，有丰富的学识，但大家不太注意作家压在纸背的心情。而沈从文不一样，作为一个作家，他敏感到鲁迅、周作人那些精彩的杂文、随笔中，蕴涵着作者的深情。徐志摩的抒情——好坏不论，大家都一眼就能看出来；而鲁迅、周作人别具一格的抒情，则是作家沈从文的独特发现。这篇文章专门比较周氏兄弟的散文随笔和徐志摩的抒情有何不同，用的是形象化的表述方式。换句话说，这不是一个读"文学概论"出来的人，他凭自己的艺术感觉说话。比如他说：徐志摩散文给我们的感觉是动，文字的动，情感的动，活泼而轻盈，如一盘圆润的珠子，在阳光下转个不停，色彩交错，变化炫目。这种表述方式，和我们平常写论文完全不一样。下面讲到鲁迅和周作人："一个近于静静的独白，一个近于恨恨的咒诅。"不用说，前面是指周作人，后面是指鲁迅。鲁迅、周作人的文章，和徐志摩的文章之所以不一样，那是因为，前者是中年文章，后者是少年文章。这些论述,都是凭感觉,凭一个作家对另一个作家的"体贴"来完成的。一个作家,进入大学课堂后,他的讲授方式,跟一般学院训练出来的教授们,本来就应该是不一样的。

汪曾祺说,西南联大培养出来的作家不是很多,但沈从文先生那样的教学,突然让你悟出来,不是作家能不能培养,也不是文学能不能教,而是怎样"教文学"才有效。作家沈从文,以其独特的教学方式,把"文学教育"的问题推到我们面前。

四 作为"箭垛"的大学

有这么个笑话:某同学到外地大学找朋友,朋友不在,隔壁的同学一听说是北大博士生,立刻把他赶出来,还说,你不说北大我还不生气,你一说北大,非让你马上离开这里不可。我不晓得这故事的起源,但很像是在网络上创作并流传开来的。这故事弄得北大的留学生很紧张,不知道出门该如何应对,是否需要乔装打扮。我说,没那么严重,这笑话背后,是很多人对北大爱恨交加,故喜欢拿北大"开涮"。

这所在中国、在国际上都有很高知名度的北京大学,今天备受各种"道德诉求"以及"流言蜚语"的困扰。在我看来,这些批评,有的切中要害,有的则未必。作为"当事人",北大校方有时觉得很委屈,努力辩解,但无济于事。原因是,你还没来得及把委屈讲完,公众已经兴趣转移了。传媒的特点是"喜新厌旧",三五天后,必定是雨过天晴——说对了,不会死缠烂打;说错了,也没人给你平反。

举个例子,最近媒体又在爆炒北大科技园区建五星级酒店的事。2007年4月22日《文汇报》上有一《忍看"北大南墙"成"酒店北墙"》,其义愤填膺的批驳,有些不太符合实际。主要批评有三:难道只有泡"地下3000米开采的温泉水"你才能思考?钱都用来建酒店,怎么支持"本科基础教育、维系学术的正源与本色"？还有就是"北大每年外事接待费用相当于一个中等省份的规模"。虽不是校长或新闻发言人，但我可以替北大略为辩解。北大静园打地热井的全过程，我们都亲眼看见。现在，北大勺园以及学生澡堂用的，还有将来为奥运会乒乓球馆提供生活热水的，都是这口地热井。也就是说，不是为了使酒店显得"高档"而专门开采温泉。至于建酒店的钱，是科技园区自己筹集来的，是一种企业投资行为，根本不可能转而用来支持本科教学。而说到北大的外事活动，好些是政府决策，比如请某国总统演讲，或授予某人名誉博士学位，都不是北大想做就能做的。记得有一年，日本首相海部俊树让秘书找北大，希望访华时，来北京大学演讲；若能获得北大的荣誉博士，他将"有所表示"。北大很高兴，报上去了，可国家出于某种战略考虑，改由深圳大学授予他名誉教授。诸位不要以为，北大有权随意颁发名誉博士，并因此而获得好处。至于大国总统来访，保安措施格外严密，对正常的教学秩序是有影响的，这也并非大学本意。

有趣的是，在校园附近建酒店，好多大学都有类似的举措，而且开业在先，未见纷争；为何轮到北大，就引起这么大的风波？背后的原因是，公众不满中国大学近年来的表现：学术水平没有多少提升，而校园建筑却越来越富丽堂皇。正是这一点，使得很多人对大学"有气"，于是，只好拿北大"说事"。《文汇报》文章对北大的批评，也许不够准确，但背后的问题意识，却具普遍性。

委屈吗？不见得。你的一举一动，无论对错，很容易成为全国性新闻。所谓"北大无小事"，既是光荣，也是一种负担。只是从去年开始，负面的报道越来越多，以前是教授抄袭、学生卖猪肉，那还是指向个别人；现在不一样，引进人才有假、校园游览限制、未名湖畔拆迁，以及被香港诸大学"打成二流"等，针对的都是整个学校的形象。我说过，北大的"危机处理"能力太差，不能在第一时间讲清楚，等媒体把话题炒热了、炒糊了，你再迈着四方步，站出来，做些四平八稳的解释或表态，管什么用？

记得上世纪 20 年代，针对五四新文化运动后北大声誉如日中天，胡适说过："暴得大名，不祥。"一直到今天，还有很多人将北大视为"精神乐土""文化圣地"，绝不允许北大"堕落"——也不管这是不是必要的妥协。这种"决绝"的姿态，让北大人感动，也让北大人为难。承受这么多的"关爱"，其实是很累、很累的。就好像李清照的词："只恐双溪舴艋舟，载不动，许多愁。"现实生活中，北大不可能如此"纯粹"，也有很多"杂质"，那些激烈批评北大的人，很可能是"爱之深故责之切"。

记得胡适在《〈三侠五义〉序》中，有关于母题演变的一段话："传说的生长，就同滚雪球一样，越滚越大，最初只有一个简单的故事作个中心的'母题'（motif），你添一枝，他添一叶，便像个样子了。"此类"传说生长史"，既落实为古人把一切罪恶都堆到桀、纣身上，而把一切美德赋予尧、舜；又体现在不同时代的读者都喜欢为感兴趣的故事添枝加叶。这"箭垛式人物"的建立，甚至牵涉到地点。广东人就很不服气，谁都知道"包龙图打坐在开封府"，有几人晓得包公在肇庆任端州府尹三年，到底做了哪些事？

谈大学也一样，喜欢拿"北大"当靶子，这一趋势早就形成。谁让你得到那么多的关爱，所谓"万千宠爱集一身"，不骂你骂谁，不灭你灭谁？对于诸多谈论北大的文章，我的总体评价是：北大没像表扬的人说的那么好，也没像批评的人说的那么差。媒体上诸多"北大论"，你不妨将其作为理解中国大学困境及出路的思考；这样想，不管你喜不喜欢北大，读这些文章时，心态都会平和多了。

我曾套用张爱玲的话，说北大是个"夸张"的地方——在北大出名很容易，好名恶名都是"唾手可得"。既然成为"箭垛式大学"，既收获光荣与梦想，也得接受泪水与委屈。世人借批评北大来展开思想交锋，我认为是很正常的。因此，请允许我先阿Q一下——能给学界及大众提供有思想深度的"话题"，也算是北大的一种贡献。几年前，北大人事制度改革，引起很大争议，我就说过类似的话。校内校外，这么多人都来关注北大的改革，并进而讨论所谓的"大学之道",这是极为难得的。我甚至认为,也只能是北大,才有这样的局面:校内激烈的争辩,公众参与的热情,以及传媒的推波助澜等。在其他学校,即便想这么做,也没这个效果。

五 作为"景观"的大学

将英国的剑桥大学作为"旅游景观"来论述,不是蔑视其悠久传统与辉煌学术,而是突出其在中国人心目中的形象。而这,与著名诗人徐志摩有直接的联系。我到剑桥访问,那里的教授很高兴地告知,现在报考剑桥的中国学生特别多,而且每天都有很多游客来校园游览,一问,都是受《再别康桥》的诱惑。那首诗很早就进入了中学课本,所以,凡在中国念过中学的,都知道英国的剑桥大学。

这么多外国好大学,就属剑桥在中国名声最大——我说的不是学界,而是一般大众——这绝对与徐志摩的"礼赞"有关。我甚至说,徐志摩是剑桥大学的"形象大使",在中国,一说剑桥,马上想到的就是诗人徐志摩——他的诗文,他的经历,还有他的丰神俊朗与儒雅风流。

1930年代以后的中国人,遥想"康桥"时,很难不受徐志摩诗文的暗示或影响。而在此之前,已有好些海外游记提及这所著名学府,只是都不如徐志摩的深情投入以及"彩笔丽藻"。比如,康有为游览剑桥的文章,便很少有人关注。这里有个特殊因缘,康有为描写剑桥的文字,生前没有公开刊印,一直作为手稿流传。2004年北京图书馆出版社方才刊行包括影印手迹及43页释文的《康有为牛津剑桥大学游记手稿》,故学界很少谈及。

《康有为牛津剑桥大学游记手稿》

在晚清政坛叱咤风云的维新志士康有为，1898年9月因戊戌变法失败，开始流亡海外，十六年后方才归来。康回国后，曾请吴昌硕刻过一枚朱文小字印章："维新百日，出亡十六年，三周大地，游遍四洲，经三十一国，行六十万里。"这二十七字，颇为简洁地描述了其经历。曾八次赴英的康有为，于1904年7月21—24日访问牛津大学，8月11—13日游览剑桥大学。在这册游记手稿中，康有为记录了其游神学馆、考试馆、博物馆、学生公食堂、钟楼等处，但更关心这两所大学的学制及教学方式。毕竟是政治家，康有为边游览，边对照国内情况，发表议论。如感叹中国人为科举考试而钻研八股和楷法的同时，英国人正专注于新器和专利；还有"盖以大概之学风论之，各国大学校之俗甚类吾粤之大馆，进上亦及于菊坡、学海与杭州之诂经精舍"。终于碰到汉学家了，剑桥大学华文总教习斋路士希望与之交谈中华文化，康有为十分兴奋，大加发挥。此游记兼及作者考察欧美各国学校之体会，属于借游记写胸怀和学识，真正对校园景色的描写，反而不多。因此，以下这段描写，显得很可贵："监布列住大学校，距伦敦汽车一时许。近学处市街清洁，绿树阴森。教习斋路士君遣马车来迎，出妻女相见。令其女先导游女大学校，与吾女同壁偕。花草绕径，大院石筑二层，长廊绕之。藏书楼数万卷，上下两列。学分神、文、医、算、物理、拉丁、德、法语诸科，但无律耳。三年毕业。女学生一百二十五人，多年廿余岁者。……女大学不设科第。盖欧洲各国旧俗仍抑女，大学皆无科第，此惟美国平等耳。……此事终让美人出一头地，吾取美矣。吾国若立女大学，当如美之给予科第，令黄崇嘏常出世间焉。"这里所说的"黄崇嘏"，是五代时前蜀的一位奇女子，聪敏好学，精通经史，长于诗文书画，曾女扮男装，进入仕途，且政绩不错。她那传奇经历，后来的诗话、笔记等多有记载，而金元杂剧《春桃记》、明代徐渭杂剧《女狀元辭凰得凤》，更是大加铺排。

现在谈剑桥，几乎没有人关注康有为，大家知道的，都是徐志摩的故事。徐志摩写康桥的诗文，主要是《康桥，再会吧》《我所知道的康桥》和

剑桥大学

徐志摩

《再别康桥》。假定你去剑桥大学，不管是念书还是旅游，你读《再别康桥》，几乎没有任何信息量，因为，你不知道剑桥有多少学院，图书馆在哪儿，课程设计如何，该怎样利用或欣赏这所著名大学的学术资源。这些有用的信息，《我所知道的康桥》里有一点，但也远远不够。请大家注意，徐志摩原本在美国念书，后转伦敦大学；1921年开始写诗，并进入剑桥皇家学院当特别生。什么叫"特别生"，就是只注册，没学籍，也不用考试。1922年回国，徐写了一首新诗——《康桥，再会吧》。1925年欧游，徐志摩写散文《我所知道的康桥》；1928年重返校园，便有了那首声名远扬的《再别康桥》了。"轻轻的我走了，／正如我轻轻的来；／我轻轻的招手，／作别西天的云彩。"如此诗句，不知迷倒了多少有浪漫情怀的读书人。可作为"旅行指南"，只讲"满载一船星辉，／在星辉斑斓里放歌"，实在不合适。这样读书当然很惬意，但不一定非在剑桥不可。作为诗人，徐志摩敏感到康桥自然的美，但忽视了大学的主要功能是获取知识。在剑桥待了一年半，诗人偶尔也会上上图书馆，或去教室听听课；但因为是特别生，没有考试等压力，也未能真切体会这所大学严肃认真乃至刻苦古板的一面。

《负笈剑桥》

因此,我请大家读另一篇文章,那就是萧乾写的《负笈剑桥》。这文章刊于1984年5月的《文汇月刊》,后收入三联书店1987年版《负笈剑桥》,是作者毕业四十年后,重回剑桥时写的。萧乾当过《大公报》记者,知道民众需要什么样的信息,文中抒情笔墨不多,夹叙夹议,在追忆自家留学生涯的同时,着意介绍这所大学的历史、建制、风景、学术特点以及学生的课外活动等。没有照抄旅游指南或大学简史,而是在叙述自家经历或表达感想时,不失时机地穿插相关资料。对于渴望了解剑桥大学风貌的读者来说,《负笈剑桥》虽没有徐文洒脱,却比徐文更有用。毕竟是在图书馆里泡了整整两年,积极准备撰写关于意识流小说的硕士论文,所以,萧乾对剑桥大学教学及科研方面的了解,明显在徐志摩之上。徐志摩给我们描摹的,是一个充满诗情画意的剑桥,那当然是剑桥,但不是剑桥的全部。萧乾则告诉我们另外一个剑桥,即这所大学理智和冷静的一面。刚说过在野外散步,很舒适,话锋一转,便是:剑桥还有另外一面,而且是它主要的一面,那就是对真理的刻苦追求。

萧乾说的没错,任何一所大学,都有闲适的、抒情的一面,也都有刻苦的、枯燥的一面,问题是,所有的追忆者,都愿意畅谈前一方面,而冷落后一方面。拜读过不少关于剑桥的书,我得出一个结论:对于中国读者来说,最值得推荐的,还是徐志摩和萧乾的诗文。因为,一个是充满激情的少年情怀,一个则是回首往事的睿智长者,两者不可偏废。有了少年情怀还不够,还必须有中年的沧桑与理性,才能真正理解古老的剑桥大学。

此外,还有一本书值得推荐。1975年,当时的年轻教师,日后成为香港中文大学校长的金耀基,撰写并出版了《剑桥语丝》。那年,他刚好四十岁，正是学识与激情相得益彰的时候。一个诗人，一个作家，还有一个学者，三人谈论同一个优雅迷人的大学校园，角度迥异，可互相补充。一所大学，或者一座城市，能有几个才华横溢的作家或学者倾心于此，写出优美的诗文并流播开去，实在是很幸运。某种意义上，这些诗文，可看作兼具学问与温情的"旅游手册"；起码对于像我这样喜欢游玩的人来说，是这样的。

《剑桥语丝》

六　作为"文物"的大学

　　我关注大学里的"老房子"，主要立足于教育史，而不是建筑史。说白了，一半是因为好玩，一半是因为学问。借助此等文化遗存，思接千古，浮想联翩，这样的"文人习气"，跟建筑学家的专业眼光，明显不在一个层面上。

　　十几年前，一个秋日的午后，我在河南登封的嵩阳书院遗址盘桓。落日余晖中，默念着道统祠的那副名联："海纳百川有容乃大，壁立千仞无欲则刚。"只可惜人去楼空，二程遗风荡然无存。倒是那两棵阅尽沧桑的汉封将军柏令我肃然起敬，绕树三匝，唯有沉默能够表达这种深深的敬畏。此后，凡外出游览，我必寻访书院遗迹，或大学里的老房子，既拍照片，也钞碑文，企望有朝一日，能写一部游记体的兼及理趣与闲情的"中国书院／大学史"。2001年暑假的江西之行，让我对书院建筑及遗址的现状，有了更多感性的认识。就在鹅湖书院的泮池边，抚摸着石拱桥的雕栏，我告诉正在策划"寻踪丛书"的L君，认领了"中国书院"这一选题。只可惜，"计划赶不上变化"，先是我爽约，接下来出版社也改弦易帜了。

　　北大百年校庆期间，我曾应某电视台之邀，在摄影机前表演了一回——穿梭于景山脚下的老北大遗址，指点着各式建筑，讲述"老北大的故事"。片子播出后，据说很受欢迎；于是，中央电视台某栏目的制作人跑来，让我帮助策划"世界著名大学"的专题片。当时的设想是，就按我马神庙及汉花园讲故事的模式，于访谈见风景，以建筑写精神，上则传播文化理念，中则介绍大学体制，下则渲染大学风光。我答应了，条件是：拍过国外大学，接着拍国内大学；如此中西兼顾，方能显示作者之情怀。很可惜，学者的认真执著与电视人的多快好省，脚步很难合拍。忙碌了大半年，制作人不见了。据说是人家嫌我们太较真，拍这样的片子，还写脚本，还请专家，还拒绝俊男靓女、想找各大学毕业的老学生来当"解说"。没那么复杂，派两个人，扛摄像机进校园，问路旁的大学生，这是什么楼，那叫什么湖，很有名是不是，好，拍下来，回去剪接，不就行了吗？如此"牛头不对马嘴"，让我很伤心。此后虽不断有人旧事重提，我却没有勇气重做冯妇。

　　这本来是个好主意，大学校园里的老房子，本身就是刻在墙上的大学史。专家们在解释为何将大学校园列为国家重点文物保护单位时，往往强调其建筑风格如何兼容中西，教室礼堂等室内空间如何紧凑合理，还有园林布局如何与自然地貌配合默契，我则一口咬定，首先是"重要史迹"，而后才是"代表性建筑"。最近，《建筑与文化》做了一个专辑，以中国大学 110 周年为由头，请不同专业的学者讲述各个历史阶段的大学建筑。我的文章题目是《大学精神的见证人与守护者——写给大学校园里的"老房子"》。校园里的老建筑，早就成为"大学文化"的重要组成部分。这些仍在使用的老房子，是活的文物，让后来者体会到什么叫"历史"，什么叫"文化"，什么叫"薪火相传"。只是随着大学扩招以及校园置换计划的落实，新一代大学生大都已经或即将转入整齐划一、焕然一新的"大学城"，再也体会不到往日校园里那种新旧并置、异彩纷呈、浸润着历史感与书卷气的特殊韵味。

　　近年谈大学精神，很多人标举梅贻琦 1931 年就任清华大学校长时的《就职演说》:"所谓大学者,非谓有大楼之谓也,有大师之谓也。"这话是从孟子对齐宣王说的"所谓故国者,非谓有乔木之谓也,有世臣之谓也",略加变化而来的。一定要在"大楼"与"大师"之间做选择,我当然只能站在梅校长一边;可这么说,不等于完全漠视作为物质形态的"大楼"。实际上,矗立于校园里的各式建筑,无论高低雅俗,均镌刻着这所大学曾经的风雨历程,是导引我们进入历史的最佳地图。这倒让我想起汪曾祺1986年写的《香港的高楼和北京的大树》:"'所谓故国者,非有乔木之谓也。'然而没有乔木,是不成其故国的。……至少在明朝的时候,北京的大树就有了名了。北京有大树,北京才成其为北京。"请允许我套用——没有饱经沧桑的"老房子",是不成其为历史悠久的著名大学的。

几年前,应邀在凤凰台的"世纪大讲堂"做《中国大学百年》的专题演说。结束时,主持人希望我用一句话来总结。仓促之中,脱口说出:"大学是个写诗、做梦的好地方。"这话后来不断被人引述,也有批评说是"不切实际"——只会"写诗""做梦",怎么能适应市场经济的需要?我想,他们是误会了,大学的主要功能不是"职业培训",而是探究真理、养成人格。如果有人问:"你读过大学吗?"有两种回答:一是交学历证书,二是谈心灵感受。二者都有道理,但不可偏废。今日的大学生,明天的好校友,我相信母校对你们的期待,不仅是衣锦还乡或捐资助学,更重要的是,学会跟大学的历史、现状、建筑、精神等进行不懈的对话。

关于大学生活的各种追忆与讲述,很迷人,但也很脆弱,值得今人格外珍惜。不妨在追摹时回味,在鉴赏处反省。一般来说,校庆出版物的学术水平都不高,因为只能说好话,就好像祝寿,不能扫人家的兴头。可我收藏校庆纪念物,从报刊书籍到邮票首日封,因为,这是一种"成人仪式",有它,你多一份温馨,同时多一点历史记忆。世人喜欢追忆过去的好时光,这本身是有盲点的,比如,遗失了曾经真实地存在过的"悲惨世界"。另外,当论者津津有味地品鉴"过去的大学"时,你以为他/她已经沉入历史深处,不，那往往正是他们感怀当下的地方。

好，回到标题"弄花香满衣"。我提醒诸位，所有关于大学的谈论，都包含着选择性的"遗忘"。一如诗人之"弄花"，关注其容光焕发、香气逼人的精彩瞬间，而不是作为植物的牡丹、玫瑰等漫长的一生。那是真实的情景，但并非全部；是一种精挑细选后的"真实"。或许，正像诗人所描述的，在"掬水"的那一瞬间，你感觉"月"真的"在手"。可这月色，值得格外珍惜，一不小心，水从指缝间漏走，月也就消失了。

我对自己以及诸位的期待是：在与历史的对话中，展开"大学文化"以及"教育理念"的思考与实践。

2009年1月30日，破五的鞭炮声中，据记录稿整理成文

（此文节本刊《解放日报》2009年2月9日，全本刊《社会科学论坛》2009年第4期）

大师的意义以及弟子的位置[1]
——解读作为神话的"清华国学院"

将清华国学院作为"神话"来解读,虽然略带调侃,却并无恶意,不是贬抑之词。这里所说的神话,既非古代劳动人民对世界起源的理解,也不是什么"无稽之谈",而是指各种有趣、神奇、变幻莫测、值得深入探究的故事与传说。比起《汉语大辞典》和《现代汉语词典》,还是《不列颠百科全书》[2]的说法好听些,所谓"神话和神话学"(myth and mythology),即:"神话故事叙述神或超人,叙述在一个完全不同于人们通常经历的时代中所出现的非凡事件或环境。"早已进入文明社会的我们,依旧乐于在日常生活中创造、传播、经营此类"非同寻常"的传说。解读这些近乎神话的人物与事件,理解其寓意,阐释其可能隐含的集体无意识,还有使其得以广泛传播的社会文化氛围,对于理解一个时代的思想与学术,不无好处。

作为历史学家,除了辨析真伪,告诉大家那些流传久远的"传说"何处为虚,何处

---

[1] 本文根据笔者 2005 年 5 月 25 日在清华大学图书馆、6 月 14 日在华东师大中文系的演讲稿整理而成,"答问"部分采用清华的录音整理稿。

[2] 国际中文版,第 11 卷 496 页,北京:中国大百科全书出版社,2002。

为实，何处虚中有实、实中有虚；更重要的是，描述这些传说形成的过程、流播的途径，以及为何被受众广泛接纳。讲述一个神奇的故事并不难——尤其是像清华国学研究院这样本就充满神奇色彩、后世根本无法复制的学术机构；难的是分析隐藏在传说下面的学术史、教育史、文化史流变的印记。

以公众都熟悉的"清华研究院"为研究对象，选择"大师"以及"弟子"作为切入口，这样的论述策略，蕴涵着一个假设：理解任何一所学校，都必须同时兼顾"机构""教师"与"学生"；正是这三者的合力，成就了这么一个学术史上的"神话"。

一　办"研究院"，为什么都是"国学"？

今年4月20日的《中华读书报》上，发表了清华历史系几位教授写的文章。其中，我注意到一个细节，有人说清华学校研究院，有人说清华国学研究院。在第二天的讨论会上，很多老先生则大谈清华国学院。三种说法，略有不同。葛兆光的说法最准确，是清华学校研究院国学门。但是，说国学研究院、国学院，也都可以。只是不能画蛇添足，说清华大学国学研究院，或清华大学国学院，那可就错了。因为，国学院不可能跟清华大学并立。换句话说，有清华大学就没有国学研究院，有国学研究院就没有清华大学，二者在时间上是一个交替的关系。

1911年，利用美国退回的部分"庚子赔款"，建立了清华学堂，第二年改为清华学校。1925年，这所学校发生了很大的变化。这一年，清华学校分成三块，第一部分是旧制的留美预备学校，第二部分是刚刚设立的大学部，第三部分是研究院。这三部分并存，互相不隶属。开办清华研究院，是以研究高深学术、造就专门人才为宗旨的。但是，这个研究院只有国学一门。这一点，跟北京大学一样，也跟此前此后陆续开办研究院的东南大

清华国学院导师

学、厦门大学、中山大学、燕京大学一样。到了1929年6月7日,清华举行欢送首届大学部毕业生典礼,同时也是欢送最后一届研究院研究生的典礼。换句话说,这个典礼意味着国学院,或者说研究院,到此结束了。从下学期开始,清华学校三个部分合并在一起,留美预备学校取消,国学院取消,大学部扶正,清华学校正式更名为"国立清华大学",由外交部移交教育部管辖。

因此,我将讲述的,是从1925年2月12日清华学校校长曹云祥把聘书交给吴宓,告诉他,请你来筹备研究院国学门,到1929年6月清华研究院国学门正式关闭,这4年多的时间里,清华学校的文化、学术生态发生的巨大变化。

清华研究院是怎样创立的?先说开张。1925年的9月9日,开学典礼上,校长曹云祥演讲,大意是:现代中国所谓新教育,大都抄袭欧美各国的思路,并没有对本国文化的悉心研究,本校之所以组织研究院,研究中国高深的经史哲学,而且采用科学方法,并掺加中国考据之法,是希望从中寻出中国的国魂。接下来是梁启超的演讲,题目是《学问独立与清华第二期事业》,强调清华研究院的成立,代表了清华脱离模仿稗贩的阶段,走入一个独立创业的时期。[1] 也就是说，在此之后，清华和中国学术开始走向独立。

接下来讲话的，是筹备主任吴宓，他是具体办事的人，讲《清华开办研究院之旨趣及经过》。本来设想的研究院规模很大，还有自然科学、社会科学等，可惜没钱；没钱，那就"只能先办国学一科"。相对于社会科学和自然科学来说，办国学院所需经费最少。

为什么上世纪20年代所有的中国大学办研究院时，都从国学开始？两个原因，一是"民族自信心"，二是"钱"。既有内在需求，也有外在制约，使得办研究院时，都从国学入手。吴宓再三强调的一点是，我们研究的是"中国学术文化之全体"，而不是中文、历史、哲学等专门学问。这话，在某种意义上，是对着大学部说的。因为，1925年研究院建立，很快地，清华的国文、历史、哲学、英文等系也都相继建立起来了。这样一来，学校里并存两个系统，一个是国文、历史、哲学这种现代学科体制，一个是相对传统的国学。这两者在办学理念上是有区别的，将来的矛盾，就蕴藏在这个地方。

稍做清理，不难发现，研究院的主旨是：第一，谋求学术独立；第二，铸造中国的国魂；第三，使用科学的方法；第四，研究的对象是作为中国文化整体的"国学"，而不是西方学科体系中的文学、历史、哲学；第五，经费所限，只能先办国学。所有这些策略选择，不仅是清华校长的个人趣味，也是当时整个中国高等教育的现状所决定的。

说到这里，我们必须回答一个问题：为什么在20世纪20年代中期，大家都开始转而关注国学，希望建立研究院？我们知道，五四新文化运动是以传播西学为主要职责的，什么时候转而关注国学的呢？谈这个问题，不能不涉及北大。1919年12月，北大教授胡适发表《新思潮

[1]《清华周刊》350期，1925年9月11日。

的意义》，将新思潮概括为四个相互关联的部分：研究问题，输入学理，整理国故，再造文明。最关键的两步是"输入学理"和"整理国故"。如果说新文化运动的主要动力是"输入学理"，那么，1919年以后，以胡适为代表的部分新文化人，开始转向"整理国故"。可以这么说，20年代中期，如何"整理国故"，是各大学文科教授普遍关注的焦点，也是重要的学术转向。这个思潮对现代中国的教育及学术转型，起了很大的作用。

清华校长曹云祥决定开办研究院的时候，胡适建议他请三个人：章太炎、王国维、梁启超。[1] 章太炎不愿意到大学教书，他排斥现代教育体制，坚持传统的大儒讲学姿态。但梁启超和王国维都请到了。在中国文学向何处去这样的问题上，吴宓和胡适争得你死我活；但谈论国故，两个人不无共同语言。吴宓甚至带着清华研究院的教授到北大访问、对话。清华《研究院章程·缘起》中有"东西各国大学，于本科之上更设大学院，以为毕业生研究之地，近岁北京大学亦设研究所"云云，可见清华之创立研究院，包含追摹北大的意味。今天北大清华并称，但当年地位很不一样。有趣的是，清华"章程"中特别强调书院的作用，而此前一年，胡适在吴宓原先任教的东南大学做题为《书院制史考》的专题演讲（讲稿发表在1924年2月《东方杂志》上），表彰传统中国的书院教学，我想，这大概不是巧合。

清华的创建研究院，一开始是向北大学习的，二者"貌离"，但"神合"。研究所（院）的创设，使得当时流行的协调东西教育理念的思路，得到了真正的落实。但是，请注意，北京大学研究所的章程，和清华学校研究院的章程不一样。前者只字未提传统的书院教育，强调的是如何学习德国、美国的seminar制度。后者则明确规定，要把中国的书院和英国的大学制度结合起来。大家可

---

[1] 参见蓝文徵《清华大学国学研究院始末》，台北《清华校友通讯》新32期，1970年4月。

能会觉得，清华和北大的思路不一样。不对，思路是一样的，不一样的是原先的学术背景。北大本来就带有很浓厚的书院色彩，需要学习的是西方的研究院制度；加上校长蔡元培是从德国回来的，更强调北大要向德国学习。而在20年代，清华学校屡受批评，很重要的原因就是美国色彩太强了。所以，清华必须加强与传统中国文化的联系，包括带进书院的因素。北大的书院色彩本来就太强，没必要再往这方面靠。换句话说，北大唯恐不洋，而清华唯恐不土。所以，别看二者的章程不一样，实际上，内在思路是一致的，那就是怎样在接受西方教育体制的同时，把中国的传统教育精神、把中国的"大学之道"灌输进去。

在制度上、方法上、理念上、精神上，力图把中西方的优长结合在一起，这是当年众多大学办研究院的主要目标。这里面，北京大学研究所对于现代中国研究生教育制度的建立，起了很大的作用。有兴趣的朋友，可以看看台湾年轻学者陈以爱写的《中国现代学术研究机构的兴起》（南昌：江西教育出版社，2002）。1920年代，中国大学办研究所的，不仅仅是北大。1922年，北大正式成立研究所，两年后，东南大学也成立了国学院。东南大学就是后来的中央大学，1949年后改称南京大学。吴宓是从东南大学过来的。东南大学成立国学院，起草计划书的是顾实，国文系主任名叫陈中凡，是北大的毕业生。刚才说了，清华学校研究院成立于1925年。接下来，便是1927年初厦门大学成立国学院。这个国学院的主干，全是北大的教授和研究生。为什么？当时北洋军阀横行，通缉好多著名教授，北京气氛很紧张，教授们于是纷纷南逃。北大研究所主任沈兼士、教授林语堂，还有顾颉刚、鲁迅等，都跑到厦门大学来了，在国学院任教。鲁迅和顾颉刚两个人的恩怨情仇，是中国现代文学史上著名的公案。《铸剑》里面那个从水里挣扎着要爬出来的鼻子通红的老鼠，就是在讽刺顾颉刚。鲁迅和顾颉刚，两个人从北京逃到厦门，又从厦门逃到广州，一路逃一路打笔仗。这里有人事上的纠葛，也有文化理念和政治立场的差异。1927年，原北大毕业生傅斯年从欧洲回来，受聘出任中山大学文学院院长，兼国文和历史两个系的系主任，一时间，雄心壮志冲云天。傅斯年建立起了语言历史学研究所，聘了好多人，包括顾颉刚、董作宾、钟敬文等。中大的民俗学研究做得有声有色，很不错。这一点，做现代中国学术史的，都明白。1928 年，就在清华的旁边，燕京大学也成立了国学研究所，所长是陈垣，导师与研究员包括顾颉刚、容庚、许地山、郭绍虞等。可以这么说，20 年代中期的整理国故以及学术独立的思潮，使得很多大学都在努力创办研究所，并借此寻找"国魂"。

不只是精神，还有方法。刚才说了，办文科研究所、国学院，一是需要的钱比较少，二是便于发扬传统、寻出中国的国魂。具体的途径呢？比如说，采用什么样的研究方法。谈论如何整理国故，胡适特别标举"科学方法"。在《清代学者的治学方法》等文中，胡适偷梁换柱，把他从美国学来的那一套，如杜威的思维术，和清儒的考据学接轨。因此，你会发现，北大清华这两个学校的研究院，都特别讲究研究方法，而且，不能只谈土或洋，要中西结合。换句话说，无论制度上、方法上、理念上、精神上，那时办研究院的，都力图把中西双方的优长结合在一起。这里面，北大研究所在制度建设方面，取得令人瞩目的成绩；而清华研究院的四大导师，则更具传奇色彩，也更容易被后世传诵。

不算"首开纪录"的清华国学院，有何能耐，能让后世的研究者不断追忆、纷纷评说？没有听说别的大学，比如北大、厦大、中大等搞过类似的活动，唯独清华大张旗鼓，在 1995 年和 2005 年隆重纪念清华国学院创立 70 周年和 80 周年。为什么？

清华纪念国学院，自有它的道理。比起北大文科研究所，清华国学院吸引了更多公众的目光。原因呢？包括它当年异军突起，成绩显著；也包括它像樱花一样，迅速凋谢。清华研究院是一个"完整的故事"，特别适合于讲述。总共才四年，那么多优秀的学生，还有传说纷纭的四大导师。这是一个头尾完整、充满悬念、略带幽怨、可以寄托各种情怀的学术传奇。换句话说，清华研究院之所以成为中国学界不断提及的话题，其中最为重要的，是这个故事本身的素质很好。有了这根基，清华同人方才可能借国学院的叙述，不断建构、辨析、阐扬自家的学术传统。

按理说，当年中国学界，要说创立研究所，没有比北大条件更好的了。除了是最高学府，已经有了完整的文史哲三系，集合了不少著名学者，还有校长蔡元培的全力支持。而吴宓在清华筹办研究院，受到很多限制，没办法施展才华，一年后就辞职不干了。清华一边办研究院，一边办大学部，二者之间，不说势不两立，至少也是矛盾重重。而这注定了研究院不能长久发展。出于对研究院的怀念，大家感叹其陨落之快。追究起原委，纷纷埋怨教务长张彭春的牵制，或是赵元任、李济的临阵倒戈，使得研究院办不下去。其实，这不对，当初国学院的设计就只是过渡性质的。1926年1月，清华召开校务会议，吴宓希望扩大研究院的规模，教务长张彭春站出来反对，要求研究院改变性质，明定宗旨，不仅不要扩大，还得尽量缩小，最终完成向大学的过渡。在他看来，国学院是不伦不类的机构，只能是一个过渡环节，让清华从没有学问的留美预备学校，向真正的大学转变。不只张彭春这么看，当年清华的不少教授也都这么认为。吴宓争吵不过，回到研究院跟大家商量。研究院内部意见分歧，梁启超、王国维、陈寅恪倾向于吴宓的建议，坚持扩张计划；另外两人，赵元任和李济则赞成学校的建议，同意逐渐停办国学院。此事导致了吴宓和张彭春的双双辞职。以后研究院的院务会议，就由新任的教务长梅贻琦主持。

梅贻琦，1931年起正式执掌清华，是清华历史上任职时间最长、评价最高的校长，对清华大学的发展起了决定性的作用。他的就职演说中有一句话，现在广为传播："所谓大学者，非谓有大楼之谓也，有大师之谓也。"我猜测，当他说这句话的时候，脑海里浮现出来的，很可能是早年主持清华国学院院务会议时，和梁启超、王国维、陈寅恪等人的交往。正是这一因缘，使他深有感受：办大学，关键是要有学术专精且声名显赫的教授。

二 是"四大导师",还是"五大导师"

1998年北大百年校庆期间,我发表了一篇文章,题为《北大传统:另一种阐释》。我以为,北大老是讲自己政治上如何进步,而相对忽视了学术传统的建构,这很可惜。文章是围绕蔡元培如何创建文科研究所来展开的,其中提到了清华、北大两个国学院/所的差异,包括制度建设,也包括风气转移等。同样以发展国学为目标,清华起步虽晚,但因有庚款的支持,经费充足,于是,延名师,拓校舍,很有成效。下面这句话,是我的体会,不一定准确,大家心领神会就行了。我说,清华走的是"明星"路线,因为她选择的四大导师,梁启超、王国维、陈寅恪、赵元任,确实都很有人望。加上前后四届七十多名学生日后大有作为,在大家心目中,清华研究院办得比北大好。但其实也有问题,清华因人设课,接近古代书院的大儒讲学,不太重视制度性的建设,因此,王国维、梁启超去世后,研究院难以为继。当然,研究院办不下去,还有更深刻的原因。学校的制度建设和学者的个人声望,是两回事情。要说单个教授,或许没有比梁、王更知名的;可北大在学术制度的建设上,颇有可圈点处。从1922年开始创办,到1932年改为研究院文史部,再到1934年演变为研究院文科研究所,历经抗战中的南迁与北归,依然是北大学术实力最强的"金字招牌"。1948年,北京大学50周年纪念,举办科研成果展览,最能拿得出手的,依旧是文科研究所。要说"学统",这也是一种。

1922年1月,北大研究所国学门正式创立,委员长由校长蔡元培亲自担任,委员包括顾孟余、沈兼士、李大钊、马裕藻、朱希祖、胡适、钱玄同、周作人等。另外,聘请了王国维、陈垣、陈寅恪、柯劭忞,还有若干德国、法国、苏联的学者,作为导师。这个研究所,同样汇聚了当时中国最优秀的学术人才。至于研究方向,集中在考古学、歌谣研究、风俗调查、明清档案整理、方言调查等很有发展前景的学科。各位教授的成绩,暂时按下不表;我更看中的是,北大的研究生教育自此走上了正轨,一直延续至今。

梁启超　　　王国维　　　陈寅恪　　　赵元任　　　李济

我们回头看清华的情况。1925年，清华建立研究院，导师是王国维、梁启超、陈寅恪、赵元任四位，加上讲师李济，主任吴宓。最近这些年，谈论清华国学院的文章很多，经常提"四大导师"。也有加上吴宓，说成"五大导师"的。我觉得，这样说不合适。为什么？吴宓是研究院的主任，不是导师。他自己说，学问不够，只配当主任。主任的工作，是为教学服务，而不是指导教授们如何做学问。这是以前清华的规矩，也是很多老大学的传统。现在不一样，官大学问就大。今人想当然，既然是研究院的主任，领导着四大导师，那他本人就更应该是"导师"了。之所以产生这种误解，与现在中国大学的"官本位"有关。这是我们的问题，跟老清华没关系。研究院希望扩展，计划没通过，第二年，吴宓就辞职，到大学部教书去了。所以，称吴宓为清华研究院的导师，不合适。

一定要说"五大导师"，与其补吴宓，不如加上李济。从现代学术发展趋势看，讲师李济的工作更值得重视。他在清华研究院讲的是人类学、民族学和人种学。可以说，在清华园里，他是第一个突破藩篱，将教学与科研带到田野中去的。他主持西阴村史前遗址的发掘，在学界影响很大。要说开一代风气，李济算一个。今年的纪念会上，好几位老先生，有社科院的，也有北大的，不约而同地提到，现代中国的考古学，应从清华说起，从李济说起。当年北大也有考古室，但更多的是传统的金石学。1928年10月，中央研究院史语所成立考古组，请谁来主持，当时有两个人选，一是北大研究所考古室主任马衡，一是清华研究院的李济，最后决定用李济。因为马的路子比较旧，基本上是传统的金石学；而李从哈佛学成归来，更熟悉当时的考古学潮流。这个事情，最早是李济的儿子李光谟讲出来的，著名考古学家俞伟超做了如下评述："蔡元培和傅斯年的确是很有眼光的。"[1]

当年不太被看好、学生很少的李济，以及另外一个导师赵元任，日后对中国学术的贡献都很大。研究生们更喜欢追随的是梁启超和王国维，因为这两位的学问很好，而且跟自己以前的知识积累比较容易衔接。而刚从哈佛回来的赵元任和李济，他俩的专业，一个语言学，一个考古学，在当时的中国，说实话，很少有合格的学生。不过，今天回过头来看，他们的工作更值得我们关注。

为纪念清华校庆而制作的电视片《永远的清华园》，在凤凰卫视播出，很好看，也很动人。主持人是陈晓楠，她在片中说，清华研究院的导师，除了吴宓，本来还有一个，那就是教人类学、考古学的李济。只因为他资历比较浅，学问还没有完全成熟，所以，只聘为讲师。实际情况并非如此。我们知道，李济1911年考入清华，后来到哈佛念书。办国学院时，他已从哈佛博士毕业回来，任南开大学文科主任。为什么没聘他为教授？原因是，1925年4月，美国弗利尔艺术陈列馆准备在中国搞考古发掘，负责这个工作的美国代表毕安琪邀请李济协助他工作。李济同时接到两份工作邀请，一是回母校教书，一是主持考古发掘。两份工作，美国那边钱更多些，而且工作很有挑战性。李济最后应的是美国人的聘，清华只是他的兼职；因为不是全职，那就只能当讲师。请注意，民国年间的大学，有这么一个规定，教授必须全职。严复1912年出任北京大学校长，做过这么一件事，解聘那些兼职太多的教授。换句话说，你要么全职，当教授；要么兼职，当讲师。你不能

---

[1] 参见《考古学是什么——俞伟超考古学理论文选》224页，北京：中国社会科学出版社，1996。

同时在教育部、财政部、司法部等四五个地方兼差,然后还是北大的教授。当时教授的薪水低,远不及官员,于是好些人养成不好的习惯,做好几份活,这样才能过得舒服些。严复建立学术尊严,从这里开刀,是有远见的,起码培养教授们对于学问的虔诚。你自己选,要不当史学教授,要不当财政部的科长,随你挑,就是不能兼。当然,这样做,得罪了很多人。请记住,不是李济学问不好,或遭人暗算,只能当讲师。北大也闹过类似的笑话,有人讲校史时,不晓得鲁迅因为是教育部官员,只能当讲师,竟然说,你看我们北大多"牛",连鲁迅都不给评教授。道理很简单,也很公平,比如,陈寅恪在清华是教授,在北大就是讲师,因为他以清华为主。这里所说的"讲师",说白了,就是兼职,是 part-time。

谈论清华研究院的"四大导师",有一个误区,往往把这些学者的所有成绩,一股脑都算进来。其实,应该考虑他们在清华开设的课程,以及指导学生的范围,还有日后学生的发展方向。学术史上的王国维、陈寅恪,和清华国学院导师王国维、陈寅恪,不是一回事。举个例子,王国维此前曾撰写过《红楼梦评论》《人间词话》《宋元戏曲考》等,很有名。可我们查他在清华开的课程,并没有涉及文学的。1925 年,王国维开设的课程包括《古史新证》《说文练习》、《尚书》研究。1926 年呢?《仪礼》《说文练习》,同样跟文学没有任何关系。再看他指导的学科。1925 年度,王国维指导的学科是经学(包括诗、书、礼)、小学(包括训诂、古文字学、古韵)、上古史、中国文学——终于出现了"中国文学"这四个字。1926 年度,又增加了一门金石学。我们看,事实上,王国维在清华所开课程,跟《红楼梦》或宋元戏曲,没有任何联系。再看第一届 32 名学生,毕业论文中涉及文学的,只有方壮猷,他做的是"儒家的人性论""章实斋先生传"和"中国文学史论",只有第三个作业跟文学有关。第二届研究生中,标明专修"中国文学史"的,有下面几位:王力,做的是"先秦文法";全哲,做的是《楚辞》研究;谢国桢,做的是"清代学术史征";还有一位陆侃如,正在做"古代诗史"。我们知道,当年指导"中国文学史"科目的,有两位教授,一是王国维,一是梁启超。谢国桢是梁启超的学生,这没问题。至于陆侃如是否得到王国维的悉心指导,没有确凿的证明材料。可以断言,王国维在清华期间,即便讲授文学,也是占很小很小的比例。因此,谈论清华国学院导师业绩,最好不将《红楼梦评论》《人间词话》《宋元戏曲考》等考虑在内。

陈寅恪的情况恰好相反,是把他还没开始的工作成绩给预支了。陈寅恪在清华国学院讲什么课程?第一,"西人之东方学之目录学",也就是考察外国人如何研究中国,先从目录学说起;第二,"梵文"。指导学生的范围呢?我念给大家听听:年历学、古代碑志与外族有关系者之研究、摩尼教经典回纥文译本之研究、佛教经典各种文字译本之比较研究、蒙古满洲之书籍及碑志与历史有关系者之研究。上述这些课题,都是早年陈寅恪最为关注的。至于他广为人知的"不古不今之学",比如《唐代政治史述论稿》;或晚年苦心经营的《柳如是别传》,清华国学院教书时,八字都还没一撇呢。评价大学教授的功过,应包括他的著述、他的课程讲授,也包括他培养学生的方法与业绩。在我看来,谈论清华国学研究院,首先是教育史,而后才是学术史,不能弄颠倒了。

台湾学者苏云峰写了本《从清华学堂到清华大学》(北京:三联书店,2001),其中提到了研究院的工作状态。他认为,功劳最大的是梁启超和王国维,因为他们名气大、人缘好,像磁场一样吸引了大批年轻学人,使清华一跃成为国学研究的重镇。可是这两个人,一个在1927年,一个在1929年,先后逝世了。这是国学院很快就凋零的重要原因。其次呢,是陈寅恪。陈先生进入清华园后,住下来,跟学生多有接触。清华有个好处,做事很规矩,教务会议都有记录。一查记录,我们发现,陈寅恪几乎每次会议都参加,是个很认真的教授。可那个时候的学生水平不够,听不太懂他的课,大都跟王国维和梁启超做论文去了。因此,清华研究院时期,陈的贡献不如王、梁两位大。再接下来,吴宓有筹备之功,但不能坚持到底,第二年就跑了。功劳最小的是赵元任和李济,这两个人学问都很好,可整天跑野外，做方言调查，或考古发掘，待在学校的时间不多，跟研究院的学生接触少，又不支持吴宓的发展规划，导致国学院倒台（332 页）。

最后这一点，需要稍做辨析。赵元任、李济都是受过严格专业训练的哈佛博士，就学术趣味而言，和同是留学生、以中西兼修见长的陈寅恪，本来就不一样。陈寅恪在好几所国外大学念过书，但不读学位，凭自己的学术兴趣，博采众长。加上他有很好的国学底子，能跟王国维谈得来。赵元任、李济不一样，念洋书，拿学位，回国做研究。所以，在清华研究院的导师里面，王国维、梁启超、陈寅恪比较合拍，他们的学问路子即便不同，也都能互相欣赏。而另外两个哈佛博士，就很难说了。记得有这么一件轶事：清华国学院师生为王国维集资修纪念碑，赵元任是不出钱的。为什么？可能是政治态度使然。因为，那个时候，大家觉得王国维政治上保守，追随那位退位的皇上，还留着辫子；自命思想进步的人，对此很有意见。另外还有一种可能，那就是学术趣味不同。一个在西方受过很好的教育，做现代语言学研究的学者，很可能无法或不屑于去理解王国维学问的价值。李济在日后所撰回忆录里，对王国维的学问，也都表示过不以为然："他对近代考古学虽能了解它的重要，却觉得与他自己研究的范围仍有些距离；所以他虽以利用新材料而对古文字学有若干极新颖的见解，对于古器物的处理，他以为这一类的著录仍应该奉《博古图》及《考古图》为准则。"[1] 在两个哈佛博士眼中，"国学"是什么东西？他们会觉得语言学、考古学、哲学这样的现代学术体制，才是坚实可信的学问。他们对"国学院"的前途不看好，主张向近代西方学科体系靠拢，这是他们的学术立场。换句话说，在他们看来，尽快建立和国际接轨的大学体制，包括设立语言、历史、哲学、考古、人

---

[1] 《感旧录》95 页，台北：传记文学出版社，1967。

类学、社会学等科系,才是学术发展的正路。所以,他们不支持扩展国学研究院,不是个人恩怨,是学术趣味使然。

苏云峰先生的著作,可商榷的地方不少。但下面这句话,有见地。他说,讨论清华国学院,必须注意到梅贻琦的贡献。为什么?他是个外行,学工科的,因出任清华教务长,而必须主持国学研究院的教务会议。两年间,共主持了22次,解决了很多具体问题,没有出现大的纰漏。作为一个行政领导,跟王国维、梁启超、陈寅恪等名教授接触,保持良好的关系,是非常不容易的。所以,谈国学研究院,应该把梅贻琦考虑在内。这个设想很好,我同意。

回到当年地位显赫、后来名气明显不及清华国学院的北大文科研究所,我们很容易发现,后者的关注点是制度建设。比如,北大文科研究所刚刚创建,就设立了五个专门委员会,即由周作人主持的歌谣研究会,由张竞生、江绍原先后主持的民俗调查会,由林语堂、刘复先后主持的方言研究会,还有由陈垣主持的明清史料整理委员会、马衡主持的考古学会。换句话说,北大研究所更像是个研究单位,而不像一个教育机构。当然,我能体谅他们的难处,因为钱少,没办法招那么多研究生——下面我会提到,他们确实碰到了很多实际困难。

清华有尊重名家、崇拜大师的好习惯,这使得他们能在很短的时间内迅速发展,在中国学界引领风骚。可我隐隐觉得,光有名家还不够,制度建设同样也很重要。这方面,比较穷的北大所采取的策略,也不无可取之处。之所以如此感慨,是因为近年中国高等教育"大跃进",很多学校在访大家、抢名师方面下了大功夫,但相对忽略了良好的学术制度建设。"大家"是可以买来的,"制度"却必须自己一点一滴地建立。如果只要是"名角",就去捧,就去挖,而不考虑是否真对大学的发展有好处,这可就念歪了梅校长的真经了。

三　众弟子的表现

北大文科研究所的建立，标志着中国的研究生教育逐渐走上了正轨。教授的业绩不错，学生的情况却很不乐观，最主要的原因是经费太少了。据1923年底出版的《国立北京大学概略》，到那年年底，北大经过学术委员会审查合格的研究生，总共只有16人；其中提交研究报告的是5人6种，包括罗庸的《尹文子校释》、容庚的《金文编》、商承祚的《殷墟文字类编》等。这些都是很不错的著作，可两年多才培养这么几个学生，未免太少了。你会说，北大要求高，严格管理，这样好。其实，我跟你说实话，是因为没钱。再查一下，到1927年底，整个北大研究所国学门审查合格的研究生，也只有46名，其中好些还是"通讯研究"。研究所整整办了五年，总共才10人正式提交了14种论著（《国学门概略》，北京大学，1927），实在说不过去。

反过来看清华，他们的规模效应，很快就显示出来了。第一年，录取新生33名，实际报到29人。第二年36名，第三年24名，第四年13名。研究院规定，第一年学完，有研究成果，表现优秀的，可以再申请一年，因此，其中有些是重叠的。当年的清华研究院，是给学生发奖学金的，学生当然愿意继续研究。合起来，四届学生中，真正完成学业的，共有74人。其中表现最为出色的，是前两届，即1925、1926年入学的那两届。

这些学生有什么特点？第一，年纪比较大，好些人进校前已有著作发表，专业上比较成熟；第二，这些学生来自不同学校、不同专业，好些属于自学成才，没有像样的学历证书。今天中国的研究生招考，越来越重视资格审查，考试形式也日渐烦琐、严苛，这样会把很多有才华的学生给淘汰了，很可惜。我很怀念老北大、老清华的不拘一格选人才。学生资质好，加上有名师指导，自然能出成绩。梁启超很得意，宣称研究院的学生三分之一可以成才，其中三五个人的研究成果，"实可以附于著作之林而不朽"

(《清华周刊》371 期，1926 年 3 月 19 日）。

对北大、清华两个国学研究所／院，后来的学者多有评说。像苏云峰便认定，北大"自由松散"，清华则"密集谨严"(287 页)，因此，清华研究院的成绩更突出。其实，跟学风是否"自由"关系不是特别大。最重要的是，北大的经费远不及清华，能花在研究所的钱很少。像清华所采取的这两项措施，在北大就无法落实。第一，教授专任，而且必须"常川住院"，以便与学生多多交流。这里所说的"住院"，不是住医院，是住学校。第二，学生一旦录取，就发给奖学金，条件是，你必须长期住校，拒绝外务，潜心研究，笃志学问。换句话说，学生也好，教授也好，一旦进来，就必须在一个相对封闭的环境中，认真读书。今天，你住在清华园，要想进城，很容易；当年不一样，骑毛驴或乘人力车，要走大半天。北大不同，就在过去的皇宫旁边，离天安门又那么近，当然关心政治，喜欢闹革命。

当年清华研究院招聘导师时，有四个标准：第一，必须对中国文化的全部知识有所了解；第二，必须掌握正确科学的研究方法；第三，必须熟悉欧美日本学者研究东方学的成果；第四条最特别，也最重要：愿意和学员亲近、接触，热心指导，以便让学生在最短的时间内学到丰富的知识以及正确的治学方法(吴宓《清华开办研究院之旨趣及经过》）。今天中国的大学，碰到一个很大的问题，就是老师们不太愿意为学生多花时间。客观因素是研究院规模太大，连自家指导的研究生都管不过来，哪有时间跟本科生多接触？但还有一个原因，评职称时，不太考虑讲课效果如何、教学是否尽心，以及和学生接触时间多少；而只计算出了几本书，发表几篇论文，有什么科技发明。清华研究院之所以敢硬性规定，要求导师多跟学生接触，是有经济力量做后盾的。比如，研究院师生每月举行茶话会，师生在一起吃吃点心，喝喝咖啡，聊聊学问。这个制度，北大学不来。还有，导师带着学生游北海，在北海静心斋坐下来，面对湖光山色，大家畅谈学问。这个，在北大也做不到。一方面是文化传统，另一方面也是经济实力。但不管怎么说,清华研究院开创了一个很好的传统,即师生之间多多交流。即便这样,梁启超还是不太满意,抱怨说除了上课,没有更多时间与学生接触。我相信梁启超说这番话的时候,是很真诚的;不过,他以当年在广州万木草堂跟随康有为念书、或在长沙时务学堂讲学作为比照,那是搞错了目标。那种师生吃在一起、住在一起,每天在一起讨论学问的传统书院,不可能在现代大学里复制。在我看来,清华研究院师生之间交往的密切与频繁,已经很让人羡慕的了。

清华研究院的学生表现出色,这与他们拥有很好的施展才华的舞台有关。1925年10月,在第二次教务会议上,议决不办杂志,以便师生潜心读书。研究院里,起码有两位教授是特能办杂志的,一个是梁启超,另一个是吴宓。这两个人,要他们不办杂志,都很难。所以,情势很快就改变了。吴宓在自己主持的《学衡》杂志上,不断发表研究院导师及学生的文章。另外,校方主持的《清华周刊》,也发一些专业论文。当年的《清华周刊》,一如我们的《北京大学日刊》,很好看。不像现在各大学的校报,尽是报道今天校长接见谁,明天什么代表团来访,后天又有哪个资本家捐钱,大后天后勤部门举行联欢晚会——像这些日常琐事,时过境迁,真的不值得翻阅。《清华周刊》不仅发表教授们的学术演讲,也发表学生的文章。更重要的是,清华研究院终于改变主意,决定办一个《国学论丛》,由梁启超主撰,其他人自由投稿。还不满足,年纪大点的研究生刘盼遂、吴其昌等,办起了《实学》月刊,教授们给稿子,还捐了钱——梁启超捐了50大洋,王国维捐了20。接下来,陆侃如、姚名达等创办述学社,编辑《国学月报》。再接下来,《大公报》创办《文学副刊》,请吴宓主编,吴又邀了浦江清、赵万里、张荫麟等一起来办。这样一来,清华学生发表文章的阵地很多。四年间,培养了74名学有专长的研究生,这些人的研究成果如何及时发表,也是个问题。办研究院,有好的导师,有好的学生,有好的制度,如果再有合适的发表研究成果的途径,那样的话,大家对这个研究机构的认同感会更强。

除此之外，两个突发事件，使得研究院的师生进一步加强了联系，这也是清华国学院成为神话的重要因素。王国维和梁启超先后去世，清华师生真的化悲痛为力量，凝聚了感情，表达了理想，同时也完善了自身形象的塑造。1927年6月1日，王国维留下遗书——"五十之年，只欠一死。经此世变，义无再辱"——然后跳昆明湖自杀，这是现代学术史上的一件大事。王国维自杀的原因及其蕴涵着的文化意义，这里不说。单说追悼会上，学生们行三鞠躬礼，因为是文明社会了，行鞠躬礼就行了。接着，陈寅恪来了，行三跪九叩大礼。[1]学生们一下子全哭了，跟着陈先生重新行三跪九叩这样的传统大礼。对于这些已接触西洋文明的研究生来说，用这种方式，似乎更能表达师生之间的情谊，同时也表达了对于传统师道的认同。接下来的一系列活动，更显示了清华研究院学生的心志与活力。两个月后，上海的《文学周报》发行"王国维先生追悼号"，文章的作者好些是研究院的学生；同年10月，《国学月报》二卷八、九、十号合刊"王静安先生专号"，除了王国维的遗著，还有学生的追怀文章。又过了一年，1928年6月，《大公报》连续发表三期"王静安先生逝世周年纪念"，有吴宓、浦江清、张荫麟、赵万里等清华师生的文章。《学衡》转载这批文章，再添上陈寅恪、吴宓、刘盼遂等人的诗文。再接下来，《国学论丛》一卷三号出版"王静安先生纪念号"，除了整理王国维的遗著，还有梁启超的序，表彰王国维的治学方法；陈寅恪的《王观堂先生挽词并序》则提到，凡一种文化衰落的时候，被这个文化所"化"的人，会感到特别痛苦，痛苦到极点，就只能自杀；而数十年来，社会制度变迁，纲纪伦常陵夷，为这个文化所凝聚之人，不得不与之共命运。陈寅恪先生的这个论述，加上日后所写的另外两篇文章——《清华大学王观堂先生纪念碑铭》和《王静安先生遗书序》，

---

[1] 参见姜亮夫《忆清华国学研究院》，《学术集林》卷一，上海远东出版社，1994年8月。

王国维纪念碑

三个东西合起来，完成了对于王国维精神世界的描述，也完成了自家文化理念的阐发。文化立场、精神追求、学术境界，三者合一，这很难得。借纪念王国维，陈寅恪等清华师生，将一个学术机构，提升到具有思想史意义的高度。

到1929年6月，王国维去世两周年的时候，清华国学院师生集资，在校园内建了一座"海宁王静安先生纪念碑"，梁思成设计，陈寅恪撰碑铭，其中提到，"先生以一死见独立自由之意志"，更着重表彰王国维的"独立之精神，自由之思想"。1990年代，这种"独立之精神，自由之思想"，得到了中国学界的广泛认同，这也是清华国学院能够浮出海面，吸引公众关注的重要原因。

1929年1月19日，梁启超去世。两天后，张荫麟在《大公报·文学副刊》上发表《近代中国学术史上之梁任公先生》。以后，清华众多学生，陆续撰写了很多追念梁启超的文章，包括张荫麟、梁实秋、谢国桢、周传儒、姚名达、刘盼遂、杨鸿烈等人，其中表彰师门最得力的，还数吴其昌。1944年，吴其昌抱病撰写《梁启超传》，书成一个月后，吴便去世了。

今年4月，清华历史系举行了纪念国学院创立80周年座谈会，我在会上谈了一个想法。我说，谈及国学院的贡献，大家都着力表彰四大导师，这当然没错；可我认为，国学院能有今天的名声，与众弟子的努力分不开。

清华学校研究院同学录，梁启超题词

弟子们的贡献，包括日后各自在专业领域取得的巨大成绩，也包括对导师的一往情深，更包括那种强烈的集体荣誉感。为说明这个问题，我谈到一本书，即印行于1927年的《清华学校研究院同学录》。这本由吴其昌编辑的小册子，是我所见到的最为精美的"同学录"。除了老师的照片、格言等，最有价值的是每位同学的照片和自述。有的人不在了，或一时联系不上，就由朋友为其写个小传什么的。文章有长有短，但大都有意思，很能显示那代人的趣味与情怀。这本小册子，我在北大、清华的图书馆里都没找到，是从吴其昌的女儿吴令华女士那里见到的。我的妻子夏晓虹专门研究梁启超，对这书很有兴趣，于是决定和吴令华女士合作，给这本书做注，把这些学生日后的工作业绩，以及他们对国学院生活的描述，对导师和同学的追忆，全都补进来，编一本别具一格的"学术史"。我话音刚落，在场的上海古籍出版社总编辑赵昌平马上说："书做好了给我们。"

　　我的想法很简单：在学术史上谈"大学"，一定要把学生的因素考虑进来；学校办得好不好，不仅仅体现在导师的著述，更重要的是师生之间的对话与互动，以及学生日后的业绩与贡献。如果有共同的学术方向或精神追求，那就更好了，更值得大力发掘与表彰。按理说，北大文科研究所也取得了很大成绩，可很少被追忆；包括当事人，也都不大提及。"回忆"需要氛围，也需要契机，北大学生眉飞色舞，谈论的都是轰轰烈烈的新文化运动。这样一来，未免冷落了本不该冷落的文科研究所。到了1990年代，中国学界的目光从"五四新文化"转向"清华国学院",这其中隐含着整个思想文化潮流的变迁。

四 "神话"是怎样形成的

我对清华研究院充满感情,之所以称其为"神话",丝毫没有讥讽的意思。我关注的是,仅仅存在四年多的这么一个学术机构,为什么会被不断追忆;在故事传播的过程中,其意义是如何自动衍生的。对于各种宏大叙事,采取知识考古学的态度,而不是简单的肯定或否定,这明显是受福柯的影响。

清华研究院的成功,对于今天的人文学者说,几乎是遥不可及的神话。这一"学术史陈述"之所以普遍流传,与清华1980年代的重建文科有很大关系。对于清华来说,在复建文科院系的过程中,如何发掘传统,确立自信,是个关键。与历史对话,与学界同人对话,还得与理工科思维定式对话,这个时候,"国学院传统"是个很好的理论资源。重办文科,不是有钱就行,也不是校长支持就能"一路畅通"。整个校园氛围,工科占绝对优势;而用工科的眼光来评判文科,用工科的趣味来发展文科,那是很有问题的。我跟清华文科各院系的教师多有交往,知道他们努力的方向,也知道他们遇到的困难。可以这么说,最近二十年,在清华,流行着三套话语,对应着三个故事系统:第一,作为革命话语的闻一多和朱自清的故事;第二,作为学科体制的"清华学派";第三,作为学术精神的清华研究院。

如此"大胆假设",一半来自阅读史料的感受,一半是直接的生活经验。清华中文系复建前后,有关领导常到北大与我的导师王瑶先生商谈。历史感很强的王瑶先生建议,你们清华发展文科,一定要借用朱自清、闻一多的故事,重新树立自家形象,要让大家感觉到,这不是在新建一个系,而是在接续某种传统。就好像周作人对现代中国散文的描述:这是一条古河,因某种原因曾消失在沙漠中,但是在下游,它又重新冒出来了;因此,这河既古老,又新鲜。[1] 王先生的建议,我相信对当事人很有启发。接下来,王先生开始到处鼓吹"清华传统"。

1985年,也就是清华中文系复建的那一年,在纪念闻一多先生逝世40周年的会议上,王瑶先生说:"以前的清华文科似乎有一种大家默契的学风,就是要求对古代文化现象做出合理的科学的解释。"[2]第二年,王先生又在第三届闻一多学术讨论会上发表两篇短文,重谈这个问题。1988年,清华大学纪念朱自清逝世40周年,王先生发表《我的欣慰和期待》[3],此文日后常被关注清华命运的朋友引用。文章称,清华中文系不仅仅是大学里的一个系,更是一个具有鲜明特色的学派。另外,清华中文系的成就,是与朱自清先生的心血分不开的;朱先生当了16年之久的系主任,深刻影响清华中文系的发展方向。而朱先生在日记中提到,要把清华中文系的学风培养成兼有京派、海派之长,用现在流行的话来说,就是既要立论谨严,又不钻牛角尖。朱自清曾和冯友兰先生讨论过这个问题,在信古、疑古、释古三派中,清华走的是释古这条路。王先生于是加以阐发,北大教语言的王力、朱德熙,教文学的吴组缃、林庚,中国社会科学院的俞平伯、余冠英,还有台湾大学的董同龢、许世瑛等,都属于这个系统。如此构建"清华学派",是希望"继承朱先生的事业",进一步发扬光大这个学派。请注意,王瑶先生是朱自清指导的研究生,毕业后留校当了老师,1952年院系调整,才到北大来的。

此文发表一年后,王先生便去世了。当时的清华中文系主任徐葆耕写了一篇悼念文章,特别提到王先生对于清华中文系复建的指导性意见,还说早年就读清华、曾主编《清华周刊》的王先生,有很强的清华情结。王瑶先生甚至说:"我是清华的,不是北大

---

[1] 参见周作人《〈杂拌儿〉跋》,《永日集》,上海:北新书局,1929。

[2] 季镇淮主编《闻一多研究四十年》140页,北京:清华大学出版社,1988。

[3] 1988年12月10日《文艺报》第49期。

的。"这句话让徐很感动,他说,王先生陈述"清华学派",列了那么多人,唯独没有他自己,这不合适;于是,引述现代文学专家王富仁的话:"王瑶先生是清华学派当中的一位大师级人物。"(《瑶华圣土——记王瑶先生与清华大学》)所谓的"清华学派",就这样,变成了从朱自清到王瑶。

1990年代的大讲清华国学院,一方面是学界风气变了,另一方面则是清华自身的学术体制逐步确立。请大家注意这么一个事实,进入90年代以后,梁启超的政治主张,以及王国维、陈寅恪的学术贡献,得到越来越多的认同与赞许,其思想史及学术史地位迅速提升。以前我们谈清华,觉得她政治上保守,不如北大激进。当我们转而关注思想文化建设时,对清华的理解就发生了变化。大约在90年代中期,我们逐渐走出闻一多、朱自清为代表的"革命叙事",转而关注清华国学院的贡献。这一点,跟整个90年代的思想文化潮流有直接联系。三联书店出版陆键东的《陈寅恪的最后20年》,这么一本学者传记,影响竟如此之大,后世很难想象。此书的最大特点,是将"陈寅恪的最后20年"讲成一个动人心魄的故事,使得陈先生走出学术圈,成为大众也能欣赏的"文化英雄"。去年我在广东演讲,一个女孩子希望我谈谈陈寅恪"独立之精神,自由之思想"。我问她读过陈寅恪的书没有,她说没有;我说很好,希望你回去读读。没有

《陈寅恪的最后20年》

读过,但渴望了解,可见陈寅恪已经进入千家万户,成为某种文化符号。王国维、陈寅恪的逐渐走出学术圈,成为大众注目的文化英雄,这与清华国学院历史地位的迅速提升,二者互为因果。

与此同时,清华重建文科的工作,进展十分顺利。1983年,外语系复建;1985年,中文系复建;1993年,历史系复建;1999年,社会学系复建;2000年,哲学系复建。你看,十几年间,清华人文学科迅速恢复,

而且学术实力提升很快。一边是新的学术体制的建立与完善，一边是老的国学院故事的讲述与阐发，二者相得益彰。与此相适应，王先生所说的清华中文系的传统，逐渐被推演成为清华文科的传统。1995 年，徐葆耕在《清华大学学报》上发表了《释古与清华学派》，引王先生的话，然后做了引申发挥。在徐先生眼中，所谓的"清华学派"，不再局限于中文系，而是包括中文、外语、历史、哲学等文科各院系，甚至包括此前的清华国学院。徐先生总结了"清华学派"的特征：中学西学结合，历史现实对话，微观宏观合流，还有兼及西方理性与传统训诂等。可文章最后，徐先生也不得不承认，这些特征，好像不仅仅属于清华。

清华文科有特点，这没错；但是否构成一个学派，我很怀疑。讲"清华学派"，王先生局限于中文系，还有点道理；扩大到整个文科，再追溯到国学院，这可就有些没谱了。人数越说越多，特征越说越杂，"大"到无边的时候，"学派"也就瓦解了。因为，构成学派的因素，不仅仅是大学里的同事，还必须有共同的精神取向，共同的研究方法，共同的学术趣味等。我不太认同"清华学派"的说法，但我承认这一讨论很有意义，起码使得很多人文学者关注清华文科，关注清华研究院。此举甚至整个改变了大家对清华的看法——清华不仅仅是"工程师的摇篮"，同样有很深厚的精神文化传统。做到这一点，目的已经达到了。当初王先生提出"清华学派"，也不是在做学术论文，而是有很强的现实针对性，那就是如何帮助清华文科恢复精神。借助"清华学派"这个话题，或者清华国学院的故事，让学界同人重新理解老清华的传统，以利于其文科的重建，这个"球"，最早是由北大教授开出来的，但心有灵犀的清华教授接过去，左盘右带，最终将其顺利地送入了球门。

上海有位学者，叫夏中义，他注意到了王瑶先生在传承清华薪火中所起的作用。2000 年，他出版了一本《九谒先哲书》（上海文化出版社），最后一章就谈王先生，把他作为清华薪火百年明灭的见证人。夏中义认为，所谓的清华精神，第一代的代表是王国维、梁启超、陈寅恪；第二代是冯友

《九谒先哲书》

兰、闻一多、朱自清;第三代便是王瑶——王先生的主要贡献是使得停顿了30年的清华文科"薪火不灭"。从王先生又转到陈平原,说我"以'接应二传'姿势擎过火种",使得"清华薪火"为标志的现代人文学术传统代有传人(412页)。我确实对清华很有感情,因为我跟随王瑶先生念书,王先生是朱自清的研究生;另外,我妻子夏晓虹的导师是季镇淮,季先生的导师又是闻一多。说我跟清华有很深的渊源,可以;说承继"学统",则实在不敢当。

当年清华学校办国学院,只是整个学校发展大局中的一个棋子,可随着时间的推移,我们越来越意识到它的价值和意义。对大学来说,学术是第一位的。大学里,会有各种各样的活动,包括政治、文化、体育、技术转让等,在短时间内,大家关注的,是比较热闹的外在活动,包括最早让清华出名的体育,还有北大的学潮等。这些,固然都是现代中国大学的宝贵财产;但光有这些远远不够。对一所大学来说,必须有好的学术制度、学术精神以及学术成果,这样,它才有可能长久,才有"可持续发展"的根基与机遇。

随着时代风气的转移,历史书写方式也在改变。在这个大背景下,清华国学院的故事浮出海面,是大好事。讲述的方法以及立说的根基,还有很多具体细节等,都可以商议,但这个故事的得以流传,甚至在传播过程中被日渐"神化",都说明中国学界开始反省我们的教育体制、治学方法以及文化精神。

我的演讲到此结束,谢谢大家!

五　答清华学生问

学生一：请您谈谈，陈寅恪的名字，是念 què 还是念 kè？还有，您对清华文科如何评价？好像离北大还有很大的距离。

陈教授：还是读 què 吧。这些年，学界考证来考证去，还是念陈寅恪（què）更站得住脚。第二个问题，我不太好回答。一定要说，也只能从宏观角度着眼。近年来，清华文科发展很快，特别是我比较熟悉的领域，像中文系和历史系。由于历史的原因，你们的"重点学科"远不及北大多，可这说明不了什么问题。我发现，清华近年进人进得很凶，而且进的人都很优秀。我只有一个建议，好教授和好教授在一起，不一定就能成为好的学术团队。必须考虑知识互补以及学术合作的问题。当年清华研究院的导师，治学风格及趣味不太一致，但你可以看得出来，梁启超、王国维、陈寅恪三人在一起，是能够互相配合的。之所以这么说，是因为一所大学、一个研究机构，要想做大事，教师之间必须能够互相配合，而不是整天闹内讧，这很重要的。并非把好教师搁在一起，就能办一所好大学。我说的是"互补"与"互助"，不是"步调一致"。如果所有老师都是同质的，只有一种声音，那么，这个学校、这个系一定办不好。大学不同于书院。传统中国的书院基本上是一个声音，一级一级往下传；大学是众声喧哗，有很多种声音，允许学生自由选择。学生需要借鉴不同的学术思路，这样才能有比较开阔的视野。教授们立场不尽一致，但能互相呼应，包括专业特长、文化理想，也包括处世作风，这是最好的。

学生二：您认为国学院在清华校史上是一个什么样的地位？现在无论北大还是清华，都在争世界一流，从您的角度看，如何才能成为世界一流大学呢？

陈教授：我只负责第一个问题；第二个问题，留给你们校长去回答。刚才说了，我不是教育史专家，我之所以关注清华国学院，是有明显的问题意识的。我不写通史，更愿意做专题研究。比如说，我喜欢谈老北大，而很少涉及新北大，为什么？材料很受限制，好多重要的档案不公开，你做不好。在我看来，将"新北大"作为一个学术课题来苦心经营，时机未到。当然，还有个人兴趣等原因。清华也一样，我没有撰写清华校史的计划。

学生三：清华校园里，广泛流传这样的说法：一流的学生，二流的教师，三流的管理。你是否同意这种判断？还有，现在的中国大学，为什么不可能出现梁启超、王国维那样的大师？是不是整个学问在倒退？

陈教授：我不同意你的说法。国内外大学，多流传类似的笑话。如果是老师们在自嘲，那可以；如果学生们当了真，那就不应该。因为，这样说，对老师很不尊重。我是北大的博士，念书时一流，刚毕业，当上了教师，就成了二流，有这等事吗？太不公平了。学校确实有问题，老师也必须努力，但这种说法太伤人，不好。在教改的过程中，教授和学生的命运是连在一起的，不要互相蔑视或互相嘲笑。至于第二个问题，我也有稍微不同的看法。你怎么就能判定，今天活跃在讲台上的教授，就一定不能成为学术大师？历史还在流动，教授们还在努力，别太早下结论。时间和空间会产生美感，再过几十年，你们的子孙，或许也会用同样虔诚的语调，来谈论今天活跃在北大、清华的某些教授。

学生四：我们的确觉得，现代中国的大学有很多毛病，比如说人文学科很不受重视，你怎么看这个问题？

陈教授：我基本同意你的意见，但希望做点补充。学人文的，必须警惕，避免完全用人文的眼光和趣味来看待这个世界。当今中国，社会科学迅速崛起，其"有用性"得到社会的普遍认可。这个时候，人文学者容易心理失衡，甚至感到愤恨，说人家："那叫什么学问！"其实，各学科的研究方法不同，旨趣也有很大差异。不能以己之长，攻人之短。作为人文学者，你可以不喜欢社会科学的研究方法，但你必须承认其价值。80年代，我们常谈文科和理科的矛盾；现在不是，是基础学科和应用学科的矛盾。比如在北大，文史哲的教授的学术趣味，更接近教数理化的，而不是同属文科的经济、法律、政治等。换句话说，大学里，教授们在分化，因为学科分类，因为工作方法，因为学术境界，也因为生活趣味。

学生五：清华文科的课程设计和北大很不一样，你怎么看？

陈教授：老学校有老学校的问题。我们文科教授多，你们的文科人很少，这样一来，课程设计必然出现差异。再说，后发有后发的优势。我明显感觉到，清华文科正试图走出一条新路，能否成功，现在还很难说。但选择这条路，当事人是经过认真思考的，而且，我也很看好。

学生六：请问，怎样才能成为一个好学者？你有什么经验，可不可以传授一点？

陈教授：几年前，有一个韩国学生，在北大听了几年课，临走前跑来跟我说：他不想评判我的学问，只是觉得我做学问的心态很好；做学问能乐在其中，这点很让他羡慕。我没有什么高明的见解，只提一个建议：假如你以学术为志业，那么，得尽量找一个和自己"趣味相投"的学科、专业或课题。能做多大的学问，很难说；自得其乐，这最重要。常有人提醒我，怎样怎样就可以赚到很多的钱，怎样怎样就可以博得更大的名声，怎样怎样就能获得政府的表彰或提拔，所有这些，我都不羡慕。我最大的愿望是，像老一辈学者那样，将学术研究、日常生活以及审美活动融合在一起。那样的话，做学问可就真的有趣极了。当然，这只是"愿望"而已。

（原刊《现代中国》第六辑，北京大学出版社，2005年12月）

解读"当代中国大学"[1]

无论你是任教东方还是求学西方,是痛心疾首还是兴高采烈,"大学"在发生变化,这点你我都能深切感受到。这个变化到底是好是坏,现在还说不清楚。"改革"不见得一定就是好事,有成功,也有失败,既充满机遇,更遍布陷阱,尤其是在中国这样崇尚"摸着石头过河",有着各种不确定性的国家。所谓"大学改革",之所以值得你我认真关注,其中一个重要原因:那就是,此举不仅影响中国的未来,也制约着全球教育事业的兴衰。必须记得,中国目前是世界上最大的"大学实验场"——人数最多,2500万在校大学生及研究生;思路最复杂,兼及社会主义与资本主义;变化幅度最大,正在追求"跨越式发展"。一句话,局面相当混乱,但生机勃勃。因此,"当代中国大学"值得你我深入观察。

在中国,之所以大家都在关心大学问题,那是因为,中国的大学还没有完全定型。在西方,大学已经定型了,路该怎么走,大致上已确定,作为个体的知识分子,你说了等于白说。所以,你会发现,反而是中国的大学教授们,或者说知识分子们,热衷于讨论大学问题。那是因

---

[1] 此乃作者2007年11月25日在新加坡旧国会大厅的演讲稿;整理成文时,参考了此前在澳大利亚悉尼大学(8月23日)以及"广州讲坛"(10月9日,广州市委宣传部主持)的演讲记录稿。另外,为方便读者,补充了参考文献。

为，他们还有自信，觉得大学问题在我们可以努力的范围之内，今天的讨论，即便无法立竿见影，但也有可能影响日后中国大学的发展。

至于什么叫"当代中国大学"，我自己给下了个定义：即最近十五年的中国大学。理由是：经历"八九风波"以及1992年的邓小平南巡，中国的改革走上了一条新路；对于教育来说，1993年中共中央、国务院颁布的《中国教育改革和发展纲要》至关重要，可作为界标。好事坏事，很多都得从这里说起。

在我看来，"大学"在变化，这并非中国所特有，某种意义上，这是世界性现象。2000年，美国为数不多的名牌公立大学密歇根大学原校长詹姆斯·杜德斯达出版 A University for the 21st Century，此书中译本2005年由北京大学出版社刊行。书中提到："我们已经进入了一个高等教育出现重大变革的时期，大学努力回应它们所面临的挑战、机遇和责任。"一千多年来，大学为我们的文明做出了重

《21世纪的大学》

大贡献，进入21世纪，没人怀疑，大学还会继续发挥类似的作用。但是，各种改革的努力，将使"大学"的形式及内容发生很大变化。而当代中国大学的诸多变革，必须放在这个大背景下来谈论，才能有比较清晰的思路。

今天演讲，选择十个关键词 (keywords)，建构起我对这十五年中国大学的叙述及论述框架。这十个关键词分别是："大学百年""大学排名""大学合并""大学分等""大学扩招""大学城""大学私立""北大改革""大学评估""大学故事"。主要不是表达我的"理想大学"设计，而是描述现实中的中国大学如何在各种可惊可叹、可悲可喜的混乱局面中艰难前进。因此，不作过多的理论阐发；虽然在具体讲述的过程中，确实隐含着我对"大学"的想象以及价值判断。

我得预先声明，今天诸位听到的，不是政府官员，也不是教育专家，而是一个人文学者在谈大学。之所以这么说，那是因为，不同地位的人谈大学，眼光及趣味是不一样的。记得毛泽东说过："屁股决定脑袋。"也就是说，你在什么位置上，你考虑问题的角度是不一样的。教育部部长谈大学，和我唱的不是一个调；北大校长谈大学，也跟我谈的不一样，这是很正常的。假如我说大学校长该说的话，或者摆出教育部部长的架子，那不仅没意义，而且可笑。正因为我们各自的位置、功能以及看问题的方法不太一样，才有各自存在的价值。

作为一个人文学者，我关心中国的教育，尤其是大学问题。最近十年，先后出版了《北大旧事》《老北大的故事》《北大精神及其他》《中国大学十讲》《大学何为》等著述，主要切入口是中国大学一百年的历史经验，以及当代中国大学的诸多改革实践。这些书，都不是纯粹的专业著作，而是兼及史论，文体上介于论文与随笔之间，拟想读者半是学界半是大众，目的是介入当代中国大学改革，而非隔岸观火。所谓"位卑未敢忘忧国"，这种写作姿态，决定了此类演讲或文章学理上不够深厚，论述也不够周全，但贴近现实生活，显得生气淋漓。不仅仅是我，中国知识分子普遍关心教育问题，那是因为，他们意识到，所有的学术突破、思想革新、文化创造，都必须落实在制度层面，才有可能得到"可持续发展"。所谓"制度化"，教育是一个关键。所以，很多人身不由己地"卷入"或者说"闯入"教育研究的领地。

好，言归正传，先从大学的历史说起，最后回到"大学故事"。

第一，"大学百年"

中国的大学到底是"百年"还是"千年"，这一点，曾经有过激烈的争论。1918年，当时的北大校长蔡元培为《北京大学二十周年纪念册》作序，提到过去的太学、国学，其性质与范围，均与今日的北京大学不可同年而语。因此，我们承认，北京大学只是个20岁的小青年，不能跟美国人，更不能跟欧洲人比"大学的历史"。可是，后来不断有人提这个问题。比如，冯友兰教授就写过一篇文章，题目叫《我在北京大学当学生的时候》，其中有这么一句话："我看见西方有名的大学都有几百年的历史，而北京大学只有几十年的历史，这同中国的文明古国似乎很不相称。"怎么办，建议我们也从汉武帝立太学说起。那样的话，感到尴尬的，就不是我们，而是欧洲人了。冯先生不是第一个这么提的，从20世纪20年代起，就不断有这么一种声音，说北大前身京师大学堂，是代表国家的最高学府，因此，追溯校史时应从汉武帝建立太学那一年，也就是公元前214年说起。这样计算，北京大学就有两千多年的历史。这个说法，在北大内部，虽偶尔有人谈及，不过只当笑话，没几个人当真。比较一致的看法，还是认为北京大学是在戊戌变法中酝酿产生的，是因应西学东渐的大潮而发展起来的。1862年创立的京师同文馆，是清末最早设立的"洋务学堂"，一开始只教外语，后来添加了自然科学方面的课程，再后来，被合并到京师大学堂里来。因此，北大若一定要拉长历史，从1862年说起，也不是毫无道理的。但即使如此，我还是认为，北京大学的历史，从1898年说起，更为理直气壮。

历史学家柳诒徵先生曾撰有《南朝太学考》和《五百年前南京之国立大学》二文，讨论南京这块地方上曾经有过的"国立大学"："金陵之有国学，自孙吴始，晋、宋、齐、梁、陈，迭有兴废"；"明之南京国子监，实为上下千年唯一之国立大学"。如此着墨，不能说毫无现实考虑，但作为历史学家，柳先生严守边界，没做进一步的发挥。另外一个教育家张其昀，1935年撰《源远流长之南京国学》，论证中央大学历史悠久，从南朝的太学算起，如此"薪火之传几至千五百年"，不要说在中国，在世界教育史上，也都是独一份的。但这个说法，不被国内外学界接受。至于创立于公元976年的"千年学府"岳麓书院，如今仍坐落在湖南大学里。因此，十多年前，湖南大学曾起草一个报告，希望叙述校史时能从公元976年算起，但这一悲壮的努力，被当时的国家教委给否定了。

中国人有一种冲动，不断追问为什么我们的大学只有100年的历史，而不是 1000 年或者 2000 年呢？可刻意拉长中国大学的历史，我以为不值得提倡。承认中国人有很长的"高等教育史"，但现在实行的"大学制度"，却是道地的舶来品。你一定要弄出一批远比博洛尼亚（1088）、巴黎（1170）、剑桥（1209）、哈佛（1636）、耶鲁（1701）还要古老得多的"中国大学"，不仅缺乏史实依据，而且模糊了现代大学的精神特征。我大胆预测，再过 20 年、50 年甚至 100 年，随着中国经济实力及国际地位的大幅度提升，民族自信心越来越强，"重写中国大学史"的声音还会更大。但到目前为止，学界一般还是认为，当代中国的"大学"，与西汉太学、宋元书院或明清国子监，并非一脉相承，更多的是晚清以降向西方学习的结果。

说我们的大学有百年上下的传统，意思是说，有历史，但不是特悠久。有"历史"就有"经验"，就值得认真总结。借助百年校庆或者 50 周年大庆，各大学都通过纪念仪式或建筑物，树立自家形象及学术传统。或者如北京大学，盖一个像模像样的校史馆；或者如湖南大学，努力衔接古老的书院传统与现代大学制度。从某种意义上说，花样百出的校庆活动，虽有过分仪式化的通病，但多少使大学传统得以确立、大学精神得以弘扬。

在这么多校庆活动中，最为风光的，当属北京大学的百年校庆。北大百年校庆办得特别风光，庆祝活动是在人民大会堂举行的，当时的中共中央总书记、国家主席江泽民率领全套班子出席。有人质疑，一个大学的校庆，值得这么弄吗？太夸张了吧？可为什么这么做，背后其实是有原因的。你看以后别的大学八十周年、一百周年大庆，都不再有那么多国家领导人出席。像我的母校中山大学，校庆的规格明显降了好几级；南京大学等纪念百年校庆，也好不到哪里去。北大百年校庆，最表面的成果，是校园整治一新，校友热情捐款，还有跨国公司捐建实验室等。但更重要的是，"八九风波"以后，北大很长时间处于低潮，不少人对北大的命运深表忧虑。通过百年校庆，扭转国人以及政治家们对北京大学的"偏见"，这很重要。还有一点，与此密切相关，那就是帮助修改了一句口号。北大提交给中央的报告中，提"努力创建世界一流大学"。此前，北大的口号是"建设世界一流的社会主义大学",现在我们把"社会主义"这四个字拿掉了。理由是:如果强调大学的"社会主义"性质,我们比朝鲜、越南、古巴等好多了,没什么好追赶的。今天,我们承认与"世界一流大学"的差距,这才有奋斗目标。这个口号,后来在江泽民的报告里确立下来,并广泛传播开去。不再提"建设世界一流的社会主义大学",而是"努力创建世界一流大学",这么一来,整个眼光、思路、趣味、方法全都变了。这一点,大学校长以及教授们,体会很深。起码我们不用再受那么多条条框框的束缚,可以理直气壮地谈牛津、说哈佛,公开承认差距,立志向人家学习,而不必刻意区分"社会主义大学"和"资本主义大学"。

第二,"大学排名"

1987年,中国管理科学研究院率先发布以在国际权威刊物上的论文数为指标的"学术榜",发展到今天,全国有各种"大学排行榜"约100个。有以论文数排名的,有以科技实力排名的,有以教学及人才培养排名的,还有多指标单项排名、多指标综合排名的。对于大学排名,所有的大学校长都是又爱又恨,学生们、教授们则无所适从,至于家长们更是将信将疑。为什么这么说?因为,今天所有的大学校长,都被"你们学校排第几"这个问题,折腾得死去活来。当然,有各种攻防策略,比如说如何在众多排行榜中,取一个比较好看的。我的母校中山大学很尴尬,这些年综合排名老在十名上下徘徊,虽说只差一两位,上则"进入前十名",下则"十名以外",听起来感觉很不一样。对于大学来说,排第几,这是非常敏感的话题。但绝大多数校长心里都明白,这个排名其实是没有意义的。可我们受影响,且影响日益严重,以致干扰了中国大学的发展步伐。

先说一个有趣的现象,国内的排名,清华在北大之上;国外的排名,北大在清华之上。为什么会这样?简单地说,国内排名看重科研经费,要讲经费,清华绝对比北大多。因为清华的长项是工科,北大的长项是文理,同样一个教授,工科教授比文科教授得到的经费以及花出去的钱,要多得多。所以，若按科研经费统计，清华远远超过北大。而国外的排名，更多考虑学术声誉，那样的话，北大在清华之上。其实，这两所大学各有千秋，谁排在前，无所谓。但有一个排行榜，弄出了很大声响，搅得中国人心神不定。2004年的《泰晤士高等教育专刊》，突然把北大推到了全世界第17，北大当然很高兴，赶紧挂在网上；大家一批评，又拿下来了。当时我就说，这个排名肯定的不是北大的科研成果，而是中国在变化的世界格局中的地位。中国在崛起，在世界事务中发挥越来越大的作用，大家开始关注中国，连带关注中国的高等教育，这样，就有意无意地提高了中国大学教育的声誉。

按照主办方的说法，他们根据五项指标来排名。第一，国际教师比例；第二，国际学生比例；第三，教师与学生比例；第四，教师科研成果的引用；第五，学术声誉。前四项北大表现平平，但第五项，也就是"印象分"，北大得分特别高，一下子就冲上去了。为什么有如此高的"印象分"呢？主要是因为中国在崛起，而不是北大在学业上突飞猛进。第二年，北大跳了两级，排世界15，超过了东京大学，亚洲第一。这时候，北大自己都感觉不对劲，不好意思宣传了。那时，我正在哈佛讲课，一天晚上，请几位朋友吃饭，朋友中有来自东京大学的，也有来自台湾大学的，几乎是"同仇敌忾"，对我"口诛笔伐"，说凭什么北大排在那么前面。其实，北大的"印象分"虽高，但学术水平及科研成果明显赶不上东京大学。不要说东大，就连香港的若干所好大学，在科研方面，都不比北大差。应该这么说，今天的北大，学术声誉，也就是"虚名"，远远超过其实际成绩。

同一个排名，2006年，北大更上一层楼，排14；2007年，从第14跌至36，像坐过山车一样，惊心动魄。而清华呢，从28跌至40；新加坡国立大学也好不到哪里去，由19跌至33。

反过来，香港大学由33攀升至15，香港中文大学由50进步到38，据说，人家港大和中大已开始在总结经验了。我一听就乐。

北大百年校庆时，我说过一句流传很广的"大话"。原话是这样："就教学及科研水平而言，北大现在不是、短时间内也不可能是'世界一流'；但若论北大对于人类文明的贡献，很可能是不少世界一流大学所无法比拟的。因为，在一个东方古国崛起的关键时刻，一所大学竟然曾发挥如此巨大的作用，这样的机遇，其实是千载难求的。"抓住这个机遇，不是每个著名大学都做得到的，也不是靠多少诺贝尔奖得主或多少论文能够堆起来的。在这个意义上，是不是世界一流，对北京大学来说不是最要紧。所以，北大争论人事制度改革时，我说过另外一句话："假如有一天，北京大学办成一个跟中国当代政治经济文化没有多少关系，但能出诺贝尔奖获得者的学校，未必是什么好事"。换句话说，大学必须介入到中国当代改革事业里，这个"介入"，不完全是靠论文著作或科技成果体现的，比这要复杂得多。所以，我对这些过分迷信数字的"大学排名"不太以为然。

还有一个排行榜值得关注，那就是上海交大的"世界大学排行榜"。已经连续发布了好几年，有点影响；但 2007 年的排行榜一出来，就受到《科学》杂志的猛烈抨击。8 月 24 日，《科学》杂志发表了资深记者 Martin Enserink 所撰报道《谁能给大学排名》，批评上海交大高等教育研究所的"世界大学学术排名"，质疑诺贝尔奖得主的科研成果到底该如何计入，同时提到，在这个排行榜里，人文社科类学校处于明显的劣势，因为它不产出 SCI 论文，故虽有一定的权重，但不重要。可如果你觉得大学里人文学及社会科学可有可无，那你是在办职业培训学校，而不是名副其实的"大学"。像在国际上享有盛誉的伦敦政治经济学院，那么好的大学，在上海交大的排名里，列 201—300 位。而在英国人的《泰晤士高等教育专刊》里，这所学院是排第 17 位的。两种排名，相差那么大，人们到底应该相信哪一个好呢？有位加拿大学者，名字叫 Alex Usher，专门做高等教育研究的，就说到很多排行榜其实不可靠，因为主办方发个电子邮件给你，问你们今年有多少科研经费、多少学生、就业情况如何、有没有得诺贝尔奖等，排名就靠这些资料。越是心虚的大学，越认真地对付这些名目繁多的调查表；越是大牌的大学，越不理会。有些大学为了争排名，甚至在调查表里弄虚作假。

不只是中国大学出问题，全世界的排行榜，都面临同样的陷阱。你要排名，只能依靠各大学提供的统计数字；当然，也可利用其他资料来交叉核对，看你有无造假，但这个难度很大。所以，排行榜都靠资料累积以及数字统计，表面上很科学，其实靠不住。

针对《科学》杂志的批评，上海交大主持这个排行榜的刘念才教授拒绝答辩，要大家读他2005年8月发表在《清华大学教育研究》上的论文《世界大学学术排名的现状与未来》。其实，更值得推荐的是刘教授和Jan Sadlak合编的《世界一流大学：特征、排名、建设》，上海交大出版社2007年出版。这本书中，有几篇文章值得一读，比如Philip G.Altbach撰写的《世界一流大学的代价与好处》，指出"过分地强调获取世界一流大学地位，可能会有损于一所大学甚至整个学术系统"；因每所大学的精力及资源有限，顾此必然失彼，太讲"世界一流"，很可能导致日常教学水平的下降。另外一个作者Da Hsuan Feng，在《世界大学排名：一流大学的基本特征》中，将上海交大的排名和《泰晤士高等教育专刊》的排名进行交叉比较，以北大、清华、港大、科大和新加坡国立大学为例，前四所大学在上海交大的排名里都是202—301（排名靠后，不再细分），第五所排101—152。而按照《泰晤士高等教育专刊》2004年的排名，北京大学第17位，清华大学第62位，香港大学第39位，香港科技大学第42位，新加坡国立大学第18位。作者追问，为什么谈论亚洲的大学，尤其是中国的大学时，差异竟这么大；而排前二十名，尤其是美国以及英国部分，比如哈佛、耶鲁、牛津、剑桥等，则意见比较统一？这位作者对"老北大"特有好感，甚至提出，是不是世界一流，就看谁当校长，有蔡元培当校长，北大就是世界一流。强调校长决定了这所大学的气质及风格，放在今天，起码是不准确。在中国大学里读过书或教过书的，都知道今天中国大学校长的权力，已不像蔡元培时代那么大了。没有一个大学校长敢拍胸脯说，这所大学我说了算，我想怎么办就怎么办。现在中国的大学体制，是"党委领导下的校长负责制"，即便蔡先生重生，能否落实其大学理念，也都不无疑问。

那本书中，还有一篇奇文值得欣赏，即刘念才等撰《从 GDP 角度预测我国建成世界一流大学的时间》，其基本观点是：世界顶尖大学，即排名第一到第二十的，人均国民生产总值 25000 美金以上；而世界一流大学，即排名 21—100 的，则是 25000 美金左右。中国人什么时候有"世界一流"大学呢，大概是在 2020 年。因为，到了那一年，上海的 GDP 总量将超过 3000 亿美元，人均国民生产总值接近 25000 美金，达到世界一流大学的标准。所以，最早进入"世界一流"的两所中国大学，会出现在上海。拜读这篇文章，我终于明白，大学办得好坏，端看 GDP，你不觉得这很滑稽吗？刘教授之所以如此"神机妙算"，跟其学术背景有关。原来，这位刘先生是兰州大学化学系毕业，在加拿大念高分子材料专业，毕业后来上海交大高分子材料研究所工作，1999 年转高等教育研究所，现任所长，专攻"世界一流大学研究"，并主持"世界大学排行榜"。看了刘教授的履历，我一下子就明白了，人家是按照"分子化学"的思路来研究"高等教育"，追求"定量定性"，投入多少钱，就属于几流，一清二楚，没什么好商量的。可我对这样"简明扼要"的大学研究，心存疑虑。

第三，"大学合并"

记得是 1993 年，中国出现了一个"学院"变"大学"的热潮，那时我刚好在日本讲学，接受一个日本杂志采访，被迫回答这个问题。我跟他们解释，说这是对 1952 年院系调整的反拨。1952 年，中国学苏联，将高等教育界定为培养专家和工程师，希望大学毕业生一出来马上就可以用。于是，将追求普遍知识的"大学"，改为培养专业技能的"学院"，具体说来，就是只保留 14 所综合大学，其他全部改为学院。改革开放之后，中国人面对整个发展变化了的西方世界，尤其是面对众多世界一流大学，发现一个严重的问题，即中国大学基本上都是专科性质的，如农业、地质、钢铁、纺织等，如此专业单一的高校，能叫大学吗？于是，我们开始改革，或者说"升格"，十年内，几乎所有的"学院"都变成了"大学"。你想想，连"体育"

都"大学"了,还有什么专科学校不能升格呢?教育部明确规定,只要有三大学科门类、100正教授、8000本科生,就可以申请由"学院"改为"大学"。为了适应这一要求,我们拼命生产教授、拼命扩招学生,以便让学校尽早"升级换代"。光是"大学"还不够,还得"研究型",还要"世界一流"。奔着这一目标,1998年开始,掀起了大学合并的风潮。

1998年,原浙江大学和杭州大学、浙江农业大学、浙江医科大学合并,成立新浙大。这个举措影响十分深远,到今天,才不到十年时间,不少原本气质独特的学院或大学消亡了,为什么?被并入"研究型"的"综合大学"里去了。当时主管教育的领导认为,只有"综合大学",才有可能争取"世界一流"。可他没想到,世界上有很多叫"学院"的好大学。为了所谓的"优势互补""资源共享""争创一流",我们需要"强强联合"。依照这个思路,推广"新浙大"的经验,不少学校很不情愿地走到了一起。最有意思的是,2000年6月,吉林大学、吉林工业大学、白求恩医科大学、长春科技大学、长春邮电学院合并组建成新的吉林大学;2004年,又并入军需大学。目前,吉林大学有全日制学生63322人,成人教育学生18899人,办学规模全国第一。以前人家说,吉林大学在长春,现在你问长春在哪里,长春就在吉林大学里。这笑话估计是吉大师生或长春人编的,用来自嘲。另一则笑话更具普遍性,那就是,合并后的大学,开会时,校长一走廊、处长一礼堂、科长一操场。

大学合并,目的是做大做强,争创世界一流。实际效果如何,现在很难说,但"评比"时确实管用。你想,合并了好几所大学,很自然地,院士数目多了,科研经费多了,重点学科以及博士点也多了,这样一来,"大学排名"必定提前。最痛苦的是中国人民大学,本来也是好学校,就因为没有理工科,照这些指标一排,就到后面去了。可大学合并并非灵丹妙药,不是一合就"灵"的。依我的判断,几所各有传统的大学合并在一起,没有十年左右的磨合,走不到一起。所谓强强联合、优势互补,那是经过成功磨合以后才可能出现的,有很长、很长的路要走。就好像杭州大学,原本人文学科的基础很好,在全国都数得上,可并入工科为主导的浙江大学后,元气大伤。大学有自己的传统,不应该轻易改变。大学合并,尤其是有个性、有历史、有传统的大学合并,要慎之又慎。

在这个过程中,中国大学实现了三级跳:专科变学院、学院变大学、大学改校名。可在我看来,改一个来头大的、好听点的校名,此举是把双刃剑,弄不好会伤到自己。因为,一改名字,多少年创立的品牌就此流失,重新建立威望,没那么容易。特别让人感慨的是,四川大学与成都科技大学合并,改称"四川联合大学",社会反响很差,只好又改回去。这改校名的风潮现在仍在继续,只是数量上有所下降:2005年改了近四十所,2006年则是19所。大学改名,有两个特点,一是矿冶、地质、农林、石油、煤炭、纺织等行业性质的院校,因招生及就业困难,多改为"科技大学";二是突出"全国性",而不愿意"偏安一隅",如北京广播学院改名中国传媒大学,青岛海洋大学改名中国海洋大学。照我的观察,校名不是越大越好,有时候恰好相反。以日本为例,"东京大学"比"日本大学"好,"日本大学"比"亚细亚大学"好,"亚细亚大学"又比"日本国际大学"好。

第四,"大学分等"

其实,"文化大革命"前,我们就有"重点大学"和"普通大学"的分别。先是1954年10月,政府在《关于重点高等学校和专家工作范围的决议》中,指定中国人民大学、北京大学、清华大学、北京农业大学、北京医学院、哈尔滨工业大学等6所学校为全国性重点大学;1959年5月,中共中央又发出《关于在高等学校中指定一批重点学校的决定》,指定中国人民大学、北京大学、清华大学、中国科技大学等16所高校为全国重点大学。后来,又有"部属大学"和"省属大学"的区隔。

到了1993年,国务院发布《中国教育改革和发展纲要》,提出了促进中国大学发展的"211"工程。什么叫"211"工程?就是在21世纪,培育100所世界著名的或者说有竞争力的中国大学。国外学者问我,为什么你们办教育像建楼房、修水坝一样,都叫什么什么工程,我给他们解释,那是因为我们的国家领导人多是学工科的出身,趣味使然。在"211"工程建设中,中央及地方共筹资180亿,投入高等教育,客观上使若干大学的基本面貌发生了变化,并提升其学术水准。但中国毕竟穷,财力有限,想办100所世界一流大学,那是绝对不可能的。因此,日后政府做了调整,重点支持北大、清华"争创世界一流大学",三年各18亿,这件事,闹得沸沸扬扬的。接下来,中央和地方共建复旦大学、南京大学、浙江大学、中国科技大学、上海交通大学、西安交通大学、哈尔滨工业大学等。其中哈工大、西安交大、上海交大、中国科技大,都是工科大学,浙大原本也是以工科见长。换句话说,政府更关注"科技兴国",故工科大学占的比例很大。第二批大学的奋斗目标是:成为"国内一流、世界知名的高水平大学"。北大、清华的钱是中央财政给,其他七所大学则是中央和地方各出一部分。另外,一个提"世界一流",一个说"世界知名",还是不太一样。

中国人历来讲究十全十美,为什么不是圆圆满满的十所,而只提九所呢?因为,后面这一所,到底给谁,有很大的争议。据说,当时的政协主席李瑞环说了,天津是直辖市,怎么一所都没有呀?教育部说,天津有两所好大学,天津大学和南开大学,只有一墙之隔,能合起来就好了。天津市很想要这笔钱,可这两所大学各有传统,不愿意合,学生不愿意,教授也不愿意。后来,勉强同意了,说要合,可校名又谈不拢。叫什么好?"天津南开大学",不行;"南开天津大学",也不行;叫"北洋大学"那是政治错误,叫"天南大学"则是自贬身价。反正,一谈校名,全乱套了。最后,中央决定,这两所大学是"联合"而不是"合并"。说是实行"各自独立办学、相互紧密合作"的全新办学模式,实际上是没有进入"2+7"的方阵。为什么这么说呢?那"2+7"大学,于2003年共同发起了"一流大学建设"系列研讨会,每年一次,先后在清华、交大、南大、科技大、哈工大召开。今年的东道主是哈工大,而《哈工大报》大肆宣传,说是成立了"九校联盟"。这九所大学,真的能"结成联盟"吗?我很怀疑,既怀疑其可行性,也怀疑其合理性。

其实,"2+7"的思路,一直受到很多著名大学的质疑与挑战。你知道,在不在前十名,对于大学来说,不说"生死攸关",也是十分严重的事情。很多大学认为,自己应该进入前十名,比如武汉大学、中山大学等。好在我们的政策不断在变,很快就有了"985"工程。何谓"985"?就是1998年5月,江泽民主席在北大百年校庆时讲话,提出创建世界一流大学。得到"985"工程经费支持的大学,简称为"985"工程大学,先是34所,后又增加了中国农业大学、国防科技大学、中央民族大学和西北农林科技大学。

在这么多进入"985工程"的大学里面,有两所大学的责任格外重大,那就是北大和清华。因为,这两所大学得到的财政支持,跟其他大学不一样,因此,有很大的压力,全国人民都盯着,说你们拿了那么多钱,到底做了些什么,为什么还不是"世界一流"。压力之下,只得喊口号。1998年,北大校长说,争取到2015年成为"世界一流大学"。2000年,清华庆祝建校90周年,提出要加快步伐,在2010年成为"世界一流"。不过,最近北大校长改口,说是"争取",但不能"保证"。理由是,别的大学也在发展,也在前进,要挤进学术上的第一梯队,很不容易。

什么是"世界一流",其实很难说。中国大学之所以拼命争取升级,背后还有一个不太说得出口的原因,那就是大学定级。中国的大学很奇怪,学校本身不分等,但校长和书记是有级别的。若干著名大学的校长和书记属于"副部级",而一般大学的校长书记则是"厅级"。这一政策,导致很多大学的校长书记们,极力要把大学"做大",而不是"做好"。因为,只有学校做大了,自己的级别才有可能上去。但愿,这是"以小人之心,度君子之腹"。

第五,"大学扩招"

谈论当代中国的文化、学术、思想乃至政治、经济等,你都要考虑这么一个背景,那就是最近十年的大学扩招。这是一个影响非常深远的措施,也许你今天感觉不到,但再过10年、20年,你会发现这个问题的严重性。这里举三组数字:1998年,全国招收大学生108万,2006年,全国招收大学生567万,也就是说,招生规模扩大了5倍;1998年,印度大学生人数是中国的2倍,今天反过来了,中国是印度的2倍;中国大学生毛入学率,即同龄人中能够上大学的人口,1998年是10%,现在是25%,教育部定的目标是,2020年达到40%。

我不知道2020年中国的大学状况会是怎样,但我清楚,通过这9年的迅速扩招,中国大学的优势和缺点都明显地呈现出来。今天中国大学的在校生,包括本科生、硕士生、博士生等,总共是2500万。对迅速扩大的中国大学办学规模,不同人有不同的解读方式。据说,最早提出大学扩招的,是经济学家;这建议得到了政治家的支持,因而得以迅速推广;至于教育家们,基本上是被动参与。1997年亚洲金融危机之后,中国政府急需扩大内需,让老百姓把钱从银行里拿出来。至于如何消费,最好的去处,自然是教育。让老百姓出钱送孩子上大学,比劝他们买房子、买汽车要容易得多。这是民间的说法。最近,教育部出面澄清,说"大学扩招"并非应急之举,而是深谋远虑。这个重大决策,是中共中央政治局拍板的,有感于中国高素质人才太少,将是日后发展的瓶颈,故断然采取措施,迅速提高大学生数量。

扩招从1999年开始,到今年,正好是9年。9年间,中国大学的规模迅速膨胀。在这中间,泼冷水的,基本上都是教育家。同样的教学资源、同样的教授、同样的实验室,突然间挤进等于此前5倍的学生,教学质量不下降那才怪呢。这是教育家的思路,与经济学家和政治家的着眼点不一样。但教育家明显不占主流地位。真正让人感到棘手的,并非书生耿耿于怀的"教学质量",而是大学生就业。当初大家都说扩招好,因为扩招,避免高中毕业生直接进入就业市场,导致中国失业人口激增。可他们没想到,这些人进去念大学,4年后毕业,还是要找工作。说句玩笑话,高中生找不到工作是"社会问题",大学生找不到工作则很容易演变为"政治问题"。大学生就业遇到严重障碍,这会影响日后整个国家的"安定团结"。所以,现在各级政府特别关心大学生的就业问题。

过于迅猛的"扩招",使得大学生面临严酷的就业市场,再就是中国大学整体的学术水平及教学质量下降。我更关心的是,这些问题背后那个"跨越式发展"思路。不愿按部就班,希望一路快跑,这种思路隐约带有"大跃进"的痕迹。而1958年的"大跃进",留下来的教训是严酷的。中国的大学,走得太快、太急,让人有点担心。

第六,"大学城"

欧美的大学城是历经几百年,逐渐演变过来的,而中国的大学城,却几乎是一夜之间建起来的,这点很不一样。而且,中国的大学城肩负一个特殊使命,那就是应付大学扩招的需要。因此,政府低价拨地,企业努力建设,大学勇敢贷款,三者合力,共同推进,各得其所。大学本来没那么多钱,学生学费再加上国家拨款,能应付日常开支就很不错了,哪能这么"大兴土木"。可为了响应政府号召,挺进大学城,大学也只好"义无反顾"地贷款去了。政府为什么那么积极,因为,那可以在很短的时间内,改变城市面貌,改善投资环境,顺便拉高地价。大学城一般建在城市边缘,原本很偏僻,周边环境不好,地价便宜,如今划一块地,盖起一片楼房,只要大学进来了,周边的房地产必定暴涨。因此,企业也很愿意投资。这么一来,中国各地蓬勃开展的大学城建设,包含很大隐忧,那就是本末倒置,最后被房地产商的利益所裹挟。目前全国各地在建或已完工的大学城,据说有50多个。好处是迅速改变中国大学的外在形象,常听到大学城访问的外国教授说,没想到中国大学这么漂亮。以前外国人来参观,无不惊叹中国大学如此破烂;如今,鸟枪换大炮,几乎是一夜之间,中国大学变得焕然一新。

但这么一个成功的"大变脸",隐藏了一些严重的问题,先说硬的,再说软的。在众多大学城中，最典型的，是位于北京和天津之间的东方大学城，计划占地 2 万亩，投资 120 亿，10 年建成，容纳 10 万大学生；1999 年正式启动，2001 年因时任中共中央总书记的江泽民前去视察而名声大噪。东方大学城的正门，模仿法国巴黎的凯旋门，很壮观，完全出乎你想象。2004 年，东方大学城因 20 亿债务身陷困境，紧急请求政府施救。各地所建大学城，据说有一半停滞或下马，债务问题异常严重。根据政府公布的数字，全国高校债务约 2000 亿，而学界认为比这严重得多，应该翻一倍，是 4000 亿。大学不是企业，平日里没有什么产出，能维持预算平衡就已经很好了。这么多贷款，日后怎么还？办学规模最大的吉林大学，现在每年须还利息 1.5 亿到 1.7 亿。于是，校方只好公开财务危机，要求全校师生厉行节约。但光靠节约用水用电，无论如何是无法还清贷款的。

怎么办？有几个解决的思路，一是大学"国立"，这个大漏洞，只好由政府来填；二是土地置换，把原来位于市中心的校园交给政府，政府替你还债；还有好多别的主张，都没敲定。但是，我要追问的是，中国的大学校长为什么敢如此"大胆举债"，这点肯定让国外同行看得目瞪口呆，难道他们没想到将来是要还钱的吗？我猜想，所有积极贷款参与大学城建设的校长，确实是不打算还钱的。为什么？因为建大学城是政府的决策，是你要我去的，我没钱，本来就经费紧张，哪儿去找这么大笔钱盖新校园？你让我去，说没钱没关系，找银行贷款。好啦，现在银行来讨债，你总不能把大学拍卖了吧？在中国，到目前为止，还没有一所大学因为欠债而被宣布破产拍卖的。大学校长们心里有数，这钱，大概只需还利息。说得不好听，这钱本来就是国家欠我们的。因为，1993 年的《中国教育改革和发展纲要》允诺，教育行政支出将占国民生产总值的 4%。但这个目标从来没有实现过。这点，校长们啧有烦言。浙大潘云鹤、复旦王生洪等负责的调研课题《大学管理架构、运行机制改革与调整》，曾列出 2001 年各国财政性教育经费占 GDP 比重：中国 3.19%，美国 6.43%，英国 4.92%，加拿大 6.16%，日本 4.72%，韩国 7.03%。政府没能实现原先的承诺，逐步提高教育行政支出所占比例，而又希望大学迅速扩大规模并提升质量。可要达到这个目标，是需要大笔钱的，校长们只好勇敢地贷款去了。至于怎么还贷，以后再说，相信后任校长以及政府相关部门"有足够的智慧"，能妥善解决这么棘手的问题。如此配合默契，"大踏步前进"，对于政府和学校来说，都是一着险棋。

另外，新建的大学城里，清晨或傍晚，清一色新建筑，清一色小青年，全都"朝气蓬勃"。至于年长的教师们，下课后，急匆匆赶班车回老校区去了。理想的大学校园，应是既有饱经沧桑的，也有英姿焕发的，老中青都有，大家在一起念书、思考、对话。照梅贻琦的说法，什么是大学？大学就是大鱼领着小鱼不断地游，游着游着，小鱼就变成大鱼了，这就是大学。可现在的大学校园里，只有小鱼们自己在游，没有年长的带，全是同龄人，这样的"大学生态"，很不理想。

第七，"大学私立"

当今中国，十分之一的学生念的是私立大学，这么说，很可能出乎你意料。公众对私立大学认知甚少，很多人甚至采取蔑视的态度，以为不值一提。今天，我想专门为私立大学说几句。

民国年间，国立大学、私立大学、教会大学，基本上是三分天下。1950年，全国有大学227所，其中公立138所，私立及教会89所。此后，新政府下令，取消教会大学和私立大学，所有的中国大学，全都变成"国立"了。1980年代初，中国重新出现私立学校，但"犹抱琵琶半遮面"，打的旗号是"社会力量办学"。到了1992年，也就是10年之后，政府终于正式承认民间办学的合理性，发文"支持和鼓励民间办学"。1992年到1994年间，全国出现了600多所"私立"的或者说"民办"的高等院校。当然，这些学校良莠不齐，有的国家承认学历，有的则必须通过函授考试。去年的数据，国家承认学历的私立高等院校有239所，招生人数占全国大学招生的十分之一。

第一代的私立学校校长，大都是企业家型的，都有坚韧不拔的性格，从培训班、函授班、补习班起步，经过20年的艰辛努力，全靠自身力量，逐渐走出一条属于自己的路，这很不简单。很多考不上"正规大学"的人，就靠这些私立学校，完成自己的学业。在没有任何国家资助的情况下，为社会培养不少有用的人才，单凭这一点，私立院校及其经营者，应该赢得整个社会的尊敬。但是，有两个因素，制约着中国私立大学的进一步发展。第一，中国的私立大学很少得到社会捐助，有钱人要捐，也是捐给北大、清华等名校，而不愿意捐给一所名不见经传的私立大学。第二，国家对私立大学的地位及功能拿捏不准，政策上举棋不定，至今仍不给予任何拨款。今天，无论在美国还是日本、韩国，包括中国的台湾，私立大学都占很大的分量。品质好的私立大学，不仅有民间捐资，政府也给拨款，包括科研经费等。而反观中国的私立大学，基本上靠学生的学费在支持，这就很难有真正意义上的学术发展。

不少私立大学的校长喜欢援引美国的例子，信心满满地，甚至提出要办"中国的哈佛"。我告诉他们，做不到。为什么？全靠学费，要办世界一流大学，是绝对不可能的。我以为，国家有义务给私立大学一定的经费支持，因为，培养出来的人才属于国家，不是私立大学的"私有财产"。办大学，另一个可能的经费来源是宗教团体，像民国年间的燕京大学、辅仁大学、金陵大学、岭南大学等，都是好大学，背后都有教会的经费支持。而目前中国政府的立场，是严格限制宗教对大学的渗透的。办私立大学，不能要教会或其他宗教团体的钱，剩下的，那就只能靠企业家了。除非是慈善事业，否则，企业家做事是讲回报的；过多地考虑"回报"，又必定使其办学趋于急功近利。故中国私立大学的发展不是很乐观，规模是上去了，人数也不少，但整体看来，教学质量及学术水平有限。

之所以这么说，是基于我对民国年间私立大学的认识。比如，复旦大学创办于1905年，原来是私立大学，1942年才改为国立大学；南开大学1919年创办，1946年改国立；厦门大学1921年创办，1937年改国立。我曾说过，教育方面，民国年间最值得夸耀的业绩，不是北大、清华，而是南开。为什么？因为南开的创办与发展，全靠民间的力量。1937年抗日战争爆发，国民政府命令北大、清华、南开组成西南联合大学，成为战时声名显赫的"最高学府"。北大、清华是国立大学，水平高，名声好，这很正常；可添上一个办了不到20年的私立大学"南开"，你不觉得惊讶？今天，我们已经有很多办了20年的私立大学，有哪一所能像当年的南开一样，跟北大、清华等名校平起平坐？没有，根本做不到。今天中国的私立大学，规模不小，但办学理念及学术水平，远不及民国年间的南开。

办复旦的马相伯和办南开的张伯苓，这两位先生，都是靠强大的意志，坚定的信念，集合民间的力量来创办大学。这样的教育家，永远值得我们追怀。至于著名实业家陈嘉庚之兴学救国，创办集美学村和厦门大学，更是举世闻名。今天很多办私立大学的人所面临的重大考验，就是如何从"企业家"向"教育家"转变。转型成功，对中国教育来说功德无量；做得不好，那就只是一个"家族企业"，如此而已。

理想的私立大学，应以"捐资"为主，而不应该追求"赢利"。政府因公共教育投入不足，动员社会力量参与，可又缺乏相关的配套制度，因此，目前中国的私立大学，绝大多数是靠学费滚动发展起来的。主要靠学费，而学费又不能无限制地疯涨，这样一来，私立大学很难成长为校长们或教育家所梦想的境界。这里有生源、师资、教学质量、内部管理如家族化等问题，但最关键的还是资金。

有一所大学很特殊，那就是汕头大学。汕头大学是李嘉诚投入很多钱，帮助建起来的。李嘉诚基金会1980年成立，1981年起捐资汕头大学，至2006年，共捐资23亿港币。这当然很了不起，可我还是略感遗憾：当初不愿将其作为私立大学来经营，丧失了制度创新的可能性。现在成了这个样子，是国立大学，但里面有董事会，两套人马互相牵制。我不想评价这所大学目前的状况，我只想说，假如当初李嘉诚先生下决心，政府也同意，办一所高水平的私立大学，那将是一个全新的局面。可惜的是，这一步没有走出来。中国的私立大学之路，很崎岖，也很漫长，目前的状态不是很理想，但我对其未来仍然寄予厚望。

第八，"北大改革"

2003年，对于全体中国人来说，印象最深刻的肯定是SARS；而对于北大师生来说，还有一件事同样记忆犹新，那就是春夏之交关于"人事制度改革"的争论。反对声音如此之大，完全出乎主事者的预料之外。别的大学说改就改了，北京大学却改得这么艰难。管理层的改革思路受到了严重的挑战，乃至必须一稿、二稿、三稿不断地修改，改到最后，已经把棱角磨得差不多了。结果呢，无论赞成的，还是反对的，都感觉很不过瘾。

北大人事制度改革方案为什么引来这么多批评？因为根本性的问题不敢动，只好在枝节问题上下功夫。什么是根本性的问题？那就是大学里学术权力和行政权力到底该如何区隔。这个不能谈，于是，只好加强评估与管理，几年不行就走人。风波过后，我跟校长交谈，提了三点意见。第一，大学由三部分人组成：管理层、教授以及学生，这三部分人的利益及趣味是不一样的，假如只考虑管理层的需要，那事情肯定做不好。任何改革方案，出台前应尽可能多地与普通教授协商、沟通。表面上，这方案也征求了很多教授的意见，可那些教授都是身兼院长或各职能部门领导的。著名教授当了院长、部长之后，立场及趣味都会改变，更多地考虑如何加强管理，而不是发挥个性。第二，北大制订改革方案时，缺少人文学者的参与。校长说，不对啊，我们找了好几位文科的代表。我的解释是，同属文科，人文学和社会科学之间，因知识背景、文化趣味以及经济利益等，有很大的差异，某些方面甚至是严重对立。第三，政策制定者过多地依赖美国经验，这是有问题的。必须兼及美国、日本、欧洲，以及传统中国大学的思路，否则，很容易水土不服。

北大的改革，不能说是完全流产，但起码是不太成功。对这方案，虽然我也有一些批评，但我承认制定这方案的初衷是好的，具体措施也有其合理性。在中国 20 多年的改革历程中，从政府到企业都在改，改得最少的反而是大学。大家都觉得，中国的大学问题很多，但怎么改，至今没能达成共识，很可惜。关于北大改革的讨论，热闹极了，不到一年，就出了 4 本书，《燕园变法——谁能站上北大讲坛》《北大激进变革》《中国大学的问题与改革》《中国大学改革之道》。或许，"北大改革"的最大贡献，在于其成为一个"热点话题"，引导大家深入思考、反省，理解大学的复杂性，以及大学改革的迫切性。

第九，"大学评估"

今年 7 月 6 日的《人民日报》上，发了我的一则短文《学问不是评出来的》。其实，这文章两年前就已经发表了，这次转载，略有删节。文章提及，现在中国的大学，评著作，评学者，评学科，评大学，评博士点，再评一级学科，评研究基地，再评重点研究基地，钱虽不多，但谁也不敢怠慢，因事关"大学荣誉"。其中争议最大的，是教育部 1994 年底开始推行的"普通高等学校本科教学评估"。此评估影响面极大，用心良苦，但效果不佳。本来，主事者思路还算清晰：大学评估要分层次，不排队，且逐步过渡到民间评估。可实际操作起来，完全不是那么回事。因是教育部组织的，哪个大学都不敢怠慢。结果呢，教授们不得安宁，社会活动家如鱼得水。不是说"评估"毫无意义，它确实促使学校做了一些实际工作，比如说修建校园、添置图书和实验设备等。但这个评估的行政主导太强了，导致很多大学弄虚作假。比如，规定要查三年前的试卷，丢了怎么办？重做，而且必须按照原来的分数。比如说，三年前你考了 74 分，这回重作，不能答出 90 分的卷子。事情虽小，看在学生眼中，效果当然很坏。现在好些，说是不要三年前的了，只看最近一年的卷子。

到现在为止，教育部已经评估了近 1000 所大学，没有不合格的，甚至也没有及格的，据说都是良或优。可见，以中国人的智慧，再严格的评估，最后都能走过场。这个我不说了，因为很多人提出批评，教育部也在努力改进。我想说的是后面这个问题，对于好大学来说，太详尽、太细致的"规定动作"，不利于其独立规划、自由发展。每个大学的历史传统不一样，每个大学的办学条件也不一样，可有了巨细无遗的"评估指标"，只要上面列的，任何一分，我们都必须力争。这很容易导致两种弊端，一是弄虚作假，二是大学趋同。我说过，中国大学的最大问题，就是不敢有自家面貌。再多评估几次，这个问题会更严重。

十年前，在一个座谈会上，我说，教育部管大学，最好是"抓小放大"。那时政府正着力推进国企改革，提的口号是"抓大放小"。我说，大学的情况恰好相反，应该"抓小放大"。"放大"，就是让好大学自己去发展，别管那么多；"抓小"，就是对于那些基础不太好的学校，确实需要制定标准，加强管理。好大学走自己的路，比较差的大学则加强评估，这样，中国高等教育的整体水平，才能得到提升。因为，好大学已经形成自己的传统，有自己的发展规律，教育部你管不了，越管越乱。不是说教育部的领导不想把大学办好，而是中国大学最缺的是"个性""探索"以及"百花齐放"。在学术及思想领域，千万别迷信"步调一致才能得胜利"，让好大学自己去摸索，努力走出一条新路，这比什么都重要。

第十，"大学故事"

1988年，为了纪念西南联大50周年、北京大学90周年，出了两本有趣的书，一是《笳吹弦诵情弥切》，一是《精神的魅力》。校庆纪念文集，本来是官样文章，但老学生谈起几十年前的大学生活，特别有感情，文章也写得很不错。这两本书刚出来时，影响并不大；可到了1998年，以北大百年校庆为契机，出现一大批图书，包括我编写的《北大旧事》和《老北大的故事》，"大学故事"方才引起广泛的关注。以前的"大学史"，以意识形态为主导，基本上是政治史的附庸。如今，开始强调大学有其独立的运转轨道。

讲述"老大学的故事"，不仅仅是怀旧，更重要的是反省最近半个世纪的中国大学之路。在这里,我也讲一个故事,借此折射出历史变迁的光与影。1958年,杨沫的《青春之歌》出版,风行一时,还被拍成电影,影响极大。我相信,中年以上的朋友,都读过这本书,或者看过这部电影。《青春之歌》的背景是1930年代的北大,国文系学生余永泽,是个书呆子,整天梦想做学问,对"革命"毫无兴趣;一开始,他是林道静的带路人,日后则被觉悟了的林所抛弃。林代表小资产阶级如何走上革命道路,而余则是闭门读书的落后分子。知识界很多人知道,小说里的"余永泽",是以杨沫原来的丈夫张中行为原型的。这么一来,在人民教育出版社工作的张中行,不免备受歧视。老鬼在回忆母亲杨沫的书中,专门提到这一点。

张中行先生退休之后,开始写散文,1986年出版了《负暄琐话》,1990年出版了《负暄续话》,1994年又出版《负暄三话》。这三本书,主要是追忆民国期间的大学生活。很多年轻人正是借助这三本书,理解了另一种大学传统。这么一来,关于北京大学的叙述,一个是以《青春之歌》为代表的风风火火的"政治的北大",另一个则是张中行所描摹的风流儒雅的"学问的北大"。这两个北大都是真实的,且各有其合理性,就看你的阅读趣味以及文化立场。当然,不同历史时期,公众对北大的想象,会有很大的歧义。

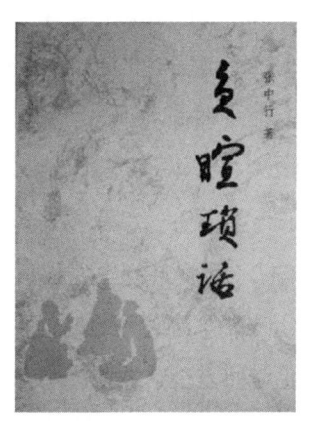

《负暄琐话》

有趣的是,此后所有大学筹备校庆纪念,都会兼及"正史"与"野史"。因为,大学里的故事与人物,往往比所谓的"正史"更传神,也更容易被大众理解和接受。我说过,大学传统的延续,主要不是靠校史馆,也不是靠校长演说,而是靠熄灯后学生们躺在床上聊天,或者饭桌上的口耳相传。这些在大学校园里广泛传播的雅人趣事,真假参半,代表了一代代大学生的趣味、想象力及价值判断。不仅北大如此,所有的大学都是这样。

《大学何为》

斗转星移,"大学想象"正在发生变化。谈论"老大学的故事",重新认识晚清至民国年间的大学教育,反省新中国的大学传统,展现新世纪中国大学发展的可能性,有兴趣的朋友,请参阅我去年在北大出版社刊行的《大学何为》,以及最近在报纸上发表的三篇"长文":《六位师长和一所大学——我所知道的西南联大》(2007年11月12日《21世纪经济报道》)、《大学公信力为何下降?》(11月14日《中国青年报·冰点周刊》)、《书里书外话"大学"》(11月6日《出版商务周报》)。每个时代的大学,都有自己的问题,之所以如此追怀"过去的好时光",不是希望将其理想化,而是在与历史的对话中,展开"大学文化"以及"教育理念"的思考与实践。

(初刊《现代中国》第十一辑,
北京大学出版社,2008年9月)

参考文献（按论述先后排列）

詹姆斯·杜德斯达著，刘彤等译：《21世纪的大学》（*A University for the 21st Century*），北京大学出版社，2005年。

蔡元培：《〈北京大学二十周年纪念册〉序》，《蔡元培全集》第三卷，北京：中华书局，1984年。

冯友兰：《我在北京大学当学生的时候》，《文史资料选辑》第83辑，北京：文史资料出版社，1982年。

柳诒徵：《柳诒徵史学论文续集》，上海古籍出版社，1991年。

张其昀：《源远流长之南京国学》，《中国历代大学史》，台北：中华文化出版事业委员会，1958年。

刘念才、Jan Sadlak 主编：《世界一流大学：特征、排名、建设》，上海交通大学出版社，2007年。

王英杰等主编：《2005：中国教育发展报告——高等教育的发展、问题与对策》，北京师范大学出版社，2005年。

熊丙奇：《体制迷墙》，成都：天地出版社，2005年。

《高校"破产"？》（专辑），《南风窗》2007年2月（下）。

潘云鹤、王生洪等：《大学管理架构、运行机制改革与调查》，《大学校长视野中的大学教育》，北京：中国人民大学出版社，2004年。

钟秉林、谢和平等：《论大学学术权力与行政权力关系的协调》，《大学校长视野中的大学教育》第二辑，北京：中国人民大学出版社，2005年。

曲士培：《中国大学教育发展史》，太原：山西教育出版社，1993年。

潘懋元：《关于民办高等教育体制的探讨》，1988年6月22日《光明日报》。

秦国柱：《私立大学之梦——民办高校的过去、现在、未来》，厦门：鹭江出版社，2000年。

李嘉诚基金会编印：《建立自我，追求无我》，2006年。

沈灏主编：《燕园变法——谁能站上北大讲坛》，上海文化出版社，2003年。

博雅主编：《北大激进变革》，北京：华夏出版社，2003年。

钱理群、高远东编：《中国大学的问题与改革》，天津人民出版社，2003年。

甘阳、李猛编：《中国大学改革之道》，上海人民出版社，2004年。

周远清主编：《世纪之交的中国高等教育——大学本科教学评估》，北京：高等教育出版社，2005年。

周远清：《建立符合中国国情的评估体系》，《中国大学教学》2004年7期。

《高校教学评估在争议中进行》，《南风窗》2007年6月（下）。

陈平原：《当代中国人文学的"内外兼修"》，《学术月刊》2007年11期。

北京大学校友联络处编：《笳吹弦诵情弥切》，北京：中国文史出版社，1988年。

北京大学校刊编辑部：《精神的魅力》，北京大学出版社，1988年。

杨沫：《青春之歌》，北京：作家出版社，1960年。

张中行：《负暄琐话》，哈尔滨：黑龙江人民出版社，1986年。

张中行：《流年碎影》，北京：中国社会科学出版社，1997年。

老鬼：《母亲杨沫》，武汉：长江文艺出版社，2005年。

陈平原、夏晓虹编：《北大旧事》，北京：三联书店，1998年。

陈平原：《老北大的故事》，南京：江苏文艺出版社，1998年。

陈平原：《中国大学十讲》，上海：复旦大学出版社，2002年。

陈平原：《大学何为》，北京大学出版社，2006年。

人文学的困境、魅力及出路[1]

一 人文学之日渐边缘化

记得李泽厚先生对 90 年代的中国学术有这么一个评价：学问家凸显，思想家淡出。再进一步引申，那就是随着学问家的日渐辉煌，学界不谈主义，只谈问题；学者躲进书斋，远离社会。这个说法流传甚广，影响很大。好多人批评，也有不少人支持。李先生认为，现在不谈陈独秀，不谈李大钊，而专提陈寅恪、吴宓，这不对。90 年代后期，好多人在讨论这个话题。而我当时就说，这是一个伪命题。因为，任何国度，任何时代，思想家的光芒从来不会被学者掩盖。因为，学者讨论的问题，是只有少数专业人士才知道的；而思想家，包括所谓的"公共知识分子"，登高一呼，很多人都可以听得懂，至于同意不同意，那是另一回事。所谓思想家的光芒被掩盖，如果是指 1980 年代那些风云人物，包括李泽厚先生自己，到了 1990 年代，再也没有以前的那种声名，这倒是事实。记得 80 年代

---

[1] 去年秋冬，我曾就此话题，先后应邀在中国人民大学（2006 年 10 月 26 日）、武汉大学（11 月 28 日）和清华大学（12 月 18 日）作专题演讲，这回发表的整理稿，以在武大所讲为主。

汤一介先生他们办中国文化书院，包括我们的"文化：中国与世界"编委会，做一个演讲，有上千人来听，而且，是从全国各地赶来的，还要交学费。现在不可能了。所以，对于人文学者来说，今昔对比，感觉就是不一样。但我更想说的是，其实，八九十年代学术格局的变化，除了1989年突然的政治变故，很大一个问题是，人文学的淡出以及社会科学的凸显。在我看来，这才是90年代的学问和80年代不一样的关键所在。

社会科学崛起，有几个因素，首先，在1930年代，中国的社会学、民族学、经济学、法律学等学科发展得很好。可1949年以后，即便没被打倒的，基本上也都处于被排斥地位。民间文学及民俗学家钟敬文先生的儿子告诉我，说钟先生一辈子小心谨慎，怎么会被打成"右派"呢？他本人实在想不通。别人被打成"右派"，多少总有点缘故，比如发发牢骚、批评共产党什么的，他都没有，他胆小，一直不敢乱说话，为什么还是"右派"？于是，在1980年代初，曾向胡乔木询问，这才知道原因所在。有人向毛主席建言，说有些学科，明摆着就是资产阶级的，比如社会学、民族学、民俗学等。既然如此，这些学科的领头人物，包括吴文藻、费孝通、钟敬文等人，全都被打成了右派。正因此，50年代中期以后，这些学科突然间全都中断。到了80年代，这才逐渐恢复——先是招本科生、研究生，接下来建独立的院系。80年代中后期，这些学法律的、经济的、民族学的、社会学的研究生毕业，陆续走上学术岗位；而真正发挥作用，则是在90年代。这些人重新接续了30年代的学术传统，一下子给人耳目一新的感觉。

请记得，80年代中国学界的领军人物，基本上都是人文学训练出来的。因此，所谓"文化热"，讨论的都是大命题，比如"主义""思想""文化""模式"等等，都是人文学的思路。"文化热"之所以消退，跟我所说的90年代这一批社会科学训练出来的学者陆续走上学术岗位，有直接关系。当然，我不否认，80年代人文学者的那一套启蒙话语，更适合于在广场上宣讲；而到了90年代，空间在缩小，知识分子表达理想、关注社会的能力也在减弱。所以，在这个意义上说，人文学者影响国家命运的能力，在90年代，确实是在萎缩。但反过来，社会科学家开始成长起来了。此消彼长，就形成了90年代中国的学术格局。人文学者因强调理想性，多持批判立场，在"太平世界"里，其声音在逐渐隐退；而社会科学家注重实际操作，强调协调能力，跟政府合作、跟企业合作，获得基金，影响国策，推动着社会进步。所以，社会科学在90年代中国的八面风光，是有其道理的。反而是人文学者因喜欢使用"大字眼"，有时显得有些迂阔，大而无当，跟整个社会风气不太协调。

问题在于，在这个社会转型过程中，有些学社会科学的，特别是经济学家，以为自己无所不能，用经济学眼光打量世界，用经济学趣味改造文化。依赖工程技术人员治国，这有问题；单靠经济学家治国，同样会出现一系列弊端。现在，从中央到地方，每次重大决策，确实都会倾听专家们的意见。可你去调查调查，是哪些专家在说话。十个里面，大概有七八个是经济学家，再加上两三个法学、社会学或政治学家。人文学者基本上淡出了国家决策的咨询圈子，不会有哪位领导喜欢听一个哲学家或文学家谈论玄虚的"文化"，或者中国到底应该往哪儿走。这跟毛泽东时代大不一样。正是这一点，使得中国的经济学家越来越自信，以为单凭他们那两下子，就能"为万世开太平"。客观地说，经济学确实有用，可自信过度，就容易出问题。前两年北大搞改革，主事者立意很好，可用经济学原理来改造大学，未必行得通。那时，有位著名的经济学教授，说了这么一句很伤人的话：人文学者别着急，不会轻易让你们下岗的，比如中文系的教授，实在找不到工作，可以到国外去教汉语嘛。这就是我们常说的经济学家的脑筋：一切以利益计算为中心。最典型的，还属最近发生的一件事。张五常先生作为著名的经济学家，竟撰写《是打开始皇陵墓的时候了》，你看他怎么论证。他说，秦始皇陵打开以后，每年可以接待游客500万人次，每个人收费500元，合计起来，就是人民币25亿。既然每年可以给陕西省增加25亿收入，为什么不打开？我突然间觉得，这很可怕，经济学家眼里，除了金钱，还是金钱，没有别的任何信仰或顾忌。问题还在于，这种纯粹以金钱来计算的思路，特别符合行政官员的胃口。所以,经济学家的话,最容易被行政官员接受;而文学家的话、史学家的话,考虑得太长远,没有数字化,故不大会被那些热衷于"数字化管理"与及时效应的官员接受。

最近,我到一个大学演讲,因为和校长比较熟悉,请我吃饭。席间说起经济学家的"趣味",举了他们学校经济学院院长的例子。开学典礼上,院长大人发表演讲,目的是"劝学"。一上来,院长就说:同学们,今天我来学校,开的是宝马,我车子后备厢里的现金,还可以再买一辆。诸位毕业两年后,希望你们都开着宝马来见我。话音刚落,掌声雷动。经济学家比哲学家有钱,这很正常,在很多国家都是这样;但像中国的经济学家这样"得志便猖狂",摆阔摆到如此地步,实在少见。所以,我十分感慨,经济学家社会形象不好,而他们对国家决策的影响力又这么大,两者合起来,是很可怕的事情。也正因此,人文学者应该站出来,抵制这种"独尊经济学家"的社会潮流。

在一个正常社会,大学校园里有各种各样的人,适应社会及学界的各种需求。比如,有的人致力于建立精神的标杆,纯粹理想性质,不管你社会如何变,我都坚持自己的理念与立场,用我的眼光和趣味来衡量一切。没有这种毫不妥协的追求,社会发展会缺乏方向感;但反过来,只有这些,缺乏可操作性,社会没办法正常运作。因此,那些脚踏实地,实实在在地承担起改造中国重任的人物,同样值得尊敬。如果不避以偏概全的话,这大概是人文、社科两类学者所应该承担的不同责任。也正是基于这一点,我才说:90年代以来中国学界风气的变化,比如转向具体问题,转向社会实践,转向制度性建设等,跟社会科学的崛起有关。

本来嘛,这两种人,各有其价值;而且,也已经达成某种默契——你有你的金钱,我有我的理想,我们之间,既互相对立,也互相协调。这样的话,社会可以正常运转。假如你想以某一学科的趣味,甚至某种经济模式,来影响、决定整个国家的命运,那是非常危险的事情。如果说80年代中国的学术界太玄虚的话,那么,90年代的中国学界,在我看来,则未免太实际了。

说到这里,你可能会这么提问:难道学问可以用"虚""实""雅""俗"这样很不准确的术语来概括吗?我记得,1910年,王国维先生(1877—1927)在《国学丛刊序》里,说了这么一句话:学无中西,学无新旧,学无有用无用;凡是不懂得这一点,那就是"不学之徒"。这话经常被引用。可在我看来,这代表的是一种治学的理想境界,而不是实际状况。实际状况呢,今天中国的大学里面,不仅仅学有中西,学有新旧,学有有用无用之分,甚至所有的学科差异,都可能导致学者之间的巨大隔阂。

诸位可能读过华勒斯坦的《开放社会科学》,那书中提到:我们过去所说的自然科学、社会科学、人文科学三分法,"已经不像它一度显出的那样不证自明了"[1]。因为"二战"以后,注重个别性的历史学和注重普遍性的社会学之间的对话越来越多,已"成为一个非常引人注目的现象"[2]。我不否认这一点,但我想引入另外一个学者的观察,那就是萨义德(1935—2003)。萨义德不久前刚去世,他在晚年出版了一本书,题目叫《人文主义与民主批评》,里面提到:"无论如何,作为一个整体,人文学科已经失去了在大学中的显赫地位,这是毫无疑问的事实。"[3]我们知道,一直到18世纪,大学里占主导地位的,是人文学;大概从19世纪起,先是自然科学,后是社会科学,逐渐得到很好的发展,于是,人文学在大学里逐渐被边缘化了。这个事实,大概今天所有在大学里念过书的、教过书的,都看得很清楚。

说到这,举一个好玩的例子。北大法学院院长朱苏力,他跟我们都是77级的,曾特别伤心当年没能考进中文系,而去学了法律。对此,他始终耿耿于怀。今年三联书店出版他的专著《法律与文学》,总算圆了他

---

[1] 华勒斯坦《开放社会科学》73页,三联书店,1997。

[2] 华勒斯坦《开放社会科学》44页。

[3] 萨义德《人文主义与民主批评》16页,新星出版社,2006。

的"文学梦"。记得77、78那两届,中文系的录取分数比法学、经济学的都高。今天完全不一样了,北大文科里面,录取分数最低的是哲学系。这让我很感慨,学哲学的,本应是最聪明的才对。现在可好,越是实用的学科,关注的人越多;越是高深的学问,越可能面临困境。

人文学在大学里面日渐边缘化,处境比较尴尬。这个时候,有些人文学者为了拯救自己心爱的学科,也提升作为研究者的地位,使出了各种各样的花招。比如说,从事一些看起来很"有用"的工作。你们不是嫌我们人文学没用吗?不对,我们也有实际应用的能力,也能对国计民生产生看得见摸得着的成果。于是,大学里设立了专门的研究院,开展"人文奥运"工程。这种服务社会的热情,当然很好,可我不知道这个"有用化"的努力,会不会偏离了人文学所特有的对于价值、对于历史、对于精神、对于自由的认知。为了得到政府及社会的高度重视,拼命使自己显得"有用",而将原来的根底掏空,这不但不能自救,还可能使人文学的处境变得更加危险。

以上是引言,下面我着重谈几个问题:第一,重建人文学的自信;第二,以人为中心的学问;第三,两种读书策略;第四,"尚友古人"的好处;第五,学者是怎么成为风景的。最后,会稍微谈谈所谓人文学的魅力。

二 重建人文学的自信

刚才是"开篇",讲了我们所面对的困境,接下来谈如何建立自信心。华勒斯坦《开放社会科学》一书的"结语",专门讨论如何"重建社会科学"。所谓"重建社会科学",意思是说,我们需要深刻反省并努力改变现有的学科边界,人类的智慧,人类求知的欲望,不应该被具体的学科边界所束缚。"总之,我们不相信有什么智慧能够被垄断,也不相信有什么知识领域是专门保留给拥有特定学位的研究者的。"[1] 不能说我是学文学或社会学的,这是我的领地,别人不能进入;更不能因为我是学文学或社会学的,我就只从文学或社会学的角度思考问题。无论对人对己,都要学会跨越学科边界。这种追求,对于个体的学者,完全可以做得到——只要你不考虑评职称,不申请课题,也不靠它拿学位,那么,你把整个的人类命运,或者把某一个具体的社会现象作为研究课题,然后在不同的学科之间来回穿梭,这完全没有问题。而且,我觉得,这是一个相当理想的学术境界。可是,作为整体的学术界,不客气地说,依然是"壁垒森严"。

平时不觉得,一到了利益攸关,比如评职称,定课题,找工作,选拔人才,这个时候,学科的边界马上显示出来。一道道无形的障碍,使得主张跨学科者,处境相对尴尬。过去说"男儿有泪不轻弹,只因未到伤心时"。我则戏拟:"学问有墙不轻谈,只因未到评奖时。"实际上,我们已经形成了一个牢不可破的偏见,你是学什么的,首先必须归队,以后再来排座次。你想根据自己的兴趣,从这个队跳到那个队,很难很难。我把我的学生推荐给近代史所,他们马上说:"学文学的,我们不要;因为我们是历史所。"诸如此类的问题,还在不断向下延伸。我招聘的是教现代文学的,那么,古代文学、近代文学、比较文学出身的,统统不要。反过来也一样。似乎,你拿了博士学位,出去以后,就永远只能在你的专业范围内翻跟斗。所谓"跨学科",只是个别学者的学术理想,或者说"一时冲动"。整个中国学界,在我看来,没有比二十年前好到哪里去。当然,作为个体的学者,你可以尊重,也可以蔑视,更可以跨越所谓的"学科边界"。我并不认为有哪一种"学术姿态"是最优秀的,大家都非追摹不可;关键是要符合你个人的性情与趣味,那样,就能出"成绩",就能有"境界"。

---

[1] 华勒斯坦《开放社会科学》106页。

所谓学者之间的隔阂,有些是因为意识形态,比如政治立场对立;有些则是学术类型、学科分界、学术趣味不同所导致的。不要说科学家与人文学者之间的隔阂,就算同是人文学者,也因古今、中外、虚实等研究领域或学术趣味的差异,各自心存芥蒂。很可能,都是第一流的学者,都出于公心,可就是无法达成起码的共识。在我看来,今天中国大学校园里面"学问的隔阂",已不再是斯诺想象中的那种文科和理工科之间的矛盾,而是人文学和理科为一方,社会科学以及工科为另一方。换句话说,一种是追求学理,一种是强调应用。这两者之间,知识类型以及学术趣味有很大的差异,因此,导致了学术理念的巨大分歧。我甚至说,这形成了今日中国大学校园的"分裂"局面。

这个状态,使得人文学者面临一个困境,你如何安身立命?如果你不想"跨学科",如果你不想做那个"有用"的学问,你还想固守书斋生活,还想坚持你的精神境界,你还有发展空间吗?在我看来,对于人文学者来说,有三条路可以走:第一条,继续坚持你的批判性,成为公共知识分子,不管风吹浪打,死守你的精神价值;第二条,进入大众传媒,"风风火火闯九州",基本理念是降低立说的姿态,用自己的学问影响社会。今日中国,已有不少人文学者在这么做,若转型成功,名利双收,这是一条"洒满阳光"的路。第三条路,那就是,固守你的书斋,做好你的学问,别的我都不管。这三条路没有高低之分,只是在走之前,必须意识到各自存在的陷阱。1992年,我在《读书》11期上发了一篇文章,题目叫《独上高楼》。1992年的中国是什么状态?"八九风波"刚刚过去,好多学生很迷茫,不知路在何方。当时我在北大尝试开"现代中国学术史"课程,这是其中一讲的讲稿。我说,选择文史之学,就是选择寂寞和冷清,这一点,将随着中国现代化进程的发展而日益显示出来。对于那些年轻学者来说,明白这个前景,还愿意选择这古老而苍凉的文史之学,确实当得上"悲壮"二字。

谈学问,我们很容易想到《论语·宪问》的说法:"古之学者为己,今之学者为人。"除了孔门的"为人"与"为己",我更关注学问的"有待"

与"无待"。这里借用的是庄子《逍遥游》的典故。在我看来，文史之学属于"无待"之学——不讲外在条件，没有心灵羁绊，甚至不用考虑经费来源以及成果转化等，单凭研究者个人的意志与趣味，就能够继续生存下来。在这个意义上，对于人文学者来说，陈寅恪（1890—1969）所提奖的"独立之精神，自由之思想"，比较容易实现。因此，我对目前人文学的相对边缘化，远离舞台灯光，感觉没有那么坏。在我看来，关键是找到自己的位置，这样，就能平静、坦然、游刃有余地"直面惨淡的人生"，以及当今中国学术界正在发生的巨大变化。

三 以"人"为中心的学问

人文学是什么？历来众说纷纭，我不想介入专家们关于人文学的对象、范围、方法、宗旨等等的争论，只采纳一个最浅显的说法，那就是，人文学是以人为中心的学问。我所说的"人"，不仅仅是指人性、人道、人情，这些属于哲学家考虑的范畴，也不是人均国民生产总值，那是经济学家讨论的问题。我说的是活生生的，有血有肉的，一半是天使，一半是魔鬼，有灵气也有缺陷的个体的人。换句话说，在我看来，人文学关注的，不是作为一个抽象符号的"群体的人"，而是有体温有情感会得意也会犯错误的"个体的人"。

90年代初，我曾经和一个现在很活跃的社会学家争吵。那时候，我们有读书会，一起讨论某些问题，最后，他憋不住了，责问我："我实在想不通，你们整天谈鲁迅，谈《红楼梦》，有什么意义？研究了那么长时间，有没有弄出一个规律性的东西来。"我想了大半天，确实没有。我们不能说有个"《红楼梦》规律"，也不能说有什么"鲁迅定理"。没有规律，没有定理，你只是谈论一个个具体的作家，甚至他写的某一部作品，这有多大的意义？你说说，李白和杜甫在中国诗人中到底有多大的代表性，能否给个百分比？

连这个都做不到,你那研究到底算不算学问。我当时被逼急了,就说:"你以为就你们是学问?你们那个社会学,不就是提出假设,建立模型,还有统计数字什么的。表面上很客观,很公正,但在我看来,你建立模型的时候,偏见就在其中。"我当时讲了个故事:80年代初,某社会学家作了一个研究报告,说中国女学生到美国念书以后,50%嫁给了她们的导师。我们都说不可能,可他是做过认真研究的。为什么会是这样呢?因为他们学校总共只有两个中国来的女生,其中一个嫁给了她的导师。这么说来,模型没错,方法没错,统计也很准确,但结论没有意义。你能说,这就是学问吗?当然啦,这都是气话,反唇相讥,互相攻击,不解决问题。他没有办法说服我,我也没有办法说服他。最后,我得出的结论是:人文学和社会科学之间,除了理论设计、工具模型、研究方法等不一样,最关键的,是我们对"个体的人"的看法不同。统计学上无关紧要的"个体的人",是可以轻易省略的吗?"个体的人"之喜怒哀乐、成败得失、思考表达等等,是不是值得你去关注?回答"是"或"不是",也许这就是人文学和社会科学的绝大差异。

注重"人",此乃中国史学的一大特点。钱穆先生(1895—1990)称,中国的历史书写,有三种体裁,一重事(《西周书》),一记时(《春秋》),一写人(《史记》)。"司马迁以人物来作历史中心,创为列传体,那是中国史学上一极大创见。"这么说没问题。接下来批评西方史学"都像中国《尚书》的体裁,以事为主,忽略了人",或者说,还没有进步到以人物为中心的地步[1],可就有点离谱了。因为,西方历史学之所以关注经济的、社会的、文化的,乃至日常生活的演变,这跟20世纪西方史学受到社会科学的影响有很大关系。你要是看19世纪以前的西方史学著作,也多是以人物命运为中心的。但钱穆先生的思路,也有值得欣赏的。比如他说,中国史学

---

[1]《中国史学名著》59页,三联书店,2004。

的特点是,特别注重人的精神境界,有的人既无丰功伟绩,也没经历过重大事件,可同样在历史上立起来。他举了个例子,颜渊,他就是以道德以精神来感召后人的。[1] 还有,对于"失败的英雄"的追怀和崇敬,此乃东方人的共同信仰。不仅是诸葛亮,还有项羽,项羽绝对比刘邦可爱得多;另外,比如说岳飞、文天祥、袁崇焕等,都是传诵久远的"失败的英雄"。这些"失败的英雄",其道德感召力,很可能远远超过那些成功者。在钱穆看来,史家在记录帝王功业的同时,也关注那些道德高尚但不得志者,"这是中国的史心,亦正是中国历史文化传统之真精神所在"[2]。中国的历史学家,追求"通古今之变,成一家之言",这就要求其著述包含道德教诲与精神境界,而不仅仅是讲故事。在这个意义上,钱穆所说的"只有人,始是历史之主,始可穿过事态之流变,而有其不朽之存在"[3],是很有道理的。

其实,人文学不仅关心人,还描写人;不仅关心人描写人,还提倡知人论世。换句话说,人和世之间,互相阐释,这是中国人文学者的共同趣味。当然,你可能会追问,知人,知什么人?论世,论什么世?上自朝廷决策,下至平民衣食,还有边关战事、士子举业、瓦舍众伎,何者不关乎"人"与"世"?你只说关心人,描写人,实在有点笼统。皇帝、将军、才子、佳人、乞丐、流氓,哪一个更值得你我关注?写什么人,这确实可以看出中国人文学者的趣味所在。这里有一个变化,上世纪 30 年代,中国的历史学家接受了马克思主义的唯物史观,突出经济关系,突出阶级矛盾。具体到人的研究,不再眉毛胡子一把抓,而是关注主要矛盾,认准历史发展的动力是工农,而不是帝王将相,才子佳人。这个思路,毛泽东再三谈论过。最有名的一句话是,帝王将相、才子佳人占领我们舞台的时代,应

---

[1] 《中国史学名著》59 页,三联书店,2004。

[2] 《中国历史研究法》100—101 页,三联书店,2001。

[3] 《中国历史研究法》101 页。

该结束了。因此,有一段时间,我们的舞台上,都是工农兵。可最近二十年,风水轮流转,又回到了才子佳人,又回到了帝王将相。而且,这一回,似乎连30年代还不如。上世纪30年代的中国舞台上,有帝王将相,有才子佳人,还有流氓无产者,还有工农大众。今天,我们打开电视,从头到尾,都是皇帝的戏,有清代的,有明代的,也有汉唐的,都是"吾皇万岁万万岁"。突然间,你会发现,我们仍然生活在一个皇权极端崇拜的时代里。

假如你想靠阅读皇帝来理解中国历史,不管立场是正是反,都不可能做得很好。同样是读辩证唯物主义的著作,鲁迅(1881—1936)发展出另外一套思路——其文学史著中极少涉及生产力和生产关系,关注的是一个时代的文化氛围和士人心态。文学作为一种精神产品,并不直接反映社会的经济关系和政治斗争;抓住"士人心态"这个中介,上便于把握思想文化潮流,下可以理解社会生活状态。诸位有兴趣的话,可以读一下《中国小说史略》,你会发现,它每一章开头都有一段描写,描述这个时代读书人的生活及思想状态。围绕社会习俗以及文人的命运、心态来展开,这样来理解文化、阐述文学,最典型的一篇文章是《魏晋风度及文章与药及酒之关系》。另外,鲁迅的好友许寿裳(1883—1948),曾提及鲁迅有一个撰写中国文学史的计划。他记得很清楚:第一章,"从文字到文学";第二章"思无邪",讲《诗经》的;第三章"诸子";第四章"从《离骚》到《反离骚》",那是讲汉代的;第五章,"药·酒·女·佛";第六章"廊庙和山林"。[1] 药和酒,那就是讲魏晋风度这篇文章,至于女和佛,没写成,是关于六朝文章的。用四个字来概括几百年间中国读书人的生活状态、审美趣味,以及他们的思想和文学创作,很精彩。先了解读书人的生存状态,然后才进一步阐释一时代的文学风貌,这是鲁迅先生的思路。实际

---

[1]《亡友鲁迅印象记》50—51页,人民文学出版社,1977。

上,这跟我们过去所说的知人论世,很接近。只不过鲁迅先生把这个"人",落实为一个特定的阶层,那就是"读书人"。

当然,我们都知道,读书人有各种各样的毛病,很可能不是推动历史前进的主要动力;但读书人有一个好处,他敏感,比起其他社会阶层来说,他敏感到社会变化的各种可能性。再加上,他把自己的这种敏锐的感觉,留在书本里面,保存下来了。所以,我们可以借助读书人的心态,来理解那个时代的大风大浪。几年前,王朔写文章,说鲁迅不怎么伟大,因为他连一部长篇小说都没有写出来。当时,很多人站出来反驳。我倒注意到,鲁迅曾有过三部长篇小说的写作计划,只是都没有写出来。第一部,是关于唐明皇和杨贵妃的故事。1924 年,鲁迅先生应西北大学的邀请,到西安去讲学,当时的想法是,沿途好好考察,回来后完成这部长篇小说。这个写作计划,他跟好多人说起过,郁达夫有回忆,许寿裳也谈及,都说鲁迅先生信誓旦旦,准备写这个"杨贵妃"。可到西安走了一趟,回来以后,鲁迅先生说不写了。不写了,为什么?因为,到了西安以后,发现西安的天空再也不是唐朝的天空,艺术感觉全都给破坏了。这是第一部流产的长篇小说。第二部,是关于红军长征。据说红军长征到了陕北以后,陈赓秘密到上海治伤,冯雪峰约鲁迅先生一起聊天。鲁迅谈得很高兴,表示想写一部关于红军长征的长篇小说,还请陈赓随手画了好些地图。问题在于,鲁迅没有从过军,也不了解红军到底是怎么打仗的,这个长篇小说写不出来,很正常。第三部没能完成,就有点可惜了,据冯雪峰(1903—1976)回忆,鲁迅先生说过,他要写一部长篇小说,讲四代知识分子的命运:"一代是章太炎先生他们;其次是鲁迅先生自己的一代;第三,是相当于例如瞿秋白等人的一代;最后就是现在如我们似的这类年龄的青年。"[1] 读过鲁迅小说的,大都明白,

---

[1] 《鲁迅先生计划而未完成的著作》,《鲁迅回忆录》698 页,北京出版社,1999。

他的《呐喊》和《彷徨》里,已经隐含了这个思路,即时代的变革和读书人的命运。可惜的是,这个计划最后也没有完成。但有一点,我想说,作为自觉接受马克思主义的作家,鲁迅先生的关注点是人,而且是文人,这很特别;换句话说,了解人,了解敏感的文人,了解文人的生活方式,进而理解一个时代的思想风貌乃至文化创造,这是鲁迅先生独特的思路。其实,这也是我们今天读书的一个主要目的:读书,读文人,读文人的敏感,读文人对社会历史的想象,然后,再来讨论别的问题。

说到阅读文人,以及阅读文人写的书,不能不牵涉第三个问题:两种读书策略。

四 两种读书策略

有两种不同的读书方法,或者说两种读书姿态,或高调,或低调。这里指的是观察者的立场,以及论述的视角。第一种居高临下,把古人、前人看得很笨;第二种高山仰止,把古人、前人想象得特崇高。两种各有其道理,但若就文章而言,前者气势如虹,"横扫千军如卷席";后者的好处是体贴入微,对古人或前人的心理状态有准确的把握。二者各有优长,对于今天的大学生,尤其是对于像清华大学、北京大学这样自诩为国内一流大学的学生来说,我更愿意讲两个故事给大家听。

第一个故事,是徐复观(1903—1982)如何向熊十力(1885—1968)问学。徐复观作为海外新儒家的代表人物,我相信对文史稍有兴趣的,大体上都会知道其人。抗战中,徐复观在蒋介石的侍从室工作;抗战胜利后,以少将军衔退伍,一心研究学问。1943年,他到重庆的勉仁书院去找熊十力,想向他求学。据说,第一次去,他穿了一套笔挺的军装,被熊十力骂出来了。第二次,改穿长衫去,熊十力才接待他。知道他的来意,熊十力说,好,回去读王夫之的《读通鉴论》。徐复观说,读过了;熊十力说,回去再读。

于是,回去苦读,若干天后回来,说,读过了。好,那就说说你的体会。徐复观噼里啪啦,把《读通鉴论》的若干不是之处,数落了个遍。还没等他说完,熊十力拍案而起,说,你回去吧,你这笨蛋,你这样读书,一辈子都不长进。读书首先是看它的好处,你整天挑他的毛病干什么?这样读书,你读一百部,一千部,一万部,也都没有意义。读书就像是吃东西,首先是努力消化,吸取营养,然后再来谈别的。你现在告诉我,说王夫之这个不是,那个不是,那你还读他干吗?据徐复观后来回忆,说这当头一棒是起死回生,日后就知道该怎么读书做学问了。

熊十力

徐复观

　　这个故事,徐复观自己讲的,很多人都知道。后面的这个事,才是我的发现。我注意到,徐复观1959年在台湾大学做过一个演讲,那演讲稿登在《东风》一卷六期上,题目就叫《应当如何读书》。他说,文科大学生读书其实很简单,四年间,一定要彻底读通一部有关的古典,养成良好的读书习惯,这是最关键的。别的都是假的,无所谓。我相信他说这个话的时候,是把自己早年的读书经验带进来了。尤其是,他接下来说,读书最坏的习惯,就是不努力把自己往上提升,而是整天去找人家的毛病,用自己的趣味、成见来看待古人。这个时候,很容易栽赃、诬陷,把人家拉到和自己同等的知识和道德水平。"这种由浮浅而流于狂妄的毛病,真是无药可医的。"[1] 这样读书,

[1] 《徐复观杂文补编·思想文化卷上》114—115页,台北:"中研院"中国文哲研究所筹备处,2001。

一百年、一千年也不会有好的结果。我相信,他说这个事情的时候,肯定记得十六年前在重庆与熊十力的那一场对话。

其实,不仅是徐复观、熊十力,新儒家大都主张这么读书。我记得,钱穆也说过类似意思的话:任何书,都有让人满意的地方,也都有让人不满意的地方,读书首先是采撷其所长,而不是挑剔其瑕疵。我们今天则大都反其道而行之,读书时,不屑于很好地汲取长处,而喜欢找人家的短处,何况,找出来的,还不见得真的是它的短处。[1]这种读书趣味的转变,大约是在五四新文化运动中完成的。换句话说,五四之前的读书人,大都缺乏怀疑的眼光,太相信古人了;五四以后的读书人,喜欢先挑毛病,把古人想得太笨了。过犹不及,二者都有值得我们警惕的地方,过分"高看"或"低看",都有问题。但有一点,我想略为发挥,那就是,"高看""低看"里面,很可能养成一种眼光与趣味。而这对于阅读经典,影响很大。

熊十力、徐复观所说的读透一部经典,养成眼光、趣味、能力,是经验之谈。传统中国,读书是以若干经典为中心的;现代中国的读书人,则是以通论为中心来展开阅读与欣赏。进大学,先学"文学概论""史学概论""中国文学史""中国通史"等,以通史通论为中心培养出来的这一代读书人,容易养成一个毛病,眼高手低。另外,还容易读粗了眼。如今是互联网时代,没有人愿意深耕细作,读书已经变成了翻书、查书,一目十行,很快就过去了,我们已经丧失了古人那种细心读书的习惯。所以,我引一句话,提请大家注意。据清人梁章钜称,朱熹曾批评吕祖谦人很聪明,但读书习惯不好:"看文理却不仔细,像他先读史,所以看粗了眼。"[2]请注意,朱熹的意思是,从读史入手者,以"事件"而不是"文理"为中心,容易养成"看粗了眼"的习惯。或许这么说更恰当些:读

---

[1] 参见《中国史学名著》179页。

[2] 参见《退庵随笔》卷十六。

经与读史有别，读经的缺点是眼界狭窄，好处则是读得很细，有深入的体会；读史的好处是知识广博，阅读量很大，但容易"看粗了眼"，漏过了文本之间的各种缝隙。实际上，读书时看花了眼，看粗了眼，看走了眼，不能细心体会，这正是现代人的通病。

我还想略为引申，人文学者引进了人类学、社会学、经济学等思路，使得人文学者的眼界大为开阔，这很好；但我还是有点担心，这种过于广泛的涉猎，是否会导致人文学者原本擅长的阅读、品鉴、分析能力的下降？确实，我们知道的东西越来越多了，我们的视野也很开阔，整天东拉西扯都不会露馅，这都没问题。但如果我们的文本阅读能力在下降，还有，跟这个直接关联的对人的命运、对人的精神的强烈关注在减少，那又实在可惜。我用一句话来概括：外面的世界很精彩，可是，心灵的探寻也很重要。

人文学关注的重点，本来就应该是心灵，可现在我们跟着社会科学跑，越来越关注外在的世界。回到我刚才说的萨义德，萨义德晚年写了一篇文章，题目叫《回到语文学》。他说，现在流行的读书策略有问题，从一些很粗浅的文本阅读，迅速上升到庞大的权力结构论述，他对这个趋向非常担忧。他认为，这么做，相当于"放弃所有人文主义实践的永恒的基础"。"那个基础实际上就是我所说的语文学，也就是对言词和修辞的一种详细、耐心的审查，一种终其一生的关注。"[1] 也就是说，人文学者的实践，最关键的是语文学。所谓语文学，就是对言词、对修辞的一种耐心的详细的审查，一种终其一生的关注。这是人文学的根基所在。你现在把这个根基丢了，拼命往外在的世界跑，找了很多很多材

《人文主义与民主批评》

[1] 《人文主义与民主批评》71—72页。

料，表面上很宏阔，但品味没了，这是今天人文学的困境。所以，他认为人文学的发展途径，最关键的，仍应保持对文辞的关注，这应该是人文学者的基本训练，也是其安身立命的根基。以前有句老话，"书到用时方恨少"，诸位，现在是"书到用时方恨多"。你无论做哪一个课题，比如说做鲁迅研究吧，总得先来个课题史总结吧。光是把那些已经发表的良莠不齐的东西，把它捋一遍，时间就没有了。诸位要是做莎士比亚研究，做《红楼梦》研究，在互联网上一检索，很可能就是十万条、百万条。现在的问题是，我们的文献检索能力迅速提升，书也越出越多，这个时候，不光看搜集资料的能力，更重要的是阅读、分析、阐释。也就是说，该往回收了，回到文本，回到人文学本身的一些基本训练，那才是我们安身立命的所在。

好，我想说的是，读书先不必替古人担忧。古人是不是很笨，我们先不管；我们先考虑那些聪明的，我相信，古人中是有很聪明的。读那些聪明人写的聪明的书，选择那些聪明的书里面对我有用的，用来提升我的精神境界和文化品味。至于那些笨的，我不管；天下那么多笨人，我管得过来吗？读书的话，我只取聪明的；至于将来写论文，需要上下褒贬，那是另外一回事。读书的首要目的是汲取养分，所以要养成习惯，找好的书看，搜寻好书里面值得你鉴赏、值得你追摹的地方。读好书，目的是和古人交朋友，按我们过去的说法，这就叫"尚友古人"。当然，这个"古人"是很笼统的概念，可以是20世纪的鲁迅，也可以是2500年前的孔夫子。

五　"尚友古人"的好处

《礼记》说："独学而无友，则孤陋而寡闻。"这个"友"，可以是今人，也可以是古人。跟古人交朋友，有个好处：你爱交就交，不爱交拉倒；而且，今年要好，明年生疏，也没有关系。跟今人交友，可就不一样了。你不能说咱俩今天特好，无缘无故的，明天我就跟你翻脸，那样不行，随

苦雨斋

便抛弃朋友，不是一个好习惯。我的一个师兄，他是做鲁迅研究的，几乎每篇文章里，都会出现鲁迅语录。我半开玩笑说，你能不能写没有鲁迅语录的文章？下一回他写文章，果然没提鲁迅怎么说，可出现了"有个东方哲人"，引的还是鲁迅的话。另外一个师兄，是做沈从文研究的，当年我们最怕跟他一起吃饭，因为他吃饭的时候，一定要跟你谈沈从文。后来我们干脆跟他说，你要是再提沈从文，我们就走，不吃了。他说好吧，那咱们今天就说说凤凰的事情吧。我相信，很多学人都有类似的经历，在某一个特殊阶段，全身心地投入到某一个研究对象里面，整天不断地跟这个对象对话。这状态，其实很正常，是人文学者做研究时容易达到的境界。

所谓"尚友古人"，也可以换一种说法，就是跟学者结缘。老北京有个习俗，在敦崇的《燕京岁时记》里面有记载，说四月初八，和尚们煮了豆，撒上盐，到街上请过路人吃，因为今天是佛诞日，大家吃了我的"结缘豆"，虽是萍水相逢，我们之间也都建立了某种联系。这习俗，我在中国没遇到，反倒在日本见识了，不过他们将农历四月初八，改为阳历的四月八日。周作人（1885—1967）写过一篇文章，题目就叫《结缘豆》，说他自己写文章，也是一种"结缘"，风朝雨夕，花前月下，邀古人和自己对话，达到了一种难以言传的风韵。对于学者来说，写文章是结缘；对于读者来说，读文章也是结缘。跟古人，跟今人，跟一切你喜欢——或者用周作人的话："符合自己的口味，而且比自己高明"——的人结缘。我用"结缘"这个词，而不喜欢"粉丝"之类的说法。学生们说，老师，你那"结缘"，不就是"粉丝"吗？我说不对，"粉丝"是不管人家好坏，也不问是非功过，没有任何判断力，一味狂热地追随；而结缘呢，当然会维护我喜欢的古人，但我也知道他的毛病，别人要是恶意攻击，我会为他辩护，但我不会迷信。至于为什么结缘？当然是源于喜爱，喜爱他传奇的一生，喜爱他某本不朽的著作，喜爱他某句隽永的名言，都可以。说到底，所谓结缘，更多地基于对人性的理解，不过分挑剔，不排斥情感和偏见，这么一种特殊的阅读方式，使得我们和古代，或者说和已经过去的历史，建立起一种特殊的联系。

刚才说了，十几年前，我曾写《独上高楼》，称选择文史之学，就是选择了寂寞。这自然是相对于热闹的法学、政治学、社会学、经济学这样的学科而言的。现在，我又要把话说回来：从事文史之学，天天跟古今中外第一流人才打交道，何寂寞之有？这个妙解，还以为是我的发明，可前几天读钱穆的书，突然发现，他早就说过了。他说，做学问一点都不寂寞，从周公、孔子到司马迁，一直到清代的章实斋，整天这么"尚友古人，转益多思，何寂寞之有？"[1]这么说来，做文史研究的，整天和文献打交道，是很幸福的事情。诸位知道，"文"是典籍，"献"是人事，跟古今中外的典籍以及典籍背后的人物打交道，这种状态，对于一个人文学者来说，确乎有值得夸耀之处。

当然，你可能会追问，为什么要强调书后面有人呢？那书后如果没有确凿的

钱穆

[1]《中国史学名著》264页。

"人",怎么办?是的,有些书后面,你找不到具体的人,比如说民间的说唱,或者早期的通俗小说,你是找不到作者的。即便像《金瓶梅》这样伟大的小说,作者是谁,有几十种说法,永远吵不清。在可以预见的很长一段时间里,《金瓶梅》的作者是谁,很可能一直是个谜,学术界不断有人考证,但不太可能有统一的见解。更重要的是,我们知道,自50年代起,"新批评"就特别强调"意图的谬误",反对将作者的心境和文本的效果直接对应起来,质疑作者对于文本的绝对支配权力。以后,我们越来越知道,作者、文本、读者之间,有联系,但也有很多缝隙。诸位可能读过罗兰·巴特的《作者之死》,也了解福柯的《什么是作者》,知道西方的文学批评界,不断有"杀死作者"的主张。我同意,作者不能绝对支配文本,作者、读者、文本之间有很大的张力,你把"文化语境"引进来,把"文学场"带进来,有很广阔的论述天地。但有些文体,比如散文,不管你怎么说,文本背后的那个人,虚的实的,真的假的,依旧是我们关注的中心。我在北大讲过"明清散文"的课,特别喜欢黄宗羲(1610—1695)晚年写的《思旧录》。《思旧录》最后有这么一段:"余少逢患难,故出而交游最早。其一段交情,不可磨灭者,追忆而志之。"诸位知道,他是被阉党迫害的东林党人的子弟,从小就出来,在江湖里闯荡,见识了各种各样第一流的人才,到了晚年,追忆平生,写下这一册小书。像这种文章,你当然会读出书中人物,也读出作者性情。这种文本和人生紧密相连的著述,也许是人文学者所应特别关注的。

黄宗羲

说到"文"和"人"的关系，我特别关注的是那些有学问的文人，或者有性情有文采的学者。纯粹的学者或纯粹的文人，都不是我特别欣赏的。为什么？这牵涉到一个问题，那就是现代西方教育体制进来以后，中国人原本的那种"文学兼修"的传统，大体上消失了。换句话说，传统中国的读书人，他们有的偏于学问，有的偏于诗文，但不管怎么说，在某种意义上，都是"文学兼修"的。戴震（1723—1777）是个大学者，但他古文写得很好；姚鼐（1732—1815）是桐城古文大家，但他也在努力做考据。而现在呢，有学的人无文，有文的人无学，几乎成为通例。前几年，好多人在报纸上写文章，嘲笑作家没文化，喜欢举两个例子，一个是刘心武记错了一首诗，一个是余秋雨用错了一个典。其实，这没什么了不起。大家嘲笑作家没文化，为什么没人反过来嘲笑学者不会写文章？看看今天中国有多少文学教授，其中能诗善文的，我想并不是很普遍。

学者不会写文章，文人又没有多少学问，这不是个别现象，而是现代中国学科分治以后的共同倾向。正因此，我对清末民初那些曾经十分活跃的"有学问的文人"，和那些"有情怀有文采的学者"，特别感兴趣。我今年在三联书店出的《当年游侠人》，就是谈这个问题。在我看来，自然科学家不会写文章，没有问题；社会科学家文章不漂亮，也都关系不大；唯独人文学者，如果文章写不好，绝对有问题。对于人文学者来说，对诗文有无感觉，不仅仅是技术问题，还关于修养、趣味，乃至个人风采。

六　学者是怎么成为风景的

抗日战争中，在重庆长江边，有一天，国民党的元老陈铭枢请学者熊十力吃饭，熊十力面对浩浩长江大发感慨，陈铭枢则背对长江，看着熊十力。熊十力说："干吗？这么好的风景你都不看？"陈说："你就是最好的风景。"熊十力听了非常高兴，哈哈大笑。这个故事，是熊的弟子传下来的。我想略为引申：大学校园里面，有学问，有精神，有趣味的老学者，很可能真的就是校园里面绝好的风景。可是，这些风景即将消逝。

这里有几个问题，首先是退休制度的急遽推进。我进北大的时候，我的导师王瑶先生已经70岁，我当时主要请教的几位老师，也都是七十多岁。而今天，北京大学推行的是63岁退休的制度。我曾经提过一个动议，说这样吧，干脆把人文学和自然科学分开。因为，自然科学的专家，包括院士们，60岁以后，基本不可能做什么大项目了；人文学者不一样，60岁还正当年。我建议，人文学者的退休年龄，设为70，自然科学专家则设为60。我在一次演讲中谈到，报纸上还有人引证和争论。我当然知道，做不到，为什么？因为现在中国重点大学的校长，基本上都是自然科学家。但我自认为，这个说法的确是有些道理的。不同学科的学者，达到最佳状态的时间都不一样。比如数学家，如果40岁还没有出头，那基本上就没有什么希望了；而人文学者，50岁还没有出头，问题不大，也许60、70才出大成果呢。人文学需要积累，需要慢火，就像慢火煲汤一样的，慢慢煲，味道才能出来。本来嘛，人文学和自然科学不太一样。可是有了一刀切的退休制度以后，大学校园里面就没有老教授了。整个大学校园里，所有的老师学生全都朝气蓬勃，健步如飞，那绝对不是好事情。大学校园里面，的确需要朝气蓬勃的学生和年轻教师，但还要有一些历经沧桑的、充满智慧的、身体不太好不能参加百米跑的老教授。

我记得，当年我在北大念书的时候，校园里常见老教授在散步。那个时候，朱光潜先生还在，瘦老头就这样一步一步走，大家都让开来，看着他慢慢走过去。吴组缃先生每天都坐在未名湖边的石凳上，望着湖水，在冥想，大家也不打扰他。校园里面，需要这样的风景，没有这样的风景，太可惜了。假如是"选美"的话，女孩子，大概20岁上下吧最好；但学者不一样，学者之所以耐看，是把阅历、把学问、把情感、把才华凝聚在脸上，那已经是六七十岁了，那个时候，才值得你品味、鉴赏。当然，还有一个很现实的因素，六七十岁的学者，大项目做不动，也没有必要申请国家课题经费，甚至不用吭哧吭哧写论文，这个时候指导学生，有比较好的心思和眼光。年轻教授和学生太接近了，课题接近，年龄也接近，存在着竞争关系，作为导师，我没有心思把我正在做的课题全都告诉你。其实，当伯乐，是需要有一段时空的距离的，如果我们俩正在竞争，我怎么当伯乐？所以，我想象中的大学教授，跟学生保持一定的距离，有距离才好指点，有距离才能够把真正的心得体会，比如如何少走弯路，毫无保留地告诉你。要不，会碰到这样尴尬的局面——我正在做一个课题，我的学生也在做，他来请教，我怎么办，都告诉他了，我还做不做？所以，现行的这个制度，导致师生之间不能很好地互相鉴赏。

还有一个问题，清华还好，校园比较大，教授大都住在附近；北大的很多老师住得很远，来也匆匆，去也匆匆，下课了，各奔前程，学生老师之间，没有更多的互相鉴赏的时间和空间。如何改变这种状态，我的办法是，每星期坚持跟我的研究生一起吃一顿饭。我们各自到食堂打饭，然后聚在研究室里，一边吃饭，一边聊天。专业的问题，我当然回答；生活上的，我们也聊得很开心。没有一定之规，随便聊，谈完了，没事，走人。关键是保持这么一种对话的状态，一个互相理解的时间和空间。但因为客观环境的限制，很多人连这个也做不到。作为教授，只管上课，改作业，给分数，不涉及别的任何问题，有点可惜。

说到教授和学生之间的关系，大学校园里面，师生之间最好能互相观摩，互相鉴赏。为了说明这一点，即好学者可以成为大学校园里绝妙的风景，我想讲三个故事。第一个是黄侃 (1886—1935)。黄侃原是北大的教授，后来到武汉、南京教书，他教小学训诂，也教《文心雕龙》等。在北大校园里面，流传许多关于黄侃的故事，大部分是他如何"骂人"。据说，他讲课时，三分之二的时间是在骂人，剩下三分之一，讲的是真学问。因为他学问好，学生们不反感，前面权当休息，后面用心听，这样就行了。关于黄侃先生，无论在北大，在武大，还是在中央大学，都在讲这个人如何性格狂狷，风流倜傥。春秋佳节，黄侃带学生出去踏青、游山、喝酒、吟诗，诸如此类的故事很多。但有趣的是,这个为人狂狷的黄侃先生,做学问时又特别拘谨,学生拜他为师,他先丢给你白文本《十三经》,自己点,读通了,再说别的。必须是肯下这个笨功夫的,才有可能成为他的学生。章太炎先生(1869—1936)说,"学者虽聪慧绝人,其始必以愚自处"(《菿汉闲话》),举的例子,就是黄侃。做学问的人,一开始必须觉得自己很笨很笨,肯下死功夫,这样才可能出成绩。太聪明的人,反而不适合做学问,为什么?因为不肯下死功夫,老想

黄侃

走捷径。只有既聪慧又以笨人自居的人,才能做好学问;那些脸上写满"聪慧"两个字的,其实是做不了大学问的。这是经验之谈。黄侃先生在指导学生时,再三说:"汉学之所以可畏者,在不放松一字";"凡研究学问,阙助则支离,好奇则失正,所谓扎硬寨,打死仗,乃其正途。"(《蕲春黄氏文存·黄先生语录》)都说黄侃是"名士派头",可他做学问又那么严谨,严谨到不轻易著书,以至章太炎先生感慨:有的人写文章太随便,黄侃又太拘泥了。黄侃先生自称,50岁以后著书;可50岁那一年,他不幸去世了。所以,他留下来的著述,大部分是后人替他整理的。"谨重"和"放荡",这两者在黄侃先生那里,有如此奇妙的组合。念文学系的,肯定会记得,梁简文帝有一个说法:"立身之道与文章异,立身先须谨重,文章且须放荡。"也就是说,做人要谨重,写文章可以放荡,这是梁简文帝说的,念过"中国文学批评史"课程的人,都会知道。但对于学者来说,这个话似乎应该倒过来,怎么说?"立身

不妨放荡,文章且须谨重。"当然,这个"放荡"指的是不受外在规范的拘束,随心所欲地生活,就像黄侃先生那样。不知道的人,会觉得但凡学者都是很古板很拘谨,但我知道,很多学者内心世界很丰富,包括情感的表达等等,都有很特殊之处。整天面对古书,但生活仍然很有趣,这样的学者多得是,比如像黄侃先生,就是这样一个典型。这是我想描述的第一道风景。

第二道风景,我想讲刘师培(1884—1919)。其实,从我开始读研究生时,就不断地关注刘师培,可一直不敢写关于他的文章,因为他的学问太广博了。一个只活了36岁的人,竟写了那么多著作,实在让我很佩服。但是,令我困惑不解的是,刘师培一辈子政治上为什么老是摔跤。读现代文学的人都知道,新文化运动起来,他组织《国故》月刊与之对抗;这不算什么,只是表达不同的政治立场而已,你爱讲新文化也行,爱讲旧文化也行,这都不成问题。可往前推,袁世凯称帝的时候,他是"筹安会六君子",后来被通缉,这个大家会严厉批评。更严重的问题是,1907年,当时在日本提倡无政府主义的刘师培,回到南京,向两江总督端方献计,如何来抓革命党。而且,还真的带人去上海抓革命党人陶成章,只是晚了一步,没有捉到。在晚清,有各种思想潮流,无政府主义思潮无疑是最最激进的。可你没想到,一个无政府主义思潮的积极提倡者,回到国内,竟摇身一变,当了密探。所以,鲁迅先生很不屑地说,刘师培哪里是研究《文心雕龙》的,他那应该叫"侦心探龙"。对于刘师培来说,别的好解释,当密探这顶帽子,怎么解也解不开。连弟子们都没有办法替他辩护,只能说他上了"小人"的当。很多人都说是因为他老婆不好,把刘师培落水的责任推到何震那里,这有点太不公平。让我感到困惑的是,一个那么聪明的人,刘家可是四代传经呀,四代学问集于一身,而且正在提倡革命,提倡最最时髦的无政府主义,怎么会突然间变成一个密探?这我实在不能接受。后来读到一篇文章,我恍然大悟。那篇文章1904年发表在《中国白话报》上,题目叫《论激烈的好处》,署名"激烈派第一人"。激烈派第一人,你可以想象,那是刘师培的自我期待。但是,真正的激烈派,很可能是永远的反对派,而刘师培不是这样。他之所以看好"激烈",不是守护精神之火,也不是坚持自己的信仰,而是将其视为一种论述策略。也就是说,他所标举的,是一种策略上的"激烈"。刘师培说,写文章做事情,有个诀窍,那就是无论如何,把它做到顶点,做到极端,就会有效果。很多人不懂这个,守着"中庸之道",说话老是"一方面……","另一方面……",而

刘师培

不愿走极端,这样的话,没人听你的。必须记得,无论说话做事,就是要走极端。我突然间明白了,为了追求效果,而不惜把事情做到顶点,把话说到极端,这正是刘师培不断翻跟头的原因。需要讲革命的时候,他走到了无政府,这是极端;反过来,也不必调整,一下子又给清廷当密探,这又是走到了极端。辛亥革命成功,刘很不得意,袁世凯称帝,他又赌了一把,又输了。你会发现,每回他从左到右,从东到西,都没有什么过渡,而是直接走到顶点。这个思路,强调的是效果,而不是内心的真实感受,更不是什么思想信仰。为了效果而不惜采取非常激烈的行为,这个思路,误了一代才子刘师培。大家都说,中国人很顽固,很保守,我发现,不是这样的,中国人没有或者说很少真正保守的。中国人一点都不顽固,大势所趋,"咸与维新",这才是绝大部分中国人的选择。回过头来,你看,在某一个特定的历史时刻,不管立场如何,能够挺得住,站得稳,不随大流的,极少极少。笨的人随大流,聪明的人又太看重"效果",因而极少真正的"顽固"和"保守"。也正是这,导致了我们的"风水"老是轮流转。连大学者都不

金克木

见得真的洞察世情,都因为"内心燥热",为了某种现实利益,而守不住自己的立场,那实在有点可怕。

第三道我想评说的风景,是金克木(1912—2000)。2000年去世的金克木先生,原是北大东语系的教授。东语系当时有两个名气都很大的教授,一个是季羡林先生,一个就是金克木先生,可两个人的学术路径绝然不同。季先生是在德国哥廷根大学接受正规的学术训练,从大学到研究院,毕业回来后就一直做研究,是真正的学院派。虽然季先生日后也写大量的散文,可做学问无疑更为拿手。季先生现在还住在301医院里面,一边养病,一边写作,我们祝愿他健康长寿。季先生的学问很好,一看就是科班出身的,或者说是"正统派";而金克木先生不是这样,他是我们所说的"自学成才"。他年轻时在北大待过,但不是北大的学生,他是在北大"偷听"。据他在回忆录中说,他当年听法语课,学得比正式的学生还好,所以老师很高兴。更不同凡响的是,他在北大图书馆当馆员,了解北大里面有哪些教授是最厉害的,他们来借书,他就抄下书单,等他们把书还了,他就跟着读。他说,这几个教授,有学问,有眼光,借书不会乱借,他们读什么,我就跟着读,读得懂读,读不懂也读。几年下来,金先生也成为一个眼界颇高的"学者"。当然,日后他到印度去游历,跟和尚念书,回来以后到武大、到北大教书,走的是学问的路;但总体上说,他是自学成才的。他出版过《梵语文学史》《印度文化论集》等专业著作,但始终有一种躁动,就是想挣脱学院的这种框架。他和季先生不太一样,季先生在大学体制里面如鱼得水,而金先生则对大学体制总是冷嘲热讽,虽身在其中,但不太以为然。一个偶然的因素,使得晚年的金克木先生突然间大放异彩,那就是1979年《读书》杂志创刊,请他写文章。刚才说了，金先生是自学成才，这样的人，一般不守学科边界，他不管你是天文学（金克木先生真的对天文学特别有兴趣），还是文学、史学、地理学什么的，他都敢说，这就是"乱读书"的好处了。金先生兴趣特别广泛，他也写著作，也当教授，但始终对"杂学"更感兴趣。到了晚年，突然间碰见了《读书》杂志，这很适合他。他就擅长写那种有学问，但又不太学术的文章，以便把自己的人生感悟、阅历以及学问和趣味全都凝聚在一起。对于《散文》来说，他太学术了；对于《北大学报》来说，他又太不学术了，而这，恰好符合《读书》的需要。所以，如果说八九十年代，谁最能够代表《读书》杂志特殊的文体，我以为那就是金克木。金先生刚刚去世时，我准备写纪念文章，检索了一下"《读书》杂志二十年"光盘，发现金克木先生发表文章101篇，比冯亦代先生少11篇，虽然冯先生写的是介绍西方文化的短文，不像金先生文章那样有原创性，但感觉上还是有点遗憾。但后来我想，不对，金克木还有个笔名叫辛竹，我把辛竹的二十几篇加进去，这样，《读书》二十年的"第一作者"，非金克木莫属。更重要的是，金先生那种博学深思，有"专家之学"作底的"杂家"，以及那种活蹦乱跳、"不伦不类的文章"，代表了八九十年代《读书》杂志的风格，也代表了我想象中的"文"和"学"二者兼得的追求。

最后，还是回到"人"的问题。我想象中的人文学，必须是学问中有"人"——喜怒哀乐，感慨情怀，以及特定时刻的个人心境等，都制约着我们对课题的选择以及研究的推进。做学问，不仅仅是一种技术活儿。假如将"学问"做成了熟练的"技术活儿"，没有个人情怀在里面，对于人文学者来说，是一个很大的悲哀。所以，我首先想说的是，学问中有人，有喜怒哀乐，有情怀，有心境。

第二个，我想说，学问中不仅有"人"，学问中还要有"文"。超越学科的边界，更重要的是，超越文章与学问之间的鸿沟。别的我不敢说，对于人文学者来说，这点很重要。博士生入学考试，我会要求他们临场写个小东西，不要求文采飞扬，但也不能干巴巴，甚至病句连篇。胡适说过，清代学者崔述读书，先从韩柳文入手，最后成为大学者。钱穆是个历史学家，但他早年也曾经花了很大功夫学习韩愈的文章。有早年的文章功夫做底，对历史资料的解读，会别有洞天，更不要说对自己文章的刻意经营。

第三个，学问中要有精神，有趣味。任何学问，都不应该被做成枯燥无味的练习题，人文学尤其如此。强调这些，是因为在专业化大潮下，很多人被自己那个强大的专业知识给压垮了，学问越做越没趣。

好，就这些，谢谢大家！

2007 年 3 月 12 日据记录稿整理成文

（初刊《现代中国》第九辑，北京大学出版社，2007 年 7 月）

国际视野与本土情怀[1]
——如何与汉学家对话

一 走向国际，并不等于迈向一流

生活在全球化时代，要想完全拒绝"国际交流"，也很不容易。从政治话题到生活方式，从文化娱乐到学术表达，当今中国，谁都无法"闭关自守"。这不，暑假到了，北大校园里依旧熙熙攘攘，众多国际会议你方唱罢我登场，各路英雄豪杰你登坛来我说法，至于前来参加各种暑期学校（短训班）的国内外学生，更是如过江之鲫。北大的学生呢，同样行走天涯，四处求学问道。我指导的研究生中，今年暑假，一个到剑桥大学参加有关布卢姆斯伯里团体的讲习班，一个去哈佛大学燕京图书馆查阅女性文学研究资料。而且，都是自己出钱的。这可真是天翻地覆的变化。想想我第一次持护照出国参加国际会议，是在博士毕业两年之后。我们那代人，第一次出国时，大都有强烈的"文化震撼"；而如今的青年学生，经由电影、电视、互联网的多年熏陶，对于欧美及日本、

---

[1] 此乃作者2011年8月27日在韩国仁川大学主办的第十三届韩中文化论坛"中国学：内外视角的交叉与沟通"上的主旨演说。

韩国的城市风貌等,早就了然于心。对于他/她们来说,出国旅游、开会、进修、念学位,仍然会有新鲜感,但已经不是什么了不起的事了。国际形势的变化,文化潮流的转移,加上个人经济实力的提升,对于新一代学者来说,具备某种意义上的"国际视野",已经并非难事。

我曾经谈及改革开放以后,中国人开始热情拥抱整个人类的科技创新与文化成果,或者说直面整个西方世界——"大量域外思想、文化、学术著作的译介与出版,构成了最近三十年中国文化建设的主要特征"[1]。以"阅读"为例,从当初的自成一体,到如今的取消隔绝与隔膜,基本上"跟世界思潮同步",这个变化实在太大了。三十年的文化变迁,值得夸耀,也需要反省,其中的关键点,在于是否具备"国际视野",以及如何"与国际接轨"。而这,取决于你所处的位置,以及你所从事的专业。

2000 年 6 月,我第一次来韩国,参加全南大学主办的"全球化背景下的人文研究"国际研讨会,发表《数码时代的人文精神》,谈及互联网(Internet)必将改变 21 世纪人类的生存方式、精神风貌以及治学方法时,我断言"网络在中国的普及,极有可能打破凝定的以北京为中心向外辐射的学术/文化格局"。因为,作为个体的学者,"无论身处何地,均可借助互联网,获得与北京学者几乎同样多的信息,并在同一起跑线上竞走"。[2]现在看来,这个预言太乐观了。两个月前,我随北大代表团去拉萨,商谈如何在学术上"对口支援"西藏大学。互联网早就接通,各种先进设备也已经有了,可就是缺少那种"面对面"的"国际交流"。各专业情况不一,建设"异地而能同窗"的"世界课堂",理科、工科、医科乃至社会科学,都比人文学要容易得多——最难的是本国(本民族)语言文学

---

[1] 参见《北京大学中文系教授陈平原讲述"30 年文化之变":经过了 30 年,我们与世界思潮同步》(王爱军、高明勇报道),《新京报》2008 年 12 月 13 日。

[2] 陈平原:《数码时代的人文研究》,《学术界》2000 年 5 期。

教育。因其不仅是翻译问题,还涉及政治立场、文化趣味以及学术标准。

不同学科的国际化,步调很不一致。自然科学全世界评价标准接近,学者们都在追求诺贝尔物理学奖、化学奖;社会科学次一等,但学术趣味、理论模型以及研究方法等,也都比较容易接轨。最麻烦的是人文学,各有自己的一套,所有的论述都跟自家的历史文化传统,甚至"一方水土"有密切的联系,很难截然割舍。人文学里面的文学专业,因对各自所使用的"语言"有很深的依赖性,应该是最难"接轨"的了。文学研究者的"不接轨""有隔阂",不一定就是我们的问题。非要向美国大学看齐,用人家的语言及评价标准来规范自家行为,即便经过一番励精图治,收获若干掌声,也得扪心自问:我们是否过于委曲求全,乃至丧失了自家立场与根基。

面对铺天盖地且绝对"政治正确"的国际化论述,我倒想泼一泼冷水——"走向国际",并不一定就是"迈向一流"。二者之间,确实有某种联系,但绝非同步,有时甚至是风马牛不相及。今日中国大学,正亦步亦趋地复制美国大学的模样。举个例子,几乎所有中国大学都在奖励用英文发表论文,理科迷信 SCI,文科推崇 SSCI 或 A&HCI;聘教授时,格外看好欧美名牌大学出身的;至于教育行政官员,更是唯哈佛、耶鲁等马首是瞻。在我看来,改革开放三十年,若讲独立性与自信心,中国学界不但没有进步,还在倒退。[1] 落实在日常生活中,便是对海外汉学家(中国学研究者)的过度推崇。

无论国家还是个人,"虚心好学"从来都是美德;但如此饥不择食地获取"国际视野",不是特别必要。放眼世界,很少像中国人这样极度关注国外的"中国学研究"的。很难想象英国人、法国人、德国人会大量译

---

[1] 陈平原:《既有国际视野,也讲本土情怀》,《新京报》2011 年 4 月 23 日(清华百年纪念特刊[陆]人文日新),《人民日报》2011 年 6 月 13 日转载时,改题《走向国际,不代表迈向一流》。

介并刊行中国人研究莎士比亚、卢梭或歌德的著作。而在中国,这很正常——稍微像样点的谈论中国的英文(不是法文、德文、俄文、日文、韩文、西班牙文)著作,都很可能有中文译本。最近二十年,译介国外(尤其是北美)中国研究著作成为热门,各种丛书、工具书、资料集、研究专著层出不穷,好多大学成立了专门的研究所(中心),而北京大学、南开大学、复旦大学、华东师范大学、北京外国语大学、北京师范大学、浙江大学、福建师范大学等,更是开始培养"海外中国学"研究方向的博士生和硕士生。

当下中国的学术会议,没有几个"洋面孔",似乎就不够"国际化"——因而也就不够"高规格"了。其中规格最高、最为壮观的,当属财大气粗的"北京论坛"与"上海论坛"。前者以"文明的和谐与共同繁荣"为总主题,北京大学主办,韩国高等教育财团赞助,创办于2004年,每年一次,已连续举办了七届(今年11月将举办第八届)。据论坛组织者称:迄今已有来自世界70个国家和地区的2700多位名流政要和知名学者参加了这一学术盛会。与"北京论坛"遥相呼应的"上海论坛",其总主题是"经济全球化与亚洲的选择",复旦大学主办,同样得到韩国高等教育财团的资助,2005年创办,也是每年一次。这两个论坛邀请的嘉宾,研究中国问题的专家,大概占三分之二。还有专门邀请海外汉学家或中国学家的,那就是国务院新闻办与上海市政府组织的"世界中国学论坛"(2004年创办,两年一届)、国家汉办和中国人民大学合办的"世界汉学大会"(也是两年一届,2007年创办)。这还不算各大学主办的专题性质的国际会议……这就难怪,欧美大学中稍微知名点的中国学家,每年络绎不绝地前来中国"传经送宝"。其中有准备充分、态度诚恳,给予中国学界很大帮助的;但更多的是行礼如仪,于觥筹交错中互致问候。而中国学界如此看重"国际化",在展现"大国风范"的同时,似乎也掩盖了另一种隐忧——那就是学术上的不自信。

1997年春,在一个讨论如何与"海外汉学"对话的国际会议上,我谈及:如果说,改革开放以来,我们的主要任务是尽可能地打开大门,迎接八面来风;21世纪的中国学界,可能会更多考虑如何自立门户、自坚其说。

海外中国学依然是重要的思想及学术资源,只是流通方式很可能变为"双向选择"。出而参与世界事业的中国人,很可能在"如何解释中国"上,与海外中国学家意见相左,乃至正面冲突。最佳状态是:借助各种对话以及合作研究,彼此沟通思路,争取各自走向成熟。[1]

要不要"国际化",这已经不是问题了;难处在于如何在全球化大潮中站稳自家脚跟。作为一个主要从事现代中国文学史／教育史／学术史研究的人文学者,我追求的是"国际视野与本土情怀"的合一。而这一立场的获得,是在与各国汉学家长期对话中逐渐形成的。以下的论述,更多基于一己之经历与心得,然后再略为推演开去。

二 "传媒时代"如何"学术交流"

在大众传媒无远弗届、无孔不入的时代,如何进行有效的"学术交流"?那些广为传播、无人不晓的"大会",很可能并不重要;反过来,对中国学界或某个专业领域影响十分深远的"对话",则很可能被政府及公众忽略。费那么大力气组织国际会议,当然不希望锦衣夜行;可一旦大众传媒介入,又很容易被扭曲了方向。上报纸电视,还是不上报纸电视,对于当下中国学者来说,是个很难取舍的问题。需要调整心态的,不只是会议组织者,还包括论文发表者——你想默默耕耘,还是希望成为学术明星?假如是后者,你就必须按大众传媒的口味组织自己的发言。

《中华读书报》曾开列"2007年度文化热点",其中包含"陈平原质疑顾彬:学术

---

[1] 陈平原:《中国学家的小说史研究》,初刊《清华汉学研究》第三辑(清华大学出版社,2000),收入陈平原《学者的人间情怀——跨世纪的文化选择》,北京:三联书店,2007。

讨论还是哗众取宠?"记者陈香对此"热点"的描述是：

> 去岁年末，德国汉学家顾彬在接受"德国之声"电台采访时聊起了中国当代文学，很快这段近3000字的访谈漂洋过海来到中国，却只剩"中国当代文学是垃圾"一语，引起轩然大波，尽管事后证明此语为媒体断章取义，但顾彬对中国当代文学评价不高却可见一端；3月26日，世界汉学大会"汉学视野下的20世纪中国文学"圆桌会议上，顾彬终于有机会当面表达观点，他以酒作比："中国现代文学是'五粮液'，中国当代文学是'二锅头'。"
>
> 顾彬认为，问题出在"酿酒"的作家身上，论据则有些特别——优秀的作家首先应该是翻译家。他推崇中国现代作家精通多国语言的翻译家视野，提出，如果一个作家只掌握母语，就不能从外部来看本国语言有什么特色，也就根本算不上作家。"基本上现在的中国作家都是业余的。"在顾彬看来，同样"业余"的还有对待文学的态度，"好多中国作家是蜉蝣。一个中国作家写小说，一到三个月内，可以写完一部"。对之，北京大学中文系教授陈平原当场批评顾彬言论偏颇狭隘，对顾彬"谈中国文学，不谈体制，不谈文学场，最后只归结到外语水平"表示异议，认为不能将作家和翻译家划上等号，并表示顾彬"这样的全称判断，已经不是一个学者在学术会议上讨论问题的姿态，有点哗众取宠"。
>
> 诸多媒体报道后，一批学者、作家卷入争论余波，而顾、陈二人之争也再次将中国当代文学引入了公众视野。……[1]

所谓"顾陈之争"基本上不成立，因为，除了圆桌会议上的发言，我没再对此发

---

[1] 陈香：《2007年度文化热点》，《中华读书报》2007年12月12日。

表意见。这确实不是个人恩怨[1]，而是缘于各自迥然不同的学术风格及问题意识。我与德国波恩大学汉学系教授、系主任顾彬(Wolfgang Kubin)的最大差异，不是如何评价中国当代文学，而是怎样进行学术交流。

  号称广邀国外顶级学者共襄盛举的"世界汉学大会"，其"汉学视野下的20世纪中国文学圆桌会"特意安排在晚上，除与会专家学者外，允许新闻记者旁听。按照惯例，"外来的和尚"先念经。顾彬教授讲述其心路历程——提出"中国当代文学是垃圾"后，不太敢来中国，担心受攻击；没想到那天在上海入境，当即有人冲上来，说你讲得太好了，中国当代文学就是垃圾。于是大受鼓舞，决定在汉学大会上发挥其"五粮液"与"二锅头"理论。说实话，我原本准备接受顾彬教授的解释，然后转入本次圆桌会的主题——因为，"中国当代文学是垃圾"这样的表述方式，更像是大众传媒的"捕风捉影""无事生非"，而不太像出自德国教授之口。可现在，紧接着掌声不断的"二锅头"高论，轮到我登场，不得不撇开论题，略作辨析。查阅互联网上的"汉学视野下的20世纪中国文学圆桌会"现场速记，我当时除了谈及中国当代文学，更重要的是分辨"发言姿态"——面对学界与面对媒体的差异。一个学者，在国际会议上发言，不该越过前排的同行，而向后排的记者喊话。不管是"垃圾说"，还是"二锅头"，都很有轰动效应，但不是学术语言。用"垃圾"或"二锅头"来评价中国当代文学，这样的"发言姿态"，更像媒体人，而非严谨的学者。在国外学界，即便是大牌教授，也没有权利如此明显"违规""越界"。我说我很不高兴，因为"顾彬教授有点哗众取宠"。

---

[1] 刘若南：《顾彬：我希望我是错的》(《南风窗》2007年4月B)："顾：国内有两个人，我用他们的资料用得比较多，一个是上海复旦大学的陈思和，他的中国当代文学史写得很好，一个是陈平原，我用他的现代文学史特别多，他也写得不错，基本上不错。如果没有他们两个人的文学史研究的话，我也可能没法写我的20世纪中国文学史，因为他们客观，有很多很多资料，等等。《南》：但是陈平原就反对你的很多观点。顾：无所谓。君子不怨。"作为北京大学中文系主任，我赞成邀请顾彬来北大演讲。

对于顾彬的"高论",中国学界有人批评,有人赞赏——大体上是专业研究者批评,行外的人赞赏。[1] 其实,我更关注媒体的报道,以及此事的后续效应。几乎所有关于这次会议的报道,都围绕"二锅头"做文章;而我则因当场"奋起反击",而被激赏或讥讽。"看热闹"的人群中,真正关心中国当代文学的很少,绝大部分读者感兴趣的是中外学者如何"吵架"。引几篇关于此事的报道,看看"文化热点"是如何形成的。

先看《新京报》的报道:

> 昨天,在接受本报记者采访时,陈平原解释了自己在汉学大会上批评德国波恩大学教授顾彬的动机。"顾彬对当代中国文学的批评不是一个学者对中国当代文学进行研究分析之后做出的学术判断,而是一种大而化之的、凭感觉说出来的话。因此,中国作家也没有必要太在意。"陈平原称,一个真正的汉学家决不会这样说。当顾彬说自己也写小说、写诗的时候,"我表示,如果你是作为一个作家这么发言的话,我可以理解。"陈平原称,没有收集大量材料,没有仔细研究、分析,"顾彬所采用的发言方式是媒体所乐意见到的,这件事情从一开始到现在就是娱乐化的。"[2]

关于此事很可能被"娱乐化"的判断,不幸而言中。紧接着的是《中国教育报》的报道,题目很耸人听闻——《中国当代文学

---

[1] 蔡翔《谁的"世界",谁的"世界文学"——与德国汉学家顾彬先生商榷》一文,批评顾彬观点中暗含着西方中心主义立场(《文汇报》2007年4月22日)。另外,《中国图书评论》2007年第3期发表李大卫《顾彬、鲁迅和我们的世界文学想象》、郜元宝《中国作家的"外语"和"母语"》、洪治纲《傲慢、奴性及其他》三文,也都对顾彬持批评态度。支持顾彬意见的清华大学哲学系教授肖鹰,在《中国学者的"大国小民"心态》(《新京报》2007年4月3日)中反批评:"陈平原过敏地用民族文化对立的眼光来看待顾彬的讲话,实在是因为他完全被一种'大国小民'的心态支配着。"

[2] 张弘:《"顾彬只是中国文学旅游者"》,《新京报》2007年3月30日。相关报道还有《基本上中国作家是业余的"》(《南方都市报》2007年3月28日)、《顾彬"再轰"中国当代文学 世界汉学大会为此"炸开了锅"》(《中华读书报》2007年3月28日),内容大同小异。

只是"二锅头"?》:

> 德国作家、诗人、汉学家、波恩大学教授顾彬在世界汉学大会"汉学视野下的20世纪中国文学"圆桌会议上提出,"中国当代文学是'二锅头',中国现代文学是'五粮液'",一时成为讨论焦点,并遮蔽了很多人的光芒。[1]

如此文章开篇,大有深意:首先,顾彬的主要身份是德国作家而非汉学家;其次,会议讨论的焦点是"二锅头";第三,面对如此精彩发言,其他学者全都黯然失色。再接着,就是《中国青年报》的报道:

> 北京大学中文系教授陈平原首先对"谈中国文学,不谈体制,不谈文学场,最后只归结到外语水平"表示不满。他以不会外语但文学造诣深厚的沈从文为例提出:"个性化的作家可能有人外语好,有人外语不好,因此只能拿他的作品来评判。"对于顾彬肯定现代中国文学,否定当代中国文学的提法,陈平原不客气地表示:"这样的全称判断,已经不是一个学者在学术会议上讨论问题的姿态,有点哗众取宠。"

此报道引入在场的另一位汉学家的视角,可谓一语中的:

> "老顾,我觉得您在玩儿游戏。"荷兰莱顿大学汉学研究院中文系教授柯雷用一口纯正的普通话说,"一个非常深刻的话题已被你控制了。20世纪的中国文学有很多有意思的话题,我建议我们不要继续讲这些可笑的话。"[1]

---

[1] 杨桂青:《中国当代文学只是"二锅头"?》,《中国教育报》2007年4月1日。

[2] 蒋昕捷:《中国文学需要多少个"顾彬"?》,《中国青年报》2007年4月2日。

柯雷（Maghiel van Crevel）的提醒特别值得关注，因他道出了顾彬的论述策略，以及严肃学者的尴尬处境。只要你进入大众传媒，"非常深刻的话题"根本不敌"可笑的话"。这也是我事后绝口不谈"二锅头"的缘故——任何回应，都会被媒体往"娱乐化"方向引导、解读。结论必定是：双方各打五十大板，有利有弊，无是无非。于是，"看热闹"的大呼过瘾，"唱怪论"的收获名声。[1]

这就是我们热切盼望的"国际交流"，或者汉学家对于中国学术的贡献吗？我很怀疑。从什么时候起，海外汉学家到中国的大学里演讲，不再小心翼翼，而可以如此"放言无忌"？记得上世纪 80 年代初京都大学荣誉教授小川环树（1910—1993）来北大演讲，选择的题目是《敕勒之歌——它的原来的语言与在文学史上的意义》。[2] 北齐时代斛律金（488—567）咏唱的《敕勒歌》，为明清以来的古诗选集所必录，面对这首原本是用少数民族语言唱咏、如今读到的只是汉文译本的名作，小川先生讨论其原来的语言，以及如何演进……选择这样考据性质的、中国学者极少涉及的题目，据说是担心自己学识不够，怕被中国学者嘲笑。随着中外学术交流的日渐频繁，双方都不再有神秘感——很多汉学家常来常往，在中国大学里演讲，不再紧张，也不再认真准备（中国学者外出访问，也有这个问题）。因为，讲好讲不好，都能博得无数礼貌性质的掌声。

二三十年前，中外学者交流少，见面难，一旦有机会，都渴望了解对方。于是，努力表白自己，倾听对方，寻求共同研究的基础，在一系列诚恳且深入的"对话"中，互相获

---

[1] 接下来的这几年，顾彬教授理所当然成为中国读者最为熟悉的汉学家，频繁地在中国各地出书、演讲，影响也越来越大。不能说顾彬教授抛出"垃圾说"是为自家新书登场造舆论，但此等"怪论"确实让中国读者很快记住了这位"勇敢"的德国教授。

[2] 20 世纪日本享有盛誉的汉学家小川环树，1933—1936 年就读于北京大学中文系，曾任日本中国学会理事长、日本学士院会员。此次演讲稿，由严绍璗、中岛碧协助译成中文。参见小川环树：《敕勒之歌——它的原来的语言与在文学史上的意义》，《北京大学学报》1982 年 1 期。

益,且成为长期的朋友。[1] 现在国际会议多如牛毛,学者们很容易见面,反而难得有推心置腹的对话。不是就文章论文章,就是为友谊干杯,不太在意对方论文之外的"人生"。至于只看重对方的身份、头衔、象征资本等,那就更是等而下之了。

不是说中外学者间没有严肃的对话,而是那些深入细致的思考,被甚嚣尘上的"好玩的话"给遮蔽了。就以那次世界汉学大会为例,《南方周末》做了四个专版,刊发关于瑞典汉学家罗多弼(Torbjorn Loden)、美国汉学家宇文所安(Stephen Owen)、中国学者严绍璗的三篇专访,以及我的文章《视野·心态·精神——如何与汉学家对话》[2],应该说都很有分量。只是在刊发我的文章的版面,穿插顾彬照片且有如下说明文字——"汉学大会上,德国汉学家顾彬再次'放炮',被荷兰莱顿大学柯雷指为'玩儿游戏'",以致不少读者误以为我的文章是针对顾彬而写的。我这篇事先提交给世界汉学大会的论文,主要讨论三个话题:第一,"汉学家"并不等于"国际学界";相反,所有的汉学家,都有与其本国学术对话的欲望与责任;第二,与汉学家对话时,应保持平和的心态;第三,所谓的学术交流,应尽量从数据、技术层面,逐渐扩大到理论、精神层面。台北"中研院"中国文哲研究所认定此文"不仅对于中国学界应如何与汉学家展开对话有深刻的见解,其本身即是我们建构汉学对话平台的绝佳引言者",于是邀请美国耶鲁大学孙康宜教授、日本京都大学平田昌司教授、香港科技大学陈国球教授、台湾"中央大学"康来新教授,共同参与对话。[3] 大家都意识到,在国际交流日渐频繁

---

[1] 比如,我认识中岛碧教授十多年,一直保持着相当密切的联系。但说实在话,真正的深入交談,有赖于1992年9月的湘西之行。参见陈平原《共同研究是否可能——重读中岛碧先生信有感》,《中华读书报》2001年5月16日。

[2] 参见2007年4月5日《南方周末》上《"读〈左传〉不如读〈红旗〉"?——专访罗多弼》、《"如果美国人懂一点唐诗……"——专访宇文所安》、《与日本神话发生中国关系——严绍璗访谈》以及《视野·心态·精神——如何与汉学家对话》。

[3] 参见《中国文哲研究通讯》第十七卷第四期(2007年12月)王瑷玲为"二十一世纪的汉学对话"专辑撰写的"导言",以及陈平原、孙康宜、平田昌司、陈国球、康来新五文(85—117页)。

的今日，如何与海外汉学家展开卓有成效的"对话"，是个"真问题"；可此类认真、深入的思考，只能局限于学界内部。

在学术共同体没有真正建立的中国，学者的声誉很大程度受制于大众传媒；而媒体需要的不是高深的专著，而是各种充满娱乐精神的"怪论"。倘若你长期正襟危坐，不愿意"配合演出"，很容易被媒体冷落乃至遗忘。我之所以在意"二锅头"事件，就因为顾彬教授的高论及其后续效应，凸显了现代中国学者的两难处境。

三　研究背后应该有情怀

跟别的收录海外汉学家著作的丛书不同，我为北京大学出版社主持"文学史研究丛书"，将中外学者著作放在一起，进行平等对话。几年前，因连续刊行伊藤虎丸（1927—2003）、丸山昇（1931—2006）、木山英雄（1934—　）三位日本学者的著作[1]，引起媒体的关注。在回答《国际先驱导报》记者提问时，我说了一句：他们的研究背后有情怀。

通常所说的"海外中国学界"，其实差别很大。曾经引领风骚的欧洲汉学界，现在仍有很好的学者，但影响力明显下降。这就难怪，进入中国人视野的，主要是美国和日本的中国学。一般情况下，谈论中国，涉及"古典文学"时，我们更关注日本学界的意见；至于研究"现代文学"，则美国学者的著述更为人称道。其实，这一判断不太准确。由于地缘政治、文字渊源、汉学修养等，日本的中国学家，大都对中华文化有较多的理解与同情。日本研究中国现

[1] 伊藤虎丸著、张猛等译：《鲁迅、创造社与日本文学》，北京大学出版社，1995/2005；丸山昇著、王俊文译：《鲁迅·革命·历史》，北京大学出版社，2005；木山英雄著、赵京华译：《文学复古与文学革命》，北京大学出版社，2004。

《鲁迅、创造社与日本文学》　《鲁迅·革命·历史》　《文学复古与文学革命》

代文学的，大都从鲁迅入手，而且对左翼多有好感，这点与欧美学界有很大不同。这里有文学趣味的差异，有意识形态的隔阂，也与是否追求理解、体贴对象（具体历史情境下中国作家的挣扎与追求）有关。当然，过于认同研究对象，也会有问题；但这个弊病，目前不是主流。

　　日本人研究中国文学，有很长很长的历史。但要说关注现代中国文学，则只能从上世纪30年代说起。1934年底，当时的年轻学者竹内好、增田涉、松枝茂夫、武田泰淳等，组成了"中国文学研究会"，第二年春天，刊行了《中国文学月报》，开始有系统地介绍、评说以鲁迅为中心的中国现代文学。将着眼点从"古典中国"向"现代中国"转移，不仅仅是研究领域的扩大，也包含着文化趣味以及思想立场的选择——这些年轻学者，多少都与马克思主义有过接触，希望通过研究现代中国，寻求自身思想和文学的立足点。这应该是日本第一代研究中国现代文学的学者。至于丸山昇、伊藤虎丸、木山英雄等，都是战后进入大学，在竹内好的影响下，开始与鲁迅进行精神对话的。面对新中国的成立，思考战败国日本的命运，进而反省日本近代化的挫折，这是丸山这一代现代文学研究者主要的工作动力。如何看待中国革命的经验与教训，不仅与其专业研究，更与其精神状态有着十分密切的联系。

日本研究中国现代文学的学者，之所以大都从鲁迅入手，除了鲁迅本身的人格魅力、文学成就以及思想史地位外，更因鲁迅与日本文化有着千丝万缕的联系。日本学者读其书，既备感亲切，又有可以用力的地方。比如，竹内好与丸山昇之谈鲁迅，都有明确的问题意识，而且都根源于各自生活以及著述的时代。竹内的表述思辨性强，丸山的思路则更接近中国革命的历史情境。竹内和丸山都在思考知识分子的命运，都在追问"革命"是否可以内在于"文学"。可中国学者又何尝不是如此？对于作家来说，是否能够既保留革命的热情与想象力，又创作具有永久魅力的文学作品，这是一个相当严肃的挑战。说来似乎很简单，文学之于政治，既不该完全迎合，也不能一味拒斥。可实际生活中，外在环境的严酷，内心挣扎的惨烈，都令人对此话题不敢掉以轻心。如此"苦斗"，对于志向远大的文学家来说，是一种宿命。可也正因为这样，诸多饱受磨砺的灵魂，值得我们去理解，去体贴，乃至去表达崇敬之心。斗转星移，当年左翼文人的很多具体举措，不被今人所认可；但那种"心气"，那种"抱负"，那种"追求"，永远让人怀念。

曾经有那么三十多年，"无产阶级革命文学""左翼作家联盟"等，乃是现代文学研究者格外关注的中心话题。可随着"现代化叙事"的迅速展开，以及"后现代主义"思潮的汹涌，上世纪80年代中期以后的中国学界，有意无意地回避了"左翼文学"这样沉重的话题。最近几年，这个倾向开始有所扭转。包括在北大召开的"左翼文学的时代"国际学术研讨会，也都是希望深入理解文学与政治之间极为错综复杂的关系。

选择丸山、伊藤、木山三位学者，为其出版著作并组织讨论，既是对日本学界负责，也是我们自己的需要。挑什么学者，选什么文章，都是经过再三考量的。这三位学者，都以研究鲁迅著称，但立足点不同，学术风格迥异。有基督教文化背景的伊藤虎丸，关注鲁迅早期思想的根源，侧重鲁迅与尼采、与日本明治文化的联系；而借讨论《破恶声论》中的"伪士当去，迷信可存"，直接挑战现代中国的启蒙论述，更是意蕴宏深。[1] 闲云野鹤般的木山英雄，着重探究的是鲁迅的诗性及其哲学，故以《野草》为中心，展开深入细腻的论辩。[2] 政治意识浓厚的丸山昇，更欣赏作为"革命者"的鲁迅，着重研究鲁迅晚年在"革命文学论战"中的表现。[3]

2005年11月26日（一年后的这一天，丸山昇先生不幸病逝），在北大图书馆北配殿，举行了"左翼文学的时代"国际学术研讨会。那天下午的议程是："日本的中国现代文学研究——暨丸山昇著作中译本出版座谈会"。坦白地说，两天的会议议程，我最没把握的就是这一场。因为只有发言名单，没有文章题目，不知道各位会讲些什么。特别担心发言者误读了议题，一味客套，让在场的年轻学子们失望。须知，老一辈的情谊，未必能够自动延伸到年轻人身上，处理不好，台上慷慨激昂，台下无动于衷。可没想到，现场气氛十分热烈，不只台上诸位，甚至坐在台下的，也都抢着发言。而且，所有的讲辞都兼及学问与人生、精神与交谊，精彩纷呈。事后我问学生，都说是"很受感动"。在一个流行"解构"和"大话"的时代，要让年轻人"感动"，其实是很不容易的。[4]

"新书"和"会议"，二者密不可分。某种程度上，这次国际学术研讨会，除了因应中国学界重新阐释"左翼文学"的需要，

[1] 关于伊藤虎丸教授的生平及学问，请参考孙玉石为《鲁迅、创造社与日本文学》撰写的序言。我补充三点：第一，伊藤教授有句名言，中日之间，友谊容易理解难，而没有理解的"友谊"，不管用；第二，对于我和友人创办《学人》集刊（1991—2000，共15辑），伊藤教授的长期支持最为关键；第三，伊藤教授的名文《早期鲁迅的宗教观——"迷信"与"科学"之关系》，初刊《鲁迅研究动态》1989年11期，专门注明此乃在北大中文系的演讲。

[2] 除了鲁迅的《野草》，木山英雄另一重要研究领域是周作人，撰有已译成中文的《北京苦住庵记》（三联书店，2008）。对于该书的评论，参见陈平原《燕山柳色太凄迷——读木山英雄〈北京苦住庵记——日中战争时代的周作人〉》，《读书》2008年12月。

[3] 以上五节文字，摘引自《与鲁迅进行精神对话——北大中文系教授陈平原谈中国现代文学研究在日本》（江南报道），《国际先驱导报》2005年12月16—22日，第176期。

[4] 开幕式上，我提到："如此有情怀的学术研讨，值得诸位全身心投入。"那与其说是针对与会者，不如说是表达自家心愿。考虑到丸山先生日渐恶化的身体状态，以及课程安排、天气状况等，会议只能在这个时候召开。但作为会议的组织者，那个时候，我正在哈佛大学访问讲学。虽说事先做了周密安排，同事和学生也很能干，即便我不在场，会议也能开好。可最后时刻，我还是决定，提前一个多月结束此次美国之行。别人不知道，我心里很清楚，这大概是对心仪已久的学术前辈丸山先生表达敬意的最恰当、也是最后的机会了。如果缺席，日后我将遗憾终生。

更主要的，是想向长期关注并深入思考1930年代中国作家"向左转"的内在动力及功过得失的丸山昇先生表达敬佩之情。开幕式上，我说了这么一段话："记得二十年前，丸山昇先生等来北大访问，在临湖轩与我们座谈'二十世纪中国文学'。在会上，丸山先生曾提醒：谈论二十世纪中国文学，无论如何不能绕过'社会主义'这个关键。他说的是对的。时至今日，面对那还不算太遥远的'过去'，如何记忆、陈述，怎样理解、阐发，对于中国学界来说，仍是个难题。这回的讨论会，选择弹性较大的'左翼文学'，而不是'左翼作家联盟'或'社会主义文学'，也是别有幽怀。"不仅是我本人，与会的诸多学者，不见得都赞成丸山先生具体的学术判断，但对其执著的精神追求以及坚定的学术立场，还有将学问与人生融合为一，均表示了景仰与钦佩。[1]

关于鲁迅研究，此前中国学界已陆续译介了北冈正子的《摩罗诗力说材源考》(北京师范大学出版社，1983)、丸尾常喜的《"人"与"鬼"的纠葛——鲁迅小说论析》(人民文学出版社，1995)和藤井省三的《鲁迅〈故乡〉阅读史——近代中国的文学空间》(新世界出版社，2002)，那都是功力很深的"专家之学"。比他们略为年长的丸山、伊藤、木山三位，其著述中有更多内心的挣扎与精神的历险。他们从自己的生命体验出发，逐步接近鲁迅与中国现代文学，这种阅读以及写作的姿态，很让我感动。时过境迁，好些论文的观点已被超越，但我欣赏这些专业著述中隐藏着的精神力量。不仅仅是技术操作，而是将整个生命投进去，这种压在纸背的心情，值得我们仔细品味。[2]

---

[1] 关于《鲁迅·革命·历史》的出版经过，参阅陈平原《一次会议和一本新书——追怀丸山昇先生》，《鲁迅研究月刊》2007年2期。

[2] 参见《与鲁迅进行精神对话——北大中文系教授陈平原谈中国现代文学研究在日本》。

四　在"学问"与"友情"之间

今日中国人所谈论的"海外汉学",很大程度就是"美国汉学"。因为,懂英文的人多,译得也快,因此,大家比较熟悉。当然,不否认美国学界力量强大。真希望有一天,我们不只跟"美国的中国学"对话,也跟西欧的、中欧的、俄国的、日本的、韩国的、印度的中国学家对话。[1] 那样的话,所谓"国际学术交流",才能名副其实。

2007年秋天,美国哈佛大学东亚系王德威教授应邀在北大中文系做系列演讲[2],其间专门安排一次讨论,主题是"海外中国学的视野"。我为这次专题讨论加了个副题"以普实克、夏志清为中心",那是因为,极受夏志清先生器重的王德威教授,几次在课上提到了普实克(Jaroslav Průšek)。说是"顺理成章",其实还是有现实刺激的。那年9月份,台湾的"中研院"选举夏先生为院士,就像他本人说的,这是迟到的荣誉;夏先生的专业成绩,早就得到学界的公认。[3] 还有一件事情,此前一年是普实克先生诞辰一百周年,就我所知,国内外举行过三次挺像样的纪念活动。9月,为《中国,我的姐妹》中译本出版[4],外研社在清华大学召开了一个小型的座谈会;10月中旬,在布拉格查理大学,召开一次国际学术讨论会,我和王德威教授都参加了;10月下旬,在北京外国语大学,中外学者聚在一起,追念普实

---

[1] 让我深感遗憾的是,苏联解体后,俄国学者的著述,基本上被忽略了。记得上世纪80年代我读谢曼诺夫的《鲁迅和他的前驱》(李明滨译,长沙:湖南文艺出版社,1987),感觉很好。现在,除个别专业外,大家都不学俄语了,也没人译俄国学者的书,这很可惜。

[2] 王德威这一系列演讲,日后整理成专著《抒情传统与中国现代性:在北大的八堂课》(北京:三联书店,2010)。

[3] 按照中国人的传统,2010年10月,夏志清先生九十华诞生日会在纽约举办,老朋友旧学生济济一堂。我路远没能出席,但为王德威主编的祝寿文集《中国现代小说的史与学——向夏志清先生致敬》(台北:联经出版公司,2010)提供一篇旧作《中国学家的小说史研究》。关于此次雅聚的盛况,参阅《明报月刊》2010年12期上王德威、刘绍铭、宋明炜、季进等文。

[4] 普实克著、丛林等译:《中国,我的姐妹》,北京:外语教学与研究出版社,2005。

克的学术贡献以及与中国人民的深厚情谊。在场的捷克大使很感动，说他绝对没想到，事隔多年，中国人还这么怀想一个外国学者。在这个会议上，有人重提陈年往事，说普实克如何把夏志清批得"哑口无言"。我当即表示，这种说法很不恰当。其实，这两位都是很值得我们尊敬的学者，他们之间的争论，代表不同的学术流派，背后还有意识形态的因素。你可以选择，也可以批评，但不能采用如此情绪化的表述。[1]

不过，这件事也凸显了一个简单的事实——所谓"海外汉学"，绝非铁板一块。即便冷战结束，由于学术传统和文化背景的差异，美国汉学和日本汉学、法国汉学和俄国汉学，还是有很大的差异。面对如此五彩斑斓的"海外汉学"，我们如何跟人家对话？我相信，时至今日，还认定只有中国人才能理解中国、阐释中国的，已经很少了。起码在表面上，大家都承认海外中国学者的贡献。当然，也可能走到另外一个极端，就像王德威总在自我解嘲的，"远来的和尚会念经"。其实，不完全是这样，海外中国学家有"洞见"，也有"不见"；有优势，也有劣势。正因为这样，才有必要展开深入的对话。[2] 我曾经说过，即便"国际学界"成为一个整体，别的专业我不敢说，人文学永远是异彩纷呈，不可能只有一种声音，一个标准。在我心目中，所谓学术交流，主要目的是"沟通"，而不是"整合"。缝隙永远存在，对话有利于消除误会，也有利于各自学问境界的提升。

具体到"中国文学研究"，中外学者的

---

[1] 参见王德威、陈平原等《海外中国学的视野——以普实克、夏志清为中心》，《现代中国》第九辑，北京大学出版社，2007年7月。此文日后收入王著《抒情传统与中国现代性：在北大的八堂课》。

[2] 关于这个问题的讨论，相关文献很多，建议参阅《二十一世纪》1995年12月号《警惕人为的"洋泾学风"》(刘东)、《"洋泾学风"举凡》(雷颐)、《反对"认识论特权"：中国研究的世界视角》(崔之元)、《谁是中国研究中的"我们"？》(甘阳)，以及《读书》2006年7期《只有中国人理解中国？》(顾彬)，《中国文化研究》2007年2期《汉学家的焦虑和误解的权力》(陈戎女)，《文学评论》2007年2期《文学研究中的"汉学心态"》(温儒敏)，《现代中国》第九辑（北京大学出版社，2007年7月）《海外中国学的视野——以普实克、夏志清为中心》(王德威等)，《东方早报·上海书评》2010年4月18日《汪荣祖谈西方汉学得失》等。

差异，除了学术思路及语言隔阂外，更重要的是，外国文学研究与本国文学研究之间，其对象、方法及宗旨，有很大的距离。说到底，日本学者也好，美国学者也好，所谓的"中国文学"，对他们来说，都是外国文学。[1] 就像北大英语系、日语系的教授，他／她们都在认真地讨论福克纳或者川端康成，但对于整个中国学界来说，他们的声音是边缘性质的，不可避免地受主流学界的影响。同样道理，理解美国的中国学家，他们为什么这么提问题，必须明白他们所处的学术环境。也就是说，他们也受他们国家主流学界的影响。本国文学研究不一样，有更多的"承担"，因为，研究者跟这片土地有天然的关系，希望介入到社会变革和文化建设里面去，而不仅仅"隔岸观火"。在这点上，本国文学研究确实有其特殊性，可能显得有点粗糙，但生气淋漓。

普实克

回到普实克教授之于中国学界。二十多年前，湖南文艺出版社出版过一本《普实克中国现代文学论文集》。我曾在《人民日报》上推荐这书：第一，专擅研究"叙事性"的话本小说的普实克先生，竟然强调中国文学的"抒情性"，这很值得注意——大概这也是目前国际汉学界重新关注普实克的主要原因。第二，我们谈中国现代文学，多关注其"现实主义"传统，而普实克特别强调中国现代文学里的"主观主义"和"个人主义"，这一点，对中国学术界很有启示。第三，普实克格外注重中国现代文学的"传统"因素。同时，我也提及，普实克没有解决一个问题，那就是，"传统中国"是如何过渡

---

[1] 不少华裔学者同时用双语写作，既用英文（日文）在美国（日本）大学教书，也用汉语在大陆及台港发表论著，影响当地的学术和文化进程。这样，就走出了第三条路——"中国文学"对他们来说，既是外国文学，也是本国文学。

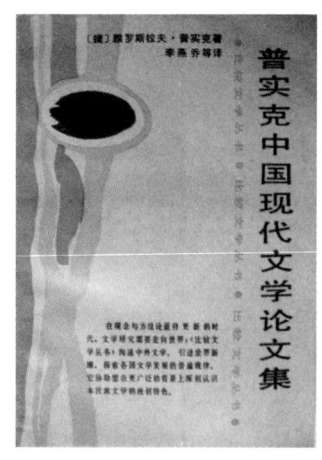

《普实克中国现代文学论文集》

为"现代中国"的,传统文学的"抒情性"怎样与现代文学的"主体性"相衔接。[1] 这是我二十年多前的感觉。那时,我刚完成博士论文,对普实克印象很深。因为,在讨论中国小说的"史传传统"与"诗骚传统"时[2],我曾借鉴了普实克的观点。

十多年后,也就是1998年,布拉格查理大学为纪念建校650周年,组织了一系列学术活动。我参加了其中的一个研讨会。主持这次会议的是普实克的学生、1968年后出走加拿大的米列娜(Milena Dolezelova-Velingerova)教授。会后,我们参访普实克工作过的捷克科学院东方研究所以及鲁迅图书馆,那里收藏了很多中国著名作家送的书,还有各种各样的相关照片。参观的时候,我有一种苍凉的感觉。为什么呢?东方研究所里的中文藏书,上个世纪60年代以后出版的,基本上没有。1950年代中国和捷克特别友好的时候,曾赠送了大量中文图书,郑振铎等人专门给他们开书单。1960年代,中捷关系破裂,将近四十年间,东方研究所基本上没进中国的书。一个汉学研究所,四十年没进中国的书,怎么往前走?也就是说,我第一次访问的时候,捷克汉学正"重新出发",努力重建"布拉格"这个欧洲汉学重镇。[3]

又过了若干年,2006年10月12日至16日,布拉格大学举办"纪念普实克诞辰一百周年"学术研讨会,会前还出了一本欧

[1] 陈平原:《传统与现代——评〈普实克中国现代文学论文集〉》,《人民日报》1988年2月16日。

[2] 参见陈平原《中国小说叙事模式的转变》第七章"'史传'传统与'诗骚'传统",上海人民出版社,1988;北京大学出版社,2010。

[3] 捷克的汉学研究原本力量很强,但1968年苏联入侵后,汉学家们流亡的流亡,转行的转行,队伍基本上垮了。想想我们"文革"后的"拨乱反正",看看普实克众多弟子的坎坷命运,我特别感慨。

[4] Milena Dolezelova-Velingerova, *Jaroslav Prusek (1906—2006), remembered by friends*, Prague, 2006.

美学者撰写的怀念普实克的小书[4],书里有好多图片,包括普实克和冰心30年代的合影,还有普实克与郭沫若等。会议虽以纪念普实克为名,但绝大多数论文与他无关;只有两篇文章,分别讨论普实克的明清文学以及现代中国文学研究。

这回布拉格之行,一路上我读的是普实克《中国——我的姐妹》中译本。[1] 米列娜教授告诉我,对于他们那一代汉学家来说,《中国——我的姐妹》是他们喜欢中国、进入"中国学"的关键。而我则从里面读出了一个外国人心目中"很不一样"的中国——普实克对当时诸多中国作家的评论,还有对北平、西安等城市生活的精细描述,都是很好的史料。但是,二十多年前我就感慨,普实克之所以被我们关注,是因为李欧梵编订的那本 The Lyrical and the Epic: Studies of Modern Chinese Literature[2]。我们只能通过英文来理解普实克,这是很大的遗憾。现在好了,我们终于有了直接从捷克文翻译过来的《中国——我的姐妹》。不过,普实克的重要著作《话本的起源及其作者》《中国历史和中国文学》还没有译介到中国来,真希望译者及出版社再接再厉。

也是在这次布拉格会议上,我观察到:年长一辈对普实克很有感情,弟子们像米列娜、高立克(Marián Gálik)等,都显得很激动。但年轻学者对普实克的学术思路已经不是很感兴趣。他／她们说,那是很遥远的事情,早就进入历史了。现在捷克年轻一辈的汉学家,更愿意和研究对象"中国"保持一定的距离,不可能再像普实克那样,放任自己的

《中国——我的姐妹》

[1] 因没有中国文学研究者的介入,中译本初版有不少错误,尤其是人名和书名。好在此书很快重印,不少错误在第二版中得到了更正。

[2] *The Lyrical and the Epic: Studies of Modern Chinese Literature*, by Jaroslav Průšek; edited by Leo Ou-fan Lee. Bloomington: Indiana University Press, 1980.

感情投入。这不是一个特殊现象,我接触到的欧美及日本年轻一代汉学家,大都有这种倾向。换句话说,以后各国的"汉学家",不一定对中国都有好感;中国只是他们的研究对象,如此而已。

1940 至 1970 年代,研究中国的外国学者,大都看重和中国人民的友谊,即"学问"和"友情"二者密切相连。而现在研究中国的欧美学者,大都把"中国"当成一个客观的研究对象,像从事考古学、历史学一样,冷静地解剖。从这个意义上说,年轻一辈不满普实克对于"中国"的过分投入,不是毫无道理。但其实背后还有一个因素,原东欧国家年轻一辈学者,其主流意见是努力重返欧洲。即便谈论中国,他们也更愿意跟欧美学界接触,更多地接受欧美学界的思路,因而,跟普实克那一代人缺少学术上的传承。

要说学术传承,普实克的影响主要在遥远的中国,而不是同属一个文化系统的欧美,甚至不是捷克本国。我的感慨是,1990 年代以后,原东欧和苏联的年轻一辈学者,没有很好地直面其曾经有过的"社会主义遗产"。如何看待上一辈人在学术上的功过得失,这是一个很严峻的课题。目前,他们急于甩掉这个"湿包袱",很少认真反省二者之间是否"剪不断,理还乱"。[1]

2009 年 5 月,在原本同属"东欧阵营"的匈牙利,由罗兰大学主办召开了"中国与中东欧文章因缘"国际学术研讨会,作为特邀代表,我提交的论文《在"学问"与"友情"之间——普实克的意义及边界》,引起好几位老一辈汉学家的深深感慨。文章中,我主要讨论普实克作为"中国学家"、作为"东欧学者"以及作为"中国人朋友"三者之间的缝隙,还有这些裂缝对于今人的启示。在我看来,普实克的众多著述,包括上世纪 60 年代初在欧洲著名汉学期刊《通报》(*T'oung Pao*)上与夏

---

[1] 以上关于普实克的评说,主要摘引自陈平原《三读普实克》,《欧洲语言文化研究》第四辑,时事出版社,2008 年 12 月。

志清关于"文学史书写"的论战[1],并非只是个人意气,也不全是意识形态问题,还有学术传统及生活经历的深刻影响。辨析冷战时期不同风格的中国学家之间的激烈交锋,以及各自的利弊得失,应该有比较通达的眼光。任何时代、任何国度的人文学者,多少都受特定时代意识形态的制约,对于前辈学者的局限性,当有"理解之同情"。更何况,像普实克那样,将自家所从事的"中国文学研究",与如何看待中国革命的经验与教训这样的重大命题相衔接,不仅没必要讥笑,还值得尊崇。在我看来,优秀的汉学家/中国学家,并非只是"外部观察",他们也有自己的"内在体验"与"生命情怀"。这些,我们同样应该关注与体贴。

这就涉及现代学术体制的缺失——日渐专精的人文学者,我们是否还有"余裕"直面自家或他人的"喜怒哀乐"。我想象中的人文学,必须是学问中有"人"——喜怒哀乐,感慨情怀,以及特定时刻的个人心境等,都制约着我们对课题的选择以及研究的推进。假如将学问做成了熟练的"技术活儿",没有个人情怀在里面,对于人文学者来说,是一个很大的悲哀。靠切割"友情"来保证"学问"的纯粹,是否有效,我很怀疑。

五　不卑不亢地走出去

中国学界之追求"国际视野",除了"请进来",还有"走出去"。经济上的"走出去",往往是挟风携电、雷霆万钧;而文化上的"走出去",讲究的是"润物细无声"。除了看得见摸得着的留学、演讲、参加国际会议,中国学者的"走出去",还伴随着相关著作的译介。如何让

---

[1] 关于此次论争的前因后果及其理论意义,参阅陈国球《"文学批评"与"文学科学"——夏志清与普实克的"文学史"辩论》,《北京大学学报》2011年1期。

中国学者的研究成果为国外民众及学界所知悉、理解乃至接纳，不是一件容易的事情。这涉及外部的政治氛围、经济环境、文化传统，还牵涉到自身的学术水平。就像文章开头所说的，"出而参与世界事业的中国人，很可能在'如何解释中国'上，与海外中国学家意见相左，乃至正面冲突"。作为正在迅速崛起的大国，中国学者该用何种心态及姿态，来与其他国家的民众、政客、学者——包括海外汉学家——进行卓有成效的对话，这是个大问题，至今没有很好解决。

在全世界创建孔子学院，那是走出去；在纽约街头播放中国国家形象片，也是走出去；在各国大都市筹办文化交流（艺术）节，同样是走出去。但作为历史、文化及精神的重要载体，中国图书的输出，应该是中国文化"走出去"的主力。可正是在这一点上，暴露了我们的弱项。不是没有意识到这个问题，中国人之举办北京国际图书博览会，以及积极参加法兰克福等书展，都是在寻找突围的策略。人民文学出版社及作家出版社的社长都在抱怨进来的很多很多，出去的很少很少。[1] 但相对来说，文学书籍的输出，还算是比较顺畅的[2]，最困难的是学术著作。

作为研究中国文学、史学、哲学的中国学者，最好是学问好且精通多国语言，能用外语（主要是英语）在国际主流媒体及顶尖学术期刊上发表论文。如果做不到，则不妨退而求其次，做好自家学问，然后借助翻译"走出去"。对于大多数英语不够好的中国学者，这不失为一条可行的通路。2007起，中国的高等教育出版社与德国的Springer出版公司（Higher Education Press and Springer-Verlag Gmbh）合作，出版学术季刊 Frontiers of Literary Studies in China。该刊遴选中国学者撰写的中国文学

[1] 参见路艳霞《中国图书"走出去"战略寻新突破》，《北京日报》2010年9月1日。

[2] 此外，比较容易输出版权的是汉语教材、旅游指南、儿童故事、政策宣传以及普及读物如《中国读本》（苏叔阳）、《中国文化读本》（叶朗等）等。

研究论文(包括中国古代文学、中国现当代文学、外国文学及比较文学、文学理论及批评史等),全文译成英文,推介给欧美学界。在该刊的《主编寄语》中,我是这么说的:

> 所谓"东海西海,心理攸同;南学北学,道术未裂"(钱锺书《谈艺录·序》),那基本是一种理想境界。理论上,做学问的人,都该博古通今、学贯中西才是;可实际上,单是不同语言之间的隔阂,便多少限制了思想的沟通以及学者间的对话。这还不算那些隐藏在语言隔阂背后的文化偏见以及立场歧异。如何填平这些有形无形的鸿沟,达成跨语际的对话,"翻译"大概是必不可少的手段。[1]

五年间(2007—2011),该刊先后发表近140篇英文论文。前四年属于选文翻译,进行得比较顺利;第五年,在高等教育出版社的强烈要求下,逐渐改为英文原发。杂志下一步该怎么走,编委会和出版社意见很不一致。我们的思路是:此乃中国学者走出去的重要窗口,应兼及国际性与本土性;若过分强调英文撰稿,必定变成汉学家或留学生的阵地。因为,即便留学归来,能直接用英文撰写专深的文学研究论文,且达到国外学术杂志发表水平的,微乎其微。而出版社的目标是尽快进入A&HCI,这就要求编委以国外学者为主,全部英文撰稿,这样做,既省钱又好听,且容易"走向世界"。基于此理念上的差异,双方分道扬镳——明年起,该刊改为与美国纽约大学合作。

在我看来,中国学者"走出去"的最大障碍,其实不是外语能力,而是学术水平。主编 Frontiers of Literary Studies in China 的这几年(尤其是采用选文英译的前四年),我阅读大量编委们推荐的优

---

[1] 参见 Frontiers of Literary Studies in China, Volume 1, Issue 1(2007)。

秀论文。说实话，让人拍案叫绝的好文章，并不像我原先想象的那么多。至于这个领域每年推出的众多学术专著（很多因得到国家社会科学基金项目或教育部社科基金项目支持，可提供出版补贴），也都不见得精彩。以我对国外学界的了解，值得推介出去的科研成果，并非遍地都是。更何况，我们的愿望与人家的需求不一定合拍。若人家不需要，硬推出去，即便侥幸成功，也没有意义。

中国政府已经意识到这个问题，正将政府行为的强行输出，逐步转变为资助有意愿合作的外国出版机构。只要有国外著名出版机构看中，中方出版社在输出版权的同时，可向国务院新闻办公室与新闻出版总署共同启动的"中国图书对外推广计划"[1]、新闻出版总署设立、委托中国编辑学会具体操作的"经典中国国际出版工程"[2]，以及由全国哲学社会科学规划办公室设立的"国家社科基金中华学术外译项目"[3]，申请翻译费用或出版资助。这三大计划／工程／项目都有严格的评审机制，能否公正对待每部提出申请的著作，会不会受意识形态或人情的干扰，目前很难评说。但这起码给中国学者不卑不亢地"走出去"，铺就了一条颇为光明的新路。

之所以说"不卑不亢"，是因为当下中国大学，颇有以是否"走出去"为评价标准的。如此焦虑的心态，弄不好本末倒置，学者们会为了"走出去"而扭曲自己的学术立场。"为国际化而国际化"，那样会丧失自家阅读、思考、表达的主体性。过分强调进入人家的学术场域，若自我不够强大，很容易变得随声附和，或被人家的政治立场及问题意识所覆盖。依我浅见，当下的

[1] 此计划资助范围为：反映中国当代社会政治、经济、文化等各个方面发展变化，有助于国外读者了解中国、传播中华文化的作品；反映国家自然科学、社会科学重大研究成果的著作；介绍中国传统文化、文学、艺术等具有文化积累价值的作品。2009年"中国图书对外推广计划"推出了加强版，即"中国文化著作翻译出版工程"，专门资助翻译／刊行高端出版物。

[2] 此工程分为"中国学术名著系列"和"中国文学名著系列"，资助范围包括哲学、政治、法律、经济、军事、历史、语言、文艺理论等社会和人文学科著作，以及诗歌、小说、戏剧、散文杂著等文学作品。

[3] 此项目资助范围为研究当代中国以及中国传统文化的优秀成果；资助文版暂定为英文、法文、西班牙文、俄文、德文等五种。

中国学界，不要期待政府拔苗助长，也别抱怨外国人不理睬你，更不靠情绪性的政治口号，关键是练好内功，努力提升整体的学术水平。[1]若能沉得住气，努力耕耘，十年生聚，十年教训，等到出现大批既有国际视野也有本土情怀的著作，那时候，中国学术之国际化，将是水到渠成。

2011 年 8 月 10 日于香港中文大学寓所

（初刊《上海师范大学学报》2011 年 6 期）

---

[1] 欧美大学里做汉学研究的，一定要学日语；日本国力强盛是一方面，但更重要的是其整体学术水平得到认可。目前中国学界规模庞大，但泥沙俱下，学术声誉不及日本。

训练、才情与舞台[1]

关于"北大"

谈论大学,人的因素是第一位的。所谓"人",既指向德高望重的老教授,也指向"小荷才露尖尖角"的大学生。我甚至认为,后者虽弱小,但代表未来,更值得重视。具体到某大学,只要有钱,著名教授是可以"买进"的,而学生却只能自己培养。所以,我喜欢谈新文化运动时期的北大国文系,谈转瞬即逝的清华国学院,谈抗日烽火中的西南联大,且特别强调其如何"善待学生",以及毕业生对于大学的意义。大学的声誉及命运,某种程度不是由教授、而是由学生决定的。换句话说,北大能不能"世界一流",本科生及研究生起关键作用。我关心的不是学生在校期间发表论文数,而是着眼未来——二十年或五十年后的某一天,当人们扳着手指评说各行各业的风云人物时,突然发现他们中很多人与某所大学联系在一起,那么,这所大学就是"一流"。

作为大学教授,得天下英才而育之,是

[1] 此乃作者2011年4月22日下午在北大中文系研究生会议上讲话,7月21日据讲稿整理成文。

很幸福的事情。无论校长还是院系领导，其工作目标是尽自己的最大努力，为学生创造好的学术氛围及生活条件。对于学生来说，能在北大念书，乃得天独厚，应充分利用这个难得的机遇，发展自己。从小就被"励志"的你们，听惯了各种关于读书的老生常谈，已经是"百毒不侵"了。那好吧，我就讲个真实的故事。

前两天搭出租车回家，因在燕园上车，司机知道我是北大教师，于是大谈北大如何了不起。类似的好话听多了，我有一搭没一搭地跟他聊。司机感慨家境不好，孩子只能就近入学，没能及早送进海淀或西城的好中学念书，因此，去年高考，上不了北大清华，只好选了北京工业大学。我赶紧解释，北工大也是好大学，是北京市重点扶持的大学；而且，孩子若真有才华，毕业后还可以到北大念研究生。我们接着聊。说起开出租车的艰辛，赚钱实在不容易，每天起早摸黑，劳作十几个小时，司机显得有点疲惫。我问：那你供孩子上大学，是不是压力很大？没想到他马上精神抖擞："不！没有任何问题。"接着，又补了一句："要是孩子能上北大，念多少年书我都能供。"不瞒你们，那一瞬间，我落泪了——真是"可怜天下父母心"呀。

1977年，高考制度恢复，我考取了中山大学。因高考作文登在《人民日报》上，父亲很是得意，说：早知道这样，我们应该报北大；要是你能上北大，我当了破棉袄也送你去。后来，我真的到北大念博士，毕业后又留下来教书。在我念书及教书那些年，父亲好几次病重住院，都是过了危险期才告诉我，而且叮嘱：路远不必往回赶。那年头，电话少，交通不发达，从北京回到我老家广东潮州，得三天时间。但即便如此，也不至于忙到没时间回去探望病重的父亲。每当母亲问他是否通知我时，父亲总说，他在北大，工作压力很大，不要打扰他。父亲去世后，我写过一篇《子欲养而亲不待》，感叹子女学业上的点滴成绩，根本不能跟丧父之痛以及未能报答养育之恩的悔恨相提并论。在座各位家境不同，但我相信，有很多人的父母，都像我父亲那样，把子女在北大念书这件事，看得很重很重……

在我看来，这是一所戴着耀眼光环、某种程度上被拔高、被神化了的大学。身处其中，你我都明白，北大其实没那么了不起——就像所有中国好大学一样，这里有杰出的教授与学生，可也不乏平庸之辈。面对父母谈论子女时骄傲的神情、亲朋好友以及同龄人欣羡的目光、社会上"爱之深恨之切"的议论，作为北大人，你我都必须挺直腰杆。享受北大的"光荣与梦想"，也就得承担起相应的责任。在漫长的求学生涯中，你我都会碰到许多难以逾越的困境，记得身后有无数双殷切期盼的眼睛，就能尽力而为。

下面的论述，基于一个假设：诸位志向远大，且有一定的才华，只是在如何处理"训练""才情"与"舞台"的关系时，需要略加点拨。其中的轻重缓急，因人而异，这里只能大而言之。

关于"训练"

为什么把"训练"放在最前面，因为，在我看来，那是"教育"的本意。教育不能把一个白痴变成天才，但能把一个中才变成专家。说实话，真正的天才，不需要你培养，我们只能顺其自然，观赏其如何在各种逆境中搏斗、挣扎、前行。"伯乐"之所以难得，不仅因其需要特殊的眼光与胸襟，更因"千里马"其实不常有，更极少主动凑到你跟前让你品鉴。我屡次说到，大学的难处在于如何"为中才立规格，为天才留空间"。天才可遇而不可求，大学能做的，就是创造好的学术氛围，虚位以待；偶尔发现一个，赶紧扑上去，全力辅助其发展，这样就行了。我反对把"宝"都押在这，对各种"天才班"的前景均不看好。在我看来，办学的主要目标是训练中才，而不是寻找天才。

这么说，似乎有点悲观。但我更愿意从这个地方起步，思考大学课堂与研究生教育。没错，"江山代有才人出"，问题在于，这"才人"的格局到底有多大,以及"出"在什么地方。做学术史研究的,常常感到困惑:有的时代天才成堆涌现,而另外的时代,即便声名最显赫的,也都不太精彩。倘若学问上"一代不如一代",你怎么看?当然可以上下求索左右探寻,把这事给说圆了。我只想提醒大家:即便你我加倍努力,也都不见得能超越前人。做自然科学的,容易有"进步"的自信,因科技成果摆在那里,汽车就是比毛驴跑得快,飞机又更上一层楼。人文学者呢,你敢说生活在21世纪,就一定比唐人更能审美、比宋人更有道德?

每年新生入学,老先生们都会谆谆教诲:长江后浪推前浪,一代更比一代强。这一时刻,新生预支美好的未来,长辈确信薪火已经相传,双方其乐融融。我则经常泼冷水,告诫大家别太把自己当回事,你就是个普通的大学生、研究生,没什么了不起。缺少这种心理准备,不但成不了大事,还可能患上忧郁症。不要说竞争激烈、学业艰辛,单是从"掌上明珠"变成"普通一兵",就让很多人无法适应。记得1948年吴组缃撰《敬悼佩弦先生》,提及朱自清不是那种大气磅礴、才华横溢、让你过目不忘的"大师",初看他的为人及作品,觉得没什么了不得,甚至有点渺小、世俗。但他虔敬不苟,诚恳无伪,一点一滴地做,踏踏实实地做,用了全副力量,不断地前进,这点让吴先生及无数后人感动不已。吴文结尾,摘抄朱自清二十六岁时所作长诗《毁灭》的末段:"从此我不再仰眼看青天,/不再低头看白水,/只谨慎着我双双的脚步;/我要一步步踏在土泥上,/打上深深的脚印!"正因此"笃定"与"平淡",成就了朱自清日后的辉煌。

不止一个美国教授跟我说,你们北大学生有问题。听他/她们发言,确实很聪明;可到了写论文,为什么训练这

朱自清

训练、才情与舞台　　　　　　　　　　　　　　　　　　189

么差？开始我以为是语言能力或文化隔阂，后来想通了，那是因为北大教授普遍重"创造"而轻"基础"。基于"精英"乃至"天才"的假设，认定自己的学生都能无师自通，拒绝进行"操正步"之类的练习。我们的选修课多是表演性质的，教授们讲得酣畅淋漓，学生们听得如痴如醉——听众只需观赏，不怎么介入，故没能达成训练目标。[1]

各大学情况不一样，有的管得太严，有的放得太松。北大人崇尚自由，希望无拘无束地生活。具体到学业，往往欣赏思想的火花，而看不起艰苦的技术活。在北大，说你很用功，那不是表扬，是嘲笑你没才气。学生中受推崇的，不是认真念书，而是不听课而能拿高分。因此，各位即便背地里下苦功，面子上也要故作潇洒——别看今早考试，昨晚咱还连看两场电影呢。因筹备北大中文百年庆典，我翻看了好多毕业生撰写的回忆文章。有些自认为很幽默的说法，让我实在受不了。不只一篇文章表彰中文系老师"人好"："在中文系念书，要想考试不及格，那是很难的"；"除轰轰烈烈谈了几场恋爱，四年中似乎没学到什么"。类似的自我调侃很多，写作者或许只是为了逞一时口舌之快，不能太当真；可也隐约透露出，我们的教学管理可能太宽松了。

有学生到哈佛大学念书，一年不见，瘦了很多；问起来，才知这一年中，没有凌晨两点以前睡觉的——如果不全力以赴，成绩不好，就拿不到奖学金。一开始以为是特例，问了一圈，好多人都这样。学生们说，到美国念研究院，才知道燕园生活有多幸福，无忧无虑，功课压力那么小，玩一样就过来了。这就是中美教育体制的差异。在中国，中小学生最累，有高考的压力在等着；进入大学或研究院以后，压力突然消失，那就全凭个人自觉了。美国则相反，念小学中学很舒服，进入大学后，方才开始拼命念书。

[1] 参见陈平原《上什么课，课怎么上？》，《中国大学教学》2011年2期。

我是比较认同美国的教育体制的，小时候多玩玩，长大了才承受竞争的巨大压力。可诸位从小在中国念书，苦了那么多年，也不好意思不让大家喘口气。

马克斯·韦伯

不过，我还是想提醒大家，念研究院，单靠小聪明是不够的。我曾经半开玩笑地说，太聪明的人，其实不适合于做学问。因为，聪明人往往把事情看得太容易了，不愿意下死功夫，老想走捷径。捷径走不通，绕回来，发现自己落后了，更是着急，更得抄近路……如此循环往复，最后不了了之。我当然明白，训练只是手段，创新才是目的。可请大家记得马克斯·韦伯《学术与政治》中的一句话："只有严格的专业化能使学者在某一时刻，大概也是他一生中唯一的时刻，相信自己取得了一项真正能够传之久远的成就。今天，任何真正明确而有价值的成就，肯定也是一项专业成就。"学院中

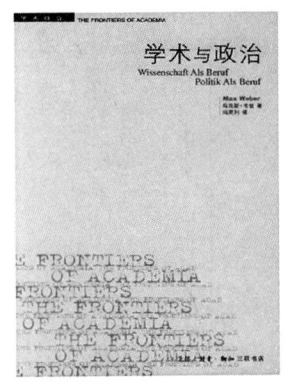

《学术与政治》

人，过分专业化，确实有其弊病；可"训练有素"——也就是所谓的"专业化"，依然是对学生本人，也是对指导教师的很好表彰。训练好的学者，不见得就能做出大成绩；但训练不好的，不可能走得很远。

进研究院，拿博士学位，走的是专门家之路。至于"无心插柳柳成荫"，日后成为达官、富豪、慈善家、革命斗士，这都很好，但不是办学的本意。评判大学及研究院之成败，得看我们培养的学生是否训练有素、充满探索精神且确有创造性成果。这就是"专业"与"业余"的差别——前者全力以赴，几十年如一日，念兹在兹，而不是既当官又经商还写作、业余时间主持国家重点项目，那样的"全能冠军"，不可取。

北大学生给人的普遍印象是"志大才疏""眼高手低"。我对大家的"志向"与"眼界"很有信心，也很欣赏，需要修补的"才"与"手"，说白了，就是良好的学术训练。这也是我所理解的"教育的功用"——让即便才华并非特别出众的人，也能通过自身不懈的努力，最终做出好的业绩。

关于"才情"

无论写诗作文、经商从政，都得有才情。做学问自然也不例外。基本训练完成后，剩下的，就是肯不肯下功夫、有没有好的发展机遇了。可是，同样很用功，有人突飞猛进，有人则始终上不去，为什么？这就说到天赋的问题。

关于天赋才情，有几种类型，我略做描述：第一类，虽好学，但资质平平。似乎万事俱备，可就是"东风不与周郎便"。论文中规中矩，就缺那灵光一现，读后老觉得缺一口气。第二类，不是脑子笨，是暂时不开窍。这样的学生很多，调整得好，总会有豁然开朗的一天。北大中文系不主张研究生入学后马上撰写学位论文，而是希望在修课过程中不断调整姿态，等调整到位后，才进入论文写作。如此培养思路，好处是学生眼界高，视野开阔，缺点则是往往调整到位也就差不多毕业了；最后关头，紧赶慢赶，弄出个"眼高手低"的半成品，只好寄希望于毕业后继续努力了。第三类，有才华，但随意挥洒，不能善用其才。我在好多地方提及王瑶先生对我的教诲："有'才华'是好事，'横溢'就可惜了。"这句话，对大学生说有点早，对研究生不说，那就太晚了。很多人"才华"二字写在脸上，且很享受周围一片赞扬声，若不及时提醒，等定型以后，要改也难。第四类，有才华且能善用，但外界条件不允许，最终没能长成参天大树。这就是"千古文章未尽才"。第五类，天时地利人和全凑齐，那是再好不过的了。可这种理想状态并不多见。

北大教授普遍尊重个性,欣赏才情;可对于中文系学生来说,要警惕"才子"情结。若不善积蓄,随意挥洒才华,太可惜了。在日本学界,说你"天才",那是嘲笑,意思是你训练不好,或不够用功。章太炎《菿汉闲话》称:"学者虽聪慧绝人,其始必以愚自处",举的例子是大学者黄侃。世人皆知季刚先生狂傲,不知其读书时如履薄冰,去世前一个月仍在点《唐骈文钞》。在《与徐行可书》中,黄侃称:"常人每自尊大,至于吾辈,见事略多,辄自谓比之古人,曾无其足垢之一屑。前路遥远,我劳如何乎?"关键在于"见事略多"且"前路遥远",故多有敬畏之心,无暇自尊自大。

清人章学诚着意分辨学问与功力,针对的是乾嘉学人之误以"功力"为"学问"。今天倒过来,国内很多著名大学,尤其是自以为是的北大学生,看不起基本训练,故往往才气逼人但根基不稳。老师们不敢严格要求,讲课时更多考虑学生的兴趣,因为只有这样,教学评估时才能得高分。另外,若真的因材施教,需要花很多时间,老师们都忙着写论文,不愿在教学上多花工夫。这就造成我上面说的,北大学生普遍有才情但训练不好。

对于学者来说,有灵气、有才情、有好的想法,这很重要。但除此之外,还需要认真经营。这不仅仅是技巧问题,也包括心态。吟诗作文,可以发乎性情;撰写长篇小说或学术著作,需要长时间的酝酿与摸索。五四时期曾有一场争论,"小说"到底是"写"还是"做"——前者强调灵性,后者注重经营。实践证明,有才气,必须配上善于经营,方才能出大成绩。历史上众多有"匠心"而无"匠气"的大书,全都是苦心经营出来的。

回到正在或即将撰写博士论文的诸位,你才气再大,也不可能一挥而就。从"资格考试"到"开题报告"到"预答辩"再到"答辩",这种步步为营的操作方式,有其合理性。对于爆发式的天才,此举确实造成某种压抑,但保证了绝大多数学生的利益——及早发现问题,少走弯路。有的学生追求完善,怕老师批评,想等一切都做好了再拿出来,于是蹉跎岁月;而且,拿出来时,木已成舟,很难再做大的改动。念研究院,本来就是进行学术训练,不要怕出丑,不要怕失误,正是在这种不断修改中,完善自己。

做学问没有才情不行,单靠才情也不行。我见识很多志存高远的北大学生,不屑于从小事做起,看不上具体的专业训练,整天想着如何横空出世,石破天惊。在《假如没有"文学史"……》[1]中,我曾提及:成功的文学史研究,必须兼及技术含量、劳动强度、个人趣味、精神境界。为何连"劳动强度"也算在内?你用什么资料,花多少力气,下多大功夫,内行一眼就能看得出来。劳动量大的,不一定是好论文;但没有一定的劳动强度,凭小聪明写出来的,不会有大的贡献。

关于"舞台"

说实话,以诸位的智商,念个博士、当个教授并不难;但真要做好学问,则没那么容易。这需要训练,需要才情,此外,还需要表演的舞台。目前中国的状态是,教授们机会很多,大学生、研究生登台表演的机会则少得可怜。我们的任务是,搭建比较像样的表演舞台,让年轻一代早日脱颖而出。这包括想方设法筹集经费,让研究生走出去,到国内外参加各种学术会议,也包括去年联合十多所著名大学,创办"两岸三地博士生中文论坛"等。诸位千万不要将目光局限在这小小的燕园,要走出去,参与各种学术上的合作与竞争。一方面是增长学识,另一方面也是表现自己,让学界了解你这坛"酒"的存在。过去说,"酒香不怕窖子深",现在不行了,你没在学术会议及刊物上亮相,不会有人三顾茅庐的。

缺乏"舞台",那是学校及长辈的责任;有了"舞台"而表现欠佳,那是你们的遗憾。好大学的学生,往往不太懂得"惜福",有了机会,不擅长马上抓住,

[1]《读书》2009 年 1 期。

以为过了这个村,还有那个店。其实,决定命运的关键时刻,一辈子也就那么几步。考上什么样的大学、博士论文是否优秀、重要学术会议上有无上乘表现、能否找到合适的工作岗位,对于学者来说,这都是决定性的。十年寒窗苦读,要将自家学问心得在十分钟的发言中体现出来,你敢轻慢待之?目前国内学术会议太多太滥,与会者大都不认真;作为刚入行的研究生,你们还有学术理想,不说反潮流,起码应该知道哪些是好的,哪些是坏的。然后,抓住每一次表演机会,用狮子搏兔的架势,力求完胜。

对于学者来说,参加学术会议,除了交朋友,谈合作,游名胜,最重要的,是在学术对话中"表现自己"。具体说来,包含以下三个任务:发言、倾听、提问。

先说如何学会倾听。参加国内外学术会议,把人家还没正式刊行的论点或材料"拿来",那是违规;口头发表也是发表,必须给予尊重。我想说的是另一个问题。当下中国学界,会"说"的人多,会"听"的人少。有位从美国回来的教授告诉我,北大不是一流大学,理由是,教授们不听别人演讲,来的都是学生。将"参加学术会议"误解为上台念论文,发表完了,走人。名教授或自以为有名的教授,像走马灯一样,到处登台,只说不听,这是很不好的习惯。作为学者,不能满足于"独白",还得学会"倾听"。但凡精心组织的会议或论坛,总有精彩的发言值得你欣赏;不怎么精彩但有一得之见的,也应该仔细倾听。在众多学术报告中,能否敏锐地发现前沿话题,并意识到学术突破的可能性,那是判断一个学者能力的重要指标。很可惜,当下中国,因参加学术会议而"获益匪浅"的学者,越来越少。

学术会议上,除了懂得倾听,还要学会提问。说到"提问",我不喜欢以下三种风格:一是不懂装懂,有机会就举手,误解对方,胡乱发言,自曝其短;二是逞才使气,东拉西扯,尽说些自己擅长而跟对方发言没有关系的话题;三是刻薄为文,不看对方论文大体,抓住一两个小瑕疵穷追猛打。所谓"提问",可以挑剔,可以商议,也可以请教,但都要有分寸感,让对方感觉到你的善意与真诚。学术会议不是拳击馆,追求真理之外,可以表现自我，但不以打倒对方为目标。真正的高手，与人为善，一出口就让人明白你的实力，而提出的问题又是可以讨论的；至于某些可笑的失误，或点到为止，或私下告知，没必要拿出来热讽冷嘲。

既然参加学术会议，自家发言当然最重要。作为学者，除沉潜把玩、著书立说外，还得学会在规定时间内向听众阐述自己的想法。有时候，一辈子的道路，就因这十分钟二十分钟的发言或面试决定，因此，不能轻视。中国大学没有开设演讲课程，很多学者缺乏这方面的训练。学术会议上的发言，不同于朋友聊天，不同于师徒讲学，也不同于公众场合的演说。表演性与学术性互相制衡，既不能夸夸其谈，也不能过分腼腆，目标是让同道听懂你的关键思路，以便展开有效的对话。如何做到既启发别人也表现自己，有几个小技巧，供大家参考。

首先，即便已提交完整的论文，你也不能假想大家都认真拜读过，还是得提纲挈领，将自家论文的精彩处凸显出来。其次，倾听与阅读差异很大，发言时必须步步为营，切忌天女散花，让人摸不着头脑。第三，不常见的关键性史料，尤其是古文或外文，读一遍根本无法知晓，或使用PPT，或印发给听众。第四，提要太短，论文太长，建议另外准备发言稿。临场组织或借题发挥，需要很好的心理素质，更适合于作家而不是严谨的学者。第五，越是正式场合，越需要念讲稿，千万别逞才使气。因为，听众期待的，不是你的机智或幽默——那东西有更好，没有也无所谓；关键是你的发言有没有真东西，能不能让人眼前一亮。比如我，能欣赏技巧生疏但认真准备的论文，但无法忍受花里胡哨但没有真才实学的表演。请记得，学者发言或演讲，与歌星演出不一样。

关于"课堂"

前几天接受采访，我老话重提——既然北大、清华的学生，是13亿人中选出来，这大学怎么办都不会太差。某种意义上，我们在北大教书，是沾了学生很大的光——北大教授的影响力，远远超出其实际水平。作为北大研究生，你们也得珍惜这个可能是目前中国最好的学术环境。北大博士生的奖学金，比国内其他大学多一倍，那是学校自己筹款得来的，加上住宿基本免费，食堂吃饭有补贴，将来走上工作岗位，待遇说不定没现在好。还有一点，中文系的博士生，不必帮老师做实验，也不怎么为系里打杂。之所以这么安排，是希望大家心无旁骛，全力以赴地读书做学问。香港中文大学博士生的奖学金确实比我们多，但人家规定很严格：每周干多少小时的杂活，一年只有十几天假期，其余时间不得擅自离开香港。

  说这些，是因为主管学生工作的老师告诉我，最近几年，中文系研究生的学习热情下降，不少人经常逃课。选修课都是开卷考试，而人文学本来就没有标准答案，北大教师又标榜兼容并包，你只要表达一点不同意见，管他对错，没有人敢给你不及格。看准了这一点，不少研究生学期初报个名，学期末交篇作业，不求高分，只要及格。毕业班的同学，更是以实习、找工作、写论文、谈恋爱为由，理直气壮地"翘课"。开始我不相信，教室里不是坐得满满的吗？结果一点名，十分之一没来；填补空白的，是外校来的旁听生。据说这已经是很好的了，有的课堂上，出席率只有一半。学生们交流经验，不是谈哪门课更重要，对自己的学业有帮助，而是哪门课好修，老师给分高，且不用做作业。

  那天走在未名湖边，听导游给中学生介绍北大：在这里读书很自由，想上课就上，不上课就逃，没人管你。看中学生欢呼雀跃的样子，我心里很悲哀，感叹自己落伍了。

  老北大的传统，确实是特立独行，自学为主；可曾经的"佳话"，怎么七转八折，变成了"假话"。张中行撰《红楼点滴》（收入《负暄琐话》），确实提及："不应该来上课的却可以每课必到，应该来上课的却可以经常不到。"可张文还有一句："其实，至少就我亲身所体验，是进门以后，并没有很多混混过去的自由，因为有无形又不成文的大法管辖着，这就是学术空气。"

这无声无臭无形无文的"学术大法",如同自然规律一样,保证着大学的运行。若忽略"学术空气",放弃自我约束,只谈翘课的自由,那大学还能成为大学吗?

如此"悠闲"的校园生活,跟我上面谈及的北大学生才气有余而训练不好,有直接的关系。为了中文系的长远发展,也为了对学生负责,系办公会议讨论了好几次,决定从下学期起,要求选课的学生课堂签到。你们有足够的自由选择空间,除了中文系每学期为研究生开设 50 门左右选修课,你们还可以修外系的课。但一旦选了课,希望积极参与,养成"诚实做学问"的习惯。有事可以请假,但不能太离谱;按照学校规定,四次无故缺席,取消考试资格。去年办百年系庆,希望赓续传统,激发学术热情;今年则突出教学管理,强化必要的学术训练。

做出这个决定,对我本人来说,是很痛苦的。作为《北大旧事》的编者及《老北大的故事》的作者,我深知北大人对于"自由"的渴望。不过,当年我就提醒,"轶事"见精神,但不能过分当真,"好玩"只是校园生活的一小部分。作为学生,绝大部分时间还是进课堂、图书馆与实验室。这些艰辛的"日常生活",因为太普通了,时过境迁,不太被当事人"追忆",但不等于不重要。

最后,我想说一句:请不要过分夸大燕园生活的特殊性,在这里念书,同样需要"一步一步踏在土泥上,打上深深的脚印"。

(初刊《中华读书报》2011 年 8 月 3 日)

人文学之"三十年河东"[1]

中国有句老话:"三十年河东,三十年河西。"大意是说,时局总在变化,历史不会停滞,世界不可能永远定于一尊。结果呢,可能旁枝逸出,可能异军突起,可能循环往复,也可能"无可奈何花落去"。中国的改革开放已经三十年了(从中共十一届三中全会召开的1978年12月算起,为论述方便,不求精确年月)。三十年河东,接下来的三十年呢,不见得就一定是"河西",还可能是"河南"或"河北",当然也有可能打个盹,依旧还是回到"河东"。因为,黄河九十九道湾,身处不同的弯道,观察的角度及立场不同,努力的方向及效果也可能迥异。

不说经济、政治、军事,就说大学教育以及我所从事的人文学。身处其中者都深切感受到,当代中国的人文学正在转型;至于往哪个方向转,怎么转,则不太清楚。面对此"转型",人文学者很少能置身度外,区别仅仅在于,自家的生存处境及思考方式,既受制于浩浩荡荡的世界潮流,也与本学科乃至本单位的小环境有关。我的建议是,平日里冷眼旁观,明确自己的位置,不怨天

---

[1] 此乃作者2011年11月8日在美国纽约大学的演讲稿。

尤人;适当的时候主动出击,鼓动"风"朝自家认为正确的方向"吹",而不是坐以待毙。

本文以观察、描述为主,略带一点战略性思考。只是限于篇幅,以下讨论的五个问题,大都点到为止。

第一,日渐冷清而又不甘寂寞的人文学

反思中国改革开放这三十年"人文学"的进路,有人高屋建瓴,有人画龙点睛,有人逻辑推演,有人切身体会,各有各的好处。我倾向于"不高不低""不即不离"——即在总体论述与个人体会之间、在隔岸观火与贴身紧盯之间,寻找观察与发言的最佳位置。

去年(2010)10月,应邀参加香港中文大学主办的"亚洲人文学与人文学在亚洲"国际学术研讨会,灵机一动,摘引十八年间自家所撰十文并略加评说:"既看急剧变化的当代中国,也谈自家的心路立场,希望借此分析近二十年中国大学的演进以及'人文学'在其中扮演的角色,讨论在政治/经济迅速转型的当代中国,'人文学'如何在校园内外错综复杂的各种夹缝中挣扎、生存与发展。"[1] 本以为这话题到此为止,可今年(2011)3月,上海哈佛中心召开"人文学与高等教育"工作坊、5月间山东大学《文史哲》杂志社组织"反省与展望:中国人文研究的再出发"学术研讨会,我只好重做冯妇。这回纽约大学演讲,希望把思路理得更清晰些。

所谓"校园内外","外"指向大学与社会之隔阂,"内"则是大学内部各学科间的竞争。前者关注的人多,后者则往往被忽略。几年前,我发表《大学公信力为何下降》[2],此文本有副标题——"从'文化的观点'看'大学'"。之所以如此自我设限,是因为意识到你我都可能因知识生产的"制度化"而

[1] 参见陈平原《当代中国的"人文学"》,《云梦学刊》2010年6期。
[2] 《中国青年报·冰点周刊》2007年11月14日。

产生学科偏见:"作为一种组织文化,大学内部的复杂性,很可能超越我们原先的想象。知识分子聚集的地方,并非'一团和气',很可能同样'问题成堆'。有政治立场的差异,有经济利益的纠葛,有长幼有序的代沟,还有性别的、宗教的、地位的区隔,但最顽固、最隐晦、最堂而皇之的,是'学科文化'在作怪。双方都'出于公心',但就是说不到一起。不同学科的教授,对于学问之真假、好坏、大小的理解,很可能天差地别;而'学富五车'的学者们,一旦顶起牛来,真是'百折不回'。有时候是胸襟的问题,有时候则缘于学科文化的差异。"带入"学科文化"的眼光,观察最近这三十年中国人文学的命运,当有比较通达的见解。

所谓"学问",是由诸多学科构成的;不同学科之间,既互相支持,又相互竞争。六年前,我曾谈及上世纪 90 年代的学术转型,与社会科学在中国的迅速崛起有关。"以前的'文化热',基本上是人文学者在折腾;人文学有悠久的传统,其社会关怀与表达方式,比较容易得到认可。而进入九十年代,一度被扼杀的社会科学,比如政治学、法学、社会学、经济学等,重新得到发展,而且发展的势头很猛。这些学科,直接面对社会现状,长袖善舞,发挥得很好,影响越来越大。这跟以前基本上是人文学者包打天下,大不相同。"[1]

在我看来,英国学者 C.P. 斯诺的"两种文化说"早就过时了。当下中国,"科学"与"人文"之争不是问题;需要关切的是同属"文科"的社会科学与人文学之间的隔阂。说夸张点,当下中国的大学校园,基本上处于"分裂"状态。[2] 上世纪 80 年代,我们习惯说"知识分子问题",认定那是一个"同呼吸共命运"的特殊群体。现在不是这样了。不说政治立场的差异,不同地区、不同大学、不同专业的教授,其经

---

[1] 参见陈平原《大学何为》246 页,北京大学出版社,2006。

[2] 参见陈平原《人文学的困境·魅力及出路》,《现代中国》第九辑,北京大学出版社,2007 年 7 月。

济收入与精神状态,已经"不可同日而语"了。比如,同在北大教书,做人文学的,与研究金融、管理、法律、政治的,趣味不相投。这边嘲笑那边"迂腐",那边嘲笑这边"浅薄",彼此之间很难进行真诚且深入的对话。

近三十年的中国学界,若谈"舞台"与"掌声",可以大略这么区分:第一个十年,那是人文学的黄金时代,社会科学处于恢复性增长阶段;第二个十年,社会科学迅速崛起,人文学内外受困(政治突变与经济大潮);第三个十年,社会科学占压倒性优势,人文学日渐边缘化。我的立场是:庆幸中国社会科学之突飞猛进,但更关心人文学在当下以及日后如何自我更新、自强不息。

去年秋天,北大中文系举行百年庆典,我在《"中文教育"之百年沧桑》[1]以及《中文百年,我们拿什么来纪念?》[2]中,根据思想潮流、社会需求、学生择业,以及人文学者自信心的恢复,做出一个大胆判断:随着中国人日渐"小康",中文系等人文学科开始"触底反弹"了。这里所说的"触底反弹",不是重唱80年代那首《在希望的原野上》,而是认准这些传统学科正从前一阶段萎靡不振的状态中走出来。当今世界,无论"语言""文学",还是"历史""哲学",都不可能成为门庭若市的显学;但中国的人文学科正逐渐走出低谷,且有可能"贞下起元",这是很值得注意的现象。

第二,官学与私学之兴衰起伏

1994年4月,就当代中国社会与文化问题,我与东京大学法学部教授渡边浩先生有过三次长谈,在岩波书店那一次,根据录音整理成文。[3]谈话一开始,渡边先生就问我为什么要办《学人》集刊,我的回答是:"如果对1950年代以

[1]《文史知识》2010年10期。
[2]《新京报》2010年10月9日。
[3] 刊《思想》1995年7期。

来中国报刊、书籍的生产方式有所了解,不难明白《学人》作为独立的集刊出现的意义。在基金会及出版社的支持下,学者独立办刊,这与此前只能由政府及其所属机构组稿、审稿的运作方式大不相同。现在中国国内此类学术集刊逐渐多起来,我以为是大好事。也有一些名义上有挂靠单位,但基本上由学者独立操作的。这是近年中国思想、学术日趋多元化的前提。"[1] "发表"及"出版"本身不是"学术",属于辅助性工作;但却反过来严重制约着学者们的思考与创造。熟悉"研究无禁区,发表有纪律"之类论述的,当能明白此"纪律"可能扼杀各种不合时宜的独立思考。长此以往,即便政府不明说,也会形成许多不成文的"禁区"。

稍微了解上世纪八九十年代之交中国政治的剧变,对当时人文学者的"幻灭""动摇"与"追求"(套用茅盾的《蚀》三部曲),多少会有所体会。作为"追求"的一部分,我和王守常、汪晖合作,在日本"国际友谊学术基金会筹备委员会"的鼎力支持下,主编人文学术集刊《学人》(江苏文艺出版社刊行)。此集刊1991年创办,2000年停刊,十年间共发行了十五册。无论作者名声、论文质量,还是民间学刊的象征意义,《学人》在当代中国学术史上都有其地位。正因此,近年不断有人建议我重出江湖,复办《学人》,我都谢绝了。不是经费问题,也不是政策问题,困难在于,到哪里去找好文章。一个没有"刊号"、并非"官办"、不算"分数"的学术集刊,很难吸引优秀的学术论文。"友情出演",一次可以,多了做不到。这就说到了问题的关键——在我看来,民间学术的路子基本上已被堵死。

《学人》第一辑

[1] 参见陈平原《当代中国人文观察》(增订本)35页,北京大学出版社,2010。

《学人》第二辑(1992年7月)上，刊有我撰写的专业论文《章太炎与中国私学传统》，其中特别提及章太炎对于"学在民间"的自信。某种意义上，那也是当初我们的心态与立场。此文与前一年的《在政治与学术之间——论胡适的学术取向》[1]，以及后一年的《当代中国人文学者的命运及选择》[2]，共同构成了当年我对人文学者命运及责任的思考。后者的结尾是："我曾经试图用最简洁的语言描述这一学术思路：在政治与学术之间，注重学术；在官学与私学之间，张扬私学；在俗文化与雅文化之间，坚持雅文化。三句大白话中，隐含着一代读书人艰辛的选择。三者之间互有联系，但并非逻辑推演；很大程度仍是对于当代中国文化挑战的一种'回应'——一种无可奈何但仍不乏进取之心的'回应'。"[3]这三句"悲壮"的大白话，明显带有精英主义色彩，在"拒绝崇高"的90年代，或读书人争相标榜"底层写作"的新世纪，都显得不合时宜。我明白这些，但不改初衷。虽撰写《千古文人侠客梦》，且最早在北大开设"武侠小说类型研究"专题课，还是"中国俗文学学会"会长，但无论文学趣味还是文化立场，我都不够"大众化"。承认自家局限性，好处是敢于坚持，不随风转舵。而这一立场，既针对人多势众的"大众"，也针对财大气粗的"官府"。

传统中国讲究"学为政本"，照张之洞《劝学篇·序》的说法，"古来世运之明晦，人才之盛衰，其表在政，其里在学"。问题在于，引领或制约一个时代学术风尚及士林气象的，到底是官府还是民间。以最近三十年的中国学界为例，80年代民间学术唱主角，政府不太介入；90年代各做各的，车走车路，马走马道；进入新世纪，政府加大了对学界的管控及支持力度，民间学术全线溃散。随着教育行政化、学术数字化，整个评价体系基本上被政府垄断。我的判断是，下一个三十年，还会有博

[1]《学人》第一辑,1991年11月。
[2]《东方》创刊号,1993年10月。
[3]《当代中国人文观察》(增订本)33页。

学深思、特立独行的人文学者，但其生存处境将相当艰难。你可以"只讲耕耘不问收获"——即不追随潮流、不寻求获奖、不申报课题、不谋求晋升，全凭个人兴趣读书写作，但这只能算是"自我放逐"，其结果必定是迅速淡出公众视野。

第三，为何人文学"最受伤"

既然中国社会在转型，各学科都须重新定位。我关心的是，在这一重新洗牌的过程中，为何"人文学"所受的伤害最深？最近十几年，中国教育界及学术界喜欢避"虚"就"实"，不断呼吁政府加大投入，而很少思考制度上的改良以及精神上的提升。随着政府对高等教育投资的加大，强化引导与管理是大趋势。管理者的策略很明确：宽猛相济，王霸杂用，奖勤罚懒，扶正驱邪。在这一切分蛋糕的过程中，人文学处境相当尴尬。因为，比起自然科学与社会科学来，人文学评价标准不一，其成果很难量化。所有的"数字"——包括排行榜、影响因子、引用率、获奖著作等，用来衡量人文学，都显得有点可疑。确定一个物理学家在国际学界的地位相对容易，确定一个人文学者的"价值"则很难——后者容易受政治立场、社会风潮及个人趣味左右。

对于管理者来说，人文学有两个致命的弱点：一是"标准"模糊，二是"用处"不大（虽然不好公开说出来）。分配资源时，必定往"有用"的社会科学倾斜。经由十几年磨合，越来越多的人文学者转过弯来了，因应时局变化，努力使自己的研究显得非常"有用"——其实用性一点都不比社会科学差。比如，服务国家发展战略，中国人民大学成立了"人文奥运研究中心"、同济大学则有"世博会研究中心"，不少人文学者借此完成华丽转身。至于申请"重大课题"，更是一门学问，需要编造激动人心的故事。比如，若编纂大书，非论证"乱世扬武，盛世修典"不可；若研究西藏佛教，从维护祖国统一说起；若探讨西域历史，则强调"东突"的危害性；至于谈论东南亚华文文学，甚至扯到了南海主权问题……表面上是权宜之计，目的是拉大旗作虎皮；可实际上，一次次编撰申请材料，不知不觉中，已经在移步变形了。为了获得政府资助（不仅是钱的问题，还涉及晋升职称等），不少人文学者扭曲自身的学术思路及价值观念，努力向"有用"的社会科学靠拢。

我曾戏称当下中国人文学面临"三座大山"——政治权威、市场经济、大众传媒。其实，还应该加上社会科学的思路、方法及趣味。如今衡量人文学者成功与否的标准，已经跟社会科学家很接近：申请重大项目、获得巨额资金、拥有庞大团队、辅助现实决策。此等研究思路自有其合理性，但相对压抑个人化的思考与表达，对文学、哲学等专业明显不利。原本心高气傲、思接千古的人文学者，如今远离"文辞""趣味"与"想象力"，彻底摒弃老辈学者的"文人气"，恨不得马上变成经济学家或政治学家。

对所有学者来说，过于急功近利或片面追求科研项目，都不是好事；但人文学最容易受伤。为什么？梅贻琦、潘光旦在《大学一解》中，努力阐述大学需要"闲暇"，因为"仰观宇宙之大，俯察品物之盛，而自审其一人之生应有之地位，非有闲暇不为也"。现在的状态，即便是幽雅的北大校园，也都极少"一个孤独散步者的遐想"（借用卢梭书名），更多的是步履匆匆，像在赶地铁。如果连生活在大学校园里的教授及学生都没有"闲暇"，没有不讲功利的思考，没有"脱离实际"的精神追求，那么，我们就只能做一些迫在眉睫的"职业培训"了。

近年的中国大学，还有若干抗争，过了这个震荡期，那些崇信"为己之学"的老派学者退出历史舞台，新一代将很快适应新的游戏规则。那个时候，充分职业化的人文学者，再没有那么多胡思乱想，一心一意争项目、做课题、谋晋升。至于人文学本该有的诗意、豪情、侠气与想象力，很可能难觅踪影。唐人杜甫有"独立苍茫自咏诗"（《乐游园歌》）的感叹，辛亥革命领袖之一黄兴将其铺排成一首七律："独立苍茫自咏诗，江湖侠气有谁知？千金结客浑闲事，一笑相逢在此时。浪把文章震流俗，果然意气是男儿。关山满目斜阳暮，匹马秋风何所之。"（《赠宫崎寅藏》）此等侠气与豪情，不仅属于革命家，同样属于志向远大、独立不羁的人文学者。我担心的是，随着人文学的"项目化",绝大部分人文学者将变得越来越平庸,越来越猥琐,越来越没有"气象"。

第四,能否拒绝"大跃进"

最近十五年,大学扩招、经费猛增以及数字化管理,三者合力,共同促成了中国的"学术大跃进"。教育部对此沾沾自喜,我则忧心忡忡。2011年3月29日《环球时报》刊《英报告称中国将于2013年超美国成超级科研大国》,说的是英国皇家学会3月28日发布了题为"知识、网络、国家:21世纪下的全球科技合作"的科技调研报告,称中国有望在2013年取代美国,成为世界上科技出版物数量最多的国家。诸如此类的"好消息"充斥各种报刊,让人应接不暇。从事专业研究的人都明白,数量与质量并不同步;而英美大学校长之所以热衷于表彰中国大学"进步神速",并非想"捧杀",主要是说给本国政府听,以争取更多办学经费。

四年前,我在新加坡旧国会大厅做题为《解读"当代中国大学"》的演讲,选择十个关键词(keywords),建构起我对这十五年中国大学的叙述思路与阐释框架。我发现,其中最为关键的是"大学扩招"。这是一个影响非常深远的措施,是谈论当代中国的文化、学术、思想乃至政治、经济等,都必须顾及的"背景"。中国大学生毛入学率,1998年是10%,去年是26.5%,教育部希望2020年达到40%。如此迅猛的"扩招",除了使大学生及研究生面临越来越严酷的就业市场,再就是中国大学整体的学术水平及教学质量明显下降。而我更关心的是,此举背后那个"跨越式发展"的思路。

不愿夯实基础,步步为营,而是希望一路快跑,多快好省,主政者似乎忘了当年"大跃进"的教训。[1]

不否认近年中国高等教育发展神速(尤

---

[1] 参见陈平原《大学·文学与文学教育》7—38页,新加坡:南洋理工大学中华语言文化中心,2010。

其在硬件设施及科研经费方面），我担心的是走得太快、太急，方向不明确，没有建立起合理的评价体系，也未能形成良好的学术风气，如此"大跃进"，必定留下无数隐忧。争论的焦点在于，能否在一段时间内，不谈三七二十一，先竭尽全力"把饼做大"，有问题以后再说。结果怎么样？做得好叫"广种薄收"，做不好则是"劣币驱逐良币"——就看你的立足点及视野了。提倡者称，原本招一百个学生，现在扩大到一千，那一百个肯定还在其中；原来只需一百名教授，现在扩大十倍，理论上那一百名也在里面。即便很多毕业生不合格，但好学生总是有的吧？反对者则担心风气不正，那一百个优秀学生被挤到了边缘，根本发挥不了作用。以中文专业为例，最近这些年，每年培养一千多名博士。这些博士将来是要当教授的，说不定还要当系主任、院长或校长，若他们中有30%甚至60%不合格，日后将是何等局面？中文专业底子厚，还不太离谱；很多"新兴学科"步子迈得更大，真不知日后如何收场。

与"大学扩招"相呼应的，是各种各样的评估与奖励。人文学本讲究"博学深思""沉潜把玩"，是寂寞而又有趣的事业。现在不一样了，很多人做学问就像江湖卖艺，敲锣打鼓，热火朝天。三分学问，七分吆喝，场面上很好看，但属于"雷声大雨点小"，学术上没有明显推进。可你不服气还不行，人家每一步都踩到鼓点上，紧跟评价指标做学问，属于数字化管理时代的"当代英雄"。

当下中国学界，因权威的缺失，对具体学者的评判，除了科研经费，就是论文数量。后者间接鼓励粗制滥造，会有严重的后遗症，大家都明白。前者呢？工科院系的研究水平，或许真的钱多钱少见分晓；社会科学若做大型社会调查，对经费也有很大的依赖性；人文学并非如此——除非你是编纂性质，需要拉一杆大旗，集合大批人马，否则，千里走单骑，头脑是第一位的。现在可好，各大学全都买椟还珠，不看成果，单看科研经费。

既然谁都明白，为何不实事求是，给教授及研究生较为宽松的学术环境？这就是评估体系闹的。你当领导，就得肩起责任，努力抗拒这个潮流，即便因此而脸上无光，甚至被撤职，也在所不惜。记得当年傅斯年在中央研究院当史语所所长，曾要求所有刚进所的助理研究员三年内不写文章；即便写了，也不要发表。有些特立独行的，希望早出成果，惹得傅先生很不高兴。傅斯年是史语所的大家长，有这个权威，大家听他的。这么做有他的道理，那就是逼着你认真读书，沉下心来做学问。我在北大读博期间的导师王瑶先生，

傅斯年

也认定研究生在学期间不必发论文。他指导的硕士生钱理群、赵园、吴福辉、凌宇、温儒敏等，都是在毕业后才开始大发文章的。因为在学这几年，你可以心无旁骛，拼命读书，这种训练与积累，是管一辈子的。现在不一样，硕士生、博士生都被要求多发文章，整个学习状态完全变了。

以前我指导研究生，也是让他们多读书，勤思考，少写作，不一定发表文章。现在不行了，扛不住，因为学生找工作需要"靓丽"的成绩单。以前招聘单位一看是北大博士，出自名教授门下，质量肯定有保证，这样就行了。现在各大学为"公平"起见，由人事部负责招聘新人。人事干部只管数你有多少篇文章，发在哪个级别的杂志上。在国外，博士论文答辩前，不允许提前发表；在中国则相反，答辩前最好先刊出若干章节。可这不等于把评鉴论文、发现人才的重任，交给了杂志社的编辑？

这是个恶性循环：管理者缺乏足够的权威性与公信力，无法判定学者学术水平之高低，只好数字里出英雄；而一旦数篇数成风，必定催生很多滥竽充数者。除非你是名家，否则，不随波逐流，就可能会被淘汰出局。怎么办？一方面，敦促教育主管部门调整评价体系，以治理中国学术之"虚胖症"；另一方面，学者自觉追求"减产增效"——少写文章，写好文章，

写大文章。

第五，一代人的情怀与愿望

所谓"三十年"，学术史上明显就是一个世代。上世纪 80 年代登上舞台的，如今正陆续谢幕。下一个"三十年"，不属于今天活跃在台面上的人物。又到了转折关头，只好先"瞻前"，再"顾后"。

回头看 80 年代登台的这一代学人，伴随着改革开放的高歌猛进，闯出一条新路，确实有贡献，但专业成绩并不理想，起码不像媒体渲染得那么"伟大"。

去年，北大中文系为百年庆典而编写了《我们的师长》《我们的学友》《我们的青春》等六书，让我得以对北大中文系的学术传统有更多体认。上面两代学人，因多年战乱以及新中国成立后的历次政治运动，浪费了很多年华，在学术上是有遗憾的。而最近三十年，基本上是承平岁月，政治运动少，出版条件好，教学任务比较轻，出国开会或进修更是相当便利，我们这代人可谓"躬逢其盛"。虽有如此好条件，反躬自省，仍不敢说在学术上全面超越前辈。以北大中文系的语言学专业为例，按年龄排，比起已去世的王力、魏建功、袁家骅、岑麒祥、高名凯、周祖谟、朱德熙、林焘、徐通锵等，现有的教授虽然也很努力，但很难说已经超越前贤。是什么原因妨碍我们成为像王力、魏建功那样的大家呢？小时学术环境不好，国学底子薄或西学修养不够，固然是不可忽视的因素；但我以为更重要的是心境与情怀——要说对学问的极端执著、志存高远且心无旁骛，我们这一代明显不如前辈。

一代人在学术史上的贡献，不只取决于其知识结构，更与所处的政治环境、思想潮流、社会氛围密切相关。中国人喜欢说"长江后浪推前浪"，那是一种恭维，当然也是鞭策。人文学与社会科学不一样，我们这一代没能超越在颠沛流离中治学的民国学人，实在很遗憾。那么，下一代呢？人们常说现在的年轻教师很幸福，生活条件比以前好多了（虽然还不尽如人意），求学路上也没有碰到大的障碍（不像我们这一代深受十年"文革"的荼毒）。我很怀疑这种说法。

不同时代的年轻人，"脱颖而出"的机遇不一样。现在的年轻博士要出头，比我们当年难得多。我是 77 级大学生，"文革"后恢复高考的第一届。我们那一代人，只要有才华，肯努力，就有机会"站到前排"来。因为那是一个大转型的时代，年轻人更能感受新时代的曙光，也很容易获得大展身手的机会。而现在，整个社会的学术、思想、文化等都处于"平台期"，要想取得"革命性"的突破，谈何容易！

前面提及，以项目制为中心、以数量化为标志的评价体系，社会科学容易适应，人文学则很受伤害。从长远看，受害最严重的是从事人文研究的年轻学人。稍微年长的，或足够优秀，或"死猪不怕开水烫"；40 岁以下的副教授或刚刚入职的青年教师，一方面有朝气，还想往上走，不愿意就此停下来，另一方面呢，学校压给他们的任务比较重，因而心力交瘁。人文学需要厚积薄发，很难适应眼下早出活、快出活、多出活的"时代潮流"，这就导致那些愿意走正路、按老一辈学者的方法和志趣治学的年轻人，容易被边缘化，甚至被甩出轨道。

一代人有一代人的困境，一代人有一代人的活法，大概是念现代文学的缘故，我相信前路茫茫，既是坟墓，也有鲜花。在座诸君，肯定有毕业后愿意申请中国大学教职的。我先表示欢迎（北大中文系连续好几年都有欧美大学博士入职），再打预防针，告诉大家，在中国，人文学及人文学者所面临的"机遇"与"陷阱"。有此心理准备，碰到难题，不至于大起大落或仓皇失措。

诸位既然选择了人文学，也就选择

胡适

了独立思考。因此,我专门挑胡适的一段话,作为此次演讲的结语,也算是一种临别赠言。记得胡适《〈王小航先生文存〉序》曾引晚清维新志士、官话字母的创始人王照《贤者之责》的末段:"朋友朋友,说真的吧!"然后大加发挥,称生活在今日社会,在古人"贫贱不能移,富贵不能淫,威武不能屈"之外,还得添上一句"时髦不能动"。不怕"落伍"或"笨拙"的讥笑,方能有属于自己的选择;只要认准了,就一直往前走。我不是教育部部长,也不是北大校长,既不负责宣讲祖国形势一片大好,也无权力当场拍板招聘人才。作为一个任职北大且关注中国教育的学者,我只能剖析当代中国人文学之"三十年河东";至于接下来的"三十年河西",题目如何定,文章怎么做,拜托在座诸位了。

(初刊《读书》2012 年 2 期)

"现代中国研究"的四重视野[1]
——大学·都市·图像·声音

在大学教书，经常会面临这样热切的提问：怎么做学问？有哪些值得推荐的理论？什么样的研究方法最好？其实，学者治学，除了基本训练，还与个人的知识、心境与阅历联系在一起，关键是研究背后的问题意识。因此，与其贩卖某种现成的理论或方法，还不如学会阶段性地回溯自己的学术历程，反省其得失成败，这样，对自己、对友人、对学生都更有启示。

1982年春，我大学毕业，进入中山大学研究生院念书，到现在恰好三十年。前半段目标明确，专攻小说史及散文史；后半段则显得有些凌乱，主轴是研究现代中国学术，先后在北大出版社刊行了《中国现代学术之建立》(1998)、《触摸历史与进入五四》(2005)、《作为学科的文学史》(2011) 等，此外，还关注大学、都市、图像、声音。如此四处出击，犯了兵家大忌——打仗的人都明白，伤其十指不如断其一指。为什么这么做？除了兴趣广泛，不愿被现有的学科疆域所限制，再就是为了我指导的研究生。他／

---

[1] 作者曾以类似题目在以下大学演讲：华南师范大学（2009年12月11日）、（台湾）中正大学（2010年3月25日）、英国爱丁堡大学（2010年8月25日）、北京大学（2011年6月30日）以及河南大学（2011年10月21日）。此次增删成文，参照不同的演讲底稿及河南大学的记录稿。

她们中有的从本科三四年级就开始听我的专题课，听了七八年，要让他／她们每回听讲都有收获，不容易。再说，好题目是做不完的，个人精力有限，将自己感兴趣的、正在思考的题目介绍给精力充沛、更具创新意识的学生，说不定能打出一片新天地。这也是今天演讲的目的——并非讲述完整的故事、介绍无懈可击的思想体系，而是谈论我自己感兴趣的若干课题，希望有人接着做。

先说两句闲话，权当开场白。阅读、理解、阐释"现代中国"，不要说文化传统迥异的他者，即便生于斯长于斯，也不是一件容易的事情。因为，中国实在太大了，幅员辽阔，历史悠久，典籍丰富，内部结构复杂，使得你很难"一言以蔽之"。原北大副校长、著名语言学家朱德熙先生半开玩笑说：如果在国外有人问你，你们中国有没有这种语言现象，你尽管说"有"；回来仔细找，肯定找得到。相反，回答"无"则是很危险的，因为哪个犄角旮旯都可能冒出一些你预想不到的东西来。一句话，中国的复杂性远远超出你我的想象，作为研究者，必须随时准备接受新的挑战。

面对如此纷纭复杂的"现代中国"，该如何解读？传统的人文学者，偏重于文字及书籍。而实际上，"声音"和"图像"在传播知识、表达情感、影响人们的思维及审美方面，起很大作用。当下的中国人，每天接受的信息——我说的是信息，不是知识——百分之七十来自图像及声音。在学校里，"阅读"依旧是主课；可走出校门，书本就变得不那么重要了。这对于擅长与《诗经》《楚辞》《史记》《汉书》《说文解字》对话的中文系师生来说，是很大的挑战。当然，这里有时代的差异，但眼光及趣味是相通的——即便讨论"古典中国"，我们也无法完全回避图像与声音。至于"都市"与"大学"，二者更是密不可分。念中文系的人都知道，都市生活和文学生产、文学潮流、文学教育等息息相关。倘若将"大学""都市""图像""声音"视为四个关键词，交叉配对，必定产生很多有趣的话题：比如，不同媒介如何表现都市生活、大学课堂怎样被学生追怀、晚清画报中的北京与上海、文学史上的都市记忆等。

好，言归正传。以下就借助这四个关键词——也可以说是研究思路，依次展开有关"现代中国"的想象。

第一个关键词："大学" 前年春天，北大出版社刊行"陈平原大学三书"。无论是《老北大的故事》(增订本)、《大学何为》，还是《大学有精神》，都不是空论"大学精神"或"大学理念"，而是追踪晚清以降的"大学史"。这三本书，收录了我从上世纪90年代中期以来所撰有关大学的文章。在我看来，"大学"乃20世纪中国知识生产及传播的关键一环，值得认真辨析。最近这些年，中国政府让重点大学的校长们轮流到耶鲁大学接受培训，听美国人讲大学理念及管理经验。这很好，让校长们开阔眼界。可同时我们也有必要让校长们了解中国源远流长的教育传统——从古代中国的书院，到晚清以降的大学，都有值得你我认真品鉴的功过得失。我之所以从"文学史"跳到"大学史"，除了求知的愿望，还有一个隐秘的动机：那就是让中国的大学生、教授、校长乃至官员，理解中国的大学是如何成长起来的，让21世纪的中国不再只是"欧洲大学的凯旋"。

在座的大都是大学生或研究生，谈这些，可能觉得有些遥远。其实不然。大学由三种人组成——学生、教授及校长为代表的管理层，三者的学识、阅历及立场有很大差异，但共同构成了大学的整体形象。其中最愿意倾听历史的足音、体认大学的传统的，是大学生。因此，所谓"读大学"，除了接受专业训练，更重要的是在校园里得到精神的熏陶。最近几年，我在好几所大学讲《永远的"笳吹弦诵"——关于西南联大的历史、追忆及阐释》，效果极佳。其中提到："联大有什么值得骄傲的？联大有精神：政治情怀、社会承担、学术抱负、远大志向。联大人贫困，可人不猥琐，甚至可以说'器宇轩昂'，他们的自信、刚毅与聪慧，全都写在脸上——这是我阅读西南联大老照片的直接感受。"明天下午，我将在"开封：都市想象与文化记忆"国际学术研讨会上发表论文，提及河南大学抗战期间的几次迁徙。从嵩县潭头到淅川荆紫关，再到宝鸡石羊庙，最后胜利回归开封古城，河大的这段经历，当事人刻骨铭心，后来者也必须认真体会。我谈"大学史"，不同于为本校评功摆好的"校史专家"，主要目标是叩问何为大学、大学的功能及定位、今日中国的"大学之道"是否平坦、有无进一步提升的可能等。当然，思考大学的命运，也与我从事现代中国文学史及学术史研究密切相关。

我最早关注大学史，是 1994 年初春，那时我在东京大学访学。学现代文学的大都受鲁迅影响，习惯用一种冷静的审视的甚至有点挑剔的目光来面对这个世界。刚好买到一本《东京大学百年》图册，马上想起一个严峻的话题——太平洋战争期间，东京大学把很多学生送上了前线，这段历史该如何书写？这么追问，不是故意揭人家的伤疤，而是为了反省北大百年的光荣与梦想、失落与彷徨。我注意到一个有趣的现象：同是校庆纪念刊，凡在校生编的，都以批判为主；凡校友编的，全是怀念文字。这点，国内外大学都一样——听校友说，都是一枝花；听在校生说，则一塌糊涂。二者都有其合理性，作为研究者，你"兼听则明"；而且，还得有超越校史的大视野。

十几年前，我编《北大旧事》(三联书店，1998)，写《老北大的故事》(江苏文艺出版社，1998)，深知北大校园里广泛流传的那些动人故事，大都是半真半假。一代代北大学生，凭借讲述、增删、修订"北大故事"，来凸显自己认可的"北大精神"。在这个意义上，校长会换人，教授将退休，唯有"故事"生命力最为强盛，还会一代一代往下传，且不断地生根开花结果。

大学里，流传广泛的故事大都属于文科教授，为什么？我猜想，第一，中文系的学生会写文章；第二，文科教授的学问比较容易被大众了解；第三，一旦选择"故事"而不是"数字"，特立独行者的人格魅力会成为关注重心。"故事多"与"贡献大"，是两个完全不同的概念；不过，对于老大学来说，盛产"有精神的故事"，这也是一种光荣。

基于文学教授的敏感，抓住校园里广泛流传的"故事"大做文章，此乃我从事大学研究的最大特点。此举起码让大家意识到，大学不是一个空洞的概念,而是一个由有血有肉、有学问有精神的人群组成的知识共同体。关于大学历史的讲述,不一定非板着面孔不可,完全可以讲得生动活泼。从"故事"入手来谈论"大学",既怀想先贤,又充满生活情趣,同时回避了官修正史需要平衡各方利益的缺憾。这么谈大学,与"教育学"的主流不合,只能说是"别有幽怀"。从故事入手谈中国大学,好处是打散了原本僵硬的结构,但怎样合理重组,需要开阔的学术视野以及细致的史事考辨。这方面,我做得不够。

我之谈论"中国大学",兼及历史研究与现实关怀,不全是书斋里的功夫。香港三联书店刊行我的《历史、传说与精神——中国大学百年》(2009),总编辑一边看稿一边赞叹,书出版后,干脆送给香港各大学校长每人一册。因为,两岸四地的中国大学,目前的境遇很相似,面临大致相同的机遇与陷阱。我书中的现实感怀,容易引起教授及校长们的关切。两次应邀到中央党校给大学校长班讲课,听众大都欣赏我的立场及思路;在大学里演讲,更是很容易收获掌声。关注当下的中国教育,使得我的文章颇获好评;但另一方面,此举也影响了我著述的深度与广度。历史与现实、论文与评述、批判与建设,到底该如何协调,对我来说,还是个未决的难题。单篇文章感觉不到,一旦结集出版,这毛病就暴露无遗。

大学作为知识生产及文化传播的重镇,是一个时代的晴雨表。尤其是在意识形态挂帅的时代,这个问题很严重。比如,谈论反右运动或"文化大革命"中的北京大学,不能局限在教育领域,非在政治史的大背景下剖析不可。正是在这一点上,目前国内外的研究成果都不尽如人意。各大学人事档案不公开,导致学者们讨论1950—1970年代这三十年间教育界的是非曲直时,深受限制。说好话容易,深入探究,尤其是触及伤疤,则很难。当下中国的"大学史",大都停留在为本校、本院系争荣誉的阶段,缺乏真正的史学价值。

依我浅见,21世纪人文学各学科,将从"教育的突破"那里获得很大收益。除了"教育学"兼及理论与实践,涉及面甚广,牵一发而动全身,

《作为学科的文学史》

更因其目前水平不高,容易取得突破。在与心理学、语言学、政治学以及学术史、思想史、文学史的对接中,教育学有可能突飞猛进,成为下一个"显学"。而对文学史家来说,这也是个很好的机遇。诸位若有兴趣翻阅《作为学科的文学史》,或看看我发表在《北京大学学报》上的长文《知识、技能与情怀——新文化运动时期北大国文系的文学教育》(2009年6期、2010年1期),当能明白这一点。

既然在中文系念书或教书,你就有必要了解古往今来的"文学教育",理解"文学史"这门课程是怎样建立,还有老师们讲述的各种知识体系是如何建构起来的,这其中的利弊得失,值得你我深思。

第二个关键词:"都市" 我之关注都市文化研究,目前处在"提倡有心,创造无力"的阶段。虽在北大出版社主编"都市想象与文化记忆"丛书,但自家著作只有三联书店刊行的论文及随笔合集《北京记忆与记忆北京》(2008),远未达到原先设定的工作目标。不过,对此课题,我有兴趣,也有信心。

我曾经说过,同一座城市,有好几种面貌:有用刀剑刻出来的,那是政治的城市;有用石头垒起来的,那是建筑的城市;有用金钱堆起来的,那是经济的城市;还有用文字描出来的,那是文学的城市。我关注这几种不同类型的城市,但主要兴趣及着力点明显倾向于最后一种。有城而无人,那是不可想象的;有了城与人,就会有说不完的故事。人文的东西,需要不断地去讲述、辨析、阐释。借用城市考古的眼光,谈论"文学的都市",乃是基于沟通时间与空间、物质与精神、口头传说与书面记载、历史地理与文学想象,在某种程度上重现三百年、八百年乃至千年古都风韵的设想。

不仅如此，关注无数文人雅士用文字垒起来的都市风情，在我，还想借此重构中国文学史的图景。当我们的着眼点从幽雅的"溪山行旅"逐渐转向世俗的"都市印象"，对历代主要都市的日常生活场景了如指掌，了解这些日常生活以及世态人情如何折射到文学艺术中来，回过头来再谈"中国文学"，会是另一番面貌，不再只是传统的朝野对立，或者五四新文化运动时期的官府／民间、上世纪50年代的压迫／反压迫、上世纪90年代的人性／反人性。

作为专业的城市研究，必须走出单纯的风物记载或掌故之学；对城市的生活形态、历史文化、精神境界的把握，需要跨学科的视野和坚实的学术训练。从2003年起，我和哈佛大学王德威教授合作，联合国内外学者，分别在北京、西安、香港、开封召开以"都市"为对象的国际会议。这个仍在继续的工作计划，采用跨学科的思路，兼及文学、史学、考古、地理、建筑、绘画、电影、音乐等，目的是尽可能拓展都市阐释的空间与力度。与此相适应，从2001年秋起，我先后四次在北京大学、香港中文大学开设"都市文化研究"专题课。推荐给学生们阅读的书籍包括：本雅明的《发达资本主义时代的抒情诗人》（张旭东等译，北京：三联书店，1989）以及《巴黎，19世纪的首都》（刘北成译，上海人民出版社，2009）、卡尔·休斯克的《世纪末的维也纳》（黄煜文译，台北：麦田出版，2002）、理查德·利罕的《文学中的城市：知识与文化的历史》（吴子枫译，上海人民出版社，2009）、石田

本雅明

《发达资本主义时代的抒情诗人》

《世纪末的维也纳》英文版

《图像晚清》

干之助的(增订)《长安の春》(榎一雄解说,东京:平凡社,1967)、谢和耐的《蒙元入侵前夜的中国日常生活》(刘东译,南京:江苏人民出版社,1995)、施坚雅主编《中华帝国晚期的城市》(叶光庭等译,北京:中华书局,2000)、李孝悌编《中国的城市生活》(台北:联经出版公司,2005)、陈平原、夏晓虹编注《图像晚清》(天津:百花文艺出版社,2001)、罗兹·墨菲的《上海,现代中国的钥匙》(上海社会科学院历史研究所编译,上海人民出版社,1986)、李欧梵的《上海摩登:一种都市文化在中国,1930—1945》(毛尖译,香港:牛津大学出版社,1999;北京大学出版社,2001)、赵园的《北京:城与人》(北京大学出版社,2002)、陈平原、王德威编《北京:都市想象与文化记忆》(北京大学出版社,2005)、陈平原、王德威、陈学超编《西安:都市想象与文化记忆》(北京大学出版社,2009)、汪民安等主编《城市文化读本》(北京大学出版社,2008)等。选书的标准,除了学术质量,还希望兼及思路与方法、文学与历史、中国与外国、古代与现代等。凡外国著作,开列原著及译本,希望学生对照阅读,但不强求。学生们普遍称道《发达资本主义时代的抒情诗人》和《世纪末的维也纳》,尤其那种游手好闲的姿态,那种观察品味城市的能力,那种将城市的历史和文本的历史搅和在一起的阅读策略,让他们很开心。

做都市文化研究的,很容易记得诗人波德莱尔那忧郁且敏锐的目光,在拥挤的人群中漫步,带着体贴、温情与想象力,观察这座城市及其代表的意识形态。既不同于市民的执著,也不同于游客的超然,而是若即若离、不远不近，这样才能保持足够的驰骋想象的空间以及独立思考的能力。十年前，我开始有意识地谈论作为都市的"北京"，建议学生们课余时间用脚丈量这座城市，在街头巷尾游荡并拍摄影像资料。因为，以目前中国的城市化进程及"旧城改造"设想，再过二十年，所有的中国城市都可能"面目全非"。那个时候，要想知道这些城市的前世今生，只能到博物馆里去观看与体察。这也是我为什么在"学者的严谨"与"文人的温情"之外，还要强调"旅行者好奇的目光"的原因。这里有本雅明的教诲，但也是现实生活的刺激与启迪。对于生活在北京、西安、香港、开封的读书人来说，谈论日新月异的城市，品鉴历史，收藏记忆，发掘传统，体验精神，既是研究课题，也是历史责任。

对我来说，从事都市文化研究，依旧是一半学术视野，一半现实关怀。在中山大学和广州市合作召开的第一届"广州论坛"上，我谈"如何'养育'世界文化名城"——这句话得到政府及民间很多人的认同，在第二届"广州论坛"上甚至成了分论坛主题。关于城市的口号，我主张在"建设""经营""打造"之外，加上"养育"一词。表面上是一个动词的选择，背后却是一种城市发展思路。之所以不喜欢"打造"这个词，就因为未免过高估计了人的主观能动性。你以为城市是一块铁，只要烧红了——转化成现实条件，就是"有钱"或"有权"，就可以随心所欲地将其打造成刀剑、犁耙或玩具，那是不对的。一方水土养育一方人才，一方水土创造一方文化，同样道理，一方水土也培植一方名城。人需要养育，城也需要养育——包括体贴、呵护与扶持。这是人文学者与工程师或经济学家不一样的地方。

说实话，我对"保护古都风貌"是不抱幻想的。对于中国城市化过程中的种种偏差，可以建议，也可以抗争，但基本路径不会因我辈书生的意见而转移。此等潮流，硬挡是挡不住的，只有撞了南墙，才有回头的可能性。作为人文学者，我们能做的，大概只是关注、感叹并记录这一进程。此外，借此机遇，努力发展潜力无限的"城市研究"。面对此注定是跨学科的"庞然大物"，每个"术业有专攻"的学者，都在努力寻找发言的最佳位置——既有效地借鉴其他专业，又很好地发挥自家特长。这是个艰难但值得期许的摸索过程。

第三个关键词："图像" 从1995年撰写《从科普读物到科学小说——以"飞车"为中心的考察》，有意识地在历史论述中使用图像资料，到目前为止，我先后刊行了12种包含图像资料的书籍。这些图文书，大致分为三类：使用照片，但只是配合演出，如《触摸历史：五四人物与现代中国》(广州出版社，1999)；借用明清版刻，解读小说绣像，如《看图说书——小说绣像阅读札记》(北京：三联书店，2003)；编选、整理并阐释石印的晚清画报，如《点石斋画报选》(贵州教育出版社，2000)及《图像晚清》(百花文艺出版社，2001)。

因为是中文系教授，首先关注的是图文之间的关系。在《从左图右史到图文互动——图文书的崛起及其前景》[1]中，我特别在意学术类的图文书中，如何保持文字本身特有的魅力。文章第四节称：第一，不是所有书籍都适合于配图，这是常识，可往往被人忽视；第二，除了专门的图册或美术史，所谓的"图文书"应以文字为主干，防止图像喧宾夺主。第三，选择图像时，不以画面"好看"为目标，而是更多考虑图像是否难得，以及能否与文字相呼应；第四，同样处理"图像与文字"，书籍应不同于报刊以及电视；第五，"眼见"不见得"为实"，对于照片呈现的场景，必须谨慎对待；第六，纯粹的图像，在呈现历史进程以及表现精神世界方面，是有局限性的。另外，对于文字之"不

《看图说书》

[1] 初刊《学术界》2004年3期，收入《学者的人间情怀——跨世纪的文化选择》，北京：三联书店，2007。

可替代",我坚信不疑。所谓"视觉文化"占据了主导地位,并形成了某种"霸权",这只是一种假象。在文化思维及学术建设中,文字依然扮演主角。好的图文书,应该凸显文字美感、深化图像意义、提升作者立意,三者缺一不可。这样的境界,虽不能至,心向往之。

古代中国"图书"并称,有书必有图。只不过在漫长的历史岁月中,大部分图像资料没能像其阐释的经典那样留存下来。图谱的失落以及国人读图能力的退化,宋人郑樵已有很深的感叹。在《通志略·图谱略》中,郑樵专门讨论了"图""书"携手的重要性,批评时人之"见书不见图"。在文字之外,图像如何传递知识、表达情感以及完成文明的塑造,不是一两句话就能说清楚的。而对于中国学界来说,"读图"显然还是一门生疏的"手艺"。既擅长阅读、分析图像,又颇能体味、保持文字魅力,这很不容易,需要修养,也需要训练。换句话说,读图有趣,但并不轻松——这同样是一门学问,值得认真经营。

我之"读图",比较有心得的是晚清画报研究。十二年前,撰文谈论《点石斋画报》,其中有这么一段话:"创刊于1884年5月8日,终刊于1898年8月的《点石斋画报》,十五年间,共刊出四千余幅带文的图画,这对于今人之直接触摸晚清,理解近代中国社会生活的各个层面,是个不可多得的宝库。伴随着晚清社会研究的急剧升温、大众文化研究的迅速推进,以及图文互释阅读趣味的逐渐形成,《点石斋画报》必将普遍站立在下个世纪的近代中国研究者的书架上,对于这一点,我坚信不疑。"今天看来,题目选得不错,研究思路也在不断深入,尤其是将视野扩展到整个晚清画报,与国内外其他

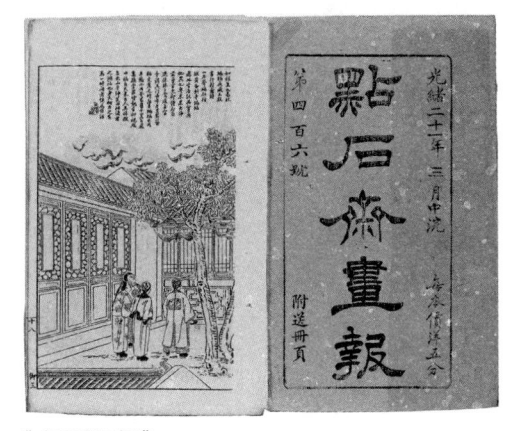

《点石斋画报》

学者有很大的差异。

我发表在《开放时代》2001年5期上的《以"图像"解说"晚清"》，其实是《图像晚清》一书的"导言"，其中谈及："对于晚清社会历史的叙述，最主要的手段，莫过于文字、图像与实物。这里暂时搁置真伪、虚实、雅俗之类的辨析，单就表现力立论：文字最具深度感，实物长于直观性，图像的优势，则在这两者之间。可一旦走出博物馆，实物只能以图像的形式面对读者。这时候，对晚清的描述，便只剩下文字与图像之争了。"借鉴郑振铎"画史"思路，确立以史料印证图像、以图像解说晚清的论述策略，或诗文，或笔记，或报道，或日记，或档案，或上谕，或竹枝词，或教科书……任何体现时人见解的文字，都可能进入我们的视野，并用作《点石斋画报》所呈现的"晚清图像"之佐证、旁证或反证。这当然只是一种尝试。

关于晚清画报，我有两篇文章值得推荐：一是刊于《中华文史论丛》2006年1辑的《流动的风景与凝视的历史——晚清北京画报中的女学》，一是刊于《北京社会科学》2007年2期的《城阙、街景与风情——晚清画报中的帝京想象》。其实，这两篇文章都收入了我在香港三联书店出版的《左图右史与西学东渐——晚清画报研究》(2008)。此书迟迟不出简体字本，是因为还在修订中。增订本将大为扩充，且努力在理论上有所提升。我之谈论"晚清画报"，自我感觉比较出彩的地方，是大视野、史学功夫、注重文字与图像之关系。目前碰到的困难，主要在以下五方面：一是读图理论的建构；二是资料蒐集之困难；三是图文之间的巨大张力如何阐释；四是画报制作与整个思想文化史的关系；五是从物质文化角度，思考并论述石印的特殊性。

第四个关键词："声音" 文字寿于金石，声音则随风飘逝。不管是思想启蒙、社会动员，还是文化传播、学术普及，"巧舌如簧"的功用，一点也不亚于"白纸黑字"。但在没有录音录像设备的时代，"声音"无法保存，只能依靠"文字"来转述。明白这一点，我们不该忽视那些因各种因缘而存留在纸上的声音。

最近十几年，论及现代中国的思想、文化、文学，我总是自觉不自觉地牵涉晚清迅速崛起的演说。演说可以是政治宣传，可以是社会动员，还可以是思想启蒙或学术普及——表面上只是演说内容的差异，实际上牵涉到演讲的立意、文体、姿态、身段、听众反应以及传播效果等。介于专业著述与日常谈话之间的"演说"，成了我们了解那个时代学人的社会生活以及学问人生的最佳途径。于是，我选择了章太炎、梁启超、蔡元培、胡适等十几位著名学者作为研究对象，探讨"演说"是如何影响其思维、行动与表达的。

从《学问该如何表述——以〈章太炎的白话文〉为中心》(2001)，到《学术讲演与白话文学——1922年的"风景"》(2002)，再到《"演说现场"的复原与阐释》(2006)，反省学界对五四白话文运动的论述，我做了如下几点修正：第一，《新青年》同人在提倡白话文时，所有"溯源"都指向"文艺文"（或曰"美文"），而不是同样值得关注的"学术文"；第二，白话文运动成功的标志，不仅仅是"国语的文学，文学的国语"，述学文章之采用白话，尤其是长篇议论文的进步，也是至关重要的一环；第三，晚清以降的演说热潮，以及那些落在纸面上的"声音"，其对白话文运动和文章体式改进的积极影响，不容低估；第四，章太炎等人的讲学与宋明大儒之"坐而论道"不同，每讲包含若干专门知识的传授，而后才是穿插其中的社会批评或思想启蒙；第五，学者之公开讲演并刊行讲稿，不管是赞成还是反对白话诗文，都是在用自己的学识与智慧，来协助完善白话的表达功能；第六，创造"有雅致的俗语文"，固然"以口语为基本"，可这个"口语"，不限于日常生活语言，还应包括近乎"口头文章"的"演说"。

有经验的读者都明白，"口若悬河"与"梦笔生花"不是一回事，适合于讲演的，不见得适合于阅读。只有在现场，演说才能充分展现其不同于书斋著述的独特魅力。不单论题的提出蕴涵着诡秘莫测的时代风云，现场的氛围以及听众的思绪，同样制约着演说的发展方向。在这个意义上，理解"演说"的魅力，必须努力回到"现场"。我们不仅需要了解某一次演讲的时间、地点、听众、论题，更希望借钩稽前世今生、渲染现场氛围、追踪来龙去脉，还原特定的历史语境。这样，才有可能让那些早已消失在历史深处的"演说"，重新焕发生机，甚至介入当代人的精神生活。

众多文章中，我最得意的是《有声的中国——"演说"与近现代中国文章变革》。本文最初是在北京大学主办的"东京大学论坛"上宣读（2005年4月28日），二稿于韩国成均馆大学召开的"东亚近代言语秩序的形成与再编"国际学术研讨会上发表（2006年1月20日），三稿提交给东京大学主办的"近代东亚的知识生产与演变"国际学术研讨会（2006年7月21日）。与会者的评议及提问，使我的思考得以不断深入。文章刊《文学评论》2007年3期，被《新华文摘》及各种选本转载，还有英文译本。此文着重讨论的是，作为"传播文明三利器"之一的"演说"，如何与"报章""学校"结盟，促成了白话文运动的成功，并实现了近现代中国文章（包括"述学文体"）的变革。

讨论盛行于近现代中国的"演说"，对于开启民智、普及知识、修缮辞令、变革文章以及传播学术的意义，这方面我比较有把握；至于论述"声音"与现代民族国家的命运，则还没有很好展开。诸如学堂乐歌、朗诵诗运动、演出舞台及效果、无线电广播的戏曲、唱片制作及电影业等，都是从"声音"入手谈论晚清以降"启蒙事业"的绝好途径，可惜我没能涉足。

"有声的中国"——这既是文章篇名，也是研究思路；明知大有可为，但尚在起步阶段。这两年我撰成《"文学"如何"教育"——关于"文学课堂"的追怀、重构与阐释》《不忍远去成绝响——张长弓、张一弓父子的"开封书写"》，还有多次演讲但仍未定稿的《舞台小天地——现代中国文学视野中的"戏曲人生"》，谈论"课堂"、追忆"舞台"，以及倾听古都的"声音"，都是朝这个方向努力。难处在于，如何兼及物质文化与精神创造，将文化史的资料，与文学史或思想史的"文本"有机结合，且作出令人信服的阐释。

关注声音、图像、都市、大学，是我近年谈论"现代中国"的新思路，某种意义上，也是意识到时代思潮及技术手段的变迁可能导致中文系转型的一种对策。延续以前的研究，当然也可以；但引入新的视角及思路，或许会"别有一番滋味在心头"。

有历史系的朋友问我，从事文学研究的，有可能成为第一流学者吗？这么提问，有意无意中，凸显其"史学的傲慢"。当然，这其中也包含世人对于文学研究（尤其是现当代文学批评）的误解，以为只是在报章或电视上卖弄小聪明，耍耍嘴皮子。同样是谈"文学"，关键在怎么阅读、如何阐释，以及研究者的精神境界。

饶宗颐在《我所认识的汉学家》[1]中，提及法国著名汉学家戴密微的说法："其实搞汉学最大的好处在于通过文学来了解中国！"据饶宗颐称：戴密微的学术路向是先治佛学，进而治庄子，治敦煌学，由敦煌文学进入了中国文学。"他连连说可惜太晚了，到了晚年才醒悟出中国文学的伟大。他想申请到中国来，看看谢灵运浙江故居的山水。他对我说，我原以为中国最重要的东西是佛学，现在方知要重视文学，而且就世界的范围看，无论论质还是论量，其他国家根本都没法相比。"几年前，我曾在一次演讲中提及此事，当时只知道饶先生发表北大演讲稿时删去了这段话，没注意到此前他已在别的文章中提及。我在文章中进一步发挥："从文学入手研究中国，照样可广大，可深邃。而且，我特别看重一点：从文学研究入手，容易做到体贴入微，有较好的想象力与表达能力。所有这些，都并非可有可无，不是装饰品，而是直接影响你的学问境界与生活趣味。你看外国著名的哲学家、思想家，他们的著作中对于文学经典的引述与发挥，你就明白，中国学者对于文学的阅读，普遍不是太多，而是太少、太浅。"[2]

在传统的"语文学"之外，引入思想史、

---

[1] 《光明日报》2000年4月6日。

[2] 《作为一种生活方式的"读书"》，《文汇报》2005年12月25日。

宗教史、教育史、艺术史，以及考古学、物质文化、图像研究等思路，我相信，"文学研究"同样可以做到"博大精深"。海阔天空，任君驰骋，只是不见得都能如愿以偿。深知其中的诱惑与陷阱，假以时日，希望你我都能写出真正意义上的"大作"。

2011年12月21日修订于香港中文大学客舍

(初刊《汉语言文学研究》2012年1期)

"三四十年代中国现代文学"导言

小　引

2014年秋,我应邀为香港某大学中文系本科二、三年级开设的"中国现代文学"课程(下)讲授"总论"。根据教学大纲,本学期学生们将主要学习鲁迅、周作人、沈从文、施蛰存、萧红、张爱玲的若干作品。此绪论的工作目标是让学生对上世纪三四十年代中国文学的整体特征有个初步印象,使其阅读具体的作家作品时有大致的指引,不至于在茫茫林海中迷失方向。因此,要的不是出奇制胜,而是提要钩玄。

不同于中国大陆学生之严重依赖文学史(参见陈平原《假如没有文学史……》,北京:三联书店,2011),香港学生的特点是长于解读具体作品,而缺乏大的文学史视野。中文系课程表上虽有古代文学史、现代文学史等,但基本上都讲成了作家作品研究。同样教"文学史",有人突出文,有人关注史(这里暂不涉及"理论优先"之得失);而在我看来,二者各有利弊。

十几年前,有感于中国大陆的文学史教学越来越倾向于"把相关知识有条不紊地传授给学生",以至于"学生们记下了一大堆关于文学流派、文学思潮以及作家风格的论述,至于具体作品,对不起,没时间翻阅,更不要说仔细品味",我撰写了题为《"文学"如何"教育"》(《文汇报》2002年2月23日)的短文,其中有这么一段话:"以中国文学之源远流长,要求大学生全面掌握,是不可能的事情。与其这样泛泛而论,不如允许有所偏废。用一年甚至一学期的时间,简要勾勒两千年中国文学流变的轮廓,然后开设各类专题课以供学生选择。如此课程设计,可能导致学生知识结构的欠缺,但起码让学生有机会深入阅读并认真咀嚼部分作家作品。"到目前为止,这种勾勒轮廓加专题研究的讲授方式,还只是我的一厢情愿。不说体制上的束缚,单是这"勾勒轮廓"四个字,也都不太容易写好——必须简要、准确、生动,且能引起学生的阅读热情。

自以为对"中国现代文学"相当熟悉,可以张口就来,滔滔不绝。可一旦自我限定,两节课讲完"三四十年代中国文学",反而颇费斟酌。为何跳跃前进,怎样删繁就简,哪里埋下伏笔,何时异军突起,这些都大有讲究。课程教学首先是对学生负责,并非教师驰骋才华的疆场。基于此信念,我为香港学生进入20世纪三四十年代中国文学所做的"导言",学术上没什么新发现,算不上专业论文,但作为一种文学史教学实践,或许值得一读。

所谓三四十年代的中国现代文学,起点是1928年。为什么?因为就在这一年,中国结束了民初以来军阀混战的局面,北伐终于成功,国民政府在此前一年定都南京后,本年改北京为北平。从1928年至1937年这十年,虽然有国民党领导的政府军与共产党领导的红军长期在打仗,即所谓"围剿"与"反围剿",还有红军两万五千里长征等,但大部分城市的生活还是安定的,文化及教育仍在有序地发展。

这个时期的文学创作与文化生产,不是集中在新的首都南京,而是在远东的大城市上海,以及日渐没落的旧帝都北平。于是,在文学界有所谓"京海之争",也就是说,支持京派的与拥戴海派的,互相指责。鲁迅1934年初在《"京派"与"海派"》中说:"北京是明清的帝都,上海乃各国之租界,帝都多官,租界多商,所以文人之在京者近官,没海者近商,近官者在使官得名，近商者在使商获利，而自己也赖以糊口。要而言之，不过'京派'是官的帮闲，'海派'则是商的帮忙而已。"说"海派"近商，容易媚俗，这很好理解；至于这个时期的"京派"，其实已并不近官，因首都已迁到南京，而且，相对说来，"京派"倒是显得比较清高，原因是以大学教授为主体。30 年代北平的大学教授待遇优厚，生活从容，可以更多地讲求文艺的美感与独立性。两种选择，各有各的好处，也各有各的弊端。

考虑到五四新文化运动的中心是北京，20 年代后期起，文化中心毫无疑问变成了上海。上海不仅集中了全国大部分书局、很多影响巨大的报刊，更吸引了无数职业作家与激进文化人。都市生活、商业规模、文化生产，这三者决定了其他地方不可能比大上海更能吸引职业作家了。也只有在这座城市，都市文学、现代主义、左翼思潮、新感觉派等，均能如鱼得水。以刘呐鸥、穆时英、施蛰存为代表的新感觉派小说，用现代主义美学及技法表现都市生活以及都市人的感觉，与 20 年代的乡土文学截然不同，跟郁达夫《春风沉醉的晚上》、茅盾《子夜》等描写上海工人生活的小说也拉开了距离。此流派抗战以后被抹杀，上世纪 80 年代后期重新受到关注。

任何时代都有激进与保守，也都有所谓的"左翼思潮"，但上世纪 30 年代不一样，那时的左翼文学不仅属于中国，还是一种国际性的政治及文化现象。所谓"红色的三十年代"，与国际共产主义运动有密不可分的联系。各国左倾的作家不一定都是共产党员，但互相联系，互相支持，信仰或同情马克思主义，创作了很多批判资本主义、褒扬社会主义的文学作品。在中国，简称"左联"的中国左翼作家联盟，还有左翼戏剧家联盟、左翼美术家联盟、左翼社会科学家联盟等，均受中国共产党领导，有明确的政治主张与严密的组织构架，直接配合中共组织的政治斗争。其存在时间虽只有五年——1936 年春为了建立文艺界抗日民族统一战线而自动解散——但其文学观念的影响却十分深远，40 年代的解放区文学，以及五六十年代的共和国文学，都与其密切关联。

提到"抗日民族统一战线"，这就说到 1937 年"七七事变"后，全面抗战爆发,此事对于现代中国文学的生存与发展,产生了巨大的影响。国共两党重新携手,共同抗击日寇。配合这一新形势,1938年3月27日,中华全国文艺界抗敌协会(简称"文协")在武汉成立,国共两党代表及各派作家都参加进来。文协的成立标志着30年代左翼革命文学、自由主义文学和国民党右翼文学的汇合,组成了文学界的抗日民族统一战线。八年抗战,除掉一头一尾,中间处于相持阶段,整个中国分属三个不同地区:以陪都重庆为首的由国民政府主导的国统区,以延安为中心的由共产党主导的解放区,以日本占领军及汪精卫伪政权主导的沦陷区(其中上海孤岛时期,是指1937年11月日军占领上海,包围租界,到1941年12月珍珠港事件发生,日军进入租界)。三个地区犬牙交错,且不同时期版图变化很大。但总的来说,国统区的文学中心是重庆与昆明,沦陷区的文学中心是上海与北平,解放区的文学中心是延安。作家中偶有来来往往的,但大部分固定生活在某一地区。如周作人、张爱玲属于沦陷区作家,沈从文、萧红属于国统区作家。因各地区的意识形态不同,作家的政治立场与写作题材,乃至文学趣味与创作风格等,也都有很大差异。1945年8月抗战胜利后,国共内战又起,一直到1949年10月,共产党夺取政权,建立了中华人民共和国,国民政府败走台湾。考虑到政权更替后,整个意识形态发生了巨大变化,对于文学潮流及文化生产有绝大影响,三四十年代的中国现代文学,到此告一段落。

  为了让同学们对三四十年代中国文学有大致的了解,这里提纲挈领,简单谈九个问题。

  第一,"从'文学革命'到'革命文学'"。30年代的中国文学,既是对五四新文化运动的继承,也是对其革新与反叛。最直接的例子是,1928年,太阳社、后期创造社等激进青年,他们打出来的旗帜就是走出五四,批评鲁迅老了、茅盾落伍了。之所以这么理直气壮,是因为他们引进了马克思主义文艺理论,以及苏联的文艺政策,而且,更在组织上逐渐成形。1929年底开始筹备,并于1930年3月2日在上海正式成立的中国左翼作家联盟,不只直接影响了30年代的一系列文学论争,并促成了文学创作的新潮流。

其精神遗产，起码笼罩了半个世纪的中国文坛。"左联"不只是文学社团，其活动横跨政治、文化、社会、文学诸领域，其介绍马克思主义文艺理论、提倡"社会主义现实主义"，推动文艺大众化运动，以及对自由主义文艺观展开激烈的批评等，都是在大转折时代谋求重建中国文化的一种努力。考虑到左联成员是在国民党政治高压之下，以理想主义情怀从事艰险的探索，其功绩值得表彰；但其严重的宗派主义情绪（即所谓"左联太左"，开除不听话的郁达夫）、过分突出集体、纪律与服从（要求作家参加飞行集会，上街撒传单，从事实际的政治活动），以及力图将文学改造成政治的留声机（党叫写啥就写啥，一切以党的利益为最高标准），均留下了严重的后遗症。但在 30 年代的文学论争中，左翼作家有道德上的优越感，加上理论修养好，论辩中往往先声夺人，故很能吸引年轻人。而写作上贡献更大的，其实是那些被视为自由主义作家的巴金、老舍、沈从文等。至于鲁迅与茅盾，虽在政治立场与文学观念上属于左翼，但与作为组织形式的"左联"有不小的裂缝，乃至受到后者的排挤。有感于此，鲁迅甚至建议与自己关系密切的作家如萧军、萧红等不要参加"左联"。同样是左翼文人，鲁迅、冯雪峰、胡风与左联实际领导周扬等人的矛盾，甚至一直延续到五六十年代。

第二，在 30 年代文坛上，直接听命政府的右翼文学的力量其实很小。国民政府忙于打仗，在文化上没有多少作为。虽有查禁左翼书籍及书报的制度，但不严格，漏洞很多，可以通过不断变化报刊及作家名字来规避。在文坛上真正出现竞争的是左翼文学与自由主义作家，比如林语堂。这就说到"小品文的生机与危机"。1932 年 9 月，林语堂在上海创办《论语》半月刊，提

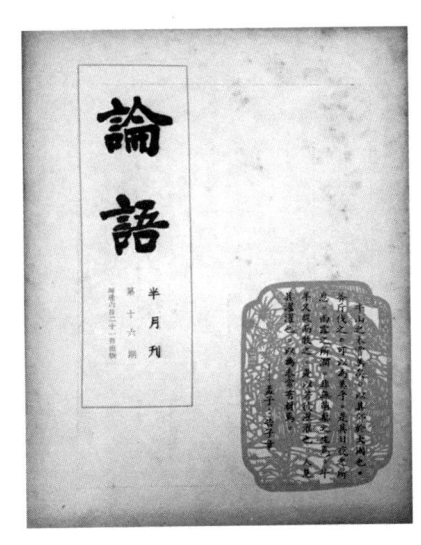

《论语》

倡闲适、性灵与幽默——不要那么沉重,不要整天血呀泪呀、反抗呀战斗呀。在林语堂看来,左翼作家整天喊口号,把文学搞成了政治,只会横眉冷对,不会笑,对国民修养很不利。因此,他要引进西洋的humor:"幽默有广义与狭义之分,在西文用法,常包括鄙俗的笑话在内……在狭义上,幽默是与郁剔（即wit的译音）、讥讽、揶揄区别的,这三四种风调,都含有笑的成分。不过笑本有苦笑、狂笑、淡笑、傻笑各种的不同,又笑之立意态度,也各有不同。有的是酸辣,有的是和缓,有的是鄙薄,有的是同情,有的是片语解颐,有的是基于整个人生观,有思想的寄托。最上乘的幽默,自然是表示'心灵的光辉与智慧的丰富'。"(林语堂《论幽默》)具体做法就是,撰写既谈宇宙之大、也说苍蝇之微、轻松愉快、以趣味取胜、兼及英国随笔与明清小品的文章。左翼作家对此很不以为然,另办《太白》《芒种》与之对抗。鲁迅更发表《小品文的危机》,反对将小品文做成"小摆设"。30年代关于小品文的论争,可以看作"散文"的重新自我定位。一主"闲适"与"性灵",一讲"挣扎"与"战斗",表面上水火不相容;可论争的结果,双方互有妥协:林语堂说要"寄沉痛于悠闲",鲁迅也承认需要战斗之前的"愉快和休息"。不过,双方所讨论的都是议论性的短文,一称"小品"或"随笔",一称"杂文"或"杂感"。二者其实都是对于20年代冰心、朱自清、俞平伯等人撰写的叙事性或抒情性散文的拓展。对于中国人来说,"文章"当然是文学,

《太白》

《芒种》

可20世纪初年介绍进来的西洋文学分类，关注的只是诗歌、小说、戏剧，没有"文章"的位置。直到1921年6月8日周作人在《晨报》上发表了《美文》，中国现代散文的理论及创作才得以真正展开。周作人等人在介绍英国的essay时，或译为"随笔"，或称为"美文"，都强调其兼及学识与文采，"任意而谈，无所顾忌"（鲁迅《我和〈语丝〉的始终》）。如果说20年代的中国散文主要功能是叙事与抒情，鲁迅的"杂感"算不算文学，一直有争议；那么，30年代的小品文之争，使得强调自我、张扬"个人的笔调""不为格套所拘，不为章法所役"（林语堂《论文》）的议论性文字，开始得到文学界的普遍承认。一方面使得现代散文的风格及发展道路日趋多样化，另一方面，文学理论家也开始谈论文学四分法——诗歌、小说、戏剧、散文。

第三，中、长篇小说的成熟。20年代的中国文坛，经由鲁迅、郁达夫、叶圣陶等人的努力，现代意义上的短篇小说（不是故事，也不是话本），已经取得令人瞩目的成就。至于中、长篇小说的成熟，则是30年代的故事。比如就在1933年，几部极有分量的长篇小说几乎同时面世，给时人、也给后世的文学史家一个意外的惊喜。1月，开明书店出版茅盾的《子夜》；5月，开明书店又推出巴金的《激流》第一部（即《家》）；8月，良友图书公司发行老舍的《离婚》。这三部长篇小说题材、风格迥异，但都具有独立的审美价值，时至今日，仍被视为不可多得的珍品。沈从文呢？稍为慢了半拍，本年度出版的四部中、短篇小说集均非上乘之作。但很快地，沈从文迎头赶上。第二年10月，生活书店出版了其最为著名的中篇小说《边城》，证明了沈与上述三位一样，完全有资格跻身20世纪中国最好的小说家行列。

第四，话剧创作及演出的成熟。这里说的是西洋引进的话剧，不是传统中国的戏曲。后者舞台演出很成功，票房收入也很高，但观众欣赏的是演员（如梅兰芳）而不是剧本。话剧从文明新戏（新剧）起步，一开始没有固定剧本。20年代田汉、洪深等人带领剧团，努力向欧美学习，演出日渐正规化，但缺少成功的话剧剧本，始终是短板。与诗歌、散文、小说基本是书斋读物不同，话剧必须兼及文学性与舞台性。换句话说，话剧必须活在舞台上，才能真正站得住脚。作为一种舶来的艺术样式，话剧的发展道路显得格外崎岖。从世纪初的"文明戏"，到20年代的"爱美剧"和"小剧场运动"，再到30年代的"职业剧团的建立，长期公演话剧的固定剧场的出现"，借用茅盾的话，此乃中国话剧"从幼稚期进入成熟期的标志"（《剧运评议》）。话剧能否在中国站稳脚跟，并获得广大的受众，取决于话剧运动、舞台演出与剧本创作三者之间协调发展、良性互动的程度。在很长时间里，缺乏优秀剧本成了制约中国话剧发展的巨大障碍。正如洪深《〈中国新文学大系·戏剧集〉导言》所说，话剧家的努力，必须是在其剧本创作不仅可供舞台演出，而且"也可供人们当作小说诗歌一样捧在书房里诵读，而后戏剧在文学上的地位，才算是固定建立了"。1935年春天，年仅25岁的曹禺继《雷雨》之后，创作了更具独创性的《日出》；而长期从事戏剧运动的田汉，也在这一年的5月出版了其代表作之一《回春之曲》。与此同时，原先主要从事电影工作的夏衍，完成了第一部多幕剧《赛金花》的写作。此后，中国的话剧有了好剧本、好演员、好观众，出则可以在剧场或广场上演出，入则不妨与新兴的电影业结盟，于是得到很好的发展。

第五，女小说家的迅速崛起。漫长的中国文学史上，诗词歌赋乃至文章弹词，历代均有才女驰骋笔墨。唯独日渐辉煌的小说界，极少见女作家的倩影。这一令人尴尬的局面，20世纪初方才有所改变。思考20世纪的中国小说创作，女作家的迅速崛起，绝对是个标志性事件。五四文学革命尚未谢幕，冰心、庐隐、冯沅君、凌叔华等已经跃上文坛，初步展现女性从事小说创作的巨大潜能。进入40年代，对于女小说家的创作，批评家们逐渐从不敢漠视，转为大力推崇，尤其对基于独特的人生体验、女性敏感以及鲜明的文体意识所营造的《呼兰河传》（萧红，1941）、《在医院中》（丁玲，1941）和《倾城之恋》（张爱玲，1943）等，更是拍案叫绝。香港同学很多人喜欢张爱玲的小说，其实，萧红1940年写于香港的自传体小说《呼兰河传》

更值得推荐。借用茅盾的说法:"它是一篇叙事诗,一幅多彩的风土画,一串凄婉的歌谣。"(《〈呼兰河传〉序》)

第六,新诗的成就。谈论五四新文学,不能不说胡适的《尝试集》,那是新文学史上第一本新诗集。可胡适很明智,自称"提倡有心,创造无力"。很多人记得了20年代诗坛上的郭沫若、闻一多、徐志摩——尤其是后者,因其特殊的气质与生死,加上诗歌朗朗上口,赢得很多青年人的喜欢。可三四十年代中国诗坛,其实更为成熟。在中国新诗发展史上,艾青无疑是至关重要的一页。从1936年《大堰河》集印行,到1939年自费出版第二本诗集《北方》,再到1941年《诗论》出版,艾青已经完成了其作为大诗人的三步跳。这里想说的是,就在艾青完成诗学大厦基本框架的第二年,冯至的《十四行集》和卞之琳的《十年诗草》分别由桂林明日社印行。除了这两部诗集的经典意义外,我更看重这两位诗坛前辈与新月派领袖闻一多,以及诗评家朱自清、李广田等的通力合作,在炮火连天的大西南,为年轻一代营造出充满灵气与悟性的精神家园。西南联大热情而敏感的青年学生(如穆旦等),追随前来任教的现代派诗人兼理论家威廉·燕卜逊(William Empson)深入艾略特、里尔克等人的世界,并因此促

《呼兰河传》

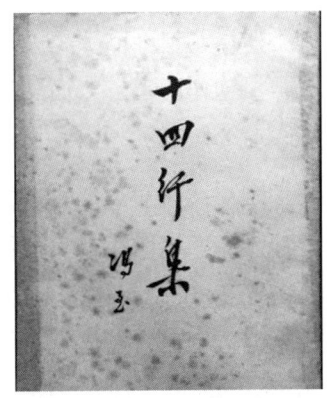

《十四行集》

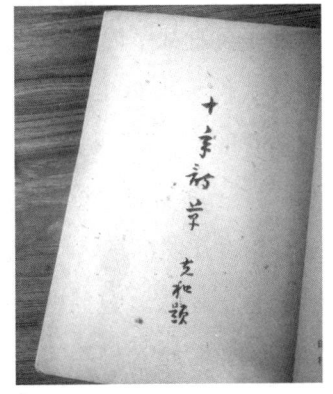

《十年诗草》

成了"思"与"诗"的真正融合。在这期间,冯至等师长的积极探索,既是示范,也是无言的鼓励。

第七,刚才提到抗战时期的中国,分为国统区、沦陷区与解放区,各自文学创作的风气不同。其实前两者的差别不是很大,因为我们已经排除了日本军队直接扶持的汉奸文学;真正很不一样的是解放区文学,因其有旗帜鲜明的文学主张。这里必须提及1942年毛泽东《在延安文艺座谈会上的讲话》。那是40年代延安整风的产物,正式发表于1943年10月19日的《解放日报》。此后,无论在解放区时期,还是中华人民共和国建立之后,《讲话》均是中共中央制定文艺政策、指导文艺运动的根本方针。在20世纪后半叶的中国文坛上,《讲话》所发生的巨大作用有目共睹;其初露端倪,则不妨以赵树理的《小二黑结婚》和新歌剧《白毛女》作为例证。属于民间口头创作的"白毛仙姑"传说,被赋予"旧社会把人变成鬼,新社会把鬼变成人"的全新主题,再加上融合西洋歌剧与民间戏曲,使得革命的意识形态与民间的审美趣味获得某种统一,因而得到政治家与老百姓的一致欢迎。新歌剧《白毛女》的成功,只是体现了艺术创新的一种可能性(姑且不论其留下的巨大遗憾),并不具备普遍意义;反而是赵树理的道路更值得关注。大众化的表现形式、由说唱艺术演变而来的幽默感,以及自觉服务于现实政治斗争需要,这三者构成了赵树理在特定时代的魅力。

第八,关于战争中的人性与文学。因为三四十年代真的是炮火连天,尤其是抗日战争时期,作家如何面对并表现这瞬息万变的"生死场",是值得我们认真关注的。张爱玲的《封锁》只是一个小小的横断面,更值得推荐的是巴金的《寒夜》、钱锺书的《围城》以及路翎的《财主底儿女们》。这三部长篇小说,讲的都是读书人在这大时代的尴尬与奋进。笔调不一样,有挽歌,有讽刺,也有史诗性质的。巴金是早已成名的职业作家,作品很多;钱锺书是满腹经纶的学者,只写了这么一部长篇小说;路翎(1923—1994)则是早熟的天才,1945年出版代表作《财主底儿女们》时才22岁。很可惜,1955年因受胡风冤案牵连,路翎被错划为"反革命集团"

成员，中断写作二十多年；等到 80 年代平反，重新拿起笔来，已经"江郎才尽"了。

最后说说"中国现代文学"这一概念本身的局限性。必须提醒大家，三四十年代的中国文坛，并不是鲁迅等新文化人的一统天下。旧体诗词仍有很多热心且水平很高的作者，通俗小说更是拥有广大读者群。比如擅长撰写言情小说或社会小说的张恨水、以武侠小说见长的王度庐（李安导演，周润发、杨紫琼和章子怡联袂主演的电影《卧虎藏龙》便是根据其同名小说改编）等，他们的作品发行量很大，当年也有不小的影响力。但新文化人社会地位高，且掌握了判定作品价值及阐释文学意义的权力，一个简单的例子，鲁迅、朱自清等人的作品很快进入《国文》或《语文》教科书，而张恨水则不可能。再加上大学里开设"新文学史"或"现代文学史"课程，最终确立了鲁迅等新文化人的作品具有"文学正典"的地位。我并不认为张恨水小说可与鲁迅作品并肩，只是提醒大家，所谓"雅俗文学"的边界，并不那么确定无疑。比如张爱玲喜欢读张恨水的小说，其最初的作品也是发表在被新文学家所排斥的鸳鸯蝴蝶派刊物上。近年刊行的各种《中国现代文学史》，大多将通俗小说纳入论述范围，但内在的裂痕并没有因此而弥合。至于旧体诗、电影脚本以及新编戏曲该不该进入中国现代文学史，同样是很有争议的话题。与此相关，先有"二十世纪中国文学"的学科建设，近期又见"民国文学"概念的讨论，都是学界对于"中国现代文学"这一学科的自我反省。诸位刚刚入门，不问此类"宏大叙事"，先从具体作品的阅读、鉴赏、阐释入手，未尝不是一种明智的选择。

（初刊《华夏文化论坛》第 14 辑，2015 年 12 月；人大报刊复印资料《中国现代、当代文学研究》2016 年第 3 期转载）

中国现代文学研究的方向

一、"中国""现代""文学"的定义

主持人：当前，究竟怎么叙述"中国""现代""文学"这些名词？而这三个名词的意涵，可能与你们当初刚投入中国现代文学研究时有了很大的不同。希望老师们在谈这三个名词的意涵时，也能顺便提点出未来中国现代文学研究的课题所在。

藤井省三：作为一个日本学者，对我来说，近现代的日中关系就是最大的事情。那么，现代是什么呢？一般而言，19世纪中叶以来的工业革命以后的社会，就是我们东亚所谓的"现代"，即国民国家的时代。可是国民国家，也就是民族国家，不一定是最理想的社会，还只是在一种过渡时期的社会。从上世纪20年代开始，现代社会很

藤井省三

快地转移到、过渡到新的社会,就是所谓后现代社会。这是我推论"现代"这个概念的一种意象。文学呢,文学依然很伟大!因为它要表现我们国民国家过渡到后现代社会的这样一段时间、我们世界公民的感情和逻辑,是表现感情和逻辑的工具,所以文学现在同样具有非常重要的意义。

陈平原: 对于中国大陆学者来说,如何理解"中国现代文学"中的"中国",其实有一个变化的过程。上世纪50—70年代,毫无疑问,指的是中国大陆。改革开放以后,我们把视野延伸到了台港澳。当然,澳门基本上被忽略,因其没有多少文学。这一思路,一直走到今天,并影响到我们的学科建制。至于谈论"中国"的方式,则是内外兼修。所谓"外",最早是指关注文学接触、文学交流,比如鲁迅和果戈理、鲁迅和夏目漱石等话题。还有,中国文学与法国文学、中国文学与俄苏文学、中国文学与日本文学等,可以是综合论述,也可以是作家作品研究。这很大程度上是受上世纪80年代在中国崛起的比较文学思潮的影响。但最近二十年有一个变化,那就是超越"比较"的立场,混合外国文学与中国文学,突破学科边界,以问题为中心,立足东亚,面向世界,或者站在世界文学潮流的角度,反观中国文学,这里有欧美的中国学者的努力,也包含中国国内原先研究外国文学的专家转而关注晚清文学或左翼文学等,如从中国社科院外文所转任文学所所长的陆建德。关键是国际学术交流的增加,年轻一辈的学者有机会接触各种新思潮,从事文学研究时,不再画地为牢,仅仅讨论"中国问题"。

什么是"中国现代文学"中的"现代",对于中国大陆的学者来说,同样是个棘手的问题。先说我们是如何挣扎出来的。新中国成立后,最早谈论"新文学"或"现代文学"的,边界非常清晰,那就是1917至1949年,根据是毛泽东的《新民主主义论》。1985年,钱理群、黄子平和我联合提出"20世纪中国文学",把所谓的近代、现代、当代打通。这个概念虽有不少争议,但目前基本上被接受了。很多大学中文系开设的课程,就叫

《二十世纪中国文学三人谈》

"20世纪中国文学"。课程划定的边界,其实只是假设,随时随地都可以跨越。具体到每个研究者,完全可以根据自己的学术立场及理论预设,将界桩前后挪动。你愿意从1895年说起,可以;你认定1860年为起点,也没有问题;你固守1917年,照样也得到尊重。不再有一个固定的不可动摇的"起点",这是一个很大的变化。你的视野变了,"中国现代文学"从哪里开始,或者哪部作品是划时代的,都可以自己确定。至于这么说对不对,就看你的本事,能"以理服人"最好,至少也得"自圆其说"吧。

比较大的问题是教育部的学科设置,以及其潜藏的"一统天下"的愿望。跟日本或美国的情况不太一样,我们有国家标准学科代码。到目前为止,虽然学界早就"打成一片",但若论学科建制,中国近代文学、中国现代文学和中国当代文学,是各自分开的。而且,近代文学是划在古代文学那边的。如此学科边界,挡不住学者探索的脚步,但却让研究生很为难。比如,你要报考硕士或博士研究生,首先就得确定,是考近代文学、现代文学,还是当代文学?一旦申报就不能更改,因试题及改卷的老师不一样。当然,考进来以后,你爱怎么做都可以。官方体制的僵硬与学者立场的灵活,二者形成很大的张力。

这种学术上的"一统天下"与"众声喧哗"的竞争,最近的例子是要不要编写统一的教科书。几乎所有主干基础课,像"文学理论""中国古代文学""中国现代文学"等,都在用招投标的方式,拉一个队伍,模仿上世纪60年代周扬主持编写文科教材,希望能搞出标准教科书来,然后全国各高校统一使用。可在今天,已经不再是领导一声令下,全国人民就读这本书的时代了；书是可以编出来的，只是很可能推不下去。近些年政府很积极，也很强势，在力推某些"思想正确"的教科书或著作；但学界内部分崩离析，基本上是各走各的路。

抵抗"大一统"，这很多学者立场一致；但具体到什么是"现代文学"，学者间仍有很大分歧。关于"中国现代文学"，主流声音是不断扩大边界，台湾文学、香港文学必须兼顾，通俗小说、旧体诗词也要纳入，还有电影剧本以及仍然活在舞台上的传统戏曲，似乎也不应该忽视。但也有反对者，包括研究鲁迅起家的王富仁先生，理由是：这么兼收并蓄，等于消解了五四新文化人的立场。"新文学"是以打倒"旧文学"为旗帜的，你可以褒贬抑扬，但没必要混淆古今。表面上的博学，掩盖了立场上的动摇；不敢特立独行，其实就是没有自己的趣味。作为文学史家，不能随风转。对于这些固守新文化立场的学者，我不太认同，但充满敬意。他们的提醒很重要，学者必须有自己的价值立场，捡到篮里都是菜，凡20世纪生产的文化产品，全都等量齐观，那不是学者应有的态度。

我做我的新文学，你做你的旧诗词或通俗小说，各走各的路，这样立场鲜明，互相竞争，比眼下颇为时髦的"兼收并蓄"好。如此"意气之争"，其实蕴含着对抗最近二十年"回归传统"的大潮。中国经济崛起，无论政府还是民间，都越来越自信，再也听不得批评的声音，更不可能接受鲁迅、胡适等人的激愤之词。很多人甚至将当下中国的"道德沦丧"，归因于五四新文化人的反传统、批儒家。在这个问题上，意识形态绑架了历史论述，五四几乎被妖魔化了。我从来不相信"半部论语治天下"之类的鬼话，当然，我也会反省五四新文化人的偏激、执拗以及知识缺陷等，但对他们的抗争姿态以及反叛立场，我是持肯定态度的。某种意义上，中国越强大，越需要鲁迅、胡适那样的自我反省与自我批判。

谈中国的"现代文学研究"，必须面对一个无法回避的困境，那就是这个领域的潜力到底有多大？不说文学成就，就说可供驰骋的空间吧，三十年实在太少了，即便扩展到一百年，也都不是很宽裕。因为，我们的博士教育正迅速膨胀，目前每年大约培养 1500 个文学博士。我手头有 2010 年授予博士学位的准确数字，总数是 1250 名，其中文艺学 172，中国古代文学 229，中国现当代文学 167，比较文学与世界文学 100，中国文学批评史 10。这些文学博士大部分进入高校，从事研究及教学；而这只是整个国家学术人口的一小部分。你可以想象，那么多学者集中在这么小的学术领域，且因学术考核，每个人都要出成果。于是，学者们各出奇招，不要说中心话题，连各种边缘性的话题，也都被一再热炒。正因此，这个领域的研究者，好多不再局限于自家的一亩三分地，逐渐将视野拓展到了古代中国，或者延伸到了思想、教育、文化等领域。

此外，还有一个问题，这个领域的研究者，大都秉承新文化人的习性，不局限于学院研究，而希望介入社会改革。这一点，80 年代尤其明显；90 年代以后，我们似乎逐渐回到了学院。最近十年，很多人意识到这个问题，可已经无能为力了。与整个中国的社会转型相适应，社会科学的声音越来越大，人文学者则日渐边缘化。举个例子，中央政治局请人讲课，讲法律、讲经济、讲军事、讲城市管理、讲生态问题，但从未请专家讲文学或哲学。对于治国平天下来说，人文学确实不是"当务之急"。那么，是否还有关注当下社会的义务与热情？我知道，不少人文学者为了使自己显得"有用"，积极参与金融问题、生态问题、边疆问题、民族问题的讨论；但我也相信，大部分人文学者还是会固守阵地，只是对当下中国错综复杂的社会问题表示"关切"，而没有能力"介入"。今天中国，经济学家信心满满，懂不懂都敢说，似乎一切都可以用经济学的眼光来思考、来裁断。一面是经济学家踌躇满志的"独舞"，另一面则是人文学者忍气吞声的"失语"，二者合成了今日中国思想界的奇观。

进入新世纪以后，我们一直在追问：文学到底还有没有力量？也包括从事"现代文学"研究的专家，是否愿意或能够继承鲁迅的传统？所谓新文化人，不仅固守学术阵地，关键时刻，往往跳出来对社会发言。今天北大中文系还有此"余绪"，尤其是现当代文学专业的教授，还有介入社会、影响舆论的能力。可另一方面,受大众传媒的影响,其独立性与批判精神某种程度上被扭曲了。每当这个时候,你就知道什么叫"鱼与熊掌不可兼得"。既希望学者们关心国家大事,又要求其说话"不出格",那是很难做到的。每当有北大教授"乱说话"引起公愤,外界指责北大为何不将其解聘时,校方的态度都很温和,就因为明白其中的利弊。以中文系为例,"出问题"的,大都是现当代文学教授,从事语言学、古典文献或古代文学研究的,一般不会这么做。可我不希望校方因噎废食,用"专业性"来扼杀现当代文学研究者的"社会关怀"。

王德威:对于我而言,谈到"中国",第一,它牵扯到代表性的问题。这个"代表"有两个意思,用英文来讲,就是 represent:我怎么呈现、怎么再现;第二就是法理上我怎么来代表。所以我们谈中国文学,是谈中华人民共和国的文学,还是谈中华民国的,或者是哪个朝代的,在晚清以前的?甚至"中国"不必与"中国文学"做必然的连接。这是一个问题,我们必须把它问题化:中国是一个认同的问题。尽管代表了一个政治地理的方位、论述,或者是一套所谓文学的呈现,但是作为一个阅读者、观察者、历史学者,我们怎么去看待它、认同它,则是另一个问题。我觉得在最近的二十年里,这两极之间的对话其实需要更进一步的思考、展开。

最近复旦大学的葛兆光教授《宅兹中国》的出版,我个人觉得很受启发。这是一个蛮低调的,对于"中国"作为一个词语、一个历史观念以及作为一个现代政治地理论述的一个谱系学的研究,他讲到的是从周朝以来,对于"什么是中国"的讨论。当然他的结论是认为,就算政治地理不断改变,但至少在文化的传承上,中国作为

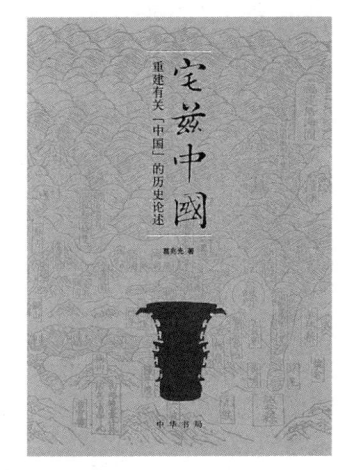

《宅兹中国》

一个词语，它的"断"和"续"，也就是我们所谓的"分裂"和"延续"之间，一直是一个论述，一直是萦绕于每个时代中国知识分子的一个话题、焦点。但是我个人特别欣赏葛兆光教授另一个计划，就是"宅兹中国"之外，他特别提出：中国是从周边看出来的。周边怎么看中国，也就是刚才平原讲到"中国"这个词游动不拘的观点，其实是不断需要用一个外在的观点，或者是一个约定俗成的老话：一个"他者"的观点来看他。所以现在讲到"中国"这个词，必须放在一个广义的语境里，不管是东亚的语境、海峡两岸的语境，或者是两岸四地的语境，或者世界文学的语境来看待这个词。所以怎么样再次去把它"问题化"，我觉得这是作为文学研究者的我们的本能。无论从语词、从观念、从论述上，我们的责任是把简单的问题复杂化。怎么样"化简为繁"，不让事情轻易地落到某一个论述的窠臼里，这是一个我们也许可以思考的方向。

最近这七八年，从美国兴起的"华语语系文学"，有一些相当激烈的看法，就是把中国排除在外，来作汉语、华语写作文学的讨论；当然也有一个立场强调，中国、中国文学也是华语语系的一分子。这些林林总总的问题都是我们所关心的。

再来谈中国的"现代"，"现代"其实也是一个超大的词，我今天在此也没办法有深度地发挥，但是至少就像刚才前面两位所说的，从文学史来看，在传统的定义上，现在是延续着毛泽东1940年的"新民主主义论"作为时间的划分，近代、现代、当代，这样的划分有当时在政治诉求上的必要性，也有在1949年之后，这个大论述上的必然性，但是我想这个问题已经不断在瓦解之中，这是我怎么看待"现代"的。但是我想提出一个议题：就算是把"新民主主义论"视为当然，我们也必须考虑到，这样的"现代"放到一个更广义的所谓"世界的现代性"的追求里，所看到的各式各样的问题。在西方的观点——当然今天"西方"这两个字一定要受到严厉的抨击与检视，从19世纪工业革命以来对于现代化的追求，对于现代性的两种极端呈现——一种是当它是文明堕落的表征，另一种是人之所以为人应该去追求的目标，等等——这些都必须带到我们对中国的"现代"或者"现代性"的讨论之内。而如果把这些当作我们严肃思考的对象，那"中国现代文学"当然是一个复杂的问题，而不是仅止于一个文字表现、文字呈现、审美的问题。而更基础的，"现代性"其实是一个时间的观念，特别强调在时间的流变里一闪而过的此刻、当下的观念。反讽的是，我们现在有一个"现代文学"的学科，我们试图定义，把它物化成为一个恒久不变的对象。

最后谈到"文学"，这个词呢，其实有特别多的争论、争议。从20世纪初年，它作为一个学科、一个系统的建制开始至今，"中国现代文学"这个词汇的生命也才不过一百年而已，是一个现代的发明。但是如果我们把"现代文学"的"文学"再扩大的话……我其实有个不太成熟的方法想提供出来给大家参考：从西方的观点，"文学"是18世纪以来在欧洲浪漫主义之后一个审美运动的重要呈现方式、产品，这样的一个审美性在最近几十年受到严厉的批评，就是文学以审美为目标这样一个看法。尤其是左翼的同事强调，这是在西方扩张主义的萌芽，在资本主义、中产阶级开始的那端，对于所谓"艺文活动"追求所产生的理念。这个有它意识形态的基础，也有它的局限，所以我们必须承认它的批判的力度，以及其意识形态的局限。但是回到中国的文学传统，文学，这是"文"的学，文章之学，今天到了此时此地，这个"文"的观念——我再卖弄一次英文，manifestation——呈现，"文"是一种纹理、脉络，一种形式、形制，是用各式各样符号建立起来的辨认世界、让世界表意的一种体系。从这个观念来讲，我们有一些传统文学的定义，不但不过时，反而可以让我们再一次思考"什么是文学"。也许这是一个契机，在我们提起文学本身的时候可以再一次提出来。

至于"中国现代文学"，我们怎样去教它、去学它、去定义它，这是一个众说纷纭的问题，我也接受不论是王富仁式的、钱理群式的、藤井式的、平原式的观点，这个本来就是一个存在的众声喧哗的现象。但是谈了太多的众声喧哗之后，也必须要承认历史的局限。也就是今天，我们或许是在一个第三地，在日本这样的环境，我们反而可以畅所欲言，所以言谈，这个历史的表征，其实是有局限的。怎么去发掘它的局限性，怎么从局限里面找出它更多的可能性？这个我觉得是有潜力的。

所以文学到底有没有用？作为文学系的教授，我们当然要告诉我们的学生，有用！否则我们在这边说什么呢？我还挺有信心的。我们讲了很多的虚构性、想象性、论述性等等，最基本的问题就是把简单的东西弄得很复杂，以虚构的形式来回顾、检讨，想象，甚至发明历史所不能及的面向，这就是文学研究者他的想象力对于社会的最大贡献。

最后一个问题，我要请平原再进一步说明，你刚才提到的，我觉得没有发展完全的观念，一方面你似乎又强调，作为近代文学的研究者，我们必须要关怀社会，必须要让我们的关怀普及社会，甚至广义的政治民生的问题，都有我们发言的立场，但是你刚刚又提到经济系或者其他科系的同人，他们越界了、跨界了，所以他们讲出来的东西，我们未必视为合理、当然的，是两个不同的论述。尤其是我现在在国外，太多文学系的同人，他们根本不做文学，不做我们传统定义的，尤其是像日本学院这样对于"文学"有基准定义的文学。我在美国——甚至有时候在中国——的文学领域的同事现在很奇怪的，很少做文学，现在他们都做文化政治、做机器人、做西藏问题，等等，这个也是你所谓文学研究者关心国计民生的一部分吗？还是从另外一个角度，你觉得这些同事可能是捞过界了？你的疑问似乎有一个悬案，我很想再知道多一点。

陈平原：理论上，文学研究者有权冲出自己的专业领域，谈论经济、政治、军事等话题；反过来说，经济学家也有权利对文学、艺术、宗教等发言。我之所以对当下中国的"经济学帝国主义"很不以为然，是因为他们的过度自信和公众的盲从。作为人文学者，我们有时也会跨出自己的专业，对某些公共话题发言，但首先我们大都有自我反省的能力，其次也会事先做点功课，不至于说太外行的话。希望保持社会关怀，但一旦涉及专业问题，自己没能力判断，就不应该乱说话。我是两面作战，既反对"躲进小楼成一统",也不喜欢整天在媒体上哇啦哇啦。如果你每天都需要说话,必定是懂的你说,不懂的你也要说。我偶尔会在媒体上发言,但限制在自己比较熟悉的领域。不是胆大胆小的问题,而是你打着专家的旗号,没有知识准备就不该乱说。有自己的专业,但又保持社会关怀,这是学院中人比较理想的状态。

藤井省三:对于中国来说,我是外国人,在外国的中国文学研究者,特别是现代、当代中国文学研究者,就是把中国的、华人的感情和逻辑介绍给日本,这是我们最大的任务。所以对于社会的发言,是为了要让日本国民更了解中国大陆、台湾、香港。对于社会关怀方面还是跟两位不太一样。我们就是跟随你们的活动,你们有什么社会关怀我们就跟随你们的关怀。

王德威:"士不可以不弘毅,任重而道远",我同意社会关怀是个重大的议题。尤其是在今天中国这个情况——当然我们立场不一样,我是从台湾来的,又在美国教书,所以我的专业目的也是让国外的、没有中国背景的学生,能够用有效的方式去理解什么是中国,广义的中国,当然这个对于中国的关怀,常常也是蛮分裂的:有的时候客观,有的时候又从不同理念的立场来发言。

我很想再说一句,就是这个文学伦理的问题。当然对于公民社会、公共知识分子,这个我们讲到不能再讲了,但是文学有一个很基本的、文学的伦理的问题。最近讲到在中国台湾和在马来西亚的抄袭啦等等事情,谈到《文心雕龙》的"文心"的问题,听起来都是缥缈、高远、不着边际的问题。但是这个"伦理"不是"道德",两者不能够混淆。你刚刚说的什么是非取舍等等,听起来是很大的很迂阔的一些想法,但是在此时此刻有它的必要性。比如说,越是看起来形势一片大好、越是我们都在做梦的时候,能做什么梦、不做什么梦、你是不是愿意做梦,这类的问题到最后是一个很微妙的判断问题,这是我所谓的文学的伦理性。

二、文学研究与非文字媒体的关系

主持人： 在"文学"的研究上，以非纯文本媒体（电影、戏剧、电视、音乐、网络、漫画、海报等）作为研究对象的比例日渐攀升。当然，像这样所谓"文字＋X"式的研究，为文学研究开拓了更多的可能。但也不可否认，向来重视精读文本的研究方式，其重要性则逐渐衰退。可能由于现在许多资料都不必再阅读纸本，可以很轻易地在网络上浏览之故。在此也想请教各位老师，在研究上如何于文字／非文字、纸媒体／电子媒体之间取得平衡？

藤井省三： 这些新的领域，也都是被语言构筑的。比如说音乐、演奏会的广告啊评论啊，还是根据语言构筑的。所以，从电影到音乐，对我来说都是文学研究的对象。而且，大学也是文化产业之中的一个行业，不是象牙之塔。"大学是象牙之塔"这样的看法，是国民国家、国族国家制度刚刚开始的时候，大学跟政府勾结而把自我权威化的产物。在国民市场成熟、大众文化发达的社会，大学只是文化产业之中的一个行业而已。所以，根据整个社会的要求，大学教授们的研究对象和方法，也应该变迁。但是，我们还是必须记住，所有的新文化新领域，从电影到海报、网络，都离不开传统。所以对文学文化研究来说，古典文学还是不可缺少的。对于当代华语圈文化研究来说，关于诗文白话的古典文学以及作为 modern classic 的五四文学的修养是不可或缺的。

陈平原： 为了这次对谈，我请学生搜集 2008 年到 2012 年间北京大学中文系研究生的毕业论文题目。只算近代、现代、当代文学这三个专业的研究生，不包含也可能涉足"现代文学"的比较文学、文艺理论等专业的研究生，大概每年四十篇左右。仔细分析，这些论文中做近代文学或现代文学的，基本上还是以文本为中心；做当代文学的，则很多牵涉文化研究，如电影、电视、网络、漫画等，不再局限于文字。第一感觉是，就像藤井所说的，文学研究向文化研究延伸，有它的合理性。需要反省的是，这个潮流的形成，是否凸显了此前的文学史研究的某种缺憾？

这么多年来，我一直关注1903年起中国大学之以文学史为中心进行文学教育所导致的问题。以课堂教学为主，希望多快好省地给学生们传授关于中国文学的"系统知识"，这一教学思路导致学生们记得了一大堆作家作品、思潮流派，而缺乏最最基本的文学鉴赏能力。比如PPT的问题，现在各大学强行要求，学生们也习惯于图文并茂。要是你没有这些声音、图像，一味地字斟句酌，讲到幽微之处，发现大家都打瞌睡了，很狼狈的。这就说到一个问题，大众传媒的思路及趣味，对于大学教育的强力介入。

以前大学教授居高临下，希望把自己的思想及知识，借助大众传媒来扩散开去。今天不是这样，媒体记者很厉害，他们自己设计话题，包括对大学教育的批判，不少在我看来近乎"污名化"。至于大学生及研究生，每天挂在网上的时间，很可能远多于在教室或图书馆学习。这样一来，媒体生产出来的话题，影响无远弗届。今天中国，教授没有能力改造媒体，反而被媒体牵着鼻子走，这是值得高度警惕的。

还有一点，今天的大学生，念文学专业的，看不起基本训练，对语言、对文字、对审美、对文体、对文类的那个感觉，基本上丧失了。单看论文本身，好像说得头头是道，把所有的东西都打通了，很好看，可经不起推敲。举个例子，谈鲁迅，要不要考虑文体的差异？因为《鲁迅全集》检索很方便，不管是日记、书信、著作，还是诗歌、杂文、小说，一输入主题词，全都出来了。可检索到的词语，一旦脱离了上下文以及写作心态，你的理解很可能出现偏差。除非作家有意进行"越界"或"混搭"的试验，否则，讨论具体文本时，必须考虑语境及文类。比如，大家都引鲁迅批评郑振铎《插图本中国文学史》的话，可那是鲁迅写给朋友的私人信件，做不得准。而且，你再看时间，那时郑振铎的书还没出版呢，鲁迅明显是受广告的影响。引鲁迅的文字，不要说日记、书信与公开发表的文章不一样，即便都是公开发表，杂文和学术著作也有很大差异。杂文可以"攻其一点不及其余"，著作则必须努力做到客观公允。不信你看鲁迅谈《红楼梦》，杂文和《中国小说史略》是不一样的。说到书信，老一辈习惯于讲客气话，你读钱锺书的覆信，都把对方说成一枝花，这绝对不是他的真实想法。私人信件不是学术鉴定，同样道理，日记与小说不能等量齐观。可因为有了电子检索，一查都出来了，斩断了上下文，孤零零的几句话，任凭作者摆布，这种写作很危险。

我曾经说过，对于文字、文章、文体、文类的细腻感觉，是中文系学生的最大优势。面对同样的文本，历史系学生可能只是作为史料使用，中文系学生则会读出文字背后的心情，以及语气中蕴含着的立场与趣味。这种对于文字的体贴、斟酌、辨析、批判的能力，应该是中文系学生最最基本的能力。可是，今天不谈这些，全部跑到文字以外去了。我们搬弄了一大堆"新式武器"，然后突然间发现，找不到自己的立足点。中文系擅长的，本来是对文字、对文章、对文体的感觉，以及审美趣味和想象力。现在就因为这些东西太"旧"了，都丢掉，那么请问，我们的基本训练及专业特长是什么？学术潮流一旦形成，浩浩荡荡，是能成就不少站在潮头的人。可你想依照他"弄潮"的模样比划比划，还没等你学会，大潮已经退去，你的那两下子全都作废。这些年参加博士论文答辩，最大的感觉是，题目越来越好看，思路越来越灵活，视野越来越开阔，但有一点，往往经不起再三追问。我在想这是为什么，或许是这些年来我们的教育理念，过于强调"创新"，而忽略了"传承"？

王德威： 我完全同意藤井的看法，就是文类的变迁一向如此。那么到了 21 世纪，有了这么多新的各种各样的文学，尤其影音方面的呈现方式，我们就必须正视这样的一个存在，并积极地来策划、参与和思考我们怎么样来诠释这样的一些新的文类。这就好像在晚清的时候小说进入到文学场域，或其他的不同的文类进入到一个场域。我们在另外的一个时空，怎么来看待什么是文学的问题。但晚清和现在有一点不同的是，我们现在有文学专业，有一群文学批评者，所以我们必须在这样一个新的建构里来发展我们这个学科的延续性和脉络。因而在这个意义上，我也不是特别焦虑。文学批评这样一个学科或者论述在20世纪以来，其实教给了我们一套方法来看待目前的各种五花八门新的文化生产现象，这是我第一个观察。

第二个观察也是重复刚才的，其实平原有另外的一种表述方式。说到我的语境的限制，我们今天在美国不敢谈"审美"，因为一谈"审美"立刻就是小资，所以我们义正辞严的永远站在历史正确面的左派同事呢，就说绝不能只"审美"。但我事实上也理解"审美"这个词本身的局限。所以我就希望用另外一个方式来说明。回到刚才的话，"想象"不是胡思乱想，从十七八世纪以来，联系康德的美学思想，对"想象"跟现代性的关联已经有过很多的批判。但是在中国的传统里面，"神思"的观念等等也一直存在。所以"想象"不是胡思乱想，而是在一个已经有传承和学养根基的基石之下，对于这个世界的各种事物所做出的诠释。我刚才说想象力越强的人，越能够从同中求异、越能从简单的事物里看到复杂的各种各样的变相。这个我认为是文学者的一个基本功夫。"想象"的另外一部分是判断力。这就是我所谓的文学伦理上的一种能量。那么，合在一起呢，它是不是鉴赏是不是审美，在这个语境看，我觉得都可以是。

我比平原更乐观一点，我认为我们的影响力应该是，至少让其他的人文学科的同事知道，做历史的人难道不需要想象力吗？甚至说做经济的人难道不需要想象力吗？所以在那个意义上，在很多的场合我都企图和我的同事，尤其面对我的学生，来说明这个问题，就是文学这个东西，你要问它有没有用？它当然有用的。但是这个不是我们的第一个关怀，而是我们怎么样在这样一个文化语境里面，把各种各样的问题用我们自己的方式来说得更复杂，诠释得更周延，或是提出更多的我们的同行、其他领域的同行所不能够完满回答的内容。所以这里面文字，广义的文字或文本的解析的能力，我认为就非常重要，所以这一点我想我是同意平原的。

三、关于中国现代文学教学的现状

主持人： 在各位任教的大学里，中国现代文学教育占有什么样的地位？是否都能有一定人数的年轻人来修习？硕士论文和博士论文又选择什么样的题目？另外，对于以非研究生的大学部学生为对象的中国现代文学教育，又是如何进行的？在此也希望陈老师告诉我们香港和北京的差异。

藤井省三： 我简单介绍一下东京大学文学部中文系的情况。我们一个学年的本科学生名额只有7个。学生入学一年半之后再决定自己的学术专业。每年选东大中文系的学生一般只有3个到5个而已，到不了原名额的7个人。这种情况从我在四十年前决定进入中文系之后到现在一直没有变。我想京都大学中文系也差不多。研究院的硕士班名额是5个人，博士班是4个人。可是每年报名应考硕士的人数比名额多3倍到4倍。东大并没有分开录取现代文学、当代文学、近代文学，只有诗文、白话、现代文学、古代语法音韵、现代语法之别。大家一起考，择优录取，录取的是笔试和论文成绩好的前5位，而且这5位中希望做现代文学的人总占多数。所以我自己现在一共有15位研究生。其中博士生有11位。中文系的研究生总共三十几位，差不多一半是现代文学的。另外，在这15位我指导的研究生当中日本学生只有4位，中国大陆同学9位，台湾同学这几年少一点，只有2位。看他们的专业的话，研究五四文学和文化的只有3位，研究对象分别是张爱玲和老舍；做中华人民共和国文学即所谓当代文学文化研究的有7位；做台湾文学文化研究的有5位。当然我一个人指导不了15位各个专业的同学，因此我请东大教养学部的伊藤德也教授和东洋文化研究所的松田康博教授做这些同学的副指导教授。还有每年从校外邀请两位台湾文学专家、华语电影专家当讲师。关于电影研究，这七八年一直请三泽真美惠老师上课。这是我们中文系的基本情况。做日中比较文学研究的研究生以及做电影电视剧研究的研究生越来越多，外国同学越来越多，我很高兴。但是我比较担心，做五四文学研究的越来越少。这种情况会影响到将来日本的中文系教学。

陈平原：北大中文系的规模比较大，我们总共有九十多位教师，不算职员。现当代文学专业的教师，目前是 18 位。可古代文学教研室的夏晓虹，还有比较文学研究所、文艺理论教研室、民间文学教研室的某些老师，也可能做现代文学方面的课题。至于研究生，每年招收 140 名左右：50 名博士生，八九十名硕士生。中文系有资格带博士生的教授大概 60 人。我们有 10 个专业方向，文学方面 6 个，加上语言学 3 个，古典文献 1 个。同一个专业方向，指导教授好几名，学生的选择空间却很有限。因为要照顾教授们的情绪，故每人每年只招 1 名博士生，最多 2 名。这么安排，不是学生的愿望，也不是学科的布局，纯属"安定团结"的需要。学制上硕士 3 年、博士 4 年，若外出进修，还得延长。这样一来，常年在校的研究生，全系大概 500 人。这么多博士生、硕士生，每年完成 40 篇关于"中国现代文学"的学位论文，很正常。

我同时在香港中文大学教书，港中大中文系的研究生规模，虽然远不及北大，但在香港也是最大的。在读的博士及哲学硕士，大约 40 名。这 40 名拿奖学金的研究生，分成古典文学、现代文学、语言学、古典文献四大块，四块人数差不多。学生来源，一半本港，一半外地，外地生以中国大陆为主。学生水平很不错，而且专心致志念书。至于研究课题，三分之一谈香港文学，三分之二关注大陆或台湾文学，还有东南亚文学，或者电影、电视、流行文化等。港中大中文系没有比较文学或文艺理论的专业设置，个别老师有兴趣，学生也可以跟着做。总体而言，港中大学生治学严谨，功底扎实，但理论思维不及北大学生活跃。

香港各大学的研究生，不算收费的文学硕士，给奖学金的哲学硕士及博士，越来越向大陆倾斜。港中大中文系是最好的，本港学生占一半；理工科院系，基本上都是大陆学生的天下。很遗憾，北大中文系虽有个别老师做台港文学研究，但力量不强，也不是我们的发展重点。我这几年在香港中文大学教书，发现香港学生对中国大陆的文学及现状越来越关心，越来越有研究的兴趣。

王德威：哈佛大学的东亚系只有三四年级有专业的东亚研究的学生，现在的总数应该是30到40之间，绝大部分的专业都是社会科学方面，中国文学或日本文学的学生少。如果每年有一个两个就已经是很惊人的事情了。所以就大学部来讲，也许学生的学位论文就是他们的荣誉学位论文，可能是关于广义的文学，但是专业这个词谈不上。这是第一点。

哈佛大学的东亚系也没有自己的硕士班。它的硕士班是一个所谓的东亚区域硕士项目。以前招收30到35个学生，现在是招收20到30个学生，每一年如果能够招收到三四位现代文学专业学生的话，已经是不得了的事情了。目前两位学生都是从中国来的，就跟我做这方面的研究。以东亚系中国文学这个领域来讲，我们有6位教授，两位是古典的，现代文学方面就是我来担任，在去年年底我们终于有了媒体研究的项目，就是广义的电影跟传媒研究。目前也有一位比较文学系的同事跨系担任中日韩东亚研究课题。所以我们现在结构上显然是有一个变化。做现代研究的话，如果包括文本和传媒，就是两个人。从国外的立场来看，我们6个人的话在美国已经算是相当完整的一个项目。以学生的分布来讲，古典的这几年的确式微，我个人看起来是一个危机。过去的那些非华裔学生似乎在人数上有减少的趋势。华裔的学生广义的从大陆、从港澳台来的学生可能现在是占多数。我自己对这个也蛮敏感的，尤其因为现代文学比较容易吸引学生，我们每一年大概有将近60位申请者吧。有三分之二的都是希望做现代文学的。那这三分之二里面，又有三分之二是中国大陆的申请者，所以怎么样平衡学生人数永远是一门艺术，因为我又知道这些有中国背景的学生很好，但是你也不能完全收他们。我现在大概有8个学生，在比例上华裔、非华裔应该是一半一半吧。

他们的论文题目很有趣，因为在美国师资有限，我们必须要迁就学生的兴趣，什么都教。有做现代诗的，做现代诗的理论方面的，研究诗的晦涩性、音乐性、翻译性等等。有一个做"群"与"众"的文化文学政治，他从左翼立场，观察"群"从到"民众"到"大众"到"人民"这个观点怎么样在不同的现代中国的文学艺术媒介里呈现：从晚清的梁启超一直做到张艺谋的奥运会大规模演出，这就是所谓跨领域的研究（interdisciplinary），题目听起来很大，其实他做的是很精准的个案研究。有一个日本学生做美学，美学怎么在19世纪末来到东亚，在中国在日本在韩国旅行的故事，以及美学融入中国传统文论之后所发生的现象，我个人觉得是这几年相当出色的一个学生。还有一个则做漫画同人志，看日本的漫画 *Hetalia* 怎么旅行到日本、韩国、中国大陆及台湾地区的。也有做戏剧的，做戏剧的舞台装置，做很精准的东西，研究中国的舞台是怎么打造出来的，人民大剧院是怎么建的等等。还有做佛教跟文学的，这个已经超出我的专业，帮她找了两位佛教的宗教系的教授，所以三个指导教授指导一个学生，这个对学生非常好。刚进来做性别跟电影的。今年特别招了一位非华裔的美国学生，做中国文学的文本研究，他有这样的兴趣是很不容易的，做余华这种很细腻的文本分析，所以我特别珍惜这样的一个机会。就论文的方向来看，真是五花八门，学生希望做什么我们就陪着做，这是一个愉快的过程，也是不断的挑战。

陈平原： 相对于你们，我们的任务比较单纯。在北大，我算是学术兴趣比较广泛的，但指导学位论文，也还是在现代文学及文化这个领域，不像你们俩，连关于佛教的论文都要指导。你们一个领域只有一两位教授，所以学生们做什么，都要跟着阅读、思考，并给予指导。我们因为专业分工很细，各领域都有合适的指导教授，所以比较轻松。

藤井省三：刚才德威提到华人学生越来越多，我们也一样，可是我们没有平衡上的考虑，好就收，所以有时候5位研究生中会有4位是中国大陆或台湾的学生。不过，虽然他们通过日语一级考试，日语水平相当高，可是写论文时要有写论文的审美感，所以"nativecheck"（由日语母语者进行的纠正）是很大的问题。具体讲，比如，做莫言研究的硕士博士论文的话，还是先需要对当代文学、莫言文学有了解，如果没有这方面的知识的话就做不了纠正文章的工作，所以可以做"nativecheck"的日本学生也不多。过去，在日本同学的人数比外国同学多的时候，我能找到比较合适的日本学生来给外国同学做论文的纠正，但是现在日本学生的人数比外国学生少了，而且日本学生一般进入博士班之后就到中国大陆、台湾或美国留学，所以现在找不到合适的人了。对我们东大中文系来说，这就是最大的危机。

陈平原：我记得几年前王德威说过，如果有一个非华裔的美国学生愿意学中国文学，愿意念博士，你们会很宝贝的，是这样吧。我知道东大本科生中选择中国文学为研究方向的也很少，我在的那一年，只有1名。京都大学的平田昌司教授很得意，说他们比你们好多了，人数多一倍。

王德威：我昨天晚上告诉他，我们从东大招的一个日本学生，真是好，他会五国语言，会日文、中文、韩文、法文、英文，他在美国的主要研究项目是美学，所以对这一类的学生当然觉得很珍惜啊。我觉得中国来的学生多半都有特异功能，像我有一个学生做希腊，她的希腊文和她的英文一样好，做"希腊想象"怎么进到中国，从梁启超一直做到顾准。对这一类学生，希望在某一种策略上找到一个平衡点，就是他来美国他一定要有一个对他更有利的客观环境才招收他，否则就不用再浪费我们的精力。

藤井省三：关于刚才所提到的，将来很可能没有日本人做中国文学研究的问题，我倒不担心这个，我比较乐观。因为报名东大中文系研究生院的日本学生还是比中国大陆、台湾的同学多。但问题就是好多日本学生考不过第一次的语言和专业笔试。从其他的大学应考东大中文系的学生因为他们学部的专业老师人数不够，所以显得整个方面修养不足。另外，虽然现在的日中关系在政治上出现了问题，但在经济上两国的关系还是不错。日中双方的贸易量仍然占20%，在这个背景下，在日本的大学里学习汉语的学生越来越多。所以在东大中文系的毕业生里，拿到博士学位的，无论是日本同学还是外国同学，都能找到专任工作，比如当大学专任讲师、副教授和研究机构的专任研究员等等，但是东京大学研究院人文社会系研究科里拿到博士学位以后在三年之内找到工作的只有30%。所以东大中文系的就职情况和其他的学系相比起来要好很多。

四、今后的研究课题

主持人：今后各位关心的研究课题是什么？打算从哪些切入点来进行研究？

藤井省三：我从2005年之后，与中国大陆、香港、台湾以及新加坡、韩国和美国学者举办以四年为单位的国际共同研究。第一次是村上春树与东亚，第二次是鲁迅在东亚，今年开始的第三次共同研究是现代东亚文学史。根据这三次国际共同研究，今后我有三个研究方向：一个是以鲁迅为主的五四文学跟日本东亚的关系；第二个是以莫言、李昂、董启章等为主的当代文学研究，进行华语圈当代文学、电影和日本东亚的影响研究；第三个课题是以村上春树为主的日本现当代文学和中国大陆及港台的关系。另外,我两年前出版的《中国语圈文学史》,明年在中国和韩国有汉语版以及韩国语版翻译出版,还有1997年出版的《台湾文学这一百年》已经有中文版在台湾出版了。关于电影,我对从张艺谋、贾樟柯到冯小刚的中国大陆导演,从王家卫到周星驰的香港导演,从侯孝贤到魏德圣的台湾导演、从邱金海(Eric Khoo)到梁智强(Jack Neo)的新加坡导演都感兴趣。我希望把以鲁迅、莫言、村上春树以及几位导演为主的这一百多年的东亚文学、电影作为我今后的主要研究课题。

陈平原: 我去年写了一篇文章,题为《"现代中国研究"的四重视野》,副标题是"大学·都市·图像·声音",也就是我关注的四个话题或领域。关于中国大学,兼及论文与杂感,我已经出版了四本书,下面还会继续做。在我看来,理解20世纪中国的现代化进程,教育是个关键。所有的"新知",只有体制化了,才能广泛传播,且进入百姓的日常生活。关注教育,是我的一个工作重点。不过,跟钱理群关注中小学不同,我关注的是大学。这些年,谈大学问题,我既面向历史,也关注当下,兼及学术研究与文化传播。第二个话题与王德威相关,我们一直合作主持"都市想象与文化记忆"系列国际研讨会。我自己也写文章,但更重要的是培养学生。收录在北大版"都市想象与文化记忆"丛书中,已有六种是根据博士学位论文修订而成的。假以时日,我指导的这些研究生,说不定能闯出一番新天地。第三个话题"图像",几年前我在香港三联书店刊行了《左图右史与西学东渐——晚清画报研究》,一直在修订,争取明年在北京的三联书店出修订版。关于晚清画报这一块,还有一些别的成果,因纠缠时间太久了,希望明年打住。第四个话题是"声音"。除了几年前发表在《文学评论》上的《有声的中国——"演说"与近现代中国文章变革》,我还有好几篇讨论"演说"的论文。除了"演说",还有"课堂""剧场""说唱""朗诵诗"等,这个题目还没做完。

还有一个题目，我做了好多年，也发表了五六篇专题论文，那就是《现代中国的述学文体》。我坚信，现代性是一种思想体系，一种思维方式，一种生活方式，同时，也是一种表述方式。所以，我是从"表述方式"入手，来讨论这个问题的。我理解的"表述"，包括日常生活中的表述，文学家的表述，还有学者的表述。诸位今天所从事的工作，比如说在大学里面教书、写作，以及在学术会议上发言、讨论等等，这一系列的活动，从思路到姿态，从言词到术语，基本上都跟传统中国大相径庭。不止跟先秦不一样，跟宋元明清的书院都不一样。换句话说，我们不仅已经改变了观念与思想，而且改变了思维习惯；不仅改变了学问的内容，而且改变了讨论的方式。很可惜，这书仍在路上，还没想清楚，不想仓促推出。

王德威：我刚刚完成的一本英文书就是《史诗时代的抒情声音》(The Lyrical in Epic Time)，这本书从 2006 年平原邀我到北大开始。里面探讨的主要是中国的抒情传统的问题。这个课题当然让我必须进入到传统文学和文论的研究。真是一个摸索的过程，我自己特别好奇，但是也很心虚，未来我会继续做这个题目。就是中国传统的和现代之间的文学的接轨问题。当 20 世纪的文学已经变成了文学传统的一部分的时候，我们怎么再看现代文学里的传统性的问题，这是一个方向。

我现在正在替哈佛大学出版公司编一个哈佛版的《现代中国文学史》，它完全不是大叙事，因为它迁就到美国的一个客观环境的限制，所以用了小文章，而且是有个性的小文章的方式，150 篇小文章串出来一个文学史。钱理群的新书从广告看中国文学史，看了大部分我觉得非常精彩。但是我误会了，原来那个广告的意思并不只是商业广告而已，它的广告的意思也包括了学会学社的发刊词等各种各样。哈佛版的文学史起码还得再编两年吧，我在这个过程之中，学了很多，虽然很辛苦，但是这个机会难得。

我一直想做 20 世纪的中国文论和西方文论的对话问题。我想大家都知道我是比较文学出身的，我做西方的文学批评做了很多年，从福柯到巴赫金，到后来的德里达。可是最近这些年特别自觉，也特别不好意思。我不再能够觉得我可以坦然地直告我的学生你去念念福柯、念念德里达就知道怎么样做现代中国文学。我觉得我们过了一个世纪之后——尤其在西方的语境里教现代中国文学跟文学批评——特别需要反省。这个不是谁跟谁相比的问题，而是期望至少在一个平等的对话的平台上来思考，中国的知识界在过去的一百年里面，它提供了什么关于文学的看法、文学的论述。我们除了鲁迅和王国维的《摩罗诗力说》《红楼梦评论》，应该还有更多可以呈现。鲁迅、王国维都有更多东西值得谈。章太炎的东西，黄摩西的东西，然后一直到梁宗岱和朱光潜，到李泽厚等等，这些我都有兴趣。但我不相信我有那样的能量写一个有体系的东西。但是我想利用西方学界的另外一种方式来探讨很多的"遭遇"，就是各种世代里面这些文论文学观点的遭遇，那么也许我可以做一个穿针引线的工作，尤其是对比较文学系的同事来说。我以为以西方文论为基础的比较文学比较了半天，我们的方法论基本上其实还是一个相当偏颇的方法论。我想在今天此时此地，在美国教中国文学现代文学应该有这样的自觉。除了反帝国反殖民这些种种的大叙述之外，真正回到文本的境遇里面看这一百年中国的知识分子和文人对广义的文学到底有什么看法，此其时也。

藤井省三：让我再补充一点。我今后希望多做一点翻译工作，除了中国大陆和港台当代作家的翻译工作之外，想重新翻译鲁迅、张爱玲等现代作家的作品。另外，通过日本的文库本、修正本重新出版新译本，以这样的方式想给更多的日本读者介绍中国文学、华语文学的魅力。

王德威：也许我也可以补充一点，华语语系文学这两年特别热闹，但是究竟什么是华语语系文学，是个问题。我可能不会花绝大部分的精力去做这个，但这是一个问题。我希望在这里提出来，也希望我的日本同事和我的从中国大陆来的同事注意到这个问题。我未必花太多的时间去做这个,但我认为这个与今天的会谈主题"什么是中国现代文学"相对,"华语语系文学"的存在有没有必要,它相对于过去的"华文文学",相对于过去的"海外文学""世界华文文学",更古老的"华侨文学"等等,"华语语系"的观念的提出我觉得是一个现象。藤井教授过去这些年对海外的华语创作以及台湾和香港的华语创作有关怀的话,翻译是很重要的一个面,那么翻译以外的哪一种创作形式更能够呈现华语语系文学的辩证性或者是抗争性呢?我觉得这个话题是值得注意的。

(谈话者陈平原,北京大学中文系/香港中文大学中文系教授;王德威,哈佛大学东亚系教授;藤井省三,东京大学文学部教授。本次对谈由日本爱知大学黄英哲教授主持,神户大学副教授滨田麻矢、熊本学园大学讲师小笠原淳进行了记录和整理,特此致谢。)

(初刊《学术月刊》2014年第8期;此对话的日文版刊爱知大学现代中国学会编、东方书店发行《中国21》第42卷,2015年3月)

青年的舞台、责任与命运
——答北大博士生李浴洋问

《新青年》与"新青年"

李浴洋：陈老师，您好。今年是曾在五四新文化运动中发挥重要影响的《新青年》创刊 100 周年。在您的诸多研究领域中，对于从晚清到五四这一时期的历史钩稽与精神阐释最是广为人知。青年问题在现代中国备受关注，在某种程度上正与晚清以降的中国社会与思想变革直接相关。您是如何看待青年与现代中国的历史进程，尤其是作为滥觞的新文化运动的关系的呢？

陈平原：五四新文化运动的辉煌，为此后几代知识者不断追忆，就因其切实影响着 20 世纪中国思想文化的进程。在世人的历史记忆中，占据"新文化运动"舞台中心的，乃著名教授蔡元培、陈独秀、胡适、李大钊等。这自然没错。可还有一点同样不能忘记：这是一个标榜"新青年"的运动，大学生的作用不可低估。五四时期的青年学生，就学识与社会影响而言，确实无法与陈独秀、胡适等比肩；但日后的发展，则未可限期。大学期间"躬逢其盛"，有幸目睹甚至直接参与思想大潮的崛起，对其一生必然产生决定性的影响。在这个意义上，谈论五四新文化运动，最好兼及其时"小荷才露尖尖角"的青年学生。

谈思想启蒙，师长们确实占据中心位置；论文学革命，则师生各有专擅；至于政治抗争，唱主角的乃是大学生。否则，怎么叫"学潮"或"学生运动"？当然了，名为学生运动，指引方向并提供思想原动力的依旧是"导师"。一到追忆往事，老学生们最常提及的，往往是当年的"师长"如何"风雅"；其实，"同学少年"同样值得怀念。随着时间的推移，学生一代逐渐成长，在长辈搭建的舞台上纵横驰骋，最终成就了自己的一番事业，甚至在许多方面超越了师长一辈——无论政治、学术还是文学创作。更值得关注的是，日后关于五四的纪念、追忆与阐释，主要是由学生一辈来完成的。

李浴洋：谈论五四新文化运动，通常会被提及的是所谓"一校一刊"，即《新青年》与北京大学的珠联璧合。如您所言，当时参与《新青年》编辑、负责"指引方向"的陈独秀、胡适等人，正是"导师"一辈的北大教授。那么，真正的"新青年"，也就是北大学生在这一运动中的表现又如何呢？

陈平原：同是学生，走上街头表示政治抗议的，因有"火烧赵家楼"的戏剧性场面，长期受公众关注；至于坚持"文化运动"的，可就没有这种幸运了，很容易被其师长们的光辉形象所"遮蔽"。俞平伯在纪念五四运动六十周年的时候，写了一组诗，其中有这么两句："同学少年多好事，一班刊物竞成三。"（《"五四"六十年纪念忆往事十章》）这"三"是指新文化运动时期三种重要刊物——《新潮》《国故》《国民》。此三种刊物的主要编者，都是北大中文系学生。

翻翻系友录，我很惊讶，那时中文系的学生真有出息。五四运动爆发那一年，在北大中文系就读的有：1916级的傅斯年、许德珩、罗常培、杨振声、俞平伯；1917级的邓康（中夏）、杨亮功、郑天挺、罗庸、郑奠、任乃讷（二北）；1918期的成平（舍我）、孙福原（伏园）等。要是你对现代中国政治史、文化史、学术史略有了解，你就明白这一名单的分量。政治／文化立场不一样，但都那么活跃，真诚地寻求救国救民之道：有提倡新文化运动的（《新潮》），有主张旧传统的（《国故》），也有希望介入社会变革的（《国民》），当年的北大中国文学门（系），是如此大度，容纳各种思想、学派以及政治立场。这特别能体现蔡元培校长的大学理念——思想自由，兼容并包。

李浴洋： 以史家的眼光，您如何看待这批五四青年在新文化运动的历史场景中的作用？

陈平原： 同一个中国文学门（系），直接参与五四新文化运动的学生（1916、1917、1918级），明显比此前此后的同学更有出息。为什么？因为有激情，有机遇，有舞台。依我的观察，各大学各院系大都如此。当初的"同学少年多好事"，以及日后的追怀与阐释，成为其不断前进的精神动力。昔日的口号或学说，早就被后人超越了，但那种追求真理的气势，以及青春激情与理想主义，永远值得你我追慕。

当年立场迥异的大学生，本就呈五光十色，日后更是分道扬镳。对于他们来说，这是一个上下求索的时代，很难说谁是主流，谁是支流，谁是逆流。后人在褒奖那些站在舞台中央并收获大量掌声的学生的同时，请对那些处于边缘地带、在聚光灯之外苦苦挣扎的青年学生，给予"了解之同情"。赞美弄潮儿，理解失败者，只有这样，才能构成完整且真实的"历史场景"。

在学术史、文学史与教育史的视野中

李浴洋： 如果说五四青年是现代中国的历史进程中最早以群体形象出现的一代青年的话，那么此后至少还有"一二·九一代""建国一代""知青一代"与"1977、1978一代"。引入代际的视角，在不同代际的青年背后，是他们与历史发生关联的不同方式。然而，这一命名的方式在90年代以后却似乎失效了。我们不再以一代青年"登上历史舞台"的时刻来指称他们，取而代之的是通过出生时间进行区别的"70后""80后""90后"与"00后"的说法，仿佛不再与历史潮流有关。您如何看待这一现象？

陈平原：毫无疑问，今天青年所面临的处境，与五四时期有很大的差异，无论褒贬抑扬，均不能生搬硬套。说这句话，有两层意思：第一，不该用眼下正在学校念书或刚刚走出校门时的表现来评价一代青年的得失，借用毛泽东的诗句，"风物长宜放眼量"；第二，年长的一辈应追问自己是否为后来者搭建了更好的舞台，而不是抱怨"一代不如一代"。

一代人有一代人的舞台、责任与命运，有时强求不得。生活在风云突变的时代，青年因其敏感与胆略，容易脱颖而出；而太平年代的青年，一切按部就班，施展才华的时间相对推后，表演空间也明显缩小。这是没有办法的事。五四时期的英雄，放在另一个时代，很可能"出师未捷身先死"。长期研究五四新文化，且经历过上世纪80年代思想潮流的激荡，我对当下青年的世俗化倾向有深刻的体会。但另一方面，我对此并无苛责。对于今天中国的大学生不再"仰望星空"的说法，我不太认同；以我在北大教书的经验，青年学生依旧是最具理想性的群体。

谈论今天中国的大学生，之所以有那么多负面印象，与传播媒介与发言姿态有很大关系。任何时代，先知先觉、精英分子、高屋建瓴、献身精神，全都只能属于少数人。我们阅读历史文献，得到的是那些有能力发出声音且经得起时间淘洗的人物；而在高等教育大众化的时代，全民借助网络发声，各种"奇葩"说法层出不穷。若你以为网络上的言论便代表主流民意或中国未来，那你就大错特错了。借用鲁迅"中国的脊梁"的比喻，今日中国，依旧"有埋头苦干的人，有拼命硬干的人，有为民请命的人，有舍身求法的人"——这里包括无数可敬可爱、"位卑未敢忘忧国"的青年。

李浴洋：在文学史上，自"新文学"兴起以来，对于大学校园的关注在很长一段时间内并不显著，直到西南联大师生在其时与日后开始"大学叙事",才发生根本改观。您如何分析这一现象？

陈平原：二三十年代的中国小说，涉及大学生活的，数量很少，且艺术水平不高。老舍的《赵子曰》(1927) 以及沈从文的《八骏图》(1935)，总算正面描写大学生以及大学教授的日常生活，可惜都是漫画化的。

虽有五四新文化运动的辉煌，1920—1930 年代的中国，大学生作为一个群体，仍然十分弱小；大学校园里的日常生活，更非公众流连忘返的"风景"。整理一下相关数据，很容易理解，当初的大学生，是如何的"曲高和寡"。1917 年，全国共有大学生（含师范、农业、工业、商业、医学、法政等专门学校学生，下同）19017 人；1923 年，增加到 34880 人；抗战前夕的 1936 年，是 41922 人；抗战胜利后的 1946 年，终于突破十万大关，达到了 129326 人。一个几亿人口的大国，竟然只有区区数万大学生！这你就明白，为何标榜"平民文学"的新文学家，不太愿意将笔触对准优雅的大学校园。

李浴洋：无论谈学术史，还是论文学史，您对于青年问题的思考，都有教育史的视野作为支撑。是否可以认为，"青年"在现代中国的"浮出历史地表"本身就与现代教育的展开相生相成呢？

陈平原：那是往好里说。之所以谈青年问题紧扣现代教育，除了史学立场，还有一点必须承认，我长期在大学教书，对于珠三角打工妹或西部山区青少年的生存及精神状态，缺乏实质性的了解。没有调查就没有发言权，不能为了"政治正确"而强作解人。

我的青年时代

李浴洋："青年"除了作为历史研究的对象，也是每位已经成熟的学者的一段生命体验。您是标准的"1977、1978 一代"。时过境迁，您如何评价自己的青年时代？

陈平原：一个人的命运与某个伟大的历史事件联系在一起，那是很幸福的。因为，你从此很容易"自我介绍"，也很容易让时人或后人"过目不忘"。比如，你只要说自己是77、78级大学生，大家马上知道你大致的背景、阅历以及前途等。

说实话，我们都是幸运儿，从那么低的地方起步，一路走来，跌跌撞撞，但因踩上了大时代的"鼓点"，于是显得有板有眼。有人从政，有人经商，有人搞实业，有人做学问，三十年后盘点，我们到底成功了没有？回答五花八门，因为这取决于你设定的标准。想当初，我们指点江山，看不惯社会上诸多先辈的保守、平庸、专横、贪婪、碌碌无为，驰想将来我辈掌权，将是何等光明的新世界！而如今台面上的"重量级人物"，无论政治、经济、学术、文化，很多都是77、78级大学生，那又怎么样？比起此前此后的各届大学生，我们处在"出击"的最佳位置，那么好的历史机遇，是否将自家才华展现得淋漓尽致？扪心自问，言人人殊。

李浴洋：对于您从中山大学到北京大学的学术经历，大家都不陌生。记得您在中山大学"纪念77、78级毕业三十周年"论坛上的演讲题目是《我们和我们的时代》。与追怀个人往昔相比，您似乎更愿意谈及自己与历史以及与那一代人的关系？

陈平原：每代人都有自己的"光荣与梦想"，也都有自己自由翱翔的天空。没有与上一代或下一代的接触与交棒，就没有文明的承传；但话说回来，"同代人"的感觉最重要。走上工作岗位以后，同代人会有频繁的对话，当然，也会有激烈的竞争。但这种"同学少年"的感觉非常独特，很可能使友情延续一辈子。某种意义上，在同学身上学到的，一点也不比从长辈（包括导师）那里学到的少。

毕业三十周年聚会，除了热泪盈眶，怀念母校，感谢老师，祝福同学，还能说些什么？在《我们和我们的时代》中，我曾写道："若你不满足于鞠躬、谢幕，希望对早已失落在康乐园的'青春'有所回应，建议诸位在各自专业以及精神史的高度，重新审视'我们这一代'——到底取得了哪些值得夸耀的成绩，错过了哪些本该抓住的机遇，留下了哪些无法弥补的遗憾。今天的我们，已过了'天高任鸟飞'的时节，但认真反省自家走过的历程，将其作为思想资料，留存给学弟学妹们，这是一种'贡献'——当然，也是一种'乐趣'。"我自己的若干思考，也是基于这样的追求与立场。

李浴洋：在您成为"导师"以后，对于自己青年时代的成败得失的理解，也使得您在面向当代青年发言时，几乎从未有过简单的鼓励或者批评，而是更多稳健的分析与审慎的建议。

陈平原：每当学生碰到挫折，对学业信心不足时，我总是宽慰他们：别急，你比我们当年强多了。这是事实。当代青年，要说眼界、知识、学习条件等，确实有骄傲的本钱。承认他们很优秀，但不敢打包票，说他们将来就一定成绩辉煌。自从我读大学起，一直到今天，出席过无数次"开学典礼"。这种场合，总会有著名学者谆谆教诲，除了提要求，再就是给鼓励：长江后浪推前浪，世上新人胜旧人。开始听了很激动，渐渐有点怀疑：这是不是也属于进化论之类的神话？到目前为止，备受鼓励的我，并没觉得自己已超越师长；推己及人，我也就不想乱抛高帽，说他们将来一定比我强。

其实，每代人都有自己的机遇与局限；祸福相依，更多的是靠自己的努力。请将不如激将，还是实话实说吧。记得临毕业时，王瑶先生这样开导我：今天我们是师生，好像距离很大，可两百年后，谁还记得这些？都是20世纪中国学者，都在同一个舞台上表演。想想也是，诸位今天念文学史、学术史，百年风云，"弹指一挥间"。在这个意义上，你我既是师生，也是同学，说不定还是竞争对手。

作为师生、同学兼竞争对手，我能说的就是：在叩问学术探讨真理的道路上，需要勇气、真诚，也需要毅力。祝他们尽力而为，不要轻易败下阵来。

李浴洋：您认为青年成功的标准是什么呢？

陈平原：每当老学生回母校聚会，不管毕业十年、二十年还是三十年，中文系的老师们，绝不会检查你是否"腰缠万贯"。生活上过得去，精神上很充实，工作上有成绩，那是我们对于学生的期盼。是否发财，不应该是大学衡量学生成功与否的标准；与商学院教授不同，在中文系教授眼中，"贫穷"并不一定"意味着耻辱和失败"。再说开去，若你一夜暴富，钱财来路不明，你想捐献，我们都不敢要。

大转型的时代，随时都有人掉队，有人陷落，也有人飞黄腾达。比起北宋大儒张载的"为天地立心，为生命立命，为往圣继绝学，为万世开太平"，或者过去常挂在嘴边、现在略显生疏的"为共产主义事业奋斗终生"，我更看好"守住做人的底线"——这年头，讲究"道德底线"，要求并不低。

李浴洋：您曾经谈到您在粤东山区插队的经历，在某种意义上您是从"底层"经过一步一步奋斗到达今天的位置的。但是，当代中国大学的一个突出问题是，越是好的高校，其中出身"底层"的学生比例越低，似乎相应的提升渠道已经越来越不畅通。这在一定程度上必然影响今日"青年"的构成。您如何看待这一教育问题，同时也是社会问题？

陈平原：在粤东山村插队八年，承蒙乡亲们信任，让我当民办教师，有机会继续亲近书本，所以，还不能说是生活在"底层"，更不敢自诩"山沟沟里飞出来的金凤凰"。但我明白你说的问题的严重性。主管教育的，必须有大视野，时刻关注质量与公平之间十分微妙的关系。前些年更多强调打破禁忌，追赶世界一流大学，那有很大的合理性；现在中国大学基本站稳了脚跟，必须更多谈论教育公平问题，其中包括公共资源的合理分配，以及招生时如何向经济落后地区适当倾斜。能否给年轻一辈提供顺畅的上升通道，让其凭借自身力量改变命运，不仅仅是教育问题，更关涉国家的长治久安。

如何与青年对话

李浴洋：最近几年，您应邀出席过多所大学的毕业典礼并且发表演讲。您的《中文人的视野、责任与情怀》(北京大学)、《知书、知耻与知足》(中央民族大学)与《"做大事"与"做大官"》(中山大学)等文广为流传。而您，也是为数不多的对于应当如何致辞这一问题进行严肃思考并且做出自己判断的学者。您为何如此看重致辞呢？

陈平原：毕业典礼上，作为嘉宾，你总得给同学们送上几句好话。"好话"可不好说，既要有教育意义，又不能讨人嫌。最近两年，大学校长在毕业典礼上致辞，越来越喜欢"飚潮语"，演讲中夹杂大量网络语言，借此收获满堂掌声。如此不讲文体与修辞，过分追求"现场效果"，我很不以为然。典礼性的场合，需要的是庄严感，并不需要听众兴奋地尖叫或挥动荧光棒。这种场合的致辞，最好典雅些，并不祈求戏剧性，也不希望你即兴发挥。某种意义上，肃穆庄严的场合，"仪式感"大于实际内容。

我曾经撰文批评风靡一时的"根叔体"。在如此隆重的颁授学位的典礼上，作为一校之长，没能打起精神，给学生神圣感与庄严感，反而为了博得年轻人的欢心，一味扮嫩，我以为不可取。这种期待现场观众掌声的心态，类似演艺明星，不太像高瞻远瞩、博学深思的大学校长。

表面看，根叔的演说很生动，贴近年轻人的生活感受；可仔细观察，此乃社论（呼应政府工作报告）加文艺腔（对偶、排比、夸饰）加网络语言。如此大杂烩，每段话都有特定听众，也都能收获若干掌声，可整篇文章合起来，不成体统。这里所说的"体统"，无关政治立场，只是要求你站稳脚跟，恰如其分地扮演好自己的角色。当然，你也可以反叛或客串，但首先得有"文体"的意识在。在我看来，正因当代中国人普遍缺乏文体感，表达喜怒哀乐、得失成败、褒贬抑扬时，不是过，就是不及。

李浴洋：在我看来，您批评"根叔体"，以及现身说法、把"致辞"当作"文章"来经营的意义，已经超越了这一具体问题，而更包含了对于如何与青年对话的思考。在您那里，"说什么"与"怎么说"是合二为一的。那么，我们就根据当代中国青年普遍的成长经历，想了解一下您对于其中几个重要节点的看法与建议。首先，便是作为"成人礼"的高考与专业选择问题。

陈平原：在我看来，作为一种制度设计，高考有很多弊病，但在目前中国，尚未有更好的替代。在很长一段时间里，高考依然是牵涉千家万户喜怒哀乐的"关键时刻"。

我在很多场合发言，从不掩饰对于文史哲、数理化等所谓"长线专业"的偏好。今人喜欢说"专业对口"，往往误将"上大学"理解为"找职业"；很多中国大学也就顺水推舟，将自己降低为"职业培训学校"。在我看来，当下中国，不少热门院系的课程设计过于实用化；很多技术活，上岗前培训三个月足矣，不值得为其耗费四年时光。相反，像中文系的学生，研习语言、文学、古文献，对学生的智商、情感及想象力大有裨益。走出校门，不一定马上派上用场，但学了不会白学，终归会有用的。中文系出身的人，常被贬抑为"万金油"——从政、经商、文学、艺术，似乎无所不能；如果做出惊天动地的大成绩，又似乎与专业训练无关。可这没什么好嘲笑的。中文系的基本训练，本来就是为你的一生打底子，促成你日后的天马行空，逸兴遄飞。有人问我，中文系的毕业生有何特长？我说：聪明、博雅、视野开拓，能读书，有修养，善表达，这还不够吗？

李浴洋：由此我想到的是整个社会已经谈论了十余年的"大学生就业难"问题。

陈平原：在我看来，第一，"大学生就业难"这一困境，确实与政府近年积极推行的大学扩招政策有关；第二，作为一种国策，迅速提高大学生入学比例，这思路没错，没必要因噎废食；第三，大学扩招的主要目的，是提高国民素质，而不是缓解就业压力或吸纳民间资金；第四，大学如何扩招，以及扩招以后如何教学，应该多听教育家而不是经济学家的——恕我直言，近年中国涌现的很多"幼稚病"，都出在"经济学帝国"的急剧膨胀以及越俎代庖上。

积极的对策是，尽量拓展就业途径，政府、企业、学校三方合力，尽可能多地接纳大学毕业生，或采取政策性倾斜，引导学生们到相对贫困的西部或薪水较低的行业去。但这有个限度，你总不能下死命令，为了扩大就业而变相增加企业成本，或让政府机关重新回到冗员的状态。因此，消极的退却必不可少，那就是帮助大学生调整心态，直面严酷的现实：毕业有可能失业。也就是说，不能保证充分就业，这将是中国高等教育的"常态"。与此相适应的是，政府、学校、学生三者，都必须重新自我定位。

跟学生就业直接相关的，还有大学里的专业设置。这也是专家们谈论最多，也最容易谈歪的。一说到大学生就业困难，专家开出的药方，往往是强调如何与市场接轨——市场需要什么人才，我们就开设什么专业。可问题没那么简单。社会需求瞬息万变，大学根本无法有效控制；专业设置过于追随市场，很容易变成明日黄花。学得姿势优美的屠龙术，没有用武之地，还不如老老实实地强身健体。

这就回到大学里早就存在的长线专业与短线专业之争。在从精英教育向大众教育转变的过程中，大学应该分化，或者"上天"，或者"入地"。当然，这只是比喻，不含价值判断。你如果选择"入地"，自是应该追求学以致用；但你如果想"上天"，则不妨坚持自由飞翔。对于那些不想继续深造，大学毕业就开始工作的人来说，四年时间，能获得人文、社会或自然科学方面的基本知识，加上很好的思维训练，这就够了。大部分的工作岗位，只要稍加培训，就能应付自如。退一步说，同样专业不对口，长线专业的学生容易调整，短线专业的学生则很难。了解社会，了解人类，学点文学，学点历史，陶冶情操，养成人格，远比过早地进入职业培训，要有趣、也有用得多。

李浴洋：您谈到的专业设置的"长线"与"短线"之争，非常容易让人想起"博"与"专"的关系问题。同样也是最近十余年间，中国学界开始倡导在大学开展"博雅教育"。对此，您的态度是什么？

陈平原：如何看待通识教育，以及如何处理与专业教育的矛盾，目前中国学界仍在摸索中。北大、复旦、浙大、中大，各有各的一套。哪一个更合适，现在很难说。人的求知欲和可用时间之间，本就存在着巨大的矛盾。既希望让学生具有良好的修养，又要求其获得足够的专业训练，很难协调。但有一点必须明白，大学的意义，主要不在于教你多少知识，而是教会你读书，养成好的眼光、习惯、方法和兴趣，这比什么都重要。因为知识是无穷尽的，你永远学不完，在短短的四年里，不可能真的"博览群书"。"博"与"专"的矛盾，永远无法协调，就看你想培养什么样的学生。这个问题吵来吵去，没用。应该做一个全面调查，各院系的毕业生出路何在，日后工作中碰到的最大困难是什么，回过头来，再谈如何进行教学改革。

李浴洋："博雅教育"的主张之所以在当代中国引起共鸣，与整个社会对于教育问题的关注和焦虑不无关系。最能说明这一问题的，是各所大学竞相对于"钱学森之问"的回应。您认为，目前提供的思路是否是当代青年成长的理想方案呢？

陈平原：何谓"钱学森之问"，有各种理解与阐释。作为一种积极回应，教育部曾为各重点大学提供经费，专门培养尖子生，最初叫"珠峰计划"，太夸张了，现在改了名，但计划依旧在实施。各名校为招徕国内外的青年才俊，更是各出奇招。可同一个校园、同一个院系，甚至同一个宿舍区，学生分三六九等，在我看来，有违公平竞争原则，也不利于人才的脱颖而出。这么做，类似"举国办奥运"的思路，希望通过开小灶，加大扶持力度，赶紧催生几个诺贝尔奖获得者，让他们"为国争光"。与其把大量经费投在少数"天才少年"身上，不如努力改进我们整个教育体系，让学生们普遍受益。大学应该做的，是创造好的学术氛围，而不是忙于评选"明日之星"。

李浴洋：大学第四年，必须赶写毕业论文，什么样的状态是最值得欣赏的？

陈平原：做学问完全没有灵气不行，单靠灵气更是万万不行。比起具体的毕业论文来，我更看好大学生们由此而获得的治学经验与独立研究能力。在一个全社会普遍"浮躁"的年代，养成好的读书、思考、表达的习惯，比习得具体的技能要重要得多。当然，这里说的主要是研究型大学。

李浴洋：当他们即将毕业、走出校园时，您最想对他们说的话是什么？

陈平原：读书人历来讲究"知书达理"。即将毕业的大学生，还有点书生气，估计还愿意亲近书本。但我知道，很多人毕业两三年后，就不读书了，忙于日常事务，或整天琢磨如何赚钱。前几年我回广州，老同学见面，说起某某人很痴、很傻，都毕业这么多年了，还在读书。说实话，那一瞬间，我心里一凉——读书是一辈子的事，怎么能这么说呢？可见，很多人早已远离了书本。随着科技发展，书本的形态各异，不一定非"手不释卷"不可；但"知书"才能"达理"，那是永恒不变的。这里先提个醒：要是有一天，你半夜惊醒，发现自己已经好久不读书，而且没有任何异常感觉时，那就证明你已经开始堕落了——不管从事什么职业，也不管是贫还是富。不是说"读书"这行为有多么了不起，而是远离书本本身，说明你已经满足于现实与现世，不再苦苦追寻，不再奋力抗争，也不再独立思考了。

（初刊《同舟共进》2015 年第 11 期，
原题《陈平原：青年的舞台、责任与命运》）

大学的制度之困与精神之惑
——答《凤凰周刊》记者马途、徐伟问

5月中旬,江苏、湖北等地考生家长到教育部门聚集抗议高考减招。随后《人民日报》旗下公众号"侠客岛"发表长文《北京,你咋不上天咧?》,这是官媒第一次对高考政策、对首都大学提出直面的批评。此次事件,引起了大陆民众对高等教育公平问题的广泛关注。

然而,今日中国大学之问题绝不止于教育公平,而是存在诸多制度与精神的顽疾。在"建设世界一流大学"的口号下,大学管理制度、评估制度、激励制度等方面的沉疴,并未得到有效的治理。在越来越功利、浮躁的社会环境下,大学管理者、大学教师和学生也难以独善其身。哲学家雅斯贝尔斯在《什么是教育》中曾言,永无止境的精神追求,才是大学区别于普通学校的根本特征。但如此境界,对于今日中国的大学来说,已经相当遥远。

著名学者、北京大学中文系教授陈平原,长期从事20世纪中国文学的研究工作,著述颇丰。但从1996年春夏编《北大旧事》起,二十年间,陈平原教授持续关注中国高等教育问题,先后出版了《老北大的故事》《大学何为》《大学有精神》《抗战烽火中的中国大学》《大学新语》等著作,在近期作为"大学五书"推出,反响热烈。他细致梳理了一个多世纪以来,中

国大学的发展和改革历程、制度与精神建设，并对今日之大学改革提出了诸多建议。

现行招生制度总体可取

凤凰周刊：首先请您谈谈大学招生制度，招生制度不仅涉及教育平权问题，也关乎大学能否选拔到最优质、最合适的人才，同时它也对基础教育起到重要的导向作用。今年5月，江苏、湖北等地考生家长到教育部门聚集抗议，高考制度的不公平问题集中爆发，你如何看待这一问题？

陈平原：高考制度需要在公平与效率之间取得平衡，纯粹讲公平，大学会难以发展；纯粹讲效率，又会有违教育公平。中国的大学以公立为主，公立大学的主要经费是由国家拨款，因此有义务完成国家的人才培养需要，并同时兼顾各地考生的平等受教育权。尤其像北大、清华这样的顶级大学，公众会认为它们不是北京市政府办的，而是全国人民办的，故而有必要回应公众的公平诉求。假如是私立大学，就不存在这样的问题，比如说哈佛大学，你可以在道德上要求它为贫穷地区多培养人才，但是不能在制度上强制其执行。

现在，大家会对高考制度提各种要求，主要不是针对能否考上大学，而是针对一些重点大学的录取比例的差异。现行做法是通过调整地区之间的录取名额，来缩小地区差距。这种调整不是现在才有，而是一直如此，只是过去信息透明度不够，公众并不知情，因而没有引起太多关注，而现在信息相对更透明了，大家才有了利益被损害的切身感受。

高考公平的合理要求能否得到落实，取决于各方的博弈。重点大学不能无限制地扩招，在录取数量一定的情况下，一个地区的录取名额增加，其他地区的名额就会减少，减少的地区就会抗议。教育部、大学、地方政府和考生，各方的利益诉求是不完全一致的。尽管如此，现行的高考制度总体上是可取的，不像大家想象的那样不堪。需要斟酌的是，在生源质量较好的地区，是否应该多给名额？能否充分考虑人口和教育水准的地区差异，对落后地区有更多的扶持？这两个同样合理的要求，本身又是互相矛盾的。我主张微调，根据情势，移步变形。明白这一困境，也理解对方要求的合理性，然后，有理有利有节，争取自家利益的最大化。

凤凰周刊：作为高考补充的大学自主招生制度，能在多大程度上弥补"一考定终身"的不足？又如何杜绝自主招生过程中的腐败？

陈平原：最近三十年的中国教育，从中学到大学，我的判断是：总体水平迅速提升，特异人才难以生存。教育的总体水平确实比以前强了很多，但最大的问题是过度标准化。标准化的教学与考试，保证了相对公平和总体质量，却缺少了对特殊人才的甄别和培养。标准化的目标是培养"全才"，但有时候"偏才"会做出更好的学问，比如钱锺书，他被清华录取时数学只考了15分。目前的高考制度，对偏才是扼杀的，所以需要用自主招生来弥补其不足。

1949年以前，大学都是自主招生，而现在教育部给各大学自主招生的名额有限。北大做过一些自主招生方面的实验，其中一个是中学校长推荐制，对一些办学成绩优异的中学，由校长实名推荐学生，再由北大组织复试。虽然比例不是很大，但这是一个比较好的获取人才的方法。然而，后来也引发争议，凭什么是那些中学有推荐资格？而更大的问题是，中学校长实名推荐最后也没有达成我们想要的目标。我们最初设想是希望招到一些偏才，弥补高考制度的不足，可校长实名推荐上来的，几乎没偏才。

我问招生办主任是什么原因，他告诉我，基于公平考量以及舆论监督，中学校长只敢把学校最好的学生推荐上来，没有一个校长敢把一门功课不及格的"偏才"推荐给北大。而这些推荐上来的学生，如果让他们参加高考，通常也都能考上。这样就失去了推荐的意义。

凤凰周刊：有学者主张扩大自主招生的比例，同时减少高考成绩在考核中的权重,增加对学生日常表现的考核,这样是否可取?美国的招生制度是否可资借鉴?

陈平原:从人才选拔的质量来看,当然是能够参考的材料越多,越能准确全面地评判一个人的素质。美国大学在录取学生的时候,要求学生提交SAT成绩、一份高中成绩单、两封老师推荐信、一份学校导师报告、一篇个人申请文章以及课外活动履历。他们非常关注学生的社会活动经历,比如做志愿者、参加社区活动、去非洲贫穷地区帮助难民、攀登珠峰的体会等等。

中国要借鉴美国大学的招生制度,必须有一个前提,那就是有完善的社会征信制度。也就是说,中学提供的材料是真实可信的。我担心目前中国的人情氛围及诚信程度,使得各大学不太敢相信中学提供的推荐材料。还有一个问题,社会履历是需要金钱、人脉和时间作支撑的。中国的富二代,很容易生产这类特别漂亮的履历,而贫穷地区的学生则很难有这些机会。因此,如果中国大学照搬美国的做法,对贫穷地区的学生会更加不利,寒门更难出贵子。

所以,在社会征信系统缺失、地区教育水平差距巨大的情况下,如果没有更好的万全之计,我们还是应以高考取才为主,适当进行少量的自主招生,选拔特殊人才。

大学管理不应急于求成

凤凰周刊:您在书中多次强调大学应该分层级发展,"211工程"对中国当代大学发展具有里程碑意义,并主张要不断拓展211高校的范围,您的主要考量是什么?有学者主张逐渐取消大学等级(一二三本、211、985等),让所有的大学公平竞争,不因身份标签而限制发展,您如何看待?

陈平原:首先我们要知道,没有一个国家的大学是不分等级的。让所有的大学齐头并进,那是既不懂教育规律,也缺乏可操作性。像美国有综合性大学、社区大学、文理学院、技术学院等等。大学是否平等,包含了教学目标、办学宗旨、拨款机制、培养的学生等各方面因素,这些在任何一个时代、任何一个地方都是有区别的。

我不相信有一天中国的两千多所大学会采用同样的拨款标准。除了"生均拨款"是平等的以外,其他的运营经费、科研经费都是不一样的,文科、理科、工科、医科所需要的经费也都是不一样的。理工科教授做一个实验,一天所用的钱可能相当于一个文科教授一年的经费,如果都采取同样的拨款标准,大学是没法办的。

承认大学是有等级的,我们再来谈为何会有"211工程""985工程""2011工程""双一流大学"等类似决策。我认为,其中"211工程"是最值得肯定的。在一段时期内,政府只能集中精力和财力重点支持若干所大学,所以会有重点和非重点大学之分。如果了解现代中国高等教育的发展历程,就会知道,在"211工程"推行之前,中国高等教育的落后面貌,尤其是基建及设备方面,真的是残破不堪。

"211工程"为解决这个难题提供了方案,那就是中央财政支持少部分的钱,同时给地方政府若干个入选"211大学"的指标,利用大学、地方政府和公众对教育的热情,迅速凝聚力量,从而在短时间内让高等教育获得比较大的投入,办学硬件和师资待遇得到迅速提升。所以我常说,"985"是锦上添花,而"211"是雪中送炭;单就其在教育史上的功绩而言,后者更值得表彰。

本来,通过"211"的不断发展,逐渐对更多的大学开放准入名额,是可以调动更多的力量,逐步解决大学基础建设落后以及地方差距巨大的问题。可惜的是,中国高等教育太多受制于政府决策,而每届政府都希望有自己的政绩,不太愿意在前任的基础上往前发展,所以便不断生出新的"工程",学校疲于应付,这是不太理性的,也是没有必要的。

凤凰周刊:今年4月,教育部公布了首份高等教育质量"国家报告",

并介绍说以后高校评估要常态化,五年一周期,高等教育的专业认证六年一周期。这与您关于"拓展211"工程的想法有相似之处。但是,在高校"去行政化"呼声高涨的今天,一份由政府主导的国家报告和国家评估是否必要?是否应引入第三方评估?

陈平原: 大学使用政府财政拨款办学,理应受到监督,并定期进行评估。只不过,在高等教育决策方面,政府的力量太大,而民间的力量太小。民间的评估机构没有建立起权威,所以,现在中国大学的评估都是由教育部下设的高等教育教学评估中心来做。它们的评估结果,大体被学界认可,而民间评估机构想做的话,数据如何获得是个难题,评估结果恐怕暂时难以得到大家的信任。在第三方或者民间评估机构的权威没有确立之前,确实只能由政府下属的评估中心来做,才会得到准确的数字。这方面不能套用美国的制度,它们的政府对教育方面管得很少,而民间评估机构力量很大,也有权威性,可那是多年努力积淀下来的。

目前我们能做的,是让评估中心与教育部逐渐脱钩,减少行政干预,使其专业化程度越来越高,能够逐渐独立、健康地运行。从某种意义说,当下表彰"第三方评估",是在倒逼评估中心与教育部脱钩,并逐渐建立自己的专业性与权威性。这是我们努力的目标。

凤凰周刊: 今天中国学者发表的论文数量世界第一,但是真正有学术创见、有重大影响力的学术成果很少,在虚假繁荣和粗制滥造的背后是学术评价体系的错乱。您在《大学新语》中谈到,因为现在大学的薪资结构不合理,薪水太低而奖励太多,导致很多人"不务正业"争立项、乱报账,但是如果像您建议的提高教授薪水,减少额外收入,会不会导致一些人失去进取心,得过且过?好的学术管理制度应该是怎样的?

陈平原: 学术评估及激励的问题,可以用入职和提职的考察来解决。大学从聘任一个助理教授,到后来不断升职,这个过程中,一直有对教师的考核,包括工作态度、研究成果、教学水平等,这个考察是长期且稳定的。之所以会出现我说的"不务正业",忽视日常教学工作,争立项、乱报账,是因为大学管理者对教师工作不太信任,希望通过这种方法来加强督促。用意不错,但过于频繁的考核,会导致老师们倾向于做一些短平快的工作,而非埋头长期研究。

大学管理者通常会面临一种两难的局面:或因管理太松而有所懈怠,或因管理过严而有所压抑。如果问我怎么办?我的答案很明确:如果是好大学,应该选择前者。理由是,好的老师你不必管他,也不用催他,他们比你还着急。让其自由发展,不计较一时一地之得失,方能有大成。至于有些人因此而偷懒,关系不大,因为在我看来,一大堆无关痛痒的小成果(不说粗制滥造),还不如一个大的突破。

对于中国大学来说,建立规章制度,加强学术管理,是十分必要的。只是必须记得,管理有效,但并非万能,管理只是手段,不是目的。大学的管理工作,应包含对"人"的尊重,以及对"创造性劳动"的理解。前者涉及"尊师重道",后者则不妨称之为"放长线钓大鱼"。如此具有弹性的、不乏人情味的管理,方才可能"营造一个有利于产生学术大师的良好的研究环境"。

大学不能重实用而轻学理

凤凰周刊:您在书中提到,西南联大最大的"学术成就"是成功的本科教育,因为当时的客观条件没有能力大规模发展研究生教育以及学术研究。反观今天的中国大学,教授们更愿意立项目、申请课题,而对于不能很好体现成果的教学工作,忽视甚至无视了。您怎么看待教学的重要性?教学和科研该如何平衡?

陈平原:本科教学不受重视,是今天中国大学一个很严重的问题。所有校长和教授都会跟你说教学很重要,但是否真的重视,则是另一回事。

教书基本上是个"良心活",教学的认真与否,以及效果的好坏,只有老师和自己的学生知道,很难用一套硬指标来衡量。而科研是可以用论文、著作、专利等成果形式来衡量的,看得见摸得着,所以教师们会把精力更多地放在科研上。

这不是三两句话就能解决的,首先需要良好的学术氛围。若本单位风气不好,评职称时人情为主,关系第一,则年轻教师很可能更认可"硬指标",因那是经过自身努力能逐步实现的,且相对比较公平。只有在学问好且风气正的大学,我才敢说"量"不重要,"质"最要紧。因为一旦强调"代表作",公正不公正,就看谁来评判了。同样道理,若风气不正,评职称时不看成果看教学,很可能是领导说了算:"说你是,你就是,不是也是。"

总的来说,研究型大学与教学型大学应该拉开距离,后者对教师的科研成果不该有过高的要求。若学校以本科教学为主,类似美国的文理学院,则对教师科研成果的考核应相对放松,这才可以在教学方面提更高的要求。否则,又要马儿跑得快,又要马儿不吃草,做不到的。但因各种评估及排行,如今各学校都格外看重论文数字;而这些硬挤出来的论文,到底有多大价值,学界中人大都心里有数。

最后说一句大白话:对于大学来说,以教学为中心,乃天经地义。若忽略了"传道授业解惑",将大学办成了研究院,成果再多,也都有违教育宗旨。

凤凰周刊:您在《大学有精神》中谈到中国大学"重实用而轻学理"的现象十分严重,担心过分讲求实用,大学会沦落为"人才工厂"。但另一个实际情况是中国的高级技术人才十分短缺,所以是否可以说我们连"重实用"都没有做到呢?对于2014年教育部将600所本科院校逐渐转型为应用技术型学校的改革主张,您如何看待?

陈平原:我对于"重实用而轻学理"的批评,主要针对综合性大学,并非一概而论。不同性质的大学,承担的责任是不一样的,中国两千多所大学，不可能都走同一条路。

教育部提出的转型思路是对的，我也曾这样主张过，只是决策的时间太晚了。之前本就不应该让那么多专科院校升格为本科，还催促人家往培养研究生的方向走。升上去很开心，现在要降格则很难。社会需要各种各样的人才，培养目标应该有差异性，应用技术型学校的存在，符合人才多样化的需求。

现在是通过奖励和支持让部分本科学校转型，但最好不要硬性规定。我见过若干转型中的大学校长，他们认可这个大判断，并且比较自觉地拓展职业培训，通过专业及课程调整，让学生更适应未来的发展。有远见的校长都明白，整个高等教育迅速提升以后，学生的就业会是一个很大的问题，往职业教育方向走，反而可能海阔天空。所以，一边是市场的诱导，一边是政府的奖励，还有就是教育家的责任与敏感，这"回头路"必须走，也值得走。

如何看待"精致的利己主义"？

凤凰周刊：钱理群先生曾说，现在大学最大的悲哀是一批高智商的利己主义者老师培养出一批高智商的利己主义的学生，"精致的利己主义"已经成为批评大学精神缺失的一个常用词，您如何看待钱先生的这一批评？

陈平原：其实，以自我为中心，这是新一代人共同的精神问题。只是我们把大学视作"象牙塔"，对它有一个更高的要求。大学是整个社会的缩影，反映的是一代人的趣味和精神状态，如缺乏承担大局的观念、意识和眼光，更加计较个人得失，甚至不择手段地谋取个人利益。

造成这种状况主要有两个原因，第一，整个时代风气如此，这与小时候的培养、父母的期待、独生子女的政策、整个时代的思想潮流等相关，年轻人变得越来越自恋，越来越以自我为中心；第二，我们的意识形态宣传及教育失效，在越来越强调自我的当下，教科书中宏大政治理想以及奉献精神的灌输显得越来越不切实际。在特别自我的内心感受和特别宏大的道德教育之间，没有一个很好的过渡，两者之间存在巨大落差，这是整个意识形态建构和学校教育问题。

上世纪80年代的人们的理想主义状态，常被今人所怀念。最近我在文章中也谈到当时的精神氛围，以及我们是怎么走过来的。那种理想主义，跟我们受上一代人的教育和影响有直接关系。但时代不一样了，新一代人的理想必定和80年代不同，我们必须理解这一代人为何会有这样的思考及表达方式。比如，我读本科、硕士和博士的时候，从来不需要考虑日后的就业问题、房价问题，可以一心一意读书。可今天的年轻人，各方面的忧虑太多了，未来充满不确定性，因此，他们容易比我们那时候更现实些。这是时代的问题，我不愿意太苛刻地看待年轻人的自私和自恋。

凤凰周刊：您在书中谈道，蔡元培、胡适、章太炎、任鸿隽、陈衡哲等学者都对中国传统书院的彻底废除感到遗憾，企图探索一条传统书院和西方大学相结合的教育制度。您也特别强调大学与中国的本土经验和资源结合，中国传统书院有哪些可以借鉴的经验？您同时在北大和香港中文大学授课，您认为港中大的书院制度是否能在大陆推广？

陈平原：传统书院的组织，是以人为中心的。从教育理念考虑，书院实行的是全人格教育、通识教育，有助于打破教育的实用主义传统；从教学方法考虑，书院强调独立思考，自学为主，注重师生之间的理解与沟通。这些方面都值得我们借鉴。

香港中文大学的书院制是在华人地区中最成功的，但为什么在香港都没有办法普及？因为香港中文大学是合并了新亚、崇基、联合三所学院，最初合并的时候，大学本部只是一个管理机构，各个学院在自己的原址办学。每个学院都有自己的中文系、经济系，有自己的老师、教学方法和教学大纲。

到了1973年新亚、联合进入沙田校址的时候，才真正成为一所浑然一体的大学。然后,各学院把以前的教学、研究、授予学位的权力全部上交,只保留了日常管理,比如学生宿舍、食堂、课外活动、奖学金等,把"学院"改成了"书院"。各个书院之间,有各自的利益,有的书院富,有的书院穷;各个书院又有自己的传统,有的重人文,有的重科技,都不太一样。

当中国大陆的高校想学习香港中文大学实行书院制的时候,政策的制定都是从上而下的,领导安排什么就做什么,不是一个自然生成的制度。一个是从下而上,逐渐凝聚,集合成一所大学;一个是从上而下,硬划成若干书院,这情况是不一样的。后者要如何培养各个书院的独立性,包括各种制度的设计、单独的财政、学生和老师的凝聚力、大学如何向他们让权等,这些都是需要考虑的问题。因此,如何保证书院制的有效运行,而不是外在形式,才是我们需要努力的方向。

【初刊《凤凰周刊》2016 年第 22 期(8 与 5 日),
原题《专访北京大学中文系陈平原教授:大学的制度之困与精神之惑》】

语文课程与有趣的小书

——答《东方早报》记者朱苗问

东方早报： 你从 1996 年开始关注教育话题，到今年已经二十年了。《六说文学教育》这本书应该说凝结了你这二十多年对文学教育的思考和感悟。其实你之前关注大学教育比较多，而这本书中涉及了基础教育的话题。那么你回归到基础教育的初衷是什么呢？

陈平原： 所谓二十年，是从 1996 年算起，那年我开始编《北大旧事》，写《老北大的故事》。从这个地方入手，关注大学史，再逐渐拓展到当代中国大学的分析与评价，结集成北大出版社的"大学五书"。大学，是我主要的研究对象。作为一个文学教授，关注大学问题，且研究学术史，交叉起来，落足点很可能就是文学教育，这就难怪我在北大社刊行《作为学科的文学史——文学教育的方法、途径及境界》。

《作为学科的文学史》这本书 550 页，太厚了，只有专业人士才会阅读。这就说到我刊行《六说文学教育》的另一个初衷：以 10 万字左右的篇幅，讲述一个重要话题，且用比较浅显的语言，向公众传达你的学问及信念，还有热情。几年前，我曾撰写《怀念"小书"》，如今自己也做了一点尝试，比如三联版的《大学小言》，以及东方版的《六说文学教育》。前者谈大学教育，后者兼及中小学。

其实，我更多关注大学、大学史和大学里的文学教育，至于中小学语文教学，不是我的主攻方向，我的师兄钱理群教授和温儒敏教授，他们在这方面投入更多，成绩也更大。但我承认，大学的很多问题，在中小学里面已经包含或蕴藏了。因此，将学术视野向前延伸，进入中小学语文教学，是我下面要做的事。这本小书里有三章是谈这方面的问题，就算是开了个头吧。只是中学语文教学和大学文学教育毕竟不太一样，我必须调整论述姿态及评价尺度。

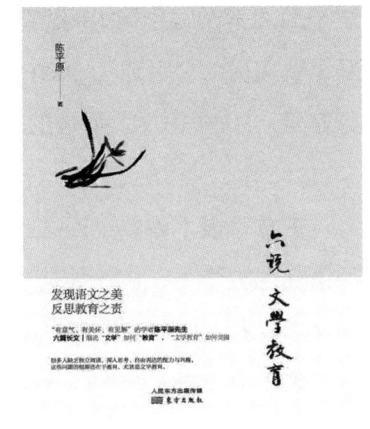

《六说文学教育》

东方早报：我们中小学叫语文课，到了大学叫文学课，然后才有中文系，所以大家会觉得大学没有语文课。语文教育和文学教育似乎变成了两个概念。最近还有人在呼吁母语教育。你是怎么看待文学教育和语文教育这两者的区别和关系的？

陈平原：其实，大学里的文学教育，并不直接对应中学的语文课程。中学语文课程有两个提升途径，一是走向专门化，那就是中文系。在五四新文化运动时期，先叫中国文学门，后改中国文学系。新中国成立后，我们称为中国语言文学系。各大学中文系里，语言、文学是两大块，但也有像北大中文系这样，语言、文学、文献（古文献）三大块的。

大学里延续中学的语文教学的，以前叫"大一国文"，今天多称为"大学语文"。某种意义上，这是希望进入大学后，学生们仍有一个继续提升本国语言文字阅读及写作能力的机会。"大一国文"在台湾是必修课，大概6学分。而在大陆，此类课程可开可不开，即便开也只是2个学分。前几年我当北大中文系主任的时候，再三呼吁中国大学恢复"大一国文"的教学。但在一次讨论会上，有工科教授问我："给你两个学分，你能保证迅速提升学生的阅读及写作能力吗？"我说做不到，这不是一门特别实际的、学了马上就能用的"手艺"。或许正以为如此，教育部不做强行规定，各大学自行其是，"大学语文"课程的设计和教学五花八门，水平也参差不齐。

东方早报：你曾经说过"一辈子的道路决定于语文"。在具体的中小学的语文课教学中，应该如何在提高学生的语文成绩的同时，也能提高学生的文学素养，如何去平衡应试教育和素质教育这两者的关系？

陈平原："一辈子的道路取决于语文"，这现在已经变成一个广告语。不只是中小学在说，连补习学校也在说，弄得我很不好意思。在《语文之美与教育之责》（2015年1月9日《文汇报》）那篇文章中，我确实说过这么一句话，但那是有上下文的。我强调的是，中小学教育，很多知识会被更新换代，比如算术等；一辈子回过头来看，对你影响最大的是语文课。语文课程不仅传授具体的语言知识、文学修养，还有人生观、思维方式、思想感情等。在我看来，溢出效应最明显的课程，莫过于语文。在这个意义上，说语文课影响人的一辈子，不算夸大其词。

然而，高考压力实在太大了，对于学生及老师来说，他们面对一个很实际的困境，那就是如何迅速地提升自己的成绩。而通过某种特殊训练快速加分，语文课恰恰做不到。一手交钱，一手加分，那是二道贩子的交易。这不是语文课所能达成的目标，也不是我们努力的方向。我是广东人，语文课就像我们那里说的文火煲汤，必须慢慢来，逐渐提升。读书多了必有收益，但读了不可能马上体现效果。

好的中学，尤其是负责任且有情怀的老师，他们会着眼长远，关注语文课程对学生们一辈子的影响。这里说的阅读，跟整天做习题、扳着手指头盘算高考成绩不一样。我接触好多这一类有理想的中学老师，按照他们的教育理念、文学理想以及阅读方式培养出来的学生，高考会有很好的成绩，只不过那并非"急就章"，不能临急抱佛脚。

东方早报：你在这本《六说文学教育》中有一句话说，"教育更应该像农业，绝对不能像工业"。你觉得在一个家庭中的文学教育应该如何实施？我们应该如何培养一个孩子的文学鉴赏能力和审美能力？

陈平原：教育更像农业而不是工业，这句话不是我发明的，我只是引用。文学教育应该因材施教，且润物细无声。这个观念对于学教育的人来说，我相信不是什么新命题，大家都能接受的。问题在于，最近这一二十年，因高考竞争太严酷了，家长把孩子送进各种培训班，没有留下多少自由阅读的时间。我想提醒的是，教育不能太功利。第一是家长不要太功利，别老追问高考能不能加分；第二是教育主管部门不要太功利，别把语文课讲成了政治课。过于直接且强烈的教诲，对青少年来说不是很合适。让孩子们读优美的文学作品，比如唐诗宋词，还有国内外文学名著，着眼点主要不是道德教诲。

我当然承认，语文课确实有道德教诲的因素，但这个教诲，最好隐藏在后面，首先是语言文字的魅力。语文课不全然是文学，还包含语言知识、思维训练、文化趣味、政治立场等，如何讲授，可以也必须"与时俱进"。不过，我对近年重读《三字经》以及表彰"二十四孝"，非常不以为然。我受五四新文化影响很深，尊重传统，但不认可当下夹杂着很多沉渣的"国学热"。

另外，从教育学角度，我不主张过早且过度开发少儿心智。艰深的著作，不是越早读越好，也不是读得越多越好。某些作品，必须在某个年龄段阅读才会有真切感受，也才有真正的收益。直说了吧，好多艰深的名著，等上大学时再读，一点都不迟。过度教育导致的"少年老成"，这可不是一个好词。

这方面，需要教育学家、心理学家和语文教学专家共同讨论，才可能有比较通达的见解。我曾参与中小学语文教材的编写，发现一个有趣的现象：大学教授对8岁、10岁以及12岁少年儿童的阅读差异，远不及一线中小学老师敏感。你能判断什么是好东西，可好东西不见得非在这个时候教与学。人的一生很漫长，什么年龄学什么样的知识，最好是"当令"。教育讲究因材施教，也讲循序渐进，这两个词须牢记。

总的感觉是，今天中小学生的智商及阅读量，明显比我们那一代人高了一大截。你要看今天孩子们的写作，比我们当年可成熟多了。一方面是传播媒介变化，阅读量大增，另一方面则是他们的生活经验及感受，也比我们当年丰富很多。理解今天中国儿童及青少年的心智、思考和趣味，适当调整我们的教育宗旨及策略，我认为是必须的。

东方早报：您作为资深读书人，对于现在生活在网络时代手机时代的年轻读者，有什么建议？比如《六说文学教育》这样的小书，其实有一个初衷，为了恢复大家的阅读习惯，也比较适合现在快节奏的生活，在轻松阅读的同时，也能获得一些严肃深刻的而不仅仅是娱乐或鸡汤的内容？

陈平原：这也是我关心的问题。今天的大众阅读，和以前不一样，其中重要的一点就是少跟纸质书对话，多看手机或网络上眼花缭乱的新闻。传播媒介的变化，促使学者调整写作策略。我之所以出版《作为学科的文学史》这样的大书之余，还愿意写《六说文学教育》这样的小书，就是希望能有一批"浅但不薄、小而隽永"的读物。

像日本的岩波文库及岩波新书，那些口袋本中，好些是经典作品。也有故意将大书制作成若干册小书的，目的是便于阅读，比如一个飞机航程就能读完。不同于报纸文章，这些书有一定的精度及难度，鼓励你深入对话，沉潜把玩。我希望有一天，即便你地位很高，拿一本"有趣的小书"阅读，一点都不寒碜，学者们也以推出这样的小书而自豪。如此境界，需要读者、作者以及作为中介的出版社，我们通力合作，共同努力。

【初刊 2016 年 8 月 29 日《东方早报》，原题《北大文学教授陈平原：一辈子的道路取决于语文》，入集时有修订。此前有《北大文学教授怎么看中小学语文教育？》(澎湃网 2016 年 8 月 26 日);此后有《一辈子的道路决定于语文》(2016 年 9 月 6 日《人民日报》)、《语文之美与教育之责》(2016 年 10 月 17 日《辽宁日报》)、《发现语文之美，反思教育之责——从〈六说文学教育〉谈起》(《青年教师》2016 年 11 期)，均为此次访谈的变体，大同小异，不足为训】

下一代会比我们做得更好

——答《财新周刊》记者萧辉问

陈平原老师个子瘦小，说话有明显的潮汕口音，性情温和，总是带着谦逊的笑容，但你能从他身上感到某种坚定的力量，如同他写的《千古文人侠客梦》。他身上有一种侠义精神，有自己的坚守，不从政、不做官、不经商，只想做一名纯粹的学者。

不过，他也有现实关怀。约定采访时，他刚风尘仆仆从西北考察回来。作为中央文史馆馆员，他正主持一项关于西部大学现状的调研，希望政府建立某种保护机制，防止西部人才坍塌。实地考察归来的他，有很多观感和想法，准备写一篇调研报告，提供有关部门参考。

谈到恢复高考四十年，他有一种知识分子的自审精神，提醒自己和同辈人不要陷入盲目的表扬和自我表扬，应该如实看待他们那一代人的机遇和命运，反省做得不足之处，把接力棒交给下一代，他相信下一代会做得更好。

自嘲再也写不出比高考作文更有影响的文章

财新记者： 你小时候是在怎样的家庭氛围中成长的？

陈平原： 我父亲是中专的语文老师，母亲是中学的语文老师，家境一般，但有不少藏书，大多是文史方面的。为了备课方便，父母还买了几乎所有能找到的中学和大学的语文教材。受父母的影响，我很早就养成了读书的习惯。父母的书，也决定了我日后的人生走向。我曾写过一篇《父亲的书房》，大意是说父母的书房决定儿女的未来。因为，父母的藏书，潜在地影响了孩子的阅读趣味。很多知青回忆，上山下乡时到处找书看，我不需要，十年"文革"，基本上靠看父母留下来的书。

1969年秋，我到乡下插队，就把父母的书搬去了，一边耕作、教书，一边阅读父母的藏书。我读书比较驳杂，先从中学的语文教材和教参书读起，大学教材能看的也翻翻，还有就是中外文学名著。我后来在中山大学和北京大学追随的导师，他们"文革"前出版的书，我家里基本都有。这或许是冥冥之中的召唤吧。

但父母藏书中，很少自然科学方面的，这导致我严重偏科。日后恢复高考，只能考文科。还有就是，因没人指导，未能循序渐进，翻到哪本是哪本，能读的就读，不能读的搁下来。这种很不系统的阅读，好处是自由自在，缺点则是过于跳跃，根基不牢，属于陶渊明说的"好读书，不求甚解"。

财新记者： 你在乡下插队八年，都做了什么活？

陈平原： 1966年"文革"开始时，我刚念完小学。广东偏远小县的政治运动开始得比较晚，我因而得以挤入中学。读了三年初中，这才于1969年秋下乡。当年上山下乡有两种方式，一是到兵团农场，过集体生活，还有就是零零星星地到某村庄插队，接受贫下中农再教育。我当时面临两种选择，一是去海南岛，一是回我的祖籍插队。

潮汕人有个特点，从明清以来，很多人搭乘红头船到东南亚一带打拼，挣了钱就回家乡盖房子，日后离开了也不卖。这是我们那里的习惯：祖宗的房子不能卖，日后子孙落难，还可以回来住。我的父母早就离开家乡，但老家的房子一直保存。因此，我不去海南，回祖籍插队，相信家乡的父老会比较照顾。

果然，我回祖籍潮安县磷溪公社旸山大队插队，第二年就当上了民办教师。主要任务是教书，农忙时也参加村里劳动。我就像阿城的小说《孩子王》写的那样，带着学生，一边读书，一边劳动，一边玩。村里也分给我一点自留地，那是要自己打理的。每当我去自留地干活，屁股后总会跟着几个小孩，很威风的。1971年秋到1973年夏，我又去磷溪中学补念了两年高中。在同龄人中，像我这样学历完整的不多，从小学到初中、高中、本科、硕士、博士，一路走下来，表面上一步也没落下，只是中断而已。我的教书经历也很丰富，从乡村小学一年级，到北大的博士班，我都教过。

财新记者：八年的乡下插队经历，给你的人生打下怎样的人生基调？

陈平原：年轻时经过"文革"下乡的锤炼，不幸中的万幸，那就是使得身上有股韧劲，比较抗压。在农村插队，看不到希望，以为一辈子会屈死在这小村子，但仍坚持学习。上大学以后，碰到过几次风波，有政治上的，也有经济上的，还有SARS风波等，我都比较从容。遇到困境时，能较好调整心态，不至于一打压就垮掉。已经经历过那么多风浪了，一般情况下，能处变不惊，这是我们这代人的共同特点。在那么小的年纪，被置于一个很不堪的境地，还能摸爬滚打走出来，而没有颓废、堕落乃至自杀，是需要某种精神支持的。我们就像长在海边的树一样，台风刮过去，倒下了，等下还会弹回来。反而是那些从没见过大风、温室里长大、造型很漂亮的，容易被折断。

财新记者：你曾经认为会一辈子待在村子里，听到高考的消息，是种怎样的感受？

陈平原：我在农村教书，教得很好，有两次推荐上大学的机会，但都没有走成。我一度很沮丧，觉得要一辈子待在小山村。听到恢复高考的消息，知道自己有希望了。当然也不是"喜极而泣"，没有那种戏剧性场面。

钱锺书曾嘲笑中国人创作小说时想象力不足，而写回忆录又铺张过度，越说越复杂，越说越戏剧化，添油加醋，乃至无中生有，最后连自己也都信了。我没有那么多好玩的故事，也不想重新创作。我知道恢复高考的消息是很晚的，因为在偏远的农村插队，和农民们一起生活，很少和外界交流，这点和大农场知青是不一样的。《人民日报》登了，我才知道，那时离高考只有两个月了。我当时的想法是：今年能考上最好，考不上，明年再考，肯定能上。只要高考制度恢复，我就一定能考出去。

财新记者：你是怎么准备高考的？

陈平原：招生简章上说要考四门：语文、数学、政治、历史地理，英语是加试，不算在成绩里。我是初中语文老师，语文不用管，政治、历史地理的基础也还好，主要障碍是数学。报名后，参加了磷溪中学组织的数学辅导班，老师们用几天时间，把一些基本概念重新捋一遍，然后就差不多该上考场了。

财新记者：数学考得怎样？高考总共得了多少分？

陈平原：高考报名时，一并填了大学志愿。进大学之前，我们不知道自己的分数。进大学后，有人到处打听，是能知道分数的。我没有去打听，因为我觉得能上大学，已经了不起了，至于考多少分，无所谓。

财新记者：得知你的高考作文被全文刊登在《人民日报》上，你是怎样的感觉？激动吗？

陈平原：当年各省自己命题，广东省的高考作文题是《大治之年气象新》。拿到考卷，我就刷刷刷写，我是语文老师，写作文还是可以的。入学是1978年3月，先是广东的电台广播了我的作文，我没听见，是老师告诉我的；后又有作文登上《人民日报》的好事。一开始很高兴，很快摆正了自己的位置。我的同学中有好几位特招的作家，他们当然不服气，我就

《大治之年气象新》

跟他们解释：我写的是作文，你们写的是作品。这是不一样的。作文嘛，某种意义上就是戴着镣铐跳舞，在一定的规矩中呈现自己的立场和趣味；作品则是天马行空，强调独创性。我是语文老师，作文说不上特别好，但不会有毛病。从阅卷老师的角度，他们不是在挑作家，而是选合乎规则的作文。多年后，有好事者把我的作文弄到网络上，网友惊叹：这样的文章也能考上？

财新记者：作文能刊登在《人民日报》上是有时代风向标的意义。

陈平原：《人民日报》登高考作文，那是一种政治表态。政府在表达一种立场：风向转了，请大家好好复习，参加高考吧。我相信这个猜测是准确的。而我的作文居然被选中，那是极大的幸运。

这个事情后来不断被人提起，去年我回老家，还有长辈跟我说：你当年的高考作文写得不错。每到纪念恢复高考的日子，媒体也不时会提及此事，弄得我很不好意思。我曾写过一篇《永远的"高考作文"》，自嘲再也写不出比"高考作文"更有影响力的文章了。

财新记者：你当年填报志愿选了哪些学校？

陈平原：我第一志愿报了中山大学，中大是华南最好的大学。我不敢报北京大学，报中山大学已经被我的同事嘲笑了。因为，在那个封闭的年代，我生活在偏远的山村，不知道外面的天地有多大。你想想，高考停招十年，积累了大量人才，大家都来参加考试，我根本不知道自己所处的位置。不像现在的中学生，一遍遍模考，大体知道自己能上什么档次的大学。我当时的愿望是考上大学，走出家乡。我填了三个志愿：中山大学、华南师范学院、肇庆师专。名牌大学、普通大学、专科学校，我都填了，拉开档次，表明一种姿态：哪个学校要我，我都去。

财新记者：你没有一定要读名牌大学的想法？

陈平原：我的想法很简单，只要有书读就行。当初录取比例很低，积压了十一年的人才，全都凑到一起；而考试的方向、内容、题型等，都不知道，真是两眼一抹黑就上了考场。这样也好，没有心理负担，考不上也很正常，反正山外有山嘛。我当时并没有一定要读名牌大学的想法，我是奔着求知以及走出大山而去的。不像现在的学生，这山望着那山高，大家拼命往名牌大学挤，考不上名牌大学就很失落。当然，这也不能怪他们，整个社会氛围就是这样。

财新记者：为什么会选中文系？

陈平原：其他的不会。在乡下教语文，业余写一些诗歌、小说、戏剧、曲艺等。你不知道，当时像我们这种家庭出身不好的人，要想有出路，第一是文艺表演，第二绘画，第三就是文学创作了。只有这个时候，才不太看你的家庭成分。

求学生涯：在王瑶老先生的烟斗中 "熏陶"出32万字博士论文

财新记者：你在中山大学读书时，学校是种怎样的氛围？

陈平原：我曾谈及大学生活之追忆，很容易理想化且戏剧化。记录下来的，往往都是非常态；平淡的日常生活，不太会进入回忆录的。比如一谈大学生活，大多是谈恋爱、跳舞、郊游等各种有趣的事情，但大家都知道，大学的常态应该是读书，常来常往的宿舍、课堂、图书馆、实验室等，进不了回忆录。正因为是常态，反而容易被遗忘。

我们入学是1978年3月，那年6月发表《实践是检验真理的唯一标准》，12月中共第十一届三中全会召开，预示着大转折的到来。国家在转弯，我们老师的观念也在变，此前他们也都很不如意，校园秩序终于恢复了，他们心情也好了，讲课很认真。尤其是一批此前很不得意的老先生，有机会重上讲台，很激动的。老师和学生都意气风发，学习氛围浓，所以77、78级大学生和老师的关系普遍比较好。

几年前我写过一篇《失落在康乐园的记忆》，康乐园就是中山大学校园。为了写这篇文章，我专门去中山大学档案室调我入学的档案、修课的记录，以及所有课程表等。从这种课程表中，我发现一些有趣的故事。举个例子，我们当时上了一门"文艺理论"，老师用一年的时间讲"毛泽东文艺思想"，当初很不满意。后来我看档案，发现77级的课程表，这门课最初写的就是"毛泽东文艺思想"，后来划掉，改为"马列文论"，最后又盖了一个红章，变成了"文艺理论"。不到一年，课程名称改了三次，可以看出整个时代风气的变化，老师们也在努力调整。

财新记者：大学的学术训练给你带来怎样的改变？

陈平原：我曾经用过一个词："呕吐"，就是把以前吸纳的毒素吐出来，这是一个很痛苦的过程。我们那一代是从"文革"中走过来的，多少都受到"文革"意识形态的影响，尤其是中文系。拿我自己来说，"文革"中读了不少流行读物，从文学作品到政治评论，深受其害。进入大学后，我有一个"呕吐"的过程，在接受各种新思想的同时，不断调整自己的立场。那一代人的成功与否，跟有没有经历过这个"呕吐"的过程有很大关系。

财新记者：你的同学来自哪些地方？你们经常聊些什么？

陈平原：中山大学的学生以广东为主，但全国招生，大概一半广东人，另一半来自全国各地。我们那一级中文系学生大约80人，记得有的统招，有的进修，还有部队送来的。年龄从16岁的应届生到32岁的老大哥，据说还有瞒报年龄的。

同学中各种人都有，此前的经历五花八门。每个人都有自己的故事，听起来稀奇古怪，很好玩的。当时学习氛围很浓，大家都关心国家的发展方向，聊大政方针的多，聊学术的次之，聊八卦的很少，这是我们那代大学生的特点。

财新记者：大学给你留下印象最深的事情是什么？

陈平原：我和我的同学都记得一件事，卢叔度老师因1957年被打成右派，二十年不能上讲台，1978年，他终于能给我们开课了，很高兴。因多年没讲课，他有点紧张，再加上口音很重，同学们听不懂，于是联名上书要求换人。老系主任、著名的戏曲史专家王季思先生来课堂上听课，坐在第一排，卢老师讲课，王先生上去给他擦黑板。下课时，王老师告诉我们，卢老师很有学问，蒙冤二十载，现在才有机会上课，请大家谅解。同学都被震撼了，再也没人提换老师了。

财新记者：中国知识分子被历次运动给耽误了，很可惜。

陈平原：我们那一代常抱怨被十年"文革"耽误了，可我的导师王瑶先生说，谁都被耽误，就看你被耽误在哪个年龄段。他们那代人更悲苦，风华正茂时，突然中断；等到恢复名誉，已经垂垂老矣，心有余而力不足。中国建立现代大学才一百多年，前三分之二很不平静，先是连年烽火，后是政治运动，我们老师那一辈，真正全心全意做学问的时间，大概只有20年。和我们老师相比，我们这代人算是幸运的，如果不能做出更大成绩，愧对这个时代。

财新记者：你是北大中文系的第一批博士，你是怎么被王瑶老先生看中的？

陈平原：在中山大学中文系，我从本科一口气念到硕士。既然确定了要做学问，最好到外面走走，于是我来北京碰运气。我把《论苏曼殊、许地山小说的宗教色彩》送给王瑶先生的助手钱理群，他很欣赏，就向王先生推荐了我。据说王瑶老师看了我的论文，评价是"才华横溢"；然后又添上一句："有才华是好的，横溢就可惜了。"得到王先生的赏识，我于是和温儒敏成为北大中文系第一届博士生，1987年毕业，留在北大教书至今。

财新记者：王瑶老先生是怎样指导你？

陈平原：王先生在古代文学、现代文学方面的专业成就，我就不多说了。这里从大学精神的角度，谈谈他对我的影响。王先生是清华中文系本科，然后跟着朱自清先生在西南联大念研究生，他的"为人"与"为学"，有民国年间老大学的精神气度。这点对我影响很深，比具体的论文指导还重要。

我读博士时，没有固定课程，每周到王先生家里聊天，他随手抓起一个话题，海阔天空，侃侃而谈，兼及政治、学术与日常生活。王先生抽烟斗，屋子里烟雾缭绕，我就是这样被熏陶出来的。我的毕业论文是《中国小说叙事模式的转变》，写得还可以，就此开始了我的学术生涯。

藏书章

在北大读博的另一个收获，是认识了我的妻子夏晓虹。我们都是读书人，向往纯粹的学者生涯。我曾刻了一枚藏书章，两个戴眼镜的小人，肩并肩坐在台灯下读书，那是我们共同的志趣。我能拒绝当官或经商的诱惑，一直悠然自得地做学问，与她的勉励分不开。这点我很幸运。

"那三届"大学生应该反思：成绩是否被夸大了

财新记者："那三届"大学生如今在各行各业都是佼佼者了，你作为其中一员怎样定义"那三届"大学生？

陈平原：我们无疑是幸运的一代，得益于改革开放的大潮，无论读书还是工作，都是踩着时代的"鼓点"。至于说很多人成为各行各业的领军人物，有自身的努力，更主要的还是时代因素。

回忆高考四十年，我不希望变成"成功人士"的表扬和自我表扬。我们更应该从政治、思想、文化、教育等方面审视我们那一代走过来的道路，包括得失成败。要我说，谈论新三届的最大意义，在于从一个特定角度观察四十年来中国社会的巨大变迁。

财新记者：你认为"那三届"大学生在中国的改革历程中发挥着怎样的作用？

陈平原：我们"那三届"大学生处在转折关头，起承上启下的作用，用鲁迅的话来说就是"中间物"。在一个大转折的时代，车子走得那么快，弯又拐得那么急，居然没有翻车，社会未被彻底撕裂，我觉得跟我们这一代人起缓冲与过渡的作用，有一定关系。因自身学识及时代条件的限制，我们只能以这种方式推进时代列车，并将其交给下一代。总体而言，我认为我们这代人的任务已经完成了，可以鞠躬下台了。你做得再好，也不能老站在舞台上，应该给下一代人表演空间。

财新记者：你们那一代大学生有怎样的精神特质？

陈平原：前面我已经说过，77、78、79级大学生好多曾在农村摸爬滚打过，因而善于自我学习，抵抗挫折的能力比较强，如此而已。唯一可以传递的经验是，人这一辈子，会碰到很多困难的，咬咬牙闯过去，或许就会柳暗花明。

财新记者：你们那一代原来对世界有哪些憧憬和理想，实现了吗？留下哪些遗憾？

陈平原：我们那一代人在"文革"结束后进入大学，自视很高，以为将来我辈掌权，将是何等光明的新世界。后来发现，我们努力过了，但并不像当初想象的那么美好。就整个国家而言，四十年间，经济、科技等取得很好的成绩，但思想、学术、文化等则不太理想。借用鲁迅《在酒楼上》的比喻，特别担心自己像一只苍蝇，飞了一圈，最后又落到了原地。只能寄希望于下一代了，他们条件比我们好。

财新记者：你觉得你们那一代大学生与现在的大学生的差异是什么？对现在的大学生你有什么建议？

陈平原：现在的80后、90后，比我们当年更独立，更有自己的想法。有人说一代不如一代，我不这么认为，他们的基础远比我们好，舞台更为广阔，发挥空间也大，理所当然地，应该比我们更有出息。

至于建议，老实说，没有。一代人有一代人的痛苦与迷茫，一代人有一代人的道路与欢乐，越年轻的，越不喜欢长辈指导。对于自己带的学生，需要批评时，我都小心翼翼，怕伤了他们的锐气与自尊，希望尽可能保护好每个人的天性。大部分时候，我不指明方向，让学生自己探索，碰壁了，再来问我。当老师我都不会主动出示答案,更不要说面对公众,哪敢胡乱指点?我只会讲点自己的阅历、感受、经验和教训,后来者听着有趣,或可略为借鉴,这样就行了。

(初刊《财新周刊》2017年7月10日,原题《北大教授陈平原:
下一代会比我们做得更好》)